Brandenburger Geheimnisse

Carla Maria Heinze, geboren in Kleinmachnow, einem Vorort von Berlin, mag alles, was nicht in eine Schablone passt. Menschen, Meinungen und Lebensentwürfe. Ihre Kriminalromane handeln davon. Viele Reisen führten sie über alle fünf Kontinente. Heute lebt sie in Stahnsdorf, zwischen Potsdam und Berlin.

CARLA MARIA HEINZE

Brandenburger Geheimnisse

KRIMINALROMAN

emons:

© Emons Verlag GmbH
Cäcilienstraße 48, 50667 Köln
info@emons-verlag.de
Alle Rechte vorbehalten
Umschlagmotiv: photocase.com/[martin]
Umschlaggestaltung: Nina Schäfer, nach einem Konzept
von Leonardo Magrelli und Nina Schäfer
Gestaltung Innenteil: César Satz & Grafik GmbH, Köln
Lektorat: Jutta Schneider
Druck und Bindung: sourc-e GmbH, Köln
Printed in Europe 2025
Erstausgabe 2015
ISBN 978-3-95451-748-0
Aktualisierte Neuauflage
Wir danken der Essex Musikvertrieb GmbH Hamburg für die
Abdruckgenehmigung des Liedtextes auf Seite 6.

Unser Newsletter informiert Sie
regelmäßig über Neues von emons:
Kostenlos bestellen unter
www.emons-verlag.de

Für Bodo
Ohne dich wäre ich …
Du weißt schon, was ich meine.

Sag mir, wo die Blumen sind,
wo sind sie geblieben?
Sag mir, wo die Blumen sind,
was ist geschehen?
Sag mir, wo die Blumen sind,
Mädchen pflückten sie geschwind.
Wann wird man je verstehen,
wann wird man je verstehen?

Sag mir, wo die Gräber sind,
wo sind sie geblieben?
Sag mir, wo die Gräber sind,
was ist geschehen?
Sag mir, wo die Gräber sind,
Blumen wehen im Sommerwind.
Wann wird man je verstehen,
wann wird man je verstehen?

Originaltext: »Where Have All the Flowers Gone« von Pete Seeger, 1955,
deutsche Fassung von Max Colpet

Prolog

Er blickte ihn an. Lächelte. Es war so tröstlich. Wurde größer, überragte ihn. Alles war so einfach. So leicht. Ruhe. Schutz. Geborgenheit. Das Licht brach sich im Gold. Wurde heller, strahlte, dann verblasste es und verschwand. Akkorde erklangen. Fügten sich zu einer gewaltigen Sinfonie. Das Buch glitt ihm aus der Hand.

Von weit her hörte er: »Denn so wir mutwillig sündigen, nachdem wir die Erkenntnis der Wahrheit empfangen haben, haben wir fürder kein anderes Opfer mehr für die Sünden.«[*]

Das war es, was er hatte sagen wollen. Aber jetzt war alles gut. Ego sum resurrectio et vita.[**] Er bemerkte nicht mehr das erstaunte Aufblitzen in den Augen seines Gegenübers. Fühlte nicht die fahrigen Finger, die nach seinem Puls suchten. Dunkel und volltönend läuteten die Glocken zur sechsten Abendstunde.

---

[*] Hebräer 10,26
[**] Ich bin die Auferstehung und das Leben.

1

18. April – Kloster Neuzelle

»Er ist heimgegangen.«

Thomas Gruber, Sakristan von St. Marien, blickte von seiner Checkliste für die heutige Abendandacht hoch. »Wie bitte?« Kerstin Lubbien öffnete den Mund, aber kein Wort drang zu ihm. Seine Stellvertreterin, Sakristanin in der Neuzeller Klosterkirche, die sonst so ausgeglichen war und fest in sich ruhte, sah ihn mit leerem Blick an. Das bäuerlich runde und gewöhnlich so rosige Gesicht war jetzt ohne jede Farbe.

»Thomas, ich brauche deinen Beistand«, flüsterte sie und fing ohne jede Vorwarnung an zu weinen. Wie ein Kind. Haltlos. Laut. Sie griff nach seinem Arm und zog ihn mit sich hinaus.

Der Wagen fuhr so dicht an ihr vorbei, dass Enne erschrocken auswich. »Notarzt« stand in roten Lettern an der Seite des hellen Golfs. Er hielt direkt vor dem Portal. Ein korpulenter Mann mühte sich heraus, öffnete die hintere Tür, zog eine Arzttasche hervor, lief hastig über das unebene Kopfsteinpflaster des Vorplatzes und verschwand in der Kirche.

Enne schob den Ärmel ihrer Jacke hoch und schaute auf die Armbanduhr. Viel Zeit blieb ihr nicht mehr. Sie ging hinüber zur Klosterbrauerei. »Himmlisch gut seit 1589« las sie über dem Eingang des Klosterladens. Es war noch geöffnet. Im Inneren des Ladens mit seiner niedrigen Decke stapelten sich an den Wänden Kästen mit den verschiedensten Biersorten. Auf einem Regal an der Seite standen Bierkrüge, verschiedene Accessoires und Geschenkverpackungen. Die Neuzeller Brauerei war berühmt für ihre Biere, nicht nur in der Region.

Enne blickte um sich. Dann sah sie ihn. Den kleinen schwarzen Mönch auf der Flasche. Sie griff zu dem Geschenkkarton »Schwarzer Abt«, dem Spezialbier der Neuzeller Brauerei. Gebraut nach den überlieferten geheimen Rezepten der Zisterziensermönche.

»Eine gute Wahl«, sagte die Verkäuferin, als Enne ihren Karton auf die Theke legte. »Gesund und bekömmlich.«

Enne kramte in ihrer Tasche nach dem Portemonnaie. »Das hoffe ich doch sehr«, erwiderte sie. Nahm das Wechselgeld, das ihr die Verkäuferin reichte, stopfte es in ihre Jackentasche, klemmte sich den Karton unter den Arm und ging hinaus zum verabredeten Treffpunkt, der Christussäule aus dem Jahr 1735, direkt vor den alten Backsteingebäuden der Brauerei.

Friedrich war noch nicht da. Sie sah sich um. Der letzte Reisebus mit Touristen verließ den Parkplatz neben dem Kloster und schaukelte um die Ecke. Enne schlenderte am Karpfenteich vorbei bis zu der dreiflügeligen Toranlage mit dem Strahlenkranz über dem Portal und dem Christusmonogramm IHS*, wo zwischen den beiden Aposteln Petrus und Paulus Jesus mit den Emmausjüngern abgebildet war. Mit dem Bierkarton im Arm, ihrer apfelgrünen Barbour-Jacke und den dunkelblauen Leinenhosen wirkte Enne von Lilienthal wie eine gut situierte Touristin. Das Bier »Der schwarze Abt« war für Friedrich bestimmt. Es sollte ein ironischer Hinweis auf sein Referat bei dieser Veranstaltung sein. Enne selbst war weder Mitglied bei der veranstaltenden Partei noch bei einer der christlichen Religionsgemeinschaften und fühlte sich in dieser Umgebung wie aus der Zeit gefallen. Die von Lilienthals gehörten, so lange sie denken konnte, dem lutherisch-evangelischen Glauben an. Sie selbst hatte zeit ihres Lebens um die Kirche einen Bogen gemacht, lehnte aber die Institution als solche nicht ab. Enne fand sie unentbehrlich in der heutigen Zeit, in der die einfachsten Regeln des Anstandes, von christlicher Wertevermittlung ganz zu schweigen, bei vielen Leuten kaum noch Beachtung fanden.

Die Veranstaltung der Christlich Demokratischen Union Brandenburg, an der sie auch eben teilgenommen hatte, war zu Ende gegangen. Einige Teilnehmer, überwiegend mittelständische Unternehmer aus der Umgebung, winkten ihr zum Abschied zu, bevor sie in ihre Autos stiegen. Die Partei hatte

---

* Aus den ersten drei Buchstaben für griech. ΙΗΣΟΥΣ (= Jesus) gebildet

zum Dialog eingeladen. Auf der heutigen Tagung war es um Optionen der wirtschaftlichen Entwicklung mit Hilfe des Länderfinanzausgleichs in der Niederlausitz gegangen, insbesondere um die interdisziplinäre Zusammenarbeit zwischen Wissenschaft und Wirtschaft. Referent Friedrich Schönburg, emeritierter Professor an der Europa-Universität Viadrina in Frankfurt an der Oder, war ein alter Freund von ihr.

Wo bleibt Friedrich nur?, dachte Enne mit leichtem Unwillen. Sie hier warten zu lassen sah ihm so gar nicht ähnlich. Sie wollten anschließend ins »Forsthaus Siehdichum« ins Schlaubetal fahren und dort etwas essen. Enne wandte sich nach links zum Klausurgebäude, stieg die Treppen hoch und ging bis zum Refektorium, dem Raum, in dem die Veranstaltung stattgefunden hatte. Das zweischiffige Kreuzgewölbe mit Mittelsäulen aus dem 14. Jahrhundert fungierte mittlerweile nicht mehr als Speisesaal für die Mönche, sondern als Schauplatz von Veranstaltungen oder Konzerten. Vor dem Eingang standen zwei Männer, die sie als Mitarbeiter des Stifts Neuzelle wiedererkannte.

»Michaelis ist tot«, hörte sie im Vorübergehen den jüngeren der beiden sagen. Mittelblond, mit akkuratem Scheitel und einem glatten Gesicht, sah er sein Gegenüber mit erschrockenen Kinderaugen an.

»Jesus Christus«, flüsterte der andere, älter und von kräftiger Statur. »Was ist denn passiert?«

»Kerstin hat ihn gefunden, als sie die Abendmesse vorbereitete. Direkt gegenüber dem Kreuzaltar in einem der alten Kirchenstühle.«

»Aber er war doch noch nicht so alt?«

»Noch nicht mal fünfzig«, murmelte der jüngere. »Der beste Pfarrer, den wir seit Langem hatten.«

Enne betrat den Veranstaltungsraum. Die meisten Teilnehmer hatten das Refektorium bereits verlassen. Ihre Sitznachbarin von eben, eine kompakte Mittfünfzigerin mit pflegeleichtem grau gesprenkeltem Herrenschnitt, nickte ihr zu.

Enne ging zu ihr. »Haben Sie Professor Schönburg gesehen?«

»Der ist nicht mehr hier. Ex und hopp, wenn Sie verstehen, was ich meine. Ich hatte mir noch einige Fragen notiert. Während der Pause hat er mich auf später vertröstet. Und jetzt? Darf ich die mir selbst beantworten, oder was? Ich komm doch nicht extra hierher, um im Regen stehen gelassen zu werden. Das Honorar war ihm wohl das Wichtigste.« Sie musterte Enne mit Wieselaugen. »Sie kannten den Professor doch näher, oder?«

»Ich schau noch mal draußen nach«, erwiderte Enne rasch, bevor die andere sie in ein langatmiges Gespräch verwickeln konnte. Sie lief hinaus. In der Eile stieß sie einen der Männer an der Tür mit dem Bierkarton in die Seite. »Entschuldigung, ich suche Professor Schönburg.«

»Professor Schönburg wollte noch in die alte Sakristei«, antwortete der andere. »Aber ob das so gut ist, jetzt …«

Das Ende des Satzes hörte sie schon nicht mehr. Friedrich hatte in der Kaffeepause von der Stiftskirche geschwärmt und zum Abschied noch einen letzten Blick hineinwerfen wollen. Er hatte sie aufgefordert, mitzukommen. Zu dumm, das hatte sie total vergessen. Der Nachmittag hatte sich zäh wie Gummi hingezogen. Die Probleme der Mittelständler interessierten sie eher am Rande. Aber seit ihrer Pensionierung im Landeskriminalamt Berlin war ihr jeder Anlass recht, um unter Menschen zu kommen. Als ehemalige Fallanalytikerin hatten sie in ihrer aktiven Zeit eher die Auswirkungen der Wirtschaftskriminalität interessiert, aber das lag nun hinter ihr.

Enne klemmte den Karton fester unter den Arm und lief hinüber zur Kirche, öffnete die schwere Eingangstür und trat durch die Schwingtür in den Altarraum, ohne das monumentale Wandgemälde mit dem Stifter von Neuzelle in der Vorhalle eines Blickes zu würdigen. Im vorderen Teil des Kirchenschiffs erblickte sie eine Gruppe von Menschen. Jemand weinte.

»Bitte warten Sie draußen. Wir haben hier einen Notfall.« Ein hochgewachsener Mann mit schütterem Haar, dessen dunkler Anzug seine hagere Gestalt noch betonte, kam auf sie zu. Seine hellen blauen Augen wanderten zu ihrem Bierkarton. Missbilligend verzog er die Mundwinkel.

»Entschuldigung.« Enne versuchte, über seine Schulter zu spähen. »Ich suche Professor Schönburg. Wir sind verabredet.«

»Den Dozenten?« Enne nickte. »Den habe ich hier nicht gesehen.«

Er schaute zurück zu den anderen und zuckte mit den Schultern. »Entschuldigung, aber ich werde gebraucht. Tut mir leid, da kann ich Ihnen nicht helfen. Gehen Sie zur Information und sagen Sie, Herr Gruber hätte Sie geschickt. Vielleicht weiß man dort, wo Herr Schönburg ist.«

»Danke, ja, das wird das Beste sein«, erwiderte sie. Als Gruber außer Sichtweite war, lief sie – einer Eingebung folgend – zur anderen Seite und schlüpfte in einen der Beichtstühle, die die rechte Nordwand des westlichen Seitenschiffs einnahmen. Von hier aus konnte sie besser sehen, was dort vorn vor sich ging. Neugierig beugte sie sich vor. Gruber redete auf eine Frau ein. Ein Mann telefonierte. Enne beugte sich noch etwas weiter vor.

Dann sah sie es. Schwarze Hosenbeine ragten in den Gang. Jemand sprach das Vaterunser. In einer Kirche zu sterben, war das ein Vorteil oder ein Nachteil? Das kam immer auf den Standpunkt an, ging es ihr durch den Kopf. Unwillkürlich musste sie lächeln. Schnell biss sie sich auf die Lippen. Wenn man sie hier im Beichtstuhl sah. Als Grinsekatze und mit dem Bierkarton. Peinlich. Vor allem vor Friedrich. Der legte immer Wert auf angemessenes Verhalten oder was er dafür hielt. Vielleicht war Friedrich immer noch in der Sakristei? Aber dann hätte er doch die Leute vorn im Kirchenschiff hören müssen.

Sie hatte ihm von der Darstellung der Passionsgeschichte aus dem Jahr 1751 erzählt. Aber natürlich war sie Friedrich bereits bekannt, und vor allen Dingen wusste er immer alles besser, und ehe man sich's versah, erhielt man, ob gewollt oder nicht, einen Vortrag darüber. Bemalte Leinwände auf Keilrahmen und Holztafeln als Bühnendekoration. Eine solche Fülle an Szenen und Inhalten war völlig einzigartig in der Kunstgeschichte. »Die Neuzeller Passionsdarstellungen gelten heute als einmalig in Europa«, hatte er doziert. Vorsichtig spähte sie nach draußen. Vor dem Annen-Altar in der Nähe befand sich niemand. Jedes Geräusch vermeidend, stand sie auf und huschte aus dem Beichtstuhl.

Der Eingang der alten Sakristei war mit einem Vorhang verhüllt. Sie schob das schwere dunkelrote Tuch beiseite und trat in den mittelalterlichen, mit Kreuzrippen gewölbten Raum. Schummriges Licht umgab sie. Ihr Fuß stieß gegen etwas. Sie blickte nach unten. Dumpf schlug der Bierkarton auf den Steinplatten auf. Eine dunkle Lache bildete sich zu ihren Füßen.

Lang ausgestreckt, das Gesicht am Boden, die Arme weit geöffnet, lag Friedrich Schönburg vor ihr. Der Vorhang wurde beiseitegezogen.

»Oh mein Gott!«, sagte jemand. Enne fühlte eine Hand auf ihrem Arm. Behutsam führte sie jemand nach draußen zu einer der Kirchenbänke.

»Kommen Sie, setzen Sie sich.« Es war Gruber.

»Friedrich«, flüsterte sie. »Es ist Professor Schönburg.« Gruber nahm ihre Hand, und da erst merkte Enne, dass sie unkontrolliert am ganzen Körper zitterte.

»Warten Sie einen Moment. Ich bin gleich wieder bei Ihnen.« Wenig später eilte der Mann, den sie vorn in der Gruppe eben schon gesehen hatte, an ihr vorbei und verschwand in der Sakristei. Zwei junge Männer, bekleidet mit rot-weißen Westen über ihren Overalls, auf denen das Wort »Sanitäter« stand, liefen durch den Hauptgang zum Kreuzaltar.

»Heute liegt kein Segen über St. Marien«, murmelte Gruber neben ihr, der wieder zurück war. Besorgt sah er sie an. »Ich hole Ihnen etwas zu trinken.«

Enne nickte dankbar. Sie war froh, einen Augenblick allein zu sein. Warum Friedrich?, dachte sie. Er war doch eben noch lebendig gewesen, so witzig und schlagfertig, mit seinem spöttischen Blick unter den buschigen Brauen.

Die beiden Sanitäter kamen vom vorderen Teil des Kirchenschiffs an Enne vorbei; auf der Trage zwischen ihnen lugten unter der Decke schwarze Hosenbeine hervor. Eine kräftige, hochgewachsene Frau, deren blondes Haar wie eine Kappe den Kopf bedeckte, folgte ihnen. Mit ihren halb geschlossenen Augen schien sie ihre Umgebung kaum wahrzunehmen.

»Er ist bei unserem Herrn«, hörte Enne sie murmeln. Ihre

Augen füllten sich mit Tränen. Sie versuchte, ein Schluchzen zu unterdrücken, zog ein Taschentuch aus ihrer Jacke und presste es sich auf den Mund. Die Frau war neben ihr stehen geblieben. Aus einem Impuls heraus berührte Enne ihren Arm. Die Blonde wich zurück, starrte sie für den Bruchteil einer Sekunde entsetzt an. Dann rannte sie hinaus.

Wieso zwei Tote?, dachte sie verwirrt. Enne schloss die Augen. Sie hatte das Gefühl, als wenn ihr Kopf platzen würde.

»Herzversagen«, hörte sie jemanden sagen.

»Wie bei Pfarrer Michaelis«, erwiderte eine andere Stimme.

Enne putzte sich die Nase, wischte die Tränen von den Wangen, stand entschlossen auf und ging zurück in die alte Sakristei. Sie vermied es, auf den leblosen Körper zu schauen, der noch bis vor Kurzem ihr alter Freund, der eloquente Friedrich Schönburg, gewesen war. Charmant und mit einem beinahe enzyklopädischen Wissen. Hochgewachsen, mit markanten Zügen, vollen weißen Haaren, kaum Bauchansatz, trotz seiner beinahe siebzig Jahre. Sie hatten sich vor einer Ewigkeit an der Freien Universität Berlin kennengelernt. Damals hatten sie Sitzblockaden für alles und jedes oft gemeinsam absolviert. Nächtelang hatten sie über Politik diskutiert. Über den NATO-Doppelbeschluss und die Bedrohung durch die SS-20-Raketen der Russen debattiert. Beide wollten ein besseres Deutschland. Enne war jünger als er. Schon damals fielen ihm die Mädels reihenweise in den Arm. Er war mit einer anderen abgezogen. Sie war damals noch zu unerfahren gewesen. Später lernte Enne ihren Mann kennen, aber die Freundschaft zu Friedrich hatte Bestand über alle persönlichen Schiffbrüche hinweg.

Friedrich Schönburg, inzwischen CDU-Mitglied in Potsdam-Mittelmark, konservativ bis in die Knochen, ließ kein Fettnäpfchen aus, wenn es galt, seine Meinung durchzusetzen. Durch die Zeitung hatte sie von der Tagung im Stift Neuzelle erfahren und ihn kurzerhand angerufen und sich mit ihm verabredet. Sie hatte sich im »Forsthaus Siehdichum«, dem ehemaligen Sommersitz der Äbte des Neuzeller Klosters, ein Zimmer gemietet. Zu DDR-Zeiten ein Gästehaus des Staatsrates und nicht für jedermann zugänglich, erstrahlte das Interieur immer noch im Charme der achtziger Jahre.

»Wie Herzversagen?«, wiederholte Enne, als sie zu dem Arzt trat. »Professor Schönburg hat sich erst vor wenigen Tagen einem Gesundheitscheck unterzogen, der ihm beste Werte bescheinigte. Könnten Sie ihn bitte noch einmal untersuchen?«

»Sind Sie Ärztin?«

»Nein«, antwortete Enne und merkte, dass sie anfing, sich über den Ton des Mediziners zu ärgern.

»Verwandt?«, fragte der Notarzt knapp, der mit hoch sitzenden Geheimratsecken und fahlen Haupthaaren deutliche Alterserscheinungen zeigte.

Enne schüttelte den Kopf. »Ich bin eine Freundin«, erklärte sie und merkte sofort, dass das ein Fehler war.

»Dann mischen Sie sich bitte nicht in meine Untersuchungen ein. Glauben Sie mir einfach.« Der Mediziner nahm einen Bogen Papier aus seiner Arzttasche und trug Daten darauf ein. Er wandte ihr den Rücken zu und beachtete sie nicht weiter. Enne ging um ihn herum und stellte sich direkt vor ihn. Auch wenn sie nur hunderteinundsechzig Zentimeter maß, so konnte sich niemand ihrer Autorität entziehen.

»Finden Sie die Stellung, in der der Tote liegt, nicht merkwürdig?«, insistierte sie.

»Raus«, knurrte der Arzt und fixierte sie aus zusammengekniffenen Augen.

Enne lächelte. Na also, dachte sie, kalt erwischt. »Zwei Männer werden beinahe zeitgleich tot aufgefunden. Das ist doch ungewöhnlich, oder?«

Der Arzt steckte die Unterlagen in seine Tasche, und ohne Enne eines Blickes zu würdigen, ging er an ihr vorbei.

»Fertig«, sagte er zu den beiden Sanitätern, die den ersten Toten bereits weggebracht hatten und gerade hereinkamen. In aller Eile zog Enne ihr iPhone aus der Jackentasche und machte aus verschiedenen Blickwinkeln Aufnahmen von dem Leichnam. Maik hatte ihr das Telefon letzte Weihnachten geschenkt. Erst hatte sie sich vehement gesträubt, so ein teures Ding zu benutzen. Ihr zwei Jahre altes Klapphandy sei total ausreichend für ihre Bedürfnisse, hatte sie argumentiert. Aber jetzt war sie froh über das Gerät, mit dem sie schnell und unkompliziert gute Aufnahmen gemacht hatte. Die Sanitäter stellten die Trage auf den Boden, legten den Toten auf eine Folie, bedeckten den Körper damit und trugen ihn hinaus.

Gruber stand neben ihr und hielt ihr ein Glas mit Wasser entgegen.

»Ich glaube, ich brauche jetzt etwas Stärkeres«, sagte Enne.

»Wie Sie wollen.« Grubers eben noch mitfühlender Blick verwandelte sich in ein herablassendes Lächeln.

Der denkt, ich bin Alkoholikerin, ging es ihr durch den Kopf. Aber das war ihr egal. Sie fühlte sich immer noch ausgesprochen zittrig, und ein Cognac, mindestens aber ein Glas Weinbrand, würde ihr wieder auf die Beine helfen. Sie bückte sich und wollte den Bierkarton aufheben. Dunkle Flüssigkeit hatte einen Schatten um die Verpackung gebildet. Sie zog eine Packung Papiertaschentücher hervor und wollte die Spuren auf dem Boden beseitigen.

»Lassen Sie nur, das mache ich gleich sauber«, entgegnete Gruber spitz.

Sie nahm den Karton in beide Hände und hielt ihn von sich weg, um sich nicht schmutzig zu machen, bedankte sich und verließ die Kirche.

Draußen auf dem Stiftsplatz umgab sie der unbeschwerte Abendchoral der Vögel. Die Klostermauern erstrahlten im rötlich goldenen Abendlicht.

»Hallo Maik«, sagte Enne, als Lilienthal sich am anderen Ende gemeldet hatte, »was macht deine Autoschieberbande?« Für eine Sekunde blieb es still am anderen Ende.

»Was ist der Grund deines Anrufs, Mutter? Grenzüberschreitende Kriminalität hat dich doch noch nie sonderlich interessiert.«

Sie zögerte, dann sagte sie: »Friedrich ist tot.«

»Friedrich Schönburg?«

»Ja, ich habe ihn gefunden.«

»Wo bist du denn?«

»Im Kloster Neuzelle.«

»Makabrer Ort zum Sterben«, bemerkte Lilienthal und fügte nach einer kurzen Pause hinzu: »Entschuldige bitte, es tut mir leid.«

»An Friedrichs Tod stimmt etwas nicht.« Wieder blieb es einen Moment still in der Leitung, dann antwortete ihr Sohn, Hauptkommissar von der Kripo Potsdam, in strengem Ton: »Mutter, Friedrich war beinahe siebzig, wenn ich mich recht erinnere, da darf man schon mal sterben.«

»Friedrich war topfit. Erst gestern hat er mir stolz von seinen phantastischen Blutwerten erzählt. Seine Cholesterin- und Leberwerte waren so gut wie die eines jungen Mannes. Mein Blutbild ist nicht annähernd so gut.«

»Weniger trinken, weniger rauchen«, hörte sie ihren Sohn murmeln. Typisch, dachte sie grimmig, mit siebzig galt ein Mann in den Augen eines Mittdreißigers schon beinahe als scheintot. Da sollte er sich mal bei den Politikern umsehen. Die stemmten immer noch ein Tagespensum, das viele Jüngere nicht durchhalten würden. Sie schluckte ihre Verärgerung hinunter.

»Maik, Friedrich lag in ritueller Demutsgeste auf dem Boden, weißt du, so wie die Priester bei ihrer Weihe vor dem Altar. Wenn man einen Herzinfarkt bekommt und umfällt, liegt man nicht kerzengerade da und streckt die Arme wie zum Kreuz aus. Das habe ich auch dem Notarzt gesagt, aber der hat mir überhaupt nicht zugehört.«

»Also, ich würde das nicht überbewerten. Vielleicht wollte er sich einfach noch mal hochstemmen und ist dann zusammengebrochen, so was kann doch mal vorkommen«, kam es vom anderen Ende. Dann versöhnlicher: »Es tut mir sehr leid um Friedrich, aber kann es sein, dass du in deiner Trauer seinen natürlichen Tod einfach nicht wahrhaben willst? Wenn ich mich recht erinnere, war Friedrich ein Perfektionist. Dem würde ich zutrauen, dass er gerade an so einem Ort das versucht hat auszuprobieren.«

»Was auszuprobieren?«, fragte Enne irritiert.

»Na, das mit der rituellen Demutsgeste. Vielleicht hat er sich selbst so hingelegt und dabei den Infarkt bekommen.«

»So ein Blödsinn, Maik. Friedrich hätte sich nie und nimmer in einer Kirche auf den Steinfußboden gelegt. Der war so etwas von etepetete, was seine Kleidung anging. Aber da ist noch was.« Sie wartete seine Frage gar nicht ab, sondern fuhr fort: »Der Pfarrer von St. Marien wurde beinahe zeitgleich in der Kirche gefunden. Angeblich auch Herzversagen, und der war noch nicht alt«, fauchte sie empört.

»Zur gleichen Zeit?«, fragte Lilienthal überrascht.

»Ja, der Pfarrer vor dem Kreuzaltar und Friedrich in der alten Sakristei. Das ist doch merkwürdig, oder?« Sie hörte ihn rascheln, dann mit jemandem sprechen.

»Ich komme mit einer Kollegin aus der Frankfurter Direktion. Warte dort auf mich.«

2

Ein alter Jaguar in Britisch-Grün kam über die Klosterallee gefahren und hielt vor dem Portal. Hauptkommissar Maik von Lilienthal öffnete die Tür, stieg aus und blickte sich um. Susanne Riemeister, seine Kollegin von der Polizeidirektion Frankfurt (Oder), folgte ihm sportlich auf der anderen Seite. Mit dem hellen Alabasterteint der Rotblonden und einer knabenhaften Figur, trug sie über der Jeans nur eine schwarze Jacke mit Kapuze über einem weißen Shirt. Lilienthal hingegen war mit einem hellblauen Hemd mit dezent gemusterter Krawatte unter einer Pilotenlederjacke etwas gediegener gekleidet. Riemeister trat zu ihm. Ihr Kopf reichte ihm knapp bis zur Schulter.

Enne, die hier auf ihren Sohn gewartet hatte, ging zu ihnen.

»Hauptkommissarin Susanne Riemeister, meine Mutter«, stellte Lilienthal beide vor. Er wollte sie gerade in den Arm nehmen und ihr nochmals sein Beileid über Friedrichs Tod ausdrücken, aber sie hatte sich bereits seiner Kollegin zugewandt.

Enne lächelte die Kollegin ihres Sohnes warmherzig an. Die junge Frau gefiel ihr auf Anhieb. Ohne weitere Vorreden lieferte Enne eine kurze Zusammenfassung der Ereignisse. Anschließend holte sie ihr iPhone heraus und zeigte die Aufnahmen, die sie von Friedrich Schönburg in der alten Sakristei gemacht hatte.

»Die Stellung des Toten ist ungewöhnlich, da muss ich Ihnen recht geben, Frau von Lilienthal«, meinte Riemeister nachdenklich, nachdem sie sich die Bilder angesehen hatte.

»Und wer hat den Pfarrer gefunden?«, fragte Lilienthal.

Enne zuckte mit den Schultern. »Das müsste Gruber, der Sakristan, wissen.«

»Also, der erste Tote war der Pfarrer?«, hakte Riemeister nach.

»Jedenfalls habe ich Professor Schönburg erst danach gefunden. Wer als Erster verstorben ist, kann nur die Rechtsmedizin klären.«

»Dann wollen wir mal hören, was uns der Herr Gruber zu erzählen hat«, meinte Lilienthal aufgeräumt.

Riemeister biss sich auf die Lippe. »Kann ich Sie mal kurz unter vier Augen sprechen?«

Überrascht schaute er sie an.

Sie ging ein paar Schritte zur Seite. »Damit die Kompetenzen klar geregelt sind«, wandte sie sich an Lilienthal, der, ohne eine Miene zu verziehen, zu ihr getreten war, »das hier fällt in meinen Zuständigkeitsbereich. Im Klartext: Befragungen und gegebenenfalls weitere Ermittlungen führe ich.«

Lilienthal zauberte ein verbindliches Lächeln in sein Gesicht. Dieses Landei hatte ein Autoritätsproblem. Das war ihm schon in Frankfurt aufgefallen. Er war daran gewöhnt, im Team zu arbeiten. Ließ selten den Vorgesetzten heraushängen. Aber ihr albernes Gehabe, wenn er Anordnungen traf, ohne sich vorher lang und breit bei jeder Kleinigkeit mit ihr abzusprechen, ging ihm gehörig auf den Senkel. Aus dem Kollegenklatsch hatte er erfahren, dass Riemeister von einem Bauernhof aus der Uckermark stammte. Für ihn, als gebürtigen Berliner, lag das beinahe hinter dem Ural. »Der Pfarrer ist ihr Baby, Frau Riemeister. Der Professor wohnte in Potsdam. Gehörte zur Politprominenz im Brandenburger Landtag. Mein Ressort. Es ist nicht ausgeschlossen, dass es zu Überschneidungen bei den beiden Todesfällen kommt. Warum sollen wir uns das Leben unnötig schwer machen? Wäre es nicht vernünftiger, wir würden die Sache von Anfang an gemeinsam angehen?«

»Ich denke, Vernunft ist nicht nur Ihr Alleinstellungsmerkmal«, antwortete Riemeister kühl. »Ich werde das mit der zuständigen Staatsanwaltschaft abklären.«

»Wollen Sie den Sakristan allein vernehmen?« Sein Ton war provozierend neutral.

Ihre Augen schossen Blitze. »Begleiten Sie mich«, sagte sie spröde und folgte Enne, die bereits zum Eingang des Klostergebäudes gegangen war. Lilienthal schlenderte hinterher. Zum Glück konnte Riemeister seinen zufriedenen Gesichtsausdruck nicht sehen.

Enne ließ Riemeister und Lilienthal den Vortritt. Vor dem Tresen stand Gruber und unterhielt sich mit einer fülligen Frau mit aschblondem Kurzhaarschnitt.

»Sind Sie Herr Gruber?« Überrascht blickte er auf den Polizeiausweis, den ihm Riemeister hinhielt. »Ich habe ein paar Fragen zum Tod des Pfarrers.«

»Ja bitte?«, sagte Gruber reserviert.

»Wer hat den Leichnam gefunden?«

»Das ist ja schrecklich«, mischte sich die Füllige ein. Eine Mittfünfzigerin im lindgrünen Twinset, die Gruber mit glänzenden Augen ansah.

Die ist scharf auf Gruber, ging es Enne durch den Kopf.

»Frau Lubbien wollte den Blumenschmuck vor dem Hauptaltar überprüfen, dabei hat sie Pfarrer Michaelis gefunden«, antwortete Gruber kühl. »Kerstin Lubbien ist meine Stellvertreterin. Aber sie ist nicht mehr hier. Ich habe sie nach Hause geschickt. Der Tod unseres verehrten Herrn Pfarrers hat sie sehr mitgenommen.«

Die Füllige bückte sich und holte eine Thermoskanne und Becher unter dem Tresen hervor und bot allen Anwesenden Tee an.

»Eine gute Idee, Ruthchen«, murmelte Gruber und griff nach einem Becher.

Riemeister lehnte ab, aber Lilienthal nahm dankend an und trank einen Schluck. Er hatte schon schlechteren Tee getrunken. Lächelnd nickte er der Frau zu, dann fragte er Gruber: »Wo wurden die Leichen hingebracht?«

»Nach Fürstenberg zum Bestatter«, mischte sich die Aschblonde wichtig ein.

»Aber nicht unser Herr Pfarrer, Ruth. Der wird hier bei uns aufgebahrt.«

»Wie alt war denn Pfarrer Michaelis?«, fragte Enne und ignorierte den erstaunten Blick Riemeisters.

»Ende vierzig. Ein außergewöhnlich lebensfroher Mensch, fest im Glauben, verständnisvoll allen menschlichen Schwächen gegenüber. Engagierte sich in der Jugendarbeit. Jeder mochte ihn«, antwortete Gruber.

Aber einer nicht, dachte Enne.

»So jung und schon tot.« Ruthchen schluchzte geziert auf.

»Die Besten holt der Herr zuerst«, bemerkte Gruber.

Schwachsinn, dachte Enne, nahm einen Schluck Tee, verschluckte sich und wurde von einem Hustenanfall geschüttelt.

Ruthchen kam um die Theke herum, klopfte ihr so fest auf den Rücken, dass ihr die Luft wegblieb. »Aber das kommt bestimmt nicht von meinem Tee«, meinte sie vorwurfsvoll.

»In welcher Stellung wurde der Leichnam des Pfarrers gefunden?«, setzte Riemeister die Befragung fort.

Gruber überlegte einen Moment. »Als ich kam, saß er zusammengesunken im Gestühl vor dem Kreuzaltar. Wenn Kerstin mir nicht vorher gesagt hätte, er ist tot, hätte ich gedacht, er sei im Gebet versunken. Seine Bibel lag zu seinen Füßen.«

»Wo ist die Bibel jetzt?«, unterbrach ihn Lilienthal.

Gruber zog unter dem Tresen eine in schwarzes Leder gebundene Bibel mit goldenem Buchschnitt hervor.

Riemeister ergriff sie vor Lilienthal. »Da steckt ein Lesezeichen drin?«

»An der Stelle war sie aufgeschlagen, als ich sie fand. Es war wohl das Letzte, was der Pfarrer gelesen hatte.«

Riemeister öffnete das Buch an der markierten Stelle. »Hebräer 10, 26. Mutwillige Sünden«, las sie vor.

»Denn so wir mutwillig sündigen, nachdem wir die Erkenntnis der Wahrheit empfangen haben, haben wir fürder kein anderes Opfer mehr für die Sünden«, psalmodierte Gruber.

Lilienthal streckte die Hand aus. Unwillig gab Riemeister ihm die Bibel. Er schlug die Stelle auf, in der das Lesezeichen steckte, las. Dann blätterte er weiter, hielt inne. »Hier ist eine Seite eingeknickt«, meinte er. Dann deutete er auf die Seite. »Ein Satz ist unterstrichen.« Er rezitierte: »Aber einer von euch ist ein Teufel.«

»Johannes-Evangelium 6«, erklärte Gruber. »Es geht um Judas. Und Jesus antwortete ihnen, dass einer ihn verraten werde.«

Riemeister hatte sich Notizen gemacht.

Kaum dass sie draußen waren, platzte Enne heraus: »Eine Stelle in der Bibel, die sich auf Judas bezieht, also auf Verrat. Angekreuzt durch den Pfarrer. Das ist doch merkwürdig, oder?«

Lilienthal nickte.

Riemeister lächelte spöttisch. »Am Gründonnerstag vor Ostern wird immer das letzte Abendmahl von Jesus mit seinen Jüngern und der Verrat des Judas thematisiert. Ich würde dem nicht so viel Bedeutung beimessen. Aber um ganz sicherzugehen, sollte sich die Rechtsmedizin die beiden Leichname bei dem Bestatter ansehen.«

»Die sind im Rotkreuz-Auto, hinter der Klosteranlage. Ich habe die Sanitäter gebeten, bis ihr kommt, zu warten«, erklärte Enne.

»Wie bitte?« Lilienthal blickte seine Mutter ungläubig an. »Das war Amtsanmaßung. Außerdem hättest du uns sofort informieren müssen.«

»Na, jetzt wisst ihr es ja«, entgegnete Enne kühl. »Ich fahre ins Hotel. Du weißt ja, wo du mich findest.« Hocherhobenen Hauptes ließ sie ihn stehen. Nur keine Schwäche zeigen, befahl sie sich.

Verärgert sah er ihr hinterher. Würde sie denn nie lernen, dass sie raus aus dem Geschäft war? Keine ermittelnde Funktion mehr innehatte. Peinlich war das auch vor der Kollegin. Er atmete tief durch und wollte schon zu einer Erklärung ansetzen, aber Riemeister telefonierte bereits mit der Rechtsmedizin.

Ein Dr. Enderlein, der vertretungsweise für seinen Kollegen in Frankfurt eingesprungen war, wollte in zehn Minuten vor Ort sein, teilte sie Lilienthal mit.

Schweigend liefen beide Kommissare zum Parkplatz hinter der Klosteranlage. Die Sanitäter standen rauchend vor den Einsatzfahrzeugen. Riemeister informierte sie. Lilienthal war weitergegangen. Das Kloster Neuzelle lag auf einem Hügel, von dem man weit hinein in das Oderbruch sehen konnte. Letzte Sonnenstrahlen ließen das Mauerwerk der Kirche wie einen Leuchtturm in einem weiten grünen Meer in warmem Gelb erstrahlen.

»Barockwunder Brandenburg«, sagte Riemeister, die ihm gefolgt war. »So wird das hier allgemein genannt. Aber als Wunder würde ich es nicht bezeichnen. Der Fortbestand des Klosters ist der damaligen politischen Lage geschuldet.« Als sie Lilienthals verständnislosen Blick bemerkte, erklärte sie: »Die Niederlausitz gehörte nach der Reformation nicht zum protestantischen Preußen, sondern zu Böhmen und Sachsen, war also dem katholischen Glauben zugehörig. Dadurch konnte das Kloster auch nach der Reformationsbewegung noch weiter bestehen.«

»Aber es ist doch schon lange kein aktives Kloster mehr«, stellte Lilienthal fest.

»Das stimmt. 1815 musste Sachsen, als Verbündeter von Napoleon, nach dem verlorenen Krieg fast die Hälfte seines Territoriums an Preußen abtreten. Obwohl eigentlich der Fortbestand der geistlichen Stiftungen vertraglich garantiert war, ließ der damalige preußische König das Kloster aufheben.*«

»Sie kennen sich gut aus in der Klostergeschichte.«

»An der Information finden Sie genügend Literatur über Neuzelle«, erwiderte sie spöttisch.

Ein silberfarbener BMW hielt direkt vor ihnen. Eine hagere Gestalt schob sich aus der Fahrertür. Scharfe Falten hatten sich um seine Mundwinkel eingegraben. Der kurz geschorene Schopf schimmerte fahl im Abendlicht. Missmutig sah er sich um.

»Seit wann treiben Sie sich an Orten mit diesem fortschrittsfeindlichen Mummenschanz herum?«, wandte er sich statt einer Begrüßung an Lilienthal. Der Hauptkommissar kommentierte die eher rhetorische Frage nicht, sondern stellte Dr. Enderlein, Rechtsmediziner am Potsdamer Polizeipräsidium, seiner Kollegin Riemeister vor. Der Mediziner war als eine Kapazität weit über die Landesgrenzen hinaus bekannt. Trotz Enderleins berüchtigtem Sarkasmus freute Lilienthal sich, den verschrobenen Kauz hier zu sehen. Wenn irgendetwas an dem Tod der beiden Männer nicht natürlich war, dann würde der Rechtsmediziner es herausfinden.

Enderlein nahm eine Packung Gauloises aus seiner Man-

---

*Der Staatsvertrag vom 18. Mai 1815 zwischen Preußen und dem in den Befreiungskriegen frankreichtreuen Sachsen bestimmte die Übergabe der Niederlausitz an Preußen.

teltasche und zündete sie an. Er blies den Rauch in die laue Abendluft. »Lüge, Verrat und Betrug. Gern auch mal Folter, das drängt sich mir auf, wenn ich das hier sehe.«

»Traurig, wenn das alles ist, was Ihnen dazu einfällt.« Riemeister sah ihn herausfordernd an. Enderlein musterte sie aus schmalen Augen.

»Früher wurden Frauen mit roten Haaren auf dem Scheiterhaufen verbrannt. Genügt Ihnen das?«

3

18. April, 19.55 Uhr – Neuzelle

Lilienthal tat Riemeister beinahe leid. Der normale Umgangston bei der Kriminalpolizei war nicht der eines Mädchenpensionats, aber Enderleins Art hatte schon manche Kollegin empört. Was den Rechtsmediziner eher nicht störte. Er genoss es, zu provozieren. Von Enne, seiner Mutter, die Enderlein noch aus ihrer beruflichen Zeit beim Landeskriminalamt Berlin her kannte, hatte Lilienthal gehört, dass Enderleins große Liebe, eine junge Ärztin, nach einem morgendlichen Jogginglauf im Spandauer Forst ermordet aufgefunden worden war. Den Täter hatte man bis heute nicht gefasst. Damals war Enderlein wochenlang nicht ansprechbar gewesen, hatte sich in seinen Katakomben, wie der pathologische Bereich intern genannt wurde, vergraben. Das war auch der Grund, warum sich der Rechtsmediziner von Berlin nach Potsdam hatte versetzen lassen.

Lilienthal begleitete Enderlein zu den Rotkreuz-Fahrzeugen. Riemeister war ihnen schweigend gefolgt. Der Rechtsmediziner hatte sich jede Störung bei seiner Untersuchung verbeten. Nach kurzer Zeit öffnete er die Tür des Wagens und kletterte schwerfällig heraus.

»So, Herzversagen wurde diagnostiziert?«, brummte er, und man konnte den Hohn in seiner Stimme heraushören. »Professor Schönburg starb mit ziemlicher Sicherheit nach meiner ersten, noch nicht umfassenden Untersuchung garantiert nicht an Herzversagen. Wobei«, er grinste diabolisch, »Herzversagen natürlich immer todesursächlich ist.«

»Und was war die Todesursache?«, fragte Lilienthal.

»Fraktur des Dens axis. Die oberen Kopfgelenke oder Atlantookzipital-Gelenke liegen zwischen den beiden Kondylen des Hinterhauptes und der Fovea articularis cranialis des Atlas.«

»Also Genickbruch?«, unterbrach ihn Lilienthal.

»Laiensprachlich ausgedrückt, ja«, erwiderte Enderlein. »Wobei ich zugegebenermaßen hinzufügen muss, dass diese Todesursache bei einer Routineuntersuchung kaum erkennbar ist. Aber bitte immer unter Vorbehalt – bevor ich den Leichnam nicht auf meinem Tisch habe, ist das lediglich eine erste Einschätzung.«

Riemeister hatte Enderleins Ausführungen interessiert zugehört. »Könnten Sie auch den Pfarrer untersuchen, Herr Enderlein?«

»Dr. Enderlein, wenn ich bitten darf, Frau Kommissarin, so viel Zeit muss sein«, korrigierte er kalt.

»Hauptkommissarin«, entgegnete Riemeister spitz.

»Und wieso noch ein Toter?«, fragte Enderlein gereizt. »Mir wurde nur von Professor Schönburg berichtet.«

»Wir haben hier in der Tat zwei Leichen«, erklärte Lilienthal. »Der Pfarrer befindet sich in dem anderen Fahrzeug.« Er deutete auf den zweiten Wagen, der etwas abseits stand.

Enderlein zündete sich eine weitere Gauloises an, inhalierte, dann wandte er sich an Lilienthal, und seine Augen funkelten. »Sagt man nicht, Pfarrer wechseln nur ihren Standort und verlagern ihren Tätigkeitsbereich weiter nach oben, wenn ihre weltliche Hülle versagt?« Er wedelte mit Zeige- und Mittelfinger, in der er die Zigarette hielt, in Richtung Wolken. Lilienthal verzog keine Miene, registrierte aber erleichtert, dass Riemeister sich nicht provozieren ließ. Der Rechtsmediziner warf den halb aufgerauchten Zigarettenstummel auf den Boden, trat ihn aus und ging zum anderen Rotkreuz-Wagen. Wenig später steckte er seinen Kopf aus der Tür.

»Haben Sie etwas gefunden, Dr. Enderlein?«, fragte Riemeister mit Betonung auf seinem Titel.

»Mit ziemlicher Sicherheit Herzstillstand durch Schlag auf die Arteria carotis«, dozierte er. »Ein Schlag auf die Arterie senkt den Puls enorm, und als Folge kann es zum Herzstillstand kommen.«

»Tod durch Gewalteinwirkung«, murmelte Lilienthal.

»Was denn sonst, oder konnten Sie meinen Ausführungen nicht folgen?«, erwiderte Enderlein. Steifbeinig kletterte er aus dem Fahrzeug. »Alles Weitere später.« Er ging zu seinem Wagen. Bevor er einstieg, drehte er sich um: »Wie lange sind Sie noch in Frankfurt?«

»Bis der Fall geklärt ist«, antwortete Lilienthal.

Riemeister sprach bereits mit den Sanitätern, dass beide Leichen in die Rechtsmedizin nach Frankfurt gebracht werden müssten. Als sie wenig später zum Klosterbüro gingen, meinte sie: »Ihre Mutter hatte den richtigen Riecher, das muss man ihr lassen.«

»Zwei Leichen am selben Ort, das hätte jeden stutzig gemacht. Beide Männer wurden durch einen gezielten Schlag getötet. Das deutet auf einen Täter hin. Nur wo ist der gemeinsame Nenner? Was verbindet einen politisch engagierten Professor mit einem katholischen Geistlichen? Die CDU?«

Riemeister schüttelte den Kopf. »Ich denke, wir sollten uns zuallererst auf die persönliche Umgebung konzentrieren, Freunde, Verwandte. Wo sind da Gemeinsamkeiten?« Sie überlegte einen Moment. »Frauen kann man wohl ausschließen.«

»Ein katholischer Pfarrer und sein Keuschheitsgelübde«, entgegnete Lilienthal spöttisch, »Frauen schließen Sie von vornherein aus? Aber hoppla – ein Priester hat sein Sexualleben nicht vor dem Altar abgegeben.«

»Statistisch gesehen haben wir es bei dieser Todesart in der Mehrzahl mit Männern zu tun. Nur deswegen habe ich Frauen ausgeschlossen.« Riemeisters Wangen überzog eine zarte Röte. »Ich finde es kleinkariert, wenn ein katholischer Geistlicher sofort unter Generalverdacht gestellt wird, wenn es um Sexualität und Frauen geht.« Eine rotgoldene Locke hatte sich aus ihren zurückgebundenen Haaren gelöst und fiel über ihre Wange.

Reizvoll, ging es Lilienthal durch den Kopf. Blöd nur, dass es eine Kollegin war und, noch blöder, eine richtige Zicke. Provozierend fragte er: »Sind Sie in diesem Fall etwa befangen?«

Sie ging einfach weiter. Als er sie einholte, sagte sie kalt: »Ich schließe nie etwas aus, Herr Kollege.«

Sie hatten den Verwaltungstrakt erreicht und stiegen die Treppe hinauf in den ersten Stock. Riemeister klopfte an die erste Tür, neben der sich ein kleines Schild mit dem Aufdruck »Administration« befand, und ohne auf eine Antwort zu warten, traten sie ein. Ein karg eingerichteter Raum mit hohen Fenstern. Ein einfacher Schreibtisch und an beiden Wänden Metallschränke.

Drinnen war niemand. Gerade als sie sich wieder zum Gehen wandten, erschien ein junger, hochgewachsener Mann, korrekt gekleidet im dunklen Anzug mit silberner Krawatte, mittelblond, mit akkuratem Scheitel. Riemeister zeigte ihren Polizeiausweis und stellte Lilienthal vor. Sie würden wegen der nicht natürlichen Tode von Pfarrer Michaelis und Professor Schönburg ermitteln. Als Erstes benötigten sie die Unterlagen inklusive Teilnehmerliste der heutigen Veranstaltung.

»Nicht natürlich?«, fragte der Stiftsmitarbeiter, der sich als Jens Hofer vorgestellt hatte, ungläubig. »Aber woran sind sie dann verstorben?«

»Bei laufenden Ermittlungen unterliegen die Ergebnisse der Schweigepflicht«, erklärte Riemeister.

»Schweigepflicht«, murmelte Hofer und kramte ratlos in dem Stoß Papier, der auf seinem Schreibtisch lag. »Die Namen der Teilnehmer unterliegen dem Datenschutz«, sagte er auf einmal erleichtert. »Die Stiftsleitung muss unterrichtet werden. Ich fühle mich nicht befugt, Ihnen ohne Rücksprache Unterlagen herauszugeben.«

»Ihnen ist aber klar, dass es sich hier nach Paragraf 227 StGB um Körperverletzungen mit Todesfolge handelt und Sie zur Mitarbeit verpflichtet sind«, erwiderte Lilienthal ungehalten. Das nervöse Gefummel von Hofer ging ihm auf die Nerven. Der Mann schien offensichtlich mit der Situation überfordert zu sein.

Hofer blickte ihn ängstlich an. Dann griff er nach einem Ordner und zog mehrere Blätter hervor. »Das Programm mit der Teilnehmerliste.«

»Geht doch«, brummte Lilienthal.

Riemeister nahm die Bogen und überflog die Namen. Sie blätterte zurück zum Tagungsprogramm. »Ab neunzehn Uhr geselliges Zusammensein im Hotel-Restaurant ›Prinz Albrecht‹«, las sie vor.

»Das ›Prinz Albrecht‹ befindet sich gegenüber, direkt am Klosterteich«, erklärte Hofer.

Ohne Abschiedsfloskeln verließen die Kommissare den Raum.

4

18. April – Schlaubetal, »Forsthaus Siehdichum«

An einem Tisch neben dem Kamin, in dem die Glut noch wohlige Wärme verströmte, saß Enne. Vor ihr stand ein Glas Rotwein. Maik hatte angerufen und sein Kommen angekündigt. Sie freute sich, dass er doch noch zu ihr ins »Forsthaus Siehdichum« kommen würde, obwohl es bereits spät war und er einen langen Arbeitstag hinter sich hatte. Nachdem er sie so vor seiner Kollegin abgekanzelt hatte, hatte sie nicht mehr damit gerechnet. Den frischen Spargel mit einer vom Haus selbst gemachten Sauce hollandaise hatte sie nicht angerührt. Ihr Magen streikte. Keinen Bissen hatte sie herunterbekommen, was ihr eine vorwurfsvolle Bemerkung der Bedienung einbrachte.

Wie hatte sie sich heute Morgen auf das Essen mit Friedrich gefreut. Ein Rheingau-Riesling wurde auf der Speisekarte angeboten. Bevor sie nach Neuzelle gefahren war, hatte sie darum gebeten, einige Flaschen davon kalt zu stellen. Vor vielen Jahren hatte es ihr auf einer Fortbildung im Bundeskriminalamt in Wiesbaden der Rheingau mit seiner lieblichen Landschaft angetan. Sie mochte diese kleinen Winzerorte und besonders den Riesling. Damals hatte sie Friedrich dort mit ihrem Besuch überrascht. Er hielt einen gut dotierten Gastvortrag an der renommierten European Business School in Oestrich-Winkel, und im Gegenzug lud er sie zu einer Weinprobe ins Schloss Vollrads ein. Graf Matuschka-Greiffenclau, aus der alten Dynastie der Greiffenclaus, begleitete die Weinprobe persönlich. Selten hatte Enne so guten Riesling verkostet und dabei so viel gelacht. Natürlich bemerkte sie auch, wie Friedrich sich in den bewundernden Blicken sonnte, die man ihr zuwarf. Aber ein Paar waren sie nie gewesen. Immer nur Freunde, im besten Sinne des Wortes. Nach der Weinprobe entführte er sie zum ältesten erhaltenen Steinhaus Deutschlands. Zum Grauen Haus in Winkel. Dort hatten sie auf das Köstlichste gespeist.

Enne seufzte. »Prost, Friedrich, auf dass es dir, wo immer du jetzt bist, gut ergehe«, flüsterte sie und trank den Rest des Weins aus. Der dicke Wohlstandsbürger mit seiner dauergewellten Gattin am Nachbartisch blickte sie missbilligend an.

»Heute schon gelacht?«, fragte Enne provozierend. Das Paar sah demonstrativ in die andere Richtung.

Lilienthal kam auf sie zu. Er sah müde aus. Kaum dass er sie begrüßt und sich gesetzt hatte, griff er nach der Speisekarte. Sie empfahl ihm den frischen Spargel. Als die Bedienung kam, bestellte er ein alkoholfreies Bier und ein Schnitzel, allerdings mit drei Stangen Spargel als Beilage. Fleisch war eher sein Gemüse. Enne beäugte misstrauisch das Bier. Entweder oder, dachte sie. Aber Bier ohne Alkohol schloss sich gegenseitig aus. Sie unterdrückte den Wunsch, nach den Ergebnissen der rechtsmedizinischen Untersuchung zu fragen. Erkundigte sich nur, wie die Zusammenarbeit mit den Kollegen in Frankfurt wäre.

»Alles gut, danke«, antwortete er wortkarg zwischen den einzelnen Bissen. Als er fertig gegessen hatte und sich zum Abschluss noch einen Espresso bringen ließ, bestätigte er, dass sie mit ihren Vermutungen recht gehabt hatte. Er erwähnte Enderleins vorläufige Diagnose. Enne hörte gespannt zu. Nachdem er seine Ausführungen beendet hatte, bestellte sie sich einen Grappa. An seiner Miene konnte sie erkennen, dass er ihre Trinkgewohnheiten missbilligte. Aber das war ihr egal. Außerdem passte es zu Wein. Grappa, ein Tresterbrand, war ein Abfallprodukt aus der Weinherstellung. Kaum dass der Schnaps serviert wurde, trank sie genüsslich einen Schluck.

»Warum warst du nach der Tagung nicht bei dem Abendessen im Hotel ›Prinz Albrecht‹?«

»Ach, das hatte ich ganz vergessen. Friedrich und ich wollten im ›Forsthaus Siehdichum‹ essen gehen«, sie zögerte, »ich wollte nicht all die Leute noch einmal sehen.«

Lilienthal rührte nachdenklich in der Espressotasse. »Riemeister und ich waren vorhin dort. Natürlich ging es bei den Anwesenden nur noch um Friedrichs Tod. Warum hast du mir nichts von dem Streit zwischen Friedrich und einem der Teilnehmer, einem gewissen Stetter, erzählt?«

»Was soll das jetzt? Verhörst du mich etwa? Du kanntest

Friedrich doch auch. Er ging keiner Auseinandersetzung aus dem Weg und provozierte gern. Ich habe dem keine Bedeutung beigemessen.«

Lilienthal schob nachdenklich die Espressotasse auf dem Unterteller hin und her. »Außerdem waren wir vorhin in Friedrichs Apartment in Frankfurt. Wenig Privates. Alles sehr penibel aufgeräumt. Hast du eine Ahnung, wo er seine persönlichen Unterlagen aufbewahrt haben könnte?«

»Friedrich hatte seinen Hauptwohnsitz in Babelsberg. Die Wohnung in Frankfurt hat er nur genutzt, wenn er in der Viadrina Vorlesungen hielt.« Sie kramte in ihrer Handtasche und gab ihm eine alte Visitenkarte von Friedrich Schönburg, auf der die Adresse stand. Nachdenklich steckte er sie ein.

»Das Einzige, was ich in dem Apartment gefunden habe, war ein schmaler Hefter mit Schriftverkehr. Wusstest du, dass Friedrichs Familie Grundbesitz hier in der Gegend hatte?«

»Ja, irgend so ein Anwesen, das der Familie früher gehörte. Er hatte einen Antrag auf Rückübertragung gestellt. Aber Genaues weiß ich nicht. Es hat mich nicht sonderlich interessiert. Friedrich hatte eine Art, sich mit allem, was seine Familie betraf, wichtigzumachen. Das ging mir gegen den Strich.«

»Hast du Kontakt zu seiner Familie?«

»Kontakt ist übertrieben. Ich kenne seinen jüngeren Bruder, Johannes. Ihn und seine Tochter Carlotta habe ich hin und wieder auf Festen bei Friedrich getroffen. Warum fragst du?« Dabei kannte sie die Antwort bereits.

»Ich wüsste gern mehr über den Streit mit diesem Stetter. Vielleicht weiß sein Bruder etwas darüber.«

Enne schaute ihn scheinbar empört an. »Freunde aushorchen, ich bitte dich, Maik.« Aber natürlich hatte sie bereits mit dem Gedanken gespielt. »Ist Johannes denn inzwischen über Friedrichs Tod informiert worden?«

»Meine Kollegin hat das übernommen. Ich denke, es ist besser so. Schließlich kannte ich Friedrich, wenn auch nur flüchtig.«

»Aber raushalten wirst du dich nicht können, wenn du weiter ermitteln wirst, und davon gehe ich aus, oder?«

Er nickte, sah auf seine Armbanduhr und winkte der Bedienung zu, um zu zahlen.

»Lass man, das übernehme ich«, sagte sie.

»Danke«, murmelte er. »Ich fahre gleich weiter nach Babelsberg. Will mir noch seine Wohnung ansehen. Die Spurensicherung werde ich auch gleich informieren.«

»Die Wohnung liegt in der Karl-Marx-Straße, in einer alten Gründerzeitvilla. Direkt am Griebnitzsee.«

»Nicht schlecht, und das alles mit der Besoldungsgruppe H4, wenn ich mich nicht irre.«

»Seine Vorträge waren gefragt. Die hat er sich gut bezahlen lassen«, verteidigte ihn Enne.

»Ruf mich an, wenn du etwas von seinem Bruder erfahren solltest.« Er unterdrückte ein Gähnen und verabschiedete sich.

Sie sah ihm hinterher, als er den Gastraum verließ. Dabei zog er das eine Bein leicht hinterher. Die Behinderung war eine Folge eines schweren Fahrradunfalls in seiner Kindheit. Sein Leben hatte damals an einem seidenen Faden gehangen. Danach hatte sie ihn behütet wie eine Glucke. Sich immer zu sehr in sein Leben eingemischt. Erst seit einem heftigen Ausbruch von ihm, wo es beinahe zu einem Bruch zwischen ihnen gekommen war – sie hatten zusammen an einem spektakulären Fall auf dem Stahnsdorfer Südwestkirchhof gearbeitet –, hatte sie eingesehen, dass sie sich zurücknehmen musste. Nicht nur, was seine Arbeit, sondern auch, was sein Leben anbetraf. Aber es fiel ihr immer noch schwer.

Nur noch wenige andere Gäste saßen im Restaurant. Sie bestellte einen weiteren Grappa und versuchte sich zu erinnern, was Friedrich ihr über seine Familienverhältnisse erzählt hatte. Seine Mutter war vor einigen Jahren verstorben. Zusammen mit einer Schwester und einer Nichte hatten sie in einer Etagenwohnung in einem großbürgerlichen Altbau in Berlin-Friedenau gelebt. Friedrichs Vater war zum Ende des Zweiten Weltkrieges gefallen. Johannes kam im Herbst 1945 zur Welt. Friedrich hatte den kleinen Bruder geliebt. Enne fand es schon erstaunlich, wie unterschiedlich die beiden Brüder waren. Friedrich, mit einer Körperhöhe von über einem Meter neunzig, mit vollen dunklen Haaren, die nur einige weiße Strähnen aufwiesen, dunklen Augen und einer natürlichen Autorität, war bis zu seinem Tod schlank gewesen.

Johannes dagegen, weizenblond, feingliedrig, mit hellen Augen, erreichte bei Weitem nicht das Gardemaß seines älteren Bruders. Er hielt sich lieber im Hintergrund, wahrte Distanz und beobachtete seine Umgebung. Enne mochte Johannes. Er war ungewöhnlich musikalisch. Der Einzige in dieser Familie Schönburg, soweit sie wusste. Schon als Kind fing er an, Violine zu spielen, und bekam Unterricht in der Meisterklasse der Musikhochschule. Die Familie war überzeugt, dass er später eine Karriere als Solist vor sich hätte. Zur Überraschung aller entschied er sich nach dem Abitur für das Studienfach Maschinenbau. Und noch größer war die Überraschung, als er eigene Erfindungen machte und sie sich patentieren ließ. Friedrich hatte ihr gegenüber einmal erwähnt, dass Johannes mit seinen Patenten wieder Wohlstand in die Familie gebracht hatte.

Enne bestellte noch einen Grappa. Inzwischen war sie der letzte Gast. Es war noch nicht besonders spät, aber hier war man an andere Zeiten gewöhnt, als sie es von Berlin und auch von Potsdam her kannte. Sie trank aus und fühlte endlich ihre Glieder schwer werden. Der pochende Schmerz in ihrem Kopf ließ nach. Sie bat die Bedienung, die hinter der blank geputzten Theke bereits auf sie wartete, alles auf ihre Zimmerrechnung zu setzen. Vor der breiten Holztreppe, die zu den Gästezimmern führte, blieb sie unschlüssig stehen. Einem plötzlichen Impuls folgend wandte sie sich zur Eingangstür und ging hinaus.

Die Mondsichel des zunehmenden Mondes schimmerte hinter einer dunklen Wolke hervor. Der Wald ringsherum hatte seine eigenen Geräusche. Die Äste in den alten Bäumen knarrten. Blätter raschelten nach einem Windstoß. Ein Käuzchen schrie. Gerade wollte sie zurück ins Haus gehen, da erklang das lang gezogene Tirili der Nachtigall. Der Antwortruf ertönte aus dem Dickicht neben dem Haus. Ach Friedrich, dachte sie, das wirst du nun nie mehr hören. Und ohne dass sie es verhindern konnte, strömten die Tränen über ihre Wangen. Still stand sie da. Sie weinte um ihren Freund und ein bisschen auch über sich selbst. Wie schnell waren die Jahre vergangen. Nur eine kurze Spanne Zeit ist uns beschieden, dachte sie wehmütig.

Als sie nach geraumer Zeit die Treppe zu ihrem Zimmer hinaufstieg, nahm sie sich vor, doch noch bei Johannes anzurufen. Das gehörte sich einfach. Vielleicht wusste er auch eine Antwort auf den Streit zwischen Friedrich und diesem Stetter.

5

16. April – Seelower Höhen

Dunkle Wolken zogen über das Oderbruch, türmten sich zu bizarren Gebilden, veränderten sich und wuchsen wieder zusammen. Ein Netz von Blitzen überzog den Himmel, verdrängte die Dunkelheit und tauchte die Landschaft in schwefelgelbes Licht. Der Sturm nahm an Stärke zu. Die Bäume an der Kante des Bruchs ächzten unter der Wucht des Unwetters. Dumpf grollte der Donner. Dann krachte es. Für den Bruchteil einer Sekunde fraß sich der grelle Schein eines Blitzes in einen Baum. Regen setzte ein. Die schweren Tropfen vermischten sich mit Hagelkörnern. Wer jetzt noch keinen Unterschlupf gefunden hatte, war den Naturgewalten hilflos ausgeliefert. Erst in den frühen Morgenstunden beruhigte sich die Natur.

Albrecht Franke, Revierförster, seit vielen Jahren für das Gebiet zuständig, schritt durch den Waldabschnitt. Sein dichtes graues Haar lugte unter einer dunkelgrünen Filzkappe hervor. Unwetter hatte er sein Leben lang gekannt, aber dieser Orkan in der vergangenen Nacht war anders gewesen. Bedrohlicher, ein anderes Wort fiel ihm dazu nicht ein. Die harte Arbeit der Forstleute, das Aufforsten des Bestandes, die Pflege der Junggehölze, um von dem einheitlichen Kieferbestand wegzukommen, nachhaltiger zu wirtschaften – die Arbeit der letzten Jahrzehnte hatte das Unwetter in einer Nacht zunichtegemacht. Wo er auch hinsah, türmten sich großflächige Erdballen, wie von einer Riesenfaust aus dem Boden gerissen, Wurzeln streckten sich wie Finger zum Licht. Alte Fichten waren mitten am Stamm geborsten und damit für die Forstwirtschaft verloren. Kreuz und quer lagen die Stämme und versperrten den Weg. Fritz, seine belgische Bracke, einem großen Dackel nicht unähnlich, schnürte einige Schritte neben ihm im Unterholz. Hin und wieder hob er den Kopf und vergewisserte sich, dass sein Herrchen in der Nähe war. Franke blieb immer wieder stehen, machte sich in einer Kladde Notizen über das Ausmaß des Schadens.

Nach einer Weile steckte er das Klemmbrett zurück in seinen Rucksack. Einen ersten Eindruck hatte er sich verschafft. Nun war es Zeit für den Rückweg. Die Forstverwaltung musste sofort über die Schäden informiert werden. Er pfiff nach seinem Hund. Aus dem Unterholz hörte er ihn bellen. Sonst parierte Fritz aufs Wort. Er musste etwas entdeckt haben. Vermutlich ein verendetes Tier, dachte Franke und rief ihn beim Namen. Aber der Hund gab nur Laut. Franke wartete einen Moment, lauschte. Er hörte den Hund ganz in der Nähe knurren.

»Fritz«, rief er noch einmal. Aber wieder gab das Tier nur kurz Laut. Franke verließ den Pfad und bahnte sich einen Weg ins Unterholz. Er stolperte über eine hochstehende Wurzel.

»Verdammt«, fluchte er. Vor ihm versperrten knorrige Äste einer entwurzelten Eiche ein Durchkommen. Direkt dahinter hörte er Fritz knurren. Er bog das Astwerk so gut es ging zur Seite und schob sich darunter durch. Jammerschade, mehr als zweihundert Jahre hatte der Baum bestimmt auf dem Buckel, dachte er.

Vor dem hoch aufragenden Wurzelballen bewachte Fritz etwas. Als Franke sich herangearbeitet hatte, wedelte Fritz mit dem Schwanz.

»Aus«, befahl Franke und bückte sich. Er hob das längliche, stockähnliche Ding auf. Rieb die Erde ab. »Guter Hund«, murmelte er und zog aus seiner Jacke ein Leckerli. Fritz schnappte gierig danach. Franke betrachtete den Fund, wischte mit dem Jackenärmel darüber. Von einem Tier? Eher nicht, überlegte er. Der Hund war in die Vertiefung zwischen den Wurzeln geklettert und fing an, mit den Vorderpfoten zu buddeln. Erdklumpen flogen dem Förster um die Beine. Dabei knurrte der Hund erregt.

»Aus, Fritz«, sagte Franke und kniete sich vor dem Erdloch nieder. Der Hund gehorchte. Mit der Hand schob Franke die Erde beiseite. Fritz stand mit gesträubtem Nackenfell hechelnd neben ihm. Franke bückte sich tiefer.

Augenhöhlen starrten ihn an. Ein Regenwurm wand sich aus dem Nasenbein, darunter befand sich ein noch gut erhaltenes Gebiss.

»Gut gemacht, Fritz«, murmelte Franke. Er legte das Erdreich um den Schädel frei. Halswirbel kamen zum Vorschein. Knochen ragten aus der dunklen Erde. Der Hund hatte einen davon herausgezerrt. Franke stand auf, öffnete seinen Rucksack und zog ein Stück rotes Tuch hervor. Er rollte es zu einer Kordel und band es an einen Ast. Dann klopfte er sich den Sand von den Hosenbeinen. Er nahm sein Handy aus der Jackentasche und tippte eine Nummer ein.

»Tach, Klaus«, begrüßte er den anderen, als der sich meldete. »Bin im Seelower Forst. Schlimmer als befürchtet.« Er nickte zu der Antwort des anderen. »Habe eine grobe Schätzung der Schäden vorgenommen. Ja, ich denke, in einer Stunde bin ich im Büro.« Er lachte: »Trink mir nicht den ganzen Kaffee weg. Und benachrichtige gleich mal die WASt*.« Er lauschte einen Moment. »Ja, die Wehrmachtauskunftsstelle. Ich habe schon wieder eine alte Leiche gefunden.«

---

*Deutsche Dienststelle zur Identifizierung von Wehrmachtstoten

6

19. April – »Forsthaus Siehdichum« und Neuzelle

Enne von Lilienthal köpfte ihr Frühstücksei. Wie von ihr gewünscht, war es fünf Minuten gekocht, das Eiweiß fest und das Eigelb noch etwas flüssig, so wie sie es liebte. Sie streute Salz und Pfeffer auf das Häubchen. Seit der Zeit, als es noch Herrn Lottchen, ihren Papagei, gegeben hatte und der Vogel strikt darauf bestanden hatte, von jedem Ei das Obere zu bekommen, hatte sie, allen Benimmregeln zum Trotz, dieses Ritual beibehalten. Die Frühlingssonne wärmte bereits, und sie hatte sich für einen Tisch auf der Terrasse entschieden. Hinter ihr an der Hauswand hatte man einen Nistkasten angebracht. Zwei kleine Kohlmeisen wechselten sich emsig beim Brüten ab. Als Service des Hauses hatte man ihr die »Märkische Oderzeitung« auf den Tisch gelegt.

Sie schob den Teller zur Seite, schlug die Zeitung auf und blätterte zum Lokalteil. Friedrichs Tod wurde mit keiner Notiz erwähnt. Der Orkan mit seinen verheerenden Schäden, der vor einigen Tagen das Oderbruch verwüstet hatte, war der Aufmacher des Tages. Enne belegte eine Brötchenhälfte mit frischem Wildschweinschinken. Während sie aß, überflog sie den Artikel.

»Wieder Weltkriegsleiche gefunden – wie viele Soldaten liegen noch in märkischer Erde?« war der Artikel übertitelt. Enne blickte auf ihre Armbanduhr. Um elf Uhr war sie mit Johannes in Neuzelle verabredet. Sie hatte ihn noch gestern Nacht angerufen. Er war bereits durch die Polizei von Friedrichs Tod unterrichtet worden. Über die Einzelheiten hatte die Beamtin jedoch kein Wort verloren.

Johannes hatte Enne gebeten, ihn zu begleiten. Er wollte sich in der Stiftskirche den Ort ansehen, wo sie seinen Bruder gefunden hatte. »Weißt du, allein schaffe ich das nicht«, war seine Begründung.

Johannes erwartete sie vor dem Eingangsportal des Klosters. Neben ihm stand eine junge Frau. Enne winkte ihnen zu und parkte ihren Golf auf dem Klosterparkplatz. Sie lief zurück, und erst

als sie beinahe vor ihnen stand, erkannte sie Carlotta, Johannes'
Tochter. Weizenblondes Haar fiel seidig glatt über die Schultern
der jungen Frau. Ihre Augen leuchteten noch intensiver als die
ihres Vaters. Seine Tochter sieht aus wie ein lichter Sommertag,
ging es Enne unwillkürlich durch den Kopf. Spontan umarmten
sie sich, und Enne spürte, dass seine Schultern bebten.

»Ach Johannes«, murmelte sie, »es tut so weh.«

Er richtete sich auf. In seinen Augen schimmerte es feucht.
»Warum Friedrich, Enne? Was hat er getan? Ich verstehe es nicht.«

Sie schloss für einen Moment die Augen, schluckte den
Kloß herunter, der in ihrer Kehle saß, dann sagte sie mit fester
Stimme: »Ich werde es herausfinden, versprochen.«

»Kennst du mich nicht mehr?«

Die weiche Stimme Carlottas riss Enne aus ihren Gedanken.
Sie wandte sich ihr zu. »Wie schön, dich zu sehen, Carlotta,
auch wenn der Anlass so traurig ist.«

Die junge Frau war größer als ihr Vater. Carlotta, der Liebling
der Familie Schönburg, machte es allen leicht, sie zu mögen.
Auch Friedrich hatte seine einzige Nichte geliebt wie ein eigenes
Kind. Friedrich, zeitlebens mit Frauen verbandelt, war nie eine
Ehe oder längere feste Bindung eingegangen.

Carlottas Mutter hatte Enne nie kennengelernt. Sie wusste
nur, dass sie aus einer wohlhabenden Mailänder Familie stammte
und Johannes in München während seiner Arbeit bei Siemens
kennengelernt hatte. Die Ehe hatte nur wenige Jahre gedauert.
Carlottas Mutter war früh verstorben und das Kind bei der
Großmutter aufgewachsen. Die Musikalität hatte sie von ihrem
Vater geerbt und im Gegensatz zu ihm zu ihrem Beruf gemacht.
Die Harfe war ihr Instrument. Sie galt als eine der Besten in
ihrem Fach. Inzwischen gab sie mit renommierten Orchestern
Gastspiele nicht nur in Deutschland, sondern tourte durch die
ganze Welt.

Arm in Arm ging Enne mit Johannes zur Stiftskirche. Als sie
den Innenraum von St. Marien betraten, blieb er stehen und
bekreuzigte sich. Enne blickte ihn überrascht an.

»Ich bin katholisch getauft, wusstest du das nicht?«

»Ich dachte, die Schönburgs wären allesamt lutherisch-evangelisch.«

»In dieser Familie gibt es Dinge, die nicht rational zu erklären sind«, sagte er.

»Aber später bist du doch umgetauft worden, Papa«, mischte sich Carlotta ein.

»Na, da schau her«, meinte Enne. »Nach beiden Seiten absichern.«

Johannes lächelte müde. »So kann man das auch sehen«, erwiderte er leise.

Enne führte sie vorbei am Annen-Altar und weiter zur alten Sakristei. »Hier ist es.« Sie deutete zum Eingang. Johannes ergriff Carlottas Hand. Enne blieb stehen.

»Kommst du nicht mit?«, fragte Carlotta.

»Entschuldigt bitte, aber ich warte hier draußen auf euch.« Alles sträubte sich in ihr, dort noch einmal hineinzugehen. Zu grell hatte sich das Bild mit Friedrich, wie er so plötzlich vor ihr gelegen hatte, in ihr Gedächtnis eingebrannt. Durch den Mittelgang ging sie weiter nach vorn. Die Seitenaltäre strukturierten den Raum und führten auf das zentrale Ziel hin, zur Emmausgruppe. Vor der Kanzel blieb sie stehen. Ein Höhepunkt in dieser an Höhepunkten nicht armen Kirche. Auf dem Kanzelkorb, der von einem frei schwebenden Engel getragen wurde, saßen die vier Evangelisten, Markus, Matthäus, Lukas und Johannes. Als Kind hatte sie es spannend gefunden, dass vier unterschiedliche Männer jeweils aus ihrem Blickwinkel heraus über Jesu Leben schrieben. Hinter ihnen zeigten Reliefs die vier Kardinaltugenden: Gerechtigkeit, Starkmut, Mäßigkeit und Klugheit. Hoch oben schwebten die drei göttlichen Tugenden als Frauenfiguren gestaltet, die Christus umgaben. Das waren ihr die liebsten, von Jugend an vertraut: Glaube, Liebe, Hoffnung.

Vor dem Kindheit-Jesu-Altar blieb sie wieder stehen. Darunter befand sich der gläserne Reliquienschrein mit den Gebeinen des heiligen Floridus. Enne setzte sich davor in eine Bank. Man hatte Blumen aufgestellt. Der Schein einer großen Kerze fiel auf einen Kasten zu Füßen des Altars auf dem Marmorsockel.

»Da bist du ja. Wir haben dich schon gesucht.« Johannes war neben sie getreten.

»War es schlimm?«, fragte ihn Enne.

»Geht schon«, antwortete er, aber seine rot umrandeten Augen sprachen eine andere Sprache. »Ein schöner Ort, diese alte Sakristei. Wenigstens das …«

Sie verstand, was er damit ausdrücken wollte.

»Ein Jesuskind mit Krone und Brokatkleid.« Carlotta blickte skeptisch zu der Figur hoch. »Irgendwie kitschig, oder?«

»Man muss das im Zusammenhang und aus der Zeit heraus, in der der Altar gestaltet wurde, verstehen, Carlotta«, meinte Enne. »Der gekrönte Jesusknabe auf einer Weltenkugel und die Schlange zu seinen Füßen sollen an den Triumph über die Sünde und das Böse in der Welt erinnern. Das findest du häufig in katholischen Kirchen, besonders in Italien. Und diese Kirche hier ist ungewöhnlich.« Enne schaute versonnen umher. »Hier kann man immer wieder herkommen und entdeckt jedes Mal etwas Neues.«

Johannes war hinüber zum Marienaltar gegangen. Carlotta blieb bei Enne und betrachtete die Reliquien in dem Glasschrein.

»Schau mal, jemand hat eine weiße Rose auf den Kasten hier gelegt. Weißt du, was da drinnen ist?« Sie zeigte auf den Schrein darunter, der mit einem dunkelroten Samttuch bedeckt war.

»Keine Ahnung. Sehe ich auch zum ersten Mal.«

Carlotta blickte sich schnell um, sie waren allein im Kirchenschiff, und schlug das Samttuch zurück. Im oberen Teil des Schreins war eine Glasscheibe eingelassen. Die Kiste war schlicht zusammengefügt aus weißem lackiertem Holz und lange nicht so prunkvoll verziert wie die Gebeine des heiligen Floridus darüber.

Carlotta spähte durch die Scheibe. »Da sind auch Knochen drinnen und ein Totenkopf. Ziemlich morbide.«

Johannes war hinter sie getreten. Er griff zu dem Samttuch und wollte es wieder über den Kasten legen, hielt dann aber inne. Gebannt starrte er hinein. Enne war aufgestanden und beugte sich vor. Im Inneren des Behältnisses, auf einem dunklen Tuch, lag ein Totenschädel, daneben ein paar menschliche

Knochen. Zwischen dem Kopf und den Gebeinen schimmerte matt ein Kruzifix aus Gold. Und daneben ein Medaillon. Mit einer schnellen Bewegung deckte Johannes das Samttuch wieder darüber. Als er sich aufrichtete, taumelte er.

»Papa!« Carlotta fasste nach seinem Arm.

»Das Medaillon«, flüsterte er, schob ihre Hand weg und lief durch den Mittelgang zum Ausgang. Enne blickte ihm überrascht hinterher.

Carlotta schob das Tuch beiseite. Sie hockte sich hin und spähte durch die Scheibe. Dann murmelte sie: »Es ist das gleiche.«

»Was heißt das, Carlotta?«, fragte Enne. Sie konnte nichts Auffälliges daran finden. Einzig den Umstand, dass zwischen alten Knochen zwei goldene Schmuckstücke lagen, fand sie ungewöhnlich. Sie bedeckte den Kasten wieder und legte ordentlich die weiße Rose darauf. Carlotta sah hoch zu dem Jesuskind.

»Was ist mit dieser Kirche?«, flüsterte sie. »Was bedeutet das? Und mein Onkel stirbt hier unter ungeklärten Umständen.«

Sie fanden Johannes auf einer Bank oberhalb des barocken Klostergartens. Die Zigarette in seiner Hand zitterte leicht. Nachdenklich schaute er in den Abtgarten. Enne setzte sich neben ihn. Er zog eine angebrochene Packung aus seiner Jackentasche und bot ihr eine an. Sie zögerte einen Augenblick. Immer wieder hatte sie versucht, mit dem Rauchen aufzuhören, es aber nie durchgehalten. Wenn nicht jetzt, wann dann?, dachte sie, zog eine Zigarette heraus und ließ sich Feuer geben. Tief inhalierte sie den Rauch. Carlotta war wortlos die Stufen hinunter zur Orangerie gegangen. In der Ferne fuhr eine Eisenbahn mit mehreren Waggons wie in einer Spielzeuglandschaft vorbei. Enne warf die halb aufgerauchte Zigarette auf den Boden, zertrat sie und schob Erde darüber.

»Wieso bist du so sicher, dass du dieses Medaillon kennst?«

Es dauerte eine Weile, ehe Johannes antwortete. »Es war einmal, so fangen bekanntlich Geschichten an. Es ist ein Familiengeheimnis, Enne. Ich weiß es auch erst seit Kurzem.«

7

19. April – Potsdam – Neuzelle

In der Nacht hatte es gefroren. Nicht ungewöhnlich für April. Raureif überzog die Grünflächen im Potsdamer Lustgarten mit einem weißen Schimmer. Vor dem Neptunbrunnen rupfte ein Entenweibchen energisch etwas aus der Erde. Dicht hinter ihr reckte der Enterich den Kopf in die Höhe und beobachtete aufmerksam die Umgebung.

Lilienthal fuhr am neuen Landtag, der Nachbildung des alten Potsdamer Stadtschlosses, vorbei, bog von der Breiten in die Henning-von-Tresckow-Straße und parkte den Jaguar direkt vor dem Eingang des Potsdamer Polizeipräsidiums. Zwei Stufen auf einmal nehmend, lief er die Treppe hoch. Noch in der Nacht hatte er mit Kriminalrat Dr. Körner telefoniert, der ihn sofort zur kleinen Lagebesprechung einbestellt hatte. Das Sekretariat war verwaist, als Lilienthal durch die offene Tür in Körners Büro trat. Der Alte las in einer Akte. Seine Ausmaße waren immer noch imposant, weshalb Körner intern auch »King Kong« genannt wurde, dennoch stand er kurz vor seiner Pensionierung. Er klappte den Aktendeckel zu.

»Hinsetzen, kurz fassen«, befahl er. »Als Erstes: Sie haben sich in einen fremden Fall hineingedrängt. Warum?« Lilienthal kannte den Alten. Sein Gebaren und das »Sie« ihm gegenüber schüchterte ihn nicht ein.

»Das Opfer, Professor Friedrich Schönburg, lebte in Potsdam. Ich denke, es ist auch Ihnen bekannt, dass Schönburg ein polarisierendes Mitglied innerhalb der Brandenburger CDU und weit über die Landesgrenzen hinaus in den Medien präsent war. Dass er außerhalb Potsdams umgebracht wurde – konkret im Polizeidistrikt Frankfurt –, bedauerlich. Aber in diesem Fall hielt ich es für dringend erforderlich, dass die Kripo der Landeshauptstadt an der Aufklärung beziehungsweise an der Ermittlung beteiligt sein muss.« Lilienthal holte Luft. »Sind meine Ausführungen bis hierhin korrekt?«

»Bilde dir auf deine Anfängerrhetorik nur nicht zu viel

ein, Maik«, knurrte der Alte. »Ich musste mir gestern Abend eine lange Litanei der Frankfurter Staatsanwaltschaft anhören, vertreten durch Frau Dr. Heeseberg, die bekannt ist für ihre scharfe Zunge. Du hättest dich in Neuzelle wie Rambo aufgeführt.«

Lilienthal entschied sich, zerknirscht auszusehen, was ihm in Ansätzen gelang.

»Und Enne …«, Körner räusperte sich, »ich habe gehört, deine Mutter hat den Leichnam gefunden?« Lilienthal verdrehte genervt die Augen.

»Wie sie das immer wieder schafft, verstehe ich auch nicht«, seufzte Lilienthal. »Kaum haben wir den Stahnsdorfer Friedhofsmord zu den Akten gelegt, findet sie schon wieder Leichen. Aber Spaß beiseite. Friedrich Schönburg war ein alter Freund von ihr. Es hat sie tief getroffen.«

»Und dann noch eine zweite Leiche. Ein Pfarrer! Wo kommen wir denn dahin, wenn man jetzt schon Geistliche umbringt.« Körner schüttelte missbilligend den Kopf. »Und der Fundort. Kloster Neuzelle! Das hört sich ja wie ein Schauerroman an«, grummelte der Alte. Draußen klapperte es.

Hella Rosenfeld, Körners rechte Hand, steckte den Kopf herein. »Morgen zusammen«, zwitscherte sie fröhlich. »Kaffee für Sie beide?«

Körner nahm die Akte, die er vor dem Gespräch vor sich auf den Tisch gelegt hatte. »Frau Dr. Heeseberg hat widerstrebend zugestimmt, frag nicht, was mich das an diplomatischem Geschick gefordert hat, dass du und KHK Riemeister zusammen den Fall bearbeiten könnt.« Er blickte Lilienthal listig an: »Die Riemeister soll ja eine richtige Schönheit sein.«

Lilienthal zauberte ein Unschuldslächeln auf sein Gesicht. »Ist mir bisher nicht aufgefallen, Chef. Muss ich mich in Acht nehmen?«

Der Alte drohte mit dem Finger. Dann rief er Richtung Tür: »Kaffee bitte in zehn Minuten, Hella. Lilienthal wird gleich zurückfahren ins schöne Oderbruch.« Und an Lilienthal gewandt: »Ich kann mich des Eindrucks nicht erwehren, in diese Umgebung passen Tempi passati.«

Lilienthal stand auf. »Sind alte Geschichten nicht immer ein Motiv, Chef?« Beim Hinausgehen winkte er gut gelaunt Hella Rosenfeld zu. Die Tür zu seinem alten Büro stand offen. Leo Kalumet, sein junger Kollege im Potsdamer Präsidium, telefonierte. Als er Lilienthal sah, legte er auf.

»Kommst du ohne mich klar, Maik?«, fragte er und blickte ihn erwartungsvoll an.

»Die Frage ist doch eher, ob du ohne mich klarkommst, mein Kleiner«, parierte Lilienthal. Er musterte den jungen Kollegen, dessen durchtrainierter, muskulöser Oberkörper in einem dunkelblauen Baumwollpullover steckte. Dazu trug er wie immer helle Cordhosen. Wenn Kalumet saß, bemerkte man nicht, dass seine Körpergröße bei Weitem nicht an Lilienthals ein Meter vierundachtzig heranreichte. »Eigentlich könnte ich dich gut gebrauchen«, überlegte Lilienthal.

Kalumet schnellte wie eine Feder hoch. »Ich komme sofort mit. Über deinen Klosterfall zerreißt sich schon das ganze Haus den Mund.«

»Aber, aber, nicht so hastig. Die Frankfurter sind ein spezielles Völkchen. Kochen lieber ihr eigenes Süppchen. Körner hat seine ganze Diplomatie angewandt, damit ich überhaupt dabei mitspielen darf.« Das Telefon klingelte. »Wo ist denn Heike?«, fragte Lilienthal.

»Hat Lehrgang in Wiesbaden«, antwortete Kalumet.

»Wer hat das genehmigt?«, fragte Lilienthal streng.

»Na du, wer denn sonst?« Kalumet meldete sich. Lilienthal verließ das Büro und lief zum Ausgang. Er fühlte sich verantwortlich für seine kleine Truppe. Der letzte Fall, ein spektakulärer Mord auf dem Südwestkirchhof in Stahnsdorf, hatte sie zusammengeschweißt.

Er hatte alles herausgeholt, was in dem alten Jaguar steckte, und pünktlich zum verabredeten Zeitpunkt hielt er vor dem Präsidium in Frankfurt. Sie stand bereits da. Als er einladend die Tür öffnete, blickte Riemeister misstrauisch auf den Jaguar.

»Der beißt nicht, hat die deutsche Staatsbürgerschaft und darf auch dienstlich eingesetzt werden«, hatte Lilienthal in korrektem Amtston erklärt. Jetzt waren sie auf dem Weg nach Neuzelle. Die Staatsanwaltschaft hatte Riemeister bereits über die offizielle Zusammenarbeit mit Potsdam informiert.

Riemeister wollte sofort wissen, ob er gestern Nacht noch Relevantes in der Wohnung des Professors gefunden hätte.

»Kaum Privates. Korrespondenz so gut wie keine. Gerade mal ein Ordner mit Abrechnungen und einige Briefe über einen alten Rechtsfall. Die Wände waren zugestellt mit Bücherregalen. Überwiegend wissenschaftliche Abhandlungen. Die Kollegen von der KTU sind noch dran.« Ihr Ton ging ihm auf die Nerven. Als wenn er ihr Untergebener wäre. Konnte die überhaupt lächeln? Reg dich nicht auf, befal er sich, bald bist du wieder in Potsdam, und dann durften sich andere mit diesem Landei rumärgern. Unglücklicherweise einem ausgesprochen gut aussehenden Landei, was die Sache nicht einfacher machte.

Riemeister berichtete, dass sie sich heute früh bereits im Kollegenkreis des Professors umgehört hatte. Der Mann galt als ambivalent. Fachlich hochkompetent, aber nicht einfach im Umgang. Frauen gegenüber war er sehr zugänglich. So zugänglich, dass er wohl in jedem Semester eine Neue hatte. Riemeister hatte gehofft, dass Lilienthal Notizen oder Namen in der Wohnung des Professors finden würde.

»Sie tippen auf Mord aus Eifersucht?«, fragte Lilienthal.

»Könnte doch sein, oder?«, erwiderte Riemeister.

»Dagegen spricht, wie er umgebracht wurde. Sehr inszeniert und passend für die Umgebung«, wandte er ein.

»In jedem Fall brauchen wir die Namen der Frauen, mit denen Schönburg zuletzt zusammen war«, konterte sie.

Lilienthal stöhnte innerlich auf. Frauen griffen gern zu Gift. Brutale Tötungsarten waren eher bei Männern gebräuchlich. Aber nur zu. Sollte sie doch alle befragen, mit denen Schönburg durch die Betten gestiegen war. »Gruber, der Sakristan, hat mich heute früh angerufen. Das Auto vom Pfarrer wurde vor zwei Tagen mit roter Farbe beschmiert. Es handelte sich um einen neuen schwarzen BMW der Oberklasse. Der Herr Pfarrer ist beinahe ausgerastet, so Grubers Worte. Es gab seit Längerem Streit zwischen dem Pfarrer und einem Mitarbeiter aus der

Klosterbrauerei. Einem Markus Hähnlein, hat Gruber erwähnt. Ich denke, den sollten wir uns heute gleich vornehmen.«

Der Geschäftsführer der Klosterbrauerei, Gerd Luckner, glatt zurückgekämmtes dunkles Haar, volle ausgeprägte Gesichtszüge mit durchdringendem Blick und kräftiger Taille, telefonierte, als die Kommissare sein Büro im ersten Stock, gleich neben der eigentlichen Produktionsstätte, betraten. Ein schlichter Schreibtisch mit zwei Besucherstühlen davor, war der Raum nur auf das Nötigste eingerichtet. An den Wänden hingen gerahmte Auszeichnungen von Neuzeller Bieren. Riemeister stellte sich und Lilienthal vor und teilte Luckner in wenigen Sätzen den Anlass ihres Besuches mit. Er musterte Riemeister wohlwollend und wies dann auf die Stühle vor seinem Schreibtisch.

»Ausgesprochen bedauerlich. Ein guter Mann, der Pfarrer. Endlich mal jemand, der frischen Wind in die kleine katholische Gemeinde hier gebracht hat. Auch um die örtliche Jugendfußballmannschaft hat er sich gekümmert, die wir als Sponsor betreuen. Wer macht denn so was? Ich bitte Sie. Wer bringt denn einen Pfarrer um? Noch dazu einen katholischen Geistlichen.«

»Ach, bei einem evangelischen Pfarrer könnten Sie sich das eher vorstellen?«, provozierte Lilienthal.

»Das habe ich nur so dahergesagt«, beeilte sich Luckner sofort um Schadenbereinigung.

»Hatte der Pfarrer Feinde?«, fragte Riemeister.

Luckner zögerte für den Bruchteil einer Sekunde. »Ich bitte Sie, Frau Hauptkommissarin, wer sollte etwas gegen einen Geistlichen haben?«

»Wir haben da anderes gehört«, warf Lilienthal ein.

»Darf ich Ihnen etwas anbieten? Kaffee? Für Bier ist es vielleicht noch etwas zu früh bei Ihnen, oder?«

Der will Zeit schinden, registrierte Lilienthal.

»Nein danke. Ich trinke morgens nur Tee«, erwiderte Riemeister trocken.

»Gern, einen Kaffee bitte, schwarz, ohne alles«, bestellte Lilienthal. Er hatte heute Morgen weder etwas gegessen noch getrunken, bis auf ein hastiges Glas Wasser gleich nach dem Aufstehen.

»Wir haben für jeden Geschmack etwas im Haus, liebe Frau Kommissarin«, schwadronierte Luckner. »Nicht nur Bier. Wir sind gut bestückt, was Getränke angeht.« Er stand auf. »Mieze«, brüllte er nach draußen. »Einen Kaffee ohne alles, der Herr ist schon schön, und für die Dame einen grünen Tee, der heitert auf, nicht wahr, schöne Frau?«, wandte er sich an Riemeister. Die verzog keine Miene.

Luckner rieb sich die Hände und musterte seine Besucher. »Wie kann ich Ihnen weiterhelfen?«

»Ein Mitarbeiter ihrer Brauerei, Markus Hähnlein, hatte Streit mit Pfarrer Michaelis.«

»Hähnlein?«, wiederholte Luckner gedehnt.

Eine junge dralle Frau mit blond gefärbten, hochgesteckten Locken kam mit einem Tablett herein und stellte es auf Luckners Schreibtisch ab.

»Lass mal, Mieze, ich mach das schon.« Er erhob sich und bediente seine Gäste. Für sich selbst stellte er ein Glas einer honigfarbenen Flüssigkeit auf den Tisch. »Unsere neueste Kreation. Absolut preisverdächtig.« Er hob sein Glas und prostete den beiden Kommissaren zu.

Lilienthal war angenehm überrascht, stark und würzig, so wie er Kaffee liebte. Sogar einen Teller Kekse hatte diese Mieze dazugestellt. Das rettete ihn fürs Erste. Auch Riemeisters Miene hellte sich nach dem ersten Schluck ihres Tees auf. Sie lächelte Luckner sogar an. Hatten die da etwas reingetan?, ging es Lilienthal amüsiert durch den Kopf.

»Ja, Sie haben recht. Zwischen unserem Braumeister und dem Pfarrer gab es Differenzen«, nahm Luckner den Gesprächsfaden wieder auf. »Markus Hähnlein war ein hervorragender Bierbrauer. Etliche Biersorten habe ich mit ihm zusammen entwickelt.«

»Sie sprechen in der Vergangenheit von ihm?«

»Tja, Frau Kommissarin, wie schon gesagt, handwerklich korrekt und mit einem guten Gespür für Hopfen und Malz.«

»Aber?«

»Wir mussten uns von ihm trennen.«

»Von einem hervorragenden Mitarbeiter? Davon gibt es bestimmt nicht viele hier in der Gegend. Was war denn der Anlass?«, insistierte Lilienthal.

»Selbstversorger, wenn Sie verstehen, was ich meine.«

»Alkoholiker?«, fragte Riemeister.

»Der soff wie ein Kamel, nur leider kein Wasser.«

»Das ist eine Krankheit, Herr Luckner. Das kann man therapieren.«

»Blödsinn! Entschuldigen Sie, wenn ich das so drastisch formuliere. Das geht gar nicht in so einem Betrieb. Wir haben zigmal mit ihm geredet. Haben ihm einen anderen Job angeboten. Nicht direkt am Gärbottich. Zuerst war er auch ganz einsichtig. Ging vor circa zwei Jahren auch mal zu so einer Rehamaßnahme. Für ein halbes Jahr!« Krachend ließ sich Luckner in seinen Schreibtischstuhl zurückfallen. »Können Sie sich vorstellen, was das bedeutet für einen Betrieb unserer Größenordnung? Das sind Kosten, die müssen Sie erst mal wieder reinholen.« Er schnellte nach vorn. »Aber kaum war Hähnlein zurück, fing es von vorne an. Unser Betrieb ist nicht besonders groß. Da muss man sich auf jeden Mitarbeiter verlassen können. Ich zahle gut, das wissen meine Leute zu schätzen. Aber Bier ist Bier und Schnaps ist Schnaps, wenn Sie verstehen, was ich meine.«

»Und was hat das alles mit dem Pfarrer zu tun?«, wollte Lilienthal jetzt endlich wissen.

Luckner fuhr sich mit der Hand durch die Haare. »Keine Ahnung, irgendeine alte Familiengeschichte. Einzelheiten kenne ich nicht.« Er klopfte mit den Fingern einen Trommelwirbel auf der Holzplatte, überlegte einen Moment. »Vielleicht weiß Mieze mehr. Mieze, kannste mal kommen?«, brüllte er durch die geöffnete Tür.

Die Blonde steckte den Kopf durch die Tür. »Chef?«, fragte sie.

»Komm rein, mein Sonnenschein«, sagte Luckner. »Wo ist Markus? Der hat doch noch Dienst bis Ende des Monats.«

»Wollte zum Arbeitsgericht. Beschwerde einlegen.«

»Wird ihm auch nichts mehr helfen. Die dritte verpanschte Maische. Das ist Grund für eine fristlose Kündigung.«

»Wir haben gehört, dass Herr Hähnlein Streit mit Pfarrer Michaelis gehabt haben soll?«, hakte Lilienthal nach. »Wissen Sie, warum?«

Miezes Blick wanderte zu Luckner. »Nee, weiß nichts davon.«

»Aber dass Herr Hähnlein das Auto des Pfarrers beschmiert hat, das ist Ihnen bekannt?«

Sie kicherte.

»›Kapitalistensau‹ stand drauf«, erwiderte sie.

»Ein Pfarrer ein Kapitalist? Wie geht das denn?«, schaltete sich Riemeister ein.

»Och«, Mieze verzog abfällig die Mundwinkel: »Janz jut.«

Lilienthal reichte es. Die beiden von der Brauerei ließen sie auflaufen, aber gehörig. Merkte das die Riemeister nicht?

»Nur zur Erinnerung, wovon wir hier sprechen: Pfarrer Michaelis wurde ermordet. Und Sie wissen genau, worum es in dem Streit ging. Wenn sie nicht kooperieren, ist das Behinderung bei der Aufklärung eines Tötungsdeliktes.«

»Woll'n Sie uns drohen, Herr Hauptkommissar?«, knurrte Luckner. Mieze hatte fluchtartig den Raum verlassen.

Lilienthal stand auf. Legte seine Visitenkarte vor Luckner auf den Tisch. »Richten Sie Herrn Hähnlein aus, dass er sich sofort auf dem Kommissariat in Frankfurt zu melden hat.« Wütend verließ er den Raum.

Riemeister schaute ihn unwillig an, als sie wenig später auf dem Hof zu ihm trat. »Was sollte das denn sein?«

Er schwieg. Natürlich hatte sie recht, er hatte wohl etwas überreagiert, aber zurechtweisen lassen wollte er sich von der schon gar nicht.

»Mieze heißt übrigens Marie Krüger«, erzählte Riemeister, als sie das Brauereigelände verließen. »Ich treffe sie gleich am Bahnhof. Sie fährt nach Frankfurt zur Bank. Dabei können wir uns ungestört unterhalten, sodass der Luckner davon nichts mitbekommt.«

»Von Frau zu Frau, was?«, bemerkte Lilienthal ironisch.

»Ich fahre zu dem Stetter. Der soll hier in der Nähe ein Hotel haben.«

»Bis nachher im Büro, und viel Spaß bei Ihrem Gespräch von Mann zu Mann«, verabschiedete sich Riemeister kühl.

Er blickte ihr hinterher, als sie mit federnden Schritten Richtung Bahnhof lief. Den Haargummi, der ihre Haare zusammenhielt, hatte sie herausgezogen. Rotgolden umhüllten die Locken ihren Kopf. Wie ein Strahlenkranz. Konnte die nicht einfach hässlich aussehen?, dachte er wütend.

8

»Seeschlösschen«

Die Adresse des Hotels hatte Lilienthal in sein Navi eingegeben. Die alte Landstraße führte durch eine Allee von Kirschbäumen, die ihn mit ihrer weißen Pracht blendeten. Sanfte Wiesenhügel, unterbrochen von Wäldern, wechselten ab mit Feldern, auf denen die grünen Halme der Frühlingssaat sprossen.

Was hatte er bei dem Gespräch mit Luckner und Mieze erreicht? Nichts, musste er vor sich selbst zugeben. Er ärgerte sich immer noch. Schuld war nur die Riemeister mit ihren Befindlichkeiten. Den ganzen Morgen hatte sie ihn gereizt. Beim Luckner hatte er dann Dampf abgelassen. Und jetzt? Jetzt stand er da wie ein cholerischer Depp. Mit der Riemeister musste er mal Tacheles reden. Ordentliche Ermittlungsarbeit ging nur im Team. Er vermisste seinen Kollegen. Kalumet hatte sich bei ihrem letzten Fall gut eingearbeitet. Mal sehen, vielleicht konnte er Körner überreden, ihn abzustellen.

Ein Schild wies auf das Golf- und Landhotel »Seeschlösschen« in fünfhundert Metern Entfernung hin. Er bog ab und fuhr durch eine Buchenallee. Vorn öffnete sich die Straße und gab den Blick auf ein Herrenhaus aus dem 19. Jahrhundert frei. In lichtem Gelb verputzte Fassade, davor ein Rondell, bepflanzt mit einer Fülle weißer und orangefarbener Tulpen, und in der Mitte ein eingefasster steinerner Teich, zu dem von jeder Himmelsrichtung ein Kiesweg führte.

»Nobel«, brummte Lilienthal und folgte der Wegführung zu den Parkplätzen und weiter auf der anderen Seite zu den Golfanlagen und zur Seepromenade. Er parkte den Jaguar und lief zurück zum Eingang. Hinter einer eleganten, mit Kirschholz verkleideten Rezeption sah ihm eine dezent geschminkte junge Frau mit dunklem Bubikopf entgegen. Lilienthal fragte nach dem Chef des Hauses.

»Herr Stetter ist in einer Besprechung. Kann ich Ihnen vielleicht weiterhelfen?«

Er zeigte seinen Dienstausweis. Sie bat Lilienthal, einen Moment Platz zu nehmen, der Herr Direktor würde verständigt werden. Lilienthal ließ sich in einen der tiefen, mit dunkelblauem Samt bespannten Sessel im Foyer sinken. Er schaute auf seine Uhr. Maximal fünf Minuten, länger würde er nicht warten, überlegte er.

»Wie kann ich Ihnen behilflich sein?«, ertönte eine sonore Stimme hinter ihm. Lilienthal schätzte den massigen Mann mit vollen, immer noch dunkelblonden Haaren auf Mitte sechzig. Aus dem gebräunten Gesicht sahen ihn tief liegende braune Augen prüfend an. Der Anzug schien allerdings nicht von bester Qualität zu sein. Als Lilienthal sich erhob, war er nur unwesentlich größer als der Direktor des Hotels.

Lilienthal wies sich aus, doch Stetter warf kaum einen Blick auf das Dokument und bat ihn direkt in sein Büro. Der Raum hinter der Rezeption war nicht besonders groß, aber funktional mit schwarzem Mobiliar eingerichtet. Stetter führte ihn in die Ecke zu einem Besprechungstisch. Ein Tablett mit einer Kanne Kaffee, Milchkännchen, Zuckerdose und Tassen sowie Gläsern und mehrere kleine Wasserflaschen standen dort. Stetter wies auf die Getränke, aber Lilienthal lehnte dankend ab.

»Schönes Haus«, bemerkte er, nachdem er sich gesetzt hatte.

Stetter strahlte. »Waren Sie schon im Park und unten am See?« Als Lilienthal verneinte, schnurrte Stetter wie in einem Werbefilm die Vorzüge und Lage seines Hotels herunter.

Als er Luft holte, unterbrach ihn Lilienthal: »Ihnen ist bekannt, dass Professor Schönburg gestern verstarb?«

Augenblicklich wurde Stetter ernst. »Ja, ich wurde darüber informiert.«

»Wer hat Sie denn informiert?«

»Einer der Teilnehmer. Ein Kollege. Betreibt ein Hotel in Bad Saarow, der hat mich angerufen. Wieso fragen Sie, stimmt etwas nicht mit dem Tod des Professors?«

»Schönburg starb nicht eines natürlichen Todes.«

»Na, so was. Er wurde umgebracht?« Stetter schaute ihn ungläubig an.

»Worum ging es bei Ihrem Streit während der Tagung?«, ging Lilienthal zum Angriff über.

Der Direktor lehnte sich zurück, fixierte Lilienthal. »Verdächtigen Sie mich?«

»Bitte beantworten Sie einfach nur meine Fragen.«

Stetter beugte sich vor. »Schönburg hatte eine Art, jeden abzubügeln, der nicht seiner Meinung war, dass ich mich fragte, warum man gerade ihn für diese Veranstaltung gestern ausgesucht hatte. Aber als Streit würde ich unsere Diskussion nicht bezeichnen, Herr Hauptkommissar. Wir Unternehmer hier in der Region haben alle zu kämpfen. Es ging um nicht weniger als um Informationen, wie wir Fördermittel sinnvoll für unsere Betriebe einsetzen können.«

»Das beantwortet nicht meine Frage, Herr Stetter.«

Das Telefon auf dem Schreibtisch klingelte. Stetter erhob sich und fauchte in den Hörer: »Ich möchte nicht gestört werden.« Danach setzte er sich lässig auf seinen Stuhl und verschränkte die Arme vor der Brust. Herausfordernd blickte er Lilienthal an: »Ich rede immer Klartext, mit allen Menschen, Herr Hauptkommissar. Schönburg wollte mein ›Seeschlösschen‹. Darum ging es. Der Mann war von dem Gedanken wie besessen. Völlig meschugge, wenn Sie mich fragen. Seit Jahren verfolgte er mich damit. Früher hatte das Ganze einmal seiner Familie gehört. Aber die Zeiten haben sich geändert, und rechtliche Ansprüche hatte er überhaupt keine. Das ist seit Langem juristisch geklärt. Aus meiner Sicht litt der werte Herr Professor unter Realitätsverlust. Ich sage Ihnen, der hat mich eine Menge Zeit und Geld gekostet, die ich sinnvollerweise lieber für den Betrieb eingesetzt hätte.« Er überlegte einen Moment. »Ich würde lügen, wenn ich sagen sollte, dass mir sein Tod leidtut.«

»Sie haben einmal gesagt: ›Den bringe ich um, den Schönburg.‹«

»So etwas soll ich gesagt haben?« Stetter gab einen Grunzlaut von sich, der seine Missbilligung ausdrückte. »Daran kann ich mich nicht erinnern. Ich habe nach dem Disput mit dem besagten Herrn sofort die Tagung verlassen. Da war der noch frisch und lebendig.«

»Wann genau war das?«

»Nach der Kaffeepause. Muss so gegen vier Uhr gewesen sein.«

»Gibt es dafür Zeugen?«

»Die Teilnehmer, nehme ich an. Ach so, ja, mein Chefkoch kann das bezeugen. Dem musste ich noch frischen Koriander besorgen. Mit dem habe ich vom Auto aus telefoniert.«

9

Kloster Neuzelle

Carlotta hatte die Orangerie im Abtgarten umrundet und lief die terrassenförmig angelegten Stufen hinauf zur Klosteranlage. Vor ihrem Vater blieb sie stehen.

»Papa, wir gehen jetzt zur Verwaltung. Man muss doch fragen dürfen, woher das Skelett kommt und warum es hier in der Kirche liegt.«

Enne nickte. Die ganze Zeit über hatte sie mit diesem Gedanken gespielt, wollte Johannes aber nicht drängen. Er schaute seine Tochter unglücklich an.

»Davonlaufen gilt nicht, das hast du mir als Kind eingebläut, Papa.« Sie wandte sich an Enne. »Kommst du mit?«

»Wenn es euch nicht stört.«

»Du gehörst zur Familie. Hast Onkel Friedrich immer sehr nahegestanden. Eine Zeit lang habe ich sogar gehofft, dass ihr ein Paar werden würdet.«

»Um Himmels willen. Das wäre nie gut gegangen. Spätestens nach einer Woche hätten wir uns gestritten wie die Kesselflicker. Friedrich als Freund war ideal, aber als Ehemann?« Enne verdrehte die Augen.

»Du hast Friedrich gefunden. Für mich ist das wie ein Zeichen«, murmelte Johannes.

»Bitte keine Mystik, Johannes. Fakten sind das Einzige, was uns weiterhilft.«

Carlotta öffnete die Tür zur Verwaltung. Als Enne hinter den beiden eintrat, erblickte sie Gruber, der sich mit einem jüngeren Mann unterhielt. »Gerald Menzel« stand auf dem Namensschild seines Revers. Enne nickte Gruber zu. Johannes stellte sich vor und bat um die Sachen seines verstorbenen Bruders.

»Alle persönlichen Dinge des Herrn Professors wurden von der Polizei bereits mitgenommen«, erwiderte Menzel hastig. Er ging zu einem Metallschrank und entnahm ihm eine schwarze Aktentasche aus Segeltuch. »Das ist das Einzige, was ich noch hier habe. Ein Laserpointer und ein Lederetui mit Füllfederhalter.« Er legte die Sachen auf den Schreibtisch. Griff nach einem Formular und bat Johannes, den Empfang zu quittieren.

Als Johannes unterschrieben und die Quittung verwahrt hatte, fragte er beiläufig: »Als wir die Stiftskirche besichtigten, haben wir am Jesu-Kind-Altar Reste eines Skeletts gesehen.«

»Die Gebeine des heiligen Floridus?«

»Nein, die meine ich nicht. Darunter stand noch ein Behältnis.«

»Ach, das meinen Sie. Das sind die Überreste eines Kriegstoten aus dem letzten Weltkrieg«, mischte sich Gruber ein. »Sie wurden vor ein paar Tagen nach dem schweren Sturm gefunden.«

»Kommen alle Gebeine von toten Soldaten zu Ihnen in die Stiftskirche?«, fragte Enne erstaunt.

»Nein, aber in diesem Fall hat die WASt, die sich um die Toten des Zweiten Weltkrieges kümmert, eine Ausnahme gemacht. Da keine Erkennungsmarke bei dem Skelett gefunden wurde, dafür aber ein Kruzifix mit einer lateinischen Inschrift, war man sich nicht sicher, ob es sich um einen Wehrmachtsangehörigen handelte. In jedem Fall war der Verstorbene ein Katholik. Deshalb wurden die Gebeine zu uns gebracht. Wir werden für ihn in der Josefskapelle die Totenmesse lesen.« Gruber blickte Johannes streng an: »Der Schrein ist meines Wissens bedeckt. Die Gebeine sind nicht für die Augen der Öffentlichkeit bestimmt.«

Carlotta baute sich vor Gruber auf, sodass er zu ihr hochsehen musste, was ihn sichtlich irritierte. »Da liegt ein Schmuckstück drinnen. Wir möchten uns das Medaillon genauer ansehen.«

»Herr Schönburg kennt dieses Medaillon«, mischte sich Enne ein.

»Das Medaillon ist das Pendant zu dem, das ich von meiner Mutter kurz vor ihrem Tod bekommen habe. Es ist für mich sehr wichtig. Ich möchte es öffnen und mit dem vergleichen, das ich besitze«, schob Johannes hinterher.

»Von diesen Schmuckstücken gibt es sicherlich viele«, entgegnete Menzel unbeeindruckt.

»Wie kommen Sie zu dieser Annahme?« So viel Borniert-heit ging Enne gegen den Strich. »Dieses Medaillon trägt die gleichen Initialen wie das, welches Herr Schönburg besitzt. Hat also ein Alleinstellungsmerkmal. Ich denke, das ist eine ausreichende Begründung für seinen Wunsch.«

»Wir wollen uns das Medaillon einfach nur mal näher anse-hen«, bat Carlotta.

Auf Menzels Stirn bildeten sich Dackelfalten. »Sie haben also genau das gleiche Medaillon?«

Unisono antworteten Johannes, Carlotta und Enne entnervt: »Ja.«

Menzel vergewisserte sich mit einem schnellen Seitenblick zu Gruber. Der nickte unmerklich. »Dann bringen Sie uns doch einfach Ihr Medaillon hierher, Herr Schönburg. Danach werde ich sehen, was ich für Sie tun kann.«

10

19. April – »Seeschlösschen«

Nach seinem Gespräch mit Stetter hatte Lilienthal nicht das Hotel verlassen, sondern war direkt in die Küche des »Seeschlösschens« gegangen. Als er durch die Schwingtür in den großen, hellen Arbeitsbereich trat, beachtete ihn niemand. Auf den unterschiedlichsten Kochstellen brutzelte es in Pfannen und Töpfen, und unwillkürlich lief Lilienthal das Wasser im Mund zusammen, als er den Geruch von Lammbraten einsog. In schneller Abfolge kamen von draußen die Bestellungen herein. Der Betrieb lief auf Hochtouren.

Ein junger schlanker Mann mit kurz geschnittenen dunklen Haaren unter der hohen Kochmütze schien der Chef zu sein, registrierte Lilienthal. Unwillig sah er auf, als Lilienthal ihn ansprach und um eine kurze Unterredung bat.

»Sie sehen doch, was hier los ist. Hat das nicht Zeit bis zum Nachmittag?« Als Lilienthal sich auswies und versicherte, dass es nur ein paar Minuten dauern würde, folgte ihm der Mann hinaus in den Hof. Sascha Mantei, so stellte er sich vor. Er zog eine Packung Zigaretten hervor und zündete sich eine an. Lilienthal kam gleich zur Sache.

»Hat Ihr Chef gestern mit Ihnen telefoniert?« Mantei zuckte mit den Schultern.

»Der telefoniert öfter mit mir. Kann mich nicht erinnern.« Er schnippte die Asche ab. »Worum geht es eigentlich?«

»Um den Tod von Professor Schönburg.«

»Ach, der ist tot?« Mantei sog an seiner Zigarette, inhalierte den Rauch und ließ ihn durch die Nasenlöcher entweichen. »Das wird den Chef aber freuen«, sagte er dann.

»Warum?«, hakte Lilienthal nach.

Mantei überlegte einen Moment. »Na ja, ist noch nicht lange her, da hatten wir unser jährliches Golfturnier. Der ganze Betrieb stand kopf. Der Schönburg war auch einer der Teilnehmer. Sein Handicap war wohl unterirdisch, und die anderen Golfer haben sich über ihn lustig gemacht. Da hat er angefangen zu stänkern. Irgendwann hat ihn der Chef angesprochen und gebeten, sich zu mäßigen. Da ist der erst recht ausgerastet. Hat sich vor unserem Alten aufgebaut und sich als rechtmäßiger Eigentümer vom ›Seeschlösschen‹ aufgespielt. Es wäre nur noch eine Frage der Zeit, bis das Anwesen an ihn rückübertragen werden würde. Und dass dem Stetter der Betrieb gehört, wäre nur auf Manipulation zu DDR-Zeiten zurückzuführen.«

Mantei lachte. »Da war was los, mein Lieber, mein Vater. Durchs Servicepersonal bekamen wir in der Küche alles mit. Ich hatte vielleicht Stress, aber hallo! Alle quatschten darüber, und wer macht die Arbeit? Nee, so was kann ich nicht gebrauchen.« Mantei sog an der Zigarette, hustete, warf sie auf den Boden und trat sie aus. »Wissen Sie, der Chef hat das hier aufgebaut. Der hat zu uns gestanden, als es noch nicht so rund lief wie jetzt. Keinen einzigen Mitarbeiter entlassen. Und dann kommt so einer! Damit macht man sich hier keine Freunde, Herr Kommissar, das können Sie glauben.«

»Und wie hat Ihr Chef reagiert?«

»Na, mit Hausverbot, oder hätten Sie sich das gefallen gelassen?« Mantei hob den Stummel auf und warf ihn in einen Abfallbehälter, der neben der Tür stand. »War's das? Ich muss weitermachen.«

»An den Anruf Ihres Chefs gestern können Sie sich nicht erinnern?«, insistierte Lilienthal.

»Doch, jetzt fällt es mir wieder ein. Angerufen hatte er. Das war so gegen Mittag. Der Chef ist ein Kontrollfreak. Kaum aus dem Haus, ruft er an und fragt nach jeder Kleinigkeit. Na, keiner kann aus seiner Haut, oder? Ich brauchte frischen Koriander, das hab ich ihm gesagt. Den wollte er mir mitbringen. Frische grüne Bohnen an Koriander mit geschmorten Kirschtomaten. Sollten Sie mal probieren.«

»Und Sie sind sicher, dass er Sie mittags angerufen hat?«

»Ja, absolut. Nachmittags hatte ich frei. Bevor wir mit dem Abendgeschäft anfingen, hatte ich mich kurz aufs Ohr gelegt.«

»Danke, dass Sie sich die Zeit genommen haben«, erwiderte Lilienthal. »Und wegen der Bohnen mit Koriander, die werde ich demnächst mal bei Ihnen probieren.« Mantei nickte und verschwand in der Küche. Von dort hörte Lilienthal ihn lautstark Anweisungen geben.

Als Lilienthal zum Parkplatz lief, bog ein schwarzer Lexus in die Auffahrt und fuhr davon. Hinter dem Steuer konnte er Stetter ausmachen. Schade, er hätte ihn gern mit der Aussage seines Kochs konfrontiert. Mantei hatte ausdrücklich von einem Anruf gegen Mittag gesprochen und nicht am Nachmittag.

»Sind Sie nicht der Kommissar, der uns gestern im Restaurant ›Prinz Albrecht‹ befragt hat?« Neben einem Toyota Land Cruiser stand ein schlanker, braun gebrannter Mann mittleren Alters mit einem Caddie, aus dem diverse Golfschläger herausragten. »Frank Albers, Unternehmensberater«, stellte er sich vor.

Lilienthal erinnerte sich vage.

»Diese Kanaille von Professor«, fing der Mann an. Als er Lilienthals Blick registrierte, schaltete er einen Gang zurück. »'tschuldigung, aber man muss die Dinge auch mal beim Namen nennen dürfen.« Er lachte blechern. »Na ja, fachlich soll er ja eine Kapazität gewesen sein, aber menschlich? Nee, Herr Kommissar. Mein lieber Herr Gesangsverein, das würde sich keiner bieten lassen, was der dem Claus beim letzten Turnier so um die Ohren geworfen hat. Den hätte ich wegen Verleumdung verklagt.« Albers verstaute den Caddie im Kofferraum und warf die Tür zu. »Aber dass Sie mich nicht missverstehen, umgebracht hat der Claus den nicht. Dafür ist er viel zu sehr Geschäftsmann, das können Sie mir glauben.«

»Wann hat Herr Stetter die Tagung verlassen?«, fragte Lilienthal beiläufig.

Der andere schob die Hände in seine dunkelrote Chinohose. Streifte Lilienthal mit einem schnellen Seitenblick.

»Nach der Diskussion, also nach dem Streit mit Schönburg, glaube ich. Das war während der Kaffeepause, danach ist Claus gegangen.« Er biss sich nachdenklich auf die Unterlippe, dann fügte er hinzu: »Warten Sie. Nein, stimmt nicht. Ich habe noch kurz mit ihm auf dem Parkplatz gesprochen. Nach dem Ende der Tagung. Sein Lexus stand neben meinem Auto. Er saß drinnen und telefonierte. Ich hab an die Scheibe geklopft. Er hat sein Gespräch unterbrochen und mich an das nächste Turnier erinnert. Dann bin ich gleich losgefahren. Hatte noch einen Termin in der Nähe. Den wollte ich erledigen, bevor das Essen im ›Prinz Albrecht‹ begann.« Er blickte auf seine Armbanduhr.

Die hatte bestimmt mehr als das monatliche Einkommen eines Hauptkommissars gekostet, ging es Lilienthal durch den Kopf.

»Ich muss los«, sagte Albers.

Lilienthal gab ihm seine Visitenkarte und kritzelte die Frankfurter Adresse drauf. »Kommen Sie bitte morgen aufs Kommissariat. Wir werden Ihre Aussage noch protokollieren.«

Der andere blies die Backen auf. »*Waste of time*, Herr Hauptkommissar. Glauben Sie mir, Claus war es nicht.« Er stieg ein, hob die Hand zum Gruß und gab Gas. Die Kiesel unter den Reifen spritzten nach allen Seiten, als er losfuhr.

Lilienthal unterdrückte den Wunsch, ihm ein Schimpfwort hinterherzuschicken.

Warum hatte Stetter als Alibi das Telefonat mit seinem Koch angegeben? Hatte er keine Zeit mehr gehabt, seinen Mitarbeiter zu instruieren? In jedem Fall war Stetter zur Tatzeit noch in der Nähe der Klosterkirche gewesen. Und Schönburg hatte ihn beleidigt. Vor Zeugen. Wollte ihm seinen Besitz wegnehmen, seine Existenzgrundlage. Wenn das kein Motiv war.

Aus einem Impuls heraus rief er in der Klosterbrauerei an. Der Braumeister sei gerade zur Tür reingekommen, wurde ihm mitgeteilt. Er richtete aus, dass er in circa einer Stunde dort wäre und mit Herrn Hähnlein sprechen wolle.

Ohne Eile fuhr er los und beobachtete automatisch den Verkehr. Beim Autofahren konnte er am besten denken. Der Wind hatte aufgefrischt. Zu beiden Seiten der Straße standen in dichter Reihe blühende Obstbäume. Eine Windböe ließ die Blütenblätter wie weiße Flöckchen tanzen. Sollte er Riemeister anrufen? Sich nach ihrem Gespräch mit Marie Krüger erkundigen? Nein, überlegte er. In einer Stunde würde er direkt mit Hähnlein sprechen. Das war besser, als Informationen aus zweiter Hand zu bekommen. Aber die Wahrheit war, dass er überhaupt keine Lust hatte, mit ihr zu reden. Wahrscheinlich würde sie ihm wieder in ihrem überheblichen Tonfall zu verstehen geben, dass ihr Gespräch mit der Krüger wesentlich ergiebiger gewesen war als das, was er in der Zwischenzeit ermittelt hatte. Und den Triumph, dass er jetzt bei Stetter ein Motiv gefunden hatte, den würde er sich aufheben. Für nachher im Büro. Zuvor wollte er noch der Pfarrwohnung von Michaelis einen Besuch abstatten. Die Kollegen von der kriminaltechnischen Untersuchung mussten bereits dort gewesen sein.

Die Wohnung befand sich in einem schönen Haus in der Nähe der Klosterkirche. Als er vor der Haustür stand, bemerkte er, dass das Siegel der Polizei aufgebrochen war. Lilienthal klingelte. Ein halbwüchsiger Junge, mit strubbeligen aschblonden Haaren, das Gesicht voller Sommersprossen, öffnete die Tür. Lilienthal blickte ihn streng an und zeigte seinen Ausweis. Bevor er etwas sagen konnte, rief jemand aus dem Inneren des Hauses: »Wer ist es denn, Tommi?«

»Ein Polizist«, schrie der Junge zurück. Lilienthal hatte den Eindruck, dass er sich darüber freute.

Eine kräftige, untersetzte Frau in weißen Leggins mit einem weiten rosa T-Shirt darüber und Gummihandschuhen an den Händen erschien im Flur.

»Was machen Sie hier?«, fragte Lilienthal barsch.

Die Frau stemmte die Hände in die Hüften und musterte ihn ärgerlich. »Sauber mach ich hier, was denn sonst? Mein Sohn hilft mir dabei«, antwortete sie in der gleichen Tonlage wie Lilienthal.

»Haben Sie nicht das Polizeisiegel an der Tür gesehen?«

»Na und? Ich lass mir doch nicht nachsagen, dass die Kruse das Pfarrhaus verdrecken lässt. Musste warten, bis die Leute in ihren komischen weißen Anzügen gegangen sind. Hat meinen ganzen Tag durcheinandergebracht. Damit Sie das nur wissen. Glauben Sie, das bezahlt mir einer?« Sie blies die Lippen auf. »Das war vielleicht eine Sauerei, das alles wieder in Ordnung zu bringen.«

Vor so viel Unbedarftheit streckte Lilienthal die Waffen. Er schob die Frau zur Seite und ging ins Haus. Geradeaus führte eine Tür in ein Zimmer, das die halbe Hausbreite einnahm. Dunkle gewachste Dielen bedeckten den Boden. Vor einem Fenster stand ein Eimer. Augenscheinlich hatte er Frau Kruse beim Fensterputzen gestört. Davor ein Schreibtisch mit Löwentatzen aus dunklem Holz, über und über mit Büchern und Schriftstücken bedeckt. In der Mitte ein schmaler freier Platz, auf dem ein Blatt Papier lag. Frau Kruse war ihm gefolgt und beobachtete ihn misstrauisch.

Er wandte sich um und fragte sie direkt: »Das Fahrzeug des Pfarrers wurde vor ein paar Tagen beschmiert. Wissen Sie, wer das war?«

»Der Markus war's«, sagte Tommi, der hinter ihr stand.

»Halt deinen Mund«, fuhr ihn seine Mutter an.

»Markus Hähnlein?«, fragte Lilienthal nach.

»Na wer denn sonst?«, schnaufte die Kruse verächtlich.

»Und warum?«

»Kapitalistensau, is doch cool, Mann, oder?« Tommi grinste.

»Um Kapitalist zu sein, muss man Kohle haben. Hatte euer Pfarrer welche?«

»War kein Problem nich.«

»Du kriegst gleich eine«, fauchte seine Mutter. »So ein Quatsch.« Sie stemmte die Hände in die Hüften, sodass sich ihre Speckringe unter dem T-Shirt deutlich abzeichneten. »Damit Sie es gleich wissen, auf meinen Pfarrer lass ich mir nichts kommen. Der Hähnlein, der ist ein versoffener Kerl. Sogar bei den Glatzen treibt der sich rum. Pfui Deibel«, sagte sie und spuckte aus. »Und wenn ich dich noch mal bei denen sehe«, wandte sie sich erbost an ihren Sohn, »dann, dann …« Was ihn dann erwartete, ließ sie vorerst offen.

»Die haben uns doch nur zum Fußball nach Cottbus eingeladen«, murrte Tommi.

»Von wegen, du Dämlack. Bauernfänger sind das. Und das Geld für die Fahrkarte kannste auch von mir haben, und für den Eintritt musste halt was tun. Wie wär's denn mal mit Sparen?«, entgegnete seine Mutter giftig. »Von der Oma bekommste ja immer heimlich was zugesteckt. Glaub ja nich, dass ich das nich mitkriege.« Frau Kruse hatte sich in Rage geredet. »Die Braunen brauchen wir hier nich, merk dir das ein für alle Mal, verstanden?«

Tommi verschwand, bevor seine Mutter weiter auf ihm rumhacken konnte.

»Ein schlimmes Alter, Herr Polizist. Haben Sie auch Kinder?« Lilienthal verneinte. »Na, was nicht ist, kann ja noch werden«, meinte sie gönnerhaft. Nahm Eimer und Putzlappen und wandte sich zum Gehen. An der Tür blieb sie noch einmal stehen. »Unser Herr Pfarrer Michaelis, das war ein wahrer Christenmensch. Gott hab ihn selig.« Sie wischte sich mit dem Handrücken über die Augen. »Das bisschen Geld, was er hatte, hat er gespendet. Ein so genügsamer Mensch war er.«

»Woher hatte er denn das bisschen Geld?«, fragte Lilienthal freundlich.

»Woher soll ich das wissen?«, entgegnete die Kruse giftig. »Ich putze hier. Glauben Sie etwa, ich schnüffle dem Herrn Pfarrer hinterher?«, fügte sie beleidigt hinzu.

Lilienthal ging zum Schreibtisch und griff nach dem Schreiben, das dort in der Mitte lag. »Agrargenossenschaft Neuzelle« stand auf dem Briefkopf. Jahresabrechnung für Genossenschaftsmitglied Thomas Michaelis, las er. Im Text darunter tabellarisch aufgeschlüsselt die einzelnen Summen.

»Der Pfarrer war Genossenschaftsmitglied?«, fragte er. Mit einer Schnelligkeit, die er der füllgen Frau nicht zugetraut hatte, stand die Kruse neben ihm und riss ihm den Bogen aus der Hand.

»Das ist seine Privatpost. Das geht Sie nichts an«, zischte sie empört.

Bluthund ist noch untertrieben, dachte Lilienthal amüsiert.

»Liebe Frau Kruse«, Lilienthal gab sich alle Mühe, freundlich zu klingen, »Pfarrer Michaelis wurde ermordet. Sie wollen doch auch, dass sein Tod aufgeklärt wird, nicht wahr?«

Die Frau erstarrte. Ihr Mund öffnete sich. »Ermordet?«, hauchte sie. »Das hat mir keiner gesagt.« Sie ließ sich vorsichtig auf den Rand des Lehnstuhls sinken, der vor dem Schreibtisch stand, und blickte Lilienthal unglücklich an. »Ich weiß nichts, Herr Polizist. Aber von dem Geld, was er von denen da gekriegt hat«, sie wies mit dem Kinn zu dem Schreiben, »da hat er bestimmt nichts für sich behalten.« Auf ihren Wangen bildeten sich rote Flecken.

»Sehr löblich«, bemerkte Lilienthal. »Und der BMW, war das sein Dienstfahrzeug?«

»Er hat sich doch sonst nichts gegönnt.« Frau Kruse hatte sich erstaunlich schnell von ihrem Schock erholt. Demonstrativ zog sie wieder die Gummihandschuhe über. »Ich muss weitermachen, fürs Quatschen werd ich nicht bezahlt.«

Lilienthal musterte sie verblüfft. »Sie machen hier gar nichts mehr. Nehmen Sie Ihre Sachen. Wir verlassen jetzt gemeinsam das Haus. Ist das klar?« Seine Stimme duldete keinen Widerspruch. Sie schob die Lippen vor. Wagte aber keinen weiteren Protest. Er wartete, bis sie ihre Utensilien zusammengesucht hatte, und schloss hinter ihr und Tommi die Haustür. Die beiden verschwanden in Richtung Ortsmitte.

Der Pfarrer hatte also Geld besessen, überlegte Lilienthal, als er ihnen folgte. Da musste er nachhaken. Aber zuerst wollte er mit Hähnlein sprechen. Der wartete bestimmt schon auf ihn.

Lilienthal lief hinüber zur Brauerei. Luckner war außer Haus und Frau Krüger noch nicht zurück, erfuhr er. Er fragte einen Mitarbeiter auf dem Hof nach Hähnlein. Der zeigte hinüber zum Sudhaus. Lilienthal öffnete die schwere Eingangstür. In dem blitzsauber gekachelten Raum befand sich ein Stahlkessel, der beinahe den ganzen Raum einnahm. Davor beugte sich gerade ein großer, schwergewichtiger Mann über eine Öffnung und schaute ins Innere des Kessels. Der Mann beachtete ihn nicht, obwohl er bestimmt das Öffnen und Schließen der Tür gehört hatte.

Lilienthal ging zu ihm. »Sind Sie Herr Hähnlein?« Tief liegende Augen unter buschigen Brauen blickten unwillig hoch.

»Lebensmittelüberwachung?«, fragte Hähnlein mit einer erstaunlich melodisch weichen Stimme.

Lilienthal zeigte seinen Ausweis.

»Polizei? Was wollen Sie denn hier?«

»Es geht um den Tod vom Pfarrer Michaelis«, antwortete Lilienthal.

Hähnlein schob eine Klappe über die Öffnung und wischte sorgfältig mit einem Lappen darüber. »Warten Sie einen Moment«, sagte er und ging hinüber zu einem Computer, der auf einem Regal an der Wand stand. In schneller Folge tippte er Zahlen ein. »Wer hat Sie hier reingelassen? Der Zutritt ist für Unbefugte verboten«, erklärte er, als er fertig war. Als Lilienthal nur mit den Schultern zuckte, nickte Hähnlein und brummte etwas, das Lilienthal nicht verstand. Er führte den Kommissar hinaus und zu einer Bank im Hof. Schwerfällig ließ er sich darauf nieder und wies neben sich. Als Lilienthal sich setzte, roch er den Alkohol. Der Braumeister hatte eine Fahne.

»Warum haben Sie das Auto des Pfarrers beschädigt?«

Hähnlein musterte ihn kurz, dann beugte er sich vor, umschloss beide Hände und knetete sie.

»Der?«, stieß er verächtlich hervor. »Der Pfaffe hat mir alles genommen.«

»Was hat er Ihnen genommen?«

»Alles«, wiederholte Hähnlein und knetete weiter an seinen Händen. Auf einmal, völlig unvorbereitet für Lilienthal, fing er an zu brüllen: »Die haben uns alles genommen. Alles!« Er starrte Lilienthal an. Sein Gesicht bedeckte eine ungesunde Röte: »Ihr steckt doch alle unter einer Decke. Verschwinden Sie.« Er sprang auf, baute sich vor Lilienthal auf. »Raus hier!« Drohend hob er die Fäuste.

Lilienthal erhob sich. Versuchte sich aus dessen Radius wegzubewegen. Taxierte jede Bewegung Hähnleins. Aber so plötzlich, wie Hähnleins Ausbruch gekommen war, so schnell war er vorüber. Resigniert ließ er die Fäuste sinken, drehte sich um und ging mit schweren Schritten zurück ins Sudhaus. Der Mann stand unter Alkohol. Hatte sich kaum noch unter Kontrolle. Eine weitere Befragung machte jetzt keinen Sinn. Bevor er die Tür erreichte, gab Lilienthal ihm seine Karte.

»Kommen Sie bitte morgen früh aufs Kommissariat. Wir brauchen Ihre schriftliche Aussage.«

Wortlos steckte der Braumeister die Visitenkarte ein, öffnete die Tür zum Sudhaus und schlug sie Lilienthal vor der Nase zu.

Lilienthal verließ das Gelände. Wenn Hähnlein morgen auf das Kommissariat nach Frankfurt kam, beschloss er, dann würde er die Befragung mit Riemeister zusammen vornehmen. Weibliche Ermittlerinnen wirkten bei solchen Männern in der Regel beruhigend. Aber warum war Hähnlein nur so ausgerastet? Was hatte der Pfarrer ihm angetan?

11

Frankfurt

Als Lilienthal die Tür zum Kommissariat öffnete, blickte Riemeister von den Papieren hoch, in denen sie gerade gelesen hatte. »Kaffee?«, fragte sie.

Als er nickte, erwiderte sie: »Für mich auch und bitte mit viel Milch.«

Irritiert drehte er sich um und ging hinaus. Am Automaten auf dem Gang zog er sich eine Cola. Wollte die jetzt auf einmal witzig sein?, dachte er.

Als er zurückkam, stand Riemeister an der Kaffeemaschine und füllte Kaffee ein. Sie stellte ihm einen Becher hin. »Darf in Potsdam nicht gelacht werden?«

Er knurrte: »Schreiend komisch. So was haben wir früher in meiner Schulzeit gemacht.«

»Jeder nach seiner Façon. Wir Uckermärker mögen es halt ein bisschen bieder«, erwiderte sie.

Aus den Augenwinkeln bemerkte er, dass sie grinste. Verdammt, dachte er, welches Spiel trieb sie mit ihm? Anscheinend war Zicke jetzt nicht mehr angesagt.

»Ich hab mich an der Viadrina umgehört«, störte sie seinen Gedankengang. »In seinen Liebschaften muss der Professor sehr diskret gewesen sein. Namen wusste angeblich niemand. Seine Sekretärin war zugeknöpft bis oben hin. Er hätte wohl hin und wieder mal eine Studentin bevorzugt, aber Namen wären ihr nicht bekannt. Und ob da mehr gelaufen wäre, das wüsste sie nicht. Das wäre auch nicht in ihr Aufgabengebiet gefallen. Das hat sie wortwörtlich so gesagt.«

»Also hatte Schönburg dort kein innigliches Liebesverhältnis?«

»So kann man es ausdrücken.«

»Schon drollig. Ich habe da zeitlebens immer anderes gehört. Sie müssen das noch mal überprüfen.«

»Danke, darauf wäre ich jetzt nicht gekommen«, erwiderte Riemeister ironisch. »Und übrigens, Enderleins Bericht ist fertig. Seine Erstdiagnose hat sich bestätigt. Beide Schläge, sowohl der auf die Halsschlagader beim Pfarrer als auch der Genickbruch beim Professor, wurden mit großer Kraft ausgeführt. Er geht von ein und derselben Person aus. Tippt auf einen Mann. Die Handschrift wäre gleich, und die Hämatome am Hals bei beiden Leichen lassen darauf schließen.« Um ihre Mundwinkel zuckte es. Sie konnte sich ein Lächeln kaum verkneifen.

»Was finden Sie daran so lustig?«, fragte er gereizt.

»Sie müssten mal ihr Gesicht sehen.« Sie wandte sich ab und stieß dabei versehentlich seinen Colabecher um. »Oh Entschuldigung, das tut mir leid.« Hastig versuchte sie, den Schaden mit Papiertaschentüchern zu beheben. Ihre Hände waren klein, die Finger feingliedrig. Ohne Ehering, registrierte er. Er zog ein Taschentuch aus weißem Batist aus seiner Jacke und wischte den letzten Rest Cola weg, dabei berührten sich ihre Hände. Über ihr Gesicht zog eine zarte Röte.

»Was hat denn Mieze so erzählt?« Sie warf die vollgesogenen Papiertücher in den Abfallkorb und setzte sich ihm gegenüber.

»Marie Krüger kennt alles und jeden im Umkreis von hundert Kilometern. Ein lebendes Reservoir an Informationen. Wir hatten nicht viel Zeit während der Bahnfahrt und haben uns anschließend am Bahnhof in ein Café gesetzt. Den Luckner muss sie sich immer wieder mal vom Leibe halten. Aber den hab ick jut im Griff, ihre Worte.« Riemeister kicherte. »Den Markus hat sie gern gehabt. Hähnlein war bis vor einigen Jahren ein Mann, nach dem sich die hiesige Weiblichkeit den Kopf verdrehte, so sagt sie. Als Mälzer verdiente er gut, aber er hatte andere Ambitionen. Wollte nicht mehr abhängig arbeiten, sondern sich selbstständig machen. Das fand der Luckner natürlich nicht so toll und fing schon da an, an ihm rumzukritteln. Der Markus ist zwar groß und kräftig, aber er hat ein Gemüt wie ein Kind. Arglos, so hat Mieze sich ausgedrückt. Früher war er immer hilfsbereit, gutmütig bis zum Anschlag. Aber heute traut sich kaum noch jemand, mit ihm zu reden. Der Markus ist wie ein Schnellkochtopf mit Überdruck, laut Mieze.«

Lilienthal nickte. Das konnte er unterschreiben. »Und warum hat er sich verändert?«

»Das ist eine lange, komplizierte Geschichte.«

»Ich liebe solche Geschichten«, erwiderte Lilienthal, ohne die Miene zu verziehen.

»Hähnleins Eltern kamen nach dem Krieg aus Schlesien. Später erhielten sie in der neu gegründeten DDR Neubauernland.« Lilienthal sah Riemeister fragend an.

»Das war Land, das zum großen Teil aus der Bodenreform stammte und sogenannten Neubauern zur Nutzung übertragen wurde.«

»Für die vielen Flüchtlinge aus den besetzten Ostgebieten eigentlich doch eine gute Sache, oder?«

»Könnte man annehmen, aber die Neubauern durften das Land weder beleihen, verpachten noch verkaufen; und fiel die Arbeitskraft des Neubauern durch verschiedene Umstände aus, musste der Boden zurückgegeben werden.«

»Also nur vordergründig Eigentum.«

»Genau, und die Höfe waren klein, kaum mehr als acht Hektar groß und von Anfang an unrentabel. Zumal sie weder Investitionsmittel noch Gerätschaften zur Verfügung gestellt bekamen.« Riemeister trank einen Schluck Kaffee und fuhr dann fort: »Ende der fünfziger Jahre ging die DDR-Staatsführung dazu über, die Bauern aufzufordern, ihr Land in eine LPG* einzubringen. Offiziell hieß es, mehr Produktivität zur Versorgung der Bevölkerung zu schaffen.« Sie lachte trocken auf. »Überführung in genossenschaftliches Eigentum und Vergesellschaftung der Produktionsmittel.« Riemeister schwieg.

Lilienthal dachte wieder einmal mehr darüber nach, was für eigenartige Formulierungen die damaligen Funktionäre gebraucht hatten.

Dann hörte er Riemeister spröde sagen: »Jede bäuerliche Familie hier hat ihre Geschichte. Land, das seit Generationen in der Familie weitervererbt und bewirtschaftet wurde, war plötzlich genossenschaftliches Eigentum. Unser Hof war seit

---

*Juristisch selbstständiger genossenschaftlich-sozialistischer Großbetrieb in der Landwirtschaft der DDR

über vierhundert Jahren in Familienbesitz, als meine Familie gezwungen wurde, das Land in eine LPG einzubringen. Mein Großvater hat das damals nicht verkraftet. Er hat sich aufgehängt.« Die letzten Worte konnte Lilienthal kaum verstehen.

»Das tut mir leid.« Lilienthal fühlte sich befangen. »Aber nach der Wende bekamen die Bauern doch ihr Land zurück?«

»Nicht jeder«, antwortete Riemeister bitter. »Im vereinten Deutschland wurden per Bundesgesetz Bedingungen an die Vererbbarkeit bei den Neubauern gestellt. Zum Beispiel, dass Neusiedlererben mindestens zehn Jahre in der Land- und Forstwirtschaft tätig sein mussten.«

»Und Hähnlein?«

»Der war doch Bierbrauer. Also raus bist du, Herr Kommissar. Aber er kämpfte. Nur leider hatte er den Stichtag versäumt.«

»Stichtag?«, fragte Lilienthal.

»Nach dem Bundesgesetz konnten die Bundesländer die Flächen bis zum 2. Oktober 2000 einziehen, wenn die Voraussetzungen nicht vorhanden waren. In der Folge hat Brandenburg reihenweise solche Flächen eingezogen.«

»Konnten die Leute das nicht einklagen?«, fragte Lilienthal ungläubig.

»Hähnlein zog vors Gericht, das hat Marie Krüger mir erzählt. Der Prozess zog sich hin. Und ab da fing Hähnlein an, sich zu verändern. In der Brauerei belästigte er die Kollegen, hielt während der Arbeitszeit Reden. Die Politiker, die in den Ministerien säßen, hätten immer noch die gleichen Methoden wie zu DDR-Zeiten. Das ging natürlich nicht. Luckner ermahnte ihn. Politik könne er außerhalb betreiben, aber nicht in der Brauerei. Und dann fing er an zu trinken. Nahm in seinem Frust Kontakt zur rechten Szene auf. Die Krüger hat laut ihrer Aussage versucht, ihn von denen fernzuhalten, was ihr wohl nicht gelungen ist.«

»Und was hatte Pfarrer Michaelis damit zu tun?«, fragte Lilienthal, dem langsam der Kopf schwirrte von Riemeisters Erzählung. Das Telefon klingelte. Lilienthal nahm den Anruf entgegen. Hörte zu. Dann sagte er: »Und ihr seid sicher, dass es sich um dasselbe handelt?«

12

Potsdam

Enne war gleich nachdem sie sich von Johannes und Carlotta verabschiedet hatte, zurück ins Hotel »Forsthaus Siehdichum« gefahren, hatte ihre wenigen Sachen zusammengepackt und war, nachdem sie ihre Rechnung beglichen hatte, zurück nach Hause gefahren. Vor ihrem Haus blühte prachtvoll ihr rosafarbener Magnolienbaum. Nach der Wende hatte sie nach einigen Querelen mit den Mietern, die über die damals zuständige staatliche Wohnungsgenossenschaft hier einquartiert worden waren, das Haus ihrer Eltern in Stahnsdorf zurückbekommen. Sie musste einen hohen Kredit aufnehmen, denn an dem Haus war seit dem Tod ihrer Eltern nichts repariert worden, und zu ihrer Überraschung hatte die Wohnungsbaugenossenschaft ein Darlehen auf das Haus im Grundbuch eingetragen. Angeblich für diverse Hausinstandhaltungen, die sie nur nicht erkennen konnte. Enne musste das ganze Haus von Grund auf sanieren lassen und zusätzlich auch noch den DDR-Kredit zurückzahlen. Aber sie war in dem Haus geboren und lebte in dritter Generation in der alten Backsteinvilla. Das war der Grund, warum sie das alles auf sich nahm.

Im Wohnzimmer lag Churchill, ihr Kater, zusammengerollt in ihrem Lieblingssessel. Ohne sie eines Blickes zu würdigen, erhob er sich und verließ den Raum. Sie hatte ihre Nachbarin gebeten, ihm täglich frisches Futter und Wasser hinzustellen. Durch die Katzenklappe im Keller konnte er jederzeit hinein- oder hinausgelangen. Aber Churchill war offensichtlich tief von ihr enttäuscht. Da half nur das Kistchen frische Sprotten, das sie vorsorglich mitgebracht hatte, um Abbitte zu leisten. Das würde sie ihm nachher geben. Der Garten war ein Blütenmeer. Nach der Kirschblüte schimmerten die aufgehenden Blüten der Apfelbäume in zartem Rosa. Sie trat hinaus auf die Terrasse, atmete tief ein. Ihr iPhone gab Laut. Sie blickte auf das Display. Es war Johannes.

Enne meldete sich.

Johannes war zurück in seiner Wohnung in Potsdam und fragte sie, ob sie nicht Lust hätte auf einen Teller Spaghettini mit allem Drum und Dran und auf ein Glas Wein.

»Nur für ein Glas?«

»Ich habe mehrere Flaschen aus dem Keller geholt. Ich denke, das wird reichen«, erwiderte er ernsthaft.

»Für deine legendären Spaghettini in Parmesan an Rucola fliege ich geradezu«, antwortete Enne, bevor sie auflegte. Sie trug den Koffer die Treppe hinauf und stellte ihn ins Schlafzimmer. Zum Auspacken würde immer noch genug Zeit sein. Als sie die Treppe hinunterlief und nach ihrer Tasche griff, sahen sie grüne Katzenaugen empört an. »Ist ja gut, mein Dicker«, murmelte sie. Schnell lief sie in die Küche, öffnete das Kistchen Sprotten und stellte es neben den Katzennapf. Wie der Blitz stand Churchill neben ihr und saugte die Delikatessen ein. Rasch ging Enne hinaus.

Durch die Bauarbeiten auf der Humboldtbrücke bewegte sich der Verkehr nur langsam voran. Das Dach des Hans Otto Theaters am Tiefen See leuchtete ihr rot entgegen. Sie kreuzte die Berliner Straße, und wie immer staute sich der Verkehr an dem Nadelöhr vor dem Neuen Garten. Erleichtert bog sie in die Große Weinmeisterstraße ein. Johannes hatte vor einigen Jahren dort ein Haus gekauft.

Sie hatte gelesen, dass früher das Viertel um den Neuen Garten in der Nauener Vorstadt »KGB-Städtchen« genannt wurde. In den schönen alten Villen hatte sich die russische Besatzungsmacht nach dem Krieg und bis nach der Wende einquartiert. Zu DDR-Zeiten war es hermetisch abgeriegelt worden. Kaum ein Potsdamer ahnte, dass sich hinter den hohen Mauern die Westeuropazentrale des sowjetischen Geheimdienstes KGB einquartiert hatte. Aber das »Militärstädtchen Nr. 7«, wie es genannt wurde, war außerdem noch etwas Besonderes. Es war der zentrale Deutschlandsitz der sowjetischen Militärspionage gewesen. Untergebracht im Kaiserin-Augusta-Stift. Potsdam gehörte neben dem Hauptquartier des KGB in Berlin-Karlshorst zu den wichtigsten Geheimdienststandorten in Mitteleuropa.

Seit 1995 wohnten wieder Deutsche in den zum großen Teil denkmalgeschützten Häusern.

Johannes hatte die obere Etage seiner Gründerzeitvilla an ein junges Ehepaar vom Auswärtigen Amt vermietet, die häufig im Ausland eingesetzt waren. Das Erdgeschoss mit mehreren großzügig geschnittenen Zimmern bewohnte er allein. Natürlich besaß Carlotta dort auch ein Zimmer, obwohl sie schon seit Längerem ein eigenes kleines Apartment in Berlin-Mitte bewohnte.

Als Johannes auf Ennes Klingeln hin öffnete, drängte sich Püppi mit ihrem charakteristischen Schnaufen zwischen seinen Beinen hindurch. Die kleine französische Bulldogge war der eigentliche Chef im Haus. Ausgiebig musste Enne zuallererst ihre schwarzen Speckfalten kraulen, bevor sie sich aufatmend auf einem Sessel im Gartenzimmer niederlassen konnte. Demonstrativ legte sich der Hund zu ihren Füßen auf den Boden. Mein Haus, mein Herrchen, meine Enne. Püppis klare Ansage.

Johannes hatte einige schöne Möbel im Bauhausstil mit wenigen ausgesuchten Jugendstilmöbeln seiner Großmutter kombiniert. Enne hob ihr Glas und roch anerkennend an dem dunkelroten Wein, den Johannes ihr eingeschenkt hatte.

»Brunello?« Johannes nickte.

»Ja, aus Montalcino.« Er hob sein Glas. »Auf Friedrich.«

Sie tranken, schwiegen für einen Moment, in dem jeder seinen Gedanken nachhing. Johannes zog aus seiner Jackentasche ein kleines Kästchen und stellte es vor Enne auf den Tisch. Sie öffnete es. Im matten Glanz schimmerte ein Medaillon. Enne zog ihr iPhone heraus. Öffnete die Fotogalerie und verglich die Bilder, die sie in der Kirche von dem Medaillon aus dem Schrein gemacht hatte, mit dem, das hier vor ihr lag. Beide wiesen die gleichen fein ziselierten, verschlungenen Buchstaben auf. Ein lateinisches G, über das ein E gelegt worden war.

»Du hast recht, die Initialen sind gleich.«

»Öffne es«, bat er. An der Seite war eine kleine Schließe. Sie drückte auf den Mechanismus. Der Deckel sprang auf. Ein junger Mann auf einer Schwarz-Weiß-Fotografie lächelte sie an.

Klare Augen, helles gewelltes Haar. In der Deckelseite befand sich eine Gravur.

»Für immer dein, Giovanni April 1945«.

»Das ist mein Vater«, sagte Johannes.

13

19. April – Gasthof »Moritz«

Lilienthal legte den Hörer auf. »Johannes Schönburg, der Bruder von Friedrich Schönburg, war heute zusammen mit meiner Mutter in der Neuzeller Kirche. Er hat dort etwas entdeckt.«

»Noch eine Leiche?«, fragte Riemeister.

»Ja und nein.«

»Ich liebe Rätsel.« Sie streckte ihre schlanken Beine in den perfekt passenden Jeans lässig von sich. »Dazu eine Tüte Chips und ein helles Blondes.«

»Alles zu seiner Zeit.« Lilienthal ging nicht auf ihren ironischen Tonfall ein. »In St. Marien sind Überreste einer alten Leiche aufgebahrt, die man vor einigen Tagen im Oderbruch gefunden hat.«

»Aus dem Zweiten Weltkrieg? Warum hat man sie in die Klosterkirche gebracht? In der Regel werden solche Funde auf dem Soldatenfriedhof in Halbe bestattet.«

»Bei den Knochen lag ein kleines goldenes Kreuz, das von seiner Machart her auf katholischen Ursprung schließen lässt. Sie wollen für den Toten ein Requiem lesen«, erklärte Lilienthal. »Aber viel spannender ist, was sich sonst noch bei dem Skelett befand.«

Riemeister setzte sich mit einem Schwung auf und sah ihn neugierig an.

»Ein Medaillon, und Johannes Schönburg besitzt das Pendant.«

Riemeister schaute Lilienthal ungläubig an. »Wie, das gleiche? Das könnte etwas mit unserem Professor zu tun haben.«

»Genau das müssen wir klären.« Lilienthal blickte auf seine Armbanduhr. »Ich fahre jetzt nach Potsdam und möchte zuerst mit dem Bruder des Professors sprechen. Kommen Sie mit?«

Riemeister zögerte. »Ich muss noch schnell etwas klären.« Sie ging zum Fenster und telefonierte leise mit jemandem.

Lilienthal wartete im Flur auf sie. Sein Handy meldete sich erneut.

»Verschiebe bitte deinen Besuch hier auf morgen, Maik«,

meldete sich seine Mutter. »Der Besuch in der Kirche und das ominöse zweite Medaillon haben Johannes zu sehr mitgenommen.« Nachdenklich steckte Lilienthal das Gerät zurück.

»Abgeblasen?«, fragte Riemeister, die zu ihm getreten war. Er nickte.

Sie musterte ihn. »Haben Sie Hunger?«

»Ich stehe kurz vor dem Hungertod.«

»Habe ich Ihnen angesehen«, erwiderte sie. »Ich kenne einen Dorfgasthof. Dort schenkt man Lübzer Bier aus, und es gibt beste Hausmannskost.«

»Hört sich gut an. Nichts wie hin.«

»Gasthof Moritz« stand in großen Buchstaben über dem Eingang. Ein paar Stufen hoch, durch eine schmale Tür, und sie standen in einem kleinen Gastraum mit halbhohen, holzverkleideten Wänden. Die Theke schmückte ein alter Zapfhahn aus blank poliertem Messing.

»Tach, Susi«, begrüßte die Frau hinter dem Tresen Riemeister. Lilienthal schaute erstaunt von der Wirtin zu seiner Kollegin. Die beiden sahen sich verblüffend ähnlich. Die eine war vielleicht etwas älter und fülliger; aber beide hatten die gleiche Haarfarbe und die ungewöhnlich meergrünen Augen.

»Meine Schwester Silke. Zusammen mit ihrem Mann Klaus führt sie den Gasthof. Der gehört seiner Familie schon seit Generationen«, stellte Riemeister vor.

Die Tür zur Küche flog krachend an die Wand. Ein kleines Kind stürzte in die Gaststube.

»Du bist ja doch gekommen, Mami«, rief es und stürzte sich in Riemeisters Arme. Es trug rotblonde Locken, aber im Gegensatz zu Lilienthals Kollegin war sein Gesicht über und über mit Sommersprossen bedeckt.

»Das ist Maximilian. Mein Sohn«, erklärte Riemeister überflüssigerweise.

Der Junge schaute Lilienthal neugierig an: »Bist du der doofe Kommissar aus Potsdam?«

Lilienthal schmunzelte. Riemeister schoss die Röte ins Gesicht.

»Zuerst gibt's ein Bier, und danach kommt das Essen, oder möchten Sie etwas anderes?«, unterbrach Silke, bevor Maximilian weiterfragen konnte. Sie wies hinüber zum Stammtisch.

»Nein, Bier ist gut«, brummte Lilienthal. Sie setzten sich auf eine Eckbank, und Max schlüpfte zwischen sie. Lilienthal war hin- und hergerissen. Kinder gehörten für ihn irgendwie in eine andere Welt. Mit den kleinen Kindern seiner wenigen Freunde fühlte er sich immer fehl am Platz, wenn er zu Familienfeierlichkeiten eingeladen wurde. Schreiende, zapplige Zwerge waren ihm ein Gräuel. Andererseits fühlte er sich hier mit Max an seiner Seite seltsam entspannt. Der Junge plapperte wie in einer Endlosschleife auf seine Mutter ein. Wenig später stellte Silke beiden ein großes dunkles Bier auf den blank gescheuerten Holztisch. Der Schaum schob sich über den Rand des Glases und zog eine Spur nach unten.

»Lübzer Schwarzbier ist gesund und gibt Kraft, aber nicht für dich, Max. Das ist nur für Erwachsene. Du bekommst gleich einen Kakao.«

»Der Mann und die Mama haben doch schon Muckis, die können meinen Kakao haben.« Er hielt Lilienthal seine kleine Hand hin und zählte an den Fingern bis vier. »So alt bin ich schon.«

»Donnerwetter, so alt? Da bist du ja schon richtig groß«, antwortete Lilienthal und kam sich ausgesprochen blöd vor. Was redete man mit so einem Kind? Riemeister hob ihr Glas und prostete ihm zu. Lilienthal nahm den ersten Schluck. Mildherb mit einer malzigen Note. Das lief von ganz allein die Kehle hinunter. Er setzte erst ab, als beinahe das Glas leer war. Am Nachbartisch redeten Männer in einem ihm unverständlichen Dialekt miteinander. Er bestellte sich gleich noch ein Lübzer Schwarzbier. In dieser Umgebung schien seine Kollegin in eine andere Haut zu schlüpfen. Sie hörte lächelnd ihrem kleinen Sohn zu, der ihr wie ein Wasserfall von seinem Tag erzählte. Bald standen Teller mit großen Rouladen in einer wohlriechenden Soße und Kartoffelklößen, alles hausgemacht, wie Silke versicherte, vor ihnen. Für Max gab es Nudeln mit Tomatensoße.

Als Lilienthal »Guten Appetit« murmelte und anfangen wollte zu essen, bemerkte er, dass seine Kollegin die Hände gefaltet hatte und mit ihrem Sohn ein Tischgebet sprach. War das auf dem Land so üblich?, dachte er überrascht.

»Von Nudeln bekommt man viel mehr Muckis«, erklärte Max wichtig und schob sich eine gehäufte Gabel in den Mund.

Lilienthal hatte sich schon lange nicht mehr so wohlgefühlt.

14

20. April – Frankfurt (Oder)

Lilienthal fuhr hoch. Öffnete mühsam die Augenlider, ächzte und sank zurück in die Kissen. Draußen krachte es, dann rumpelte etwas, Männerstimmen drangen bis zu ihm hinein. Bauten die vor seinem Fenster eine Abrissbirne auf? Aber im Holländischen Viertel wurde doch nichts mehr abgerissen. Die Häuser waren alle saniert. Er war nicht zu Hause. Die Erkenntnis drang langsam bis in die dafür reservierte Hirnregion vor. Wo war er? Erneut öffnete er die Augen, versuchte sich zu orientieren.

Ein kleiner Raum. Bescheidener Zuschnitt. Möbliert mit einem Bett, auf dem er bis eben traumlos geschlafen hatte. Ein Schrank aus hellem Kiefernholz. Ein quadratischer Tisch mit einem handgewebten dunkelroten Läufer darauf und ein Stuhl aus dem gleichen Holz vervollständigten die Einrichtung. Durch die blauen Gardinen sickerte das Morgenlicht. Er stützte sich auf die Ellbogen, atmete tief durch. Riemeister? Dann kam die Verbindung.

Er war an irgendeinem Ort im tiefsten Brandenburg. Langsam fing sein Gedächtnis an zu arbeiten. Lübzer Schwarzbier. Offenbar musste er Hektoliter davon getrunken haben. Den Alkoholgehalt hatte er unterschätzt. Wie lange hatten sie noch in der Schankstube gesessen? Bestimmt bis weit über Mitternacht. Er wälzte sich auf die Seite. Sein Magen fuhr wie in einem Fahrstuhl nach oben. Mein lieber Herr Gesangsverein, war ihm übel. Angewidert würgte er die Magensäure herunter.

Sie hatten nicht nur über ihren Fall gesprochen, erinnerte er sich. Es war auch ins Private gegangen. Er stöhnte. Wie konnte ihm das nur passieren? Was hatte er ihr erzählt? Dass er überhaupt Privates erzählt hatte, war überhaupt nicht seine Art. Irgendwann hatten die Wirtsleute die Eingangstür abgeschlossen und waren zu Bett gegangen, daran erinnerte er sich noch.

Vorsichtig streckte er ein Bein aus dem Bett, ließ das zweite folgen und richtete sich auf. Wartete, bis sich seine Eingeweide an die neue Position gewöhnt hatten. Neben seinem Bett stand eine Wasserflasche. Er öffnete den Schraubverschluss und trank. Kam sich dabei vor wie ein Kamel nach vierzig Tagen Wüstendurchquerung. Er rülpste und erhob sich. Langsam ging es besser. Er ging zum Fenster. Als er den Vorhang beiseiteschob und durch die Scheiben spähte, rumpelte ein Brauereifahrzeug vom Hof. Klaus, der Wirt, rollte die Metallfässer zu einer Kellerluke, die direkt unter seinem Fenster lag. Lilienthal blickte auf seine Armbanduhr. Nach sieben. Er musste sich beeilen.

Als er nach einer kalten Dusche mit noch feuchten Haaren in die Wirtsstube trat, winkte ihm Riemeister von einem Fenstertisch aus zu. Sie sah aus wie der personifizierte Frühling, in einer lindgrünen Seidenbluse, die ihr rotgoldenes Haar noch stärker leuchten ließ.

»Frühstück oder nur Kaffee?«, fragte sie unangenehm fröhlich.

»Bitte nicht so laut«, murmelte er.

Sie schob ihm eine Kaffeetasse hin und sah auf die Uhr. »Du musst dich beeilen. Wir haben einen Termin mit Hähnlein.« Verdattert blickte er sie an. Sie verzog spitzbübisch ihren Mund. »Heute Nacht – Brüderschaft?« Als er nicht reagierte, schob sie hinterher: »Du wolltest doch unbedingt, dass wir uns ab sofort duzen, erinnerst du dich nicht mehr?«

Er wich ihrem Blick aus, räusperte sich.

»Also wenn dir das jetzt peinlich ist, dann bleiben wir beim Sie«, erwiderte sie eine Spur kühler.

Auch das noch, dachte er genervt. »Nein, natürlich« und quetschte schnell noch ein »Susanne« hinterher. Hatte er sie etwa auch geküsst? Aber sicher, du Trottel, das war so üblich, und bestimmt nicht nur auf die Wange, wie er sich kannte. Aber im Bett war er allein aufgewacht. Immerhin noch mit seinen Boxershorts bekleidet. Na ja, das hatte auch nicht viel zu bedeuten. Nur, wie war er dahingekommen? In seinem Gedächtnis waberte ein schwarzes Loch. Vage erinnerte er sich an eine Flasche Apfelkorn. Schnaps war überhaupt nicht sein

Ding. Da fehlte ihm das Training. Er trank seinen Kaffee aus und vermied ihren Blick. Silke kam mit einem Glas Wasser und schaute ihn nur mitfühlend an. Dankbar trank er es in einem Zug aus. »Mal sehen, was Hähnlein uns als Alibi anbieten kann«, brummte er.

Während der Autofahrt zurück ins Präsidium versuchte er bei ihren kurzen Gesprächen auf eine Anrede zu verzichten. Auch Riemeister war nicht besonders redselig, aber natürlich bemerkte er ihre verstohlenen Seitenblicke. Verdammt, verdammt! Was war letzte Nacht passiert? Wie kam er raus aus der Nummer? Ohne dass ihre Zusammenarbeit darunter litt? Riemeister strich sich eine Locke aus dem Gesicht. Typisch, so reagierte sie, wenn sie verlegen war, das wusste er inzwischen.

Er räusperte sich: »Susanne – letzte Nacht …« er stockte, merkte, wie ihm die Hitze ins Gesicht schoss.

»Ja?«, ihre Stimme klang dunkel.

»Ich, ähem«, er räusperte sich und kam sich vor wie im Vorschulalter. »Verdammt«, sagte er lauter als beabsichtigt, »ich kann mich an nichts erinnern.«

Sie wandte ihm ihr Gesicht zu. Blickte ihn an. Ihre Augen schimmerten feucht. »Da kann ich dir auch nicht helfen.«

Er presste die Lippen aufeinander und starrte auf die Fahrbahn. Warum musste alles immer so kompliziert sein? Ja. Er begehrte sie. Heftig, wie schon lange keine Frau mehr. Aber eine Kollegin? Das gab nur Ärger.

Als sie das Büro betraten, saß Markus Hähnlein bereits dort. Den Bart frisch gestutzt und sauber gekleidet mit einer hellen Cordhose und einer Joppe aus grünem Wollfilz. Mit scheuem Blick erhob er sich und ergriff Lilienthals ausgestreckte Hand zur Begrüßung. Riemeister bot ihm einen Kaffee an, den er ablehnte.

Als Lilienthal sich ihm gegenüber niederließ, murmelte er eine Entschuldigung wegen seines gestrigen Benehmens.

Lilienthal winkte ab: »Schon vergessen.«

»Herr Hähnlein, wir wissen von Zeugen, dass Sie den BMW

des Pfarrers beschmiert haben. Bitte erklären sie uns, warum«, eröffnete Riemeister die Befragung, lächelte ihn jedoch dabei freundlich an.

»Sie sind nicht von hier, oder?«, fragte er.

»Ich komme aus der Uckermark«, antwortete Riemeister. »Meine Familie bewirtschaftet dort wieder unseren Hof.«

»Da hatten Sie mehr Glück«, erwiderte Hähnlein. »Meinen Hof hat das Land geschluckt.«

»Sie sind Neubauererbe?«, fragte Riemeister.

Hähnlein grunzte, was wohl ein Lachen bedeuten sollte. »Schön wär's. Ja, ich bin Neubauererbe. Ob es denen da oben passt oder nicht. Da beißt die Maus keinen Faden ab.«

»Was ist passiert, Herr Hähnlein?«, fragte Lilienthal und versuchte, nicht seine Gereiztheit durchklingen zu lassen.

»Dann erzähle ich Ihnen mal was, Herr Kommissar, wie hier Gesetze ausgelegt werden.« Hähnlein verschränkte seine Arme vor der Brust. »Nach der Wende hab ich rübergemacht nach Bayern. Habe mich zum Braumeister und weiter zum Mälzer ausbilden lassen. Die Leute da, die haben mich geachtet. Solide alte Handwerksarbeit, die hat in Bayern noch Wert. Ich hätte dort bleiben sollen. Aber ich wollte zurück in die Heimat.«

Er schnaufte. »Wollte das Land meiner Eltern wiederhaben. Sie haben keinen Bezug mehr zur Landwirtschaft, hieß es. Pech gehabt, Hähnlein. Kein Erbe. Keine Rückgabe.« Er beugte sich vor. »Dann wurden die Gesetze geändert. Hoppla, dachte ich, jetzt bekommst du doch das zurück, was dir zusteht.« Er warf sich zurück, sodass die Lehne des Besucherstuhls krachte. »Zu spät, Hähnlein, Frist verpasst.« Er schnellte nach vorn und schlug mit der flachen Hand auf den Tisch. »Aber das war nicht die Wahrheit.«

»Was war die Wahrheit?«, fragte Riemeister leise.

Schweiß hatte sich auf der Stirn des Brauers gebildet. Unbeholfen zog er ein Leinentuch aus der Joppe und wischte sich die Feuchtigkeit aus dem Gesicht. Seine Hände zitterten. »Der Michaelis hat mein Land gestohlen.«

»Der Pfarrer?«, fragte Lilienthal überrascht.

»Quatsch. Der Alte«, knurrte Hähnlein und fing an zu

husten. »Könnte ich ein Glas Wasser haben?«, fragte er heiser. Riemeister holte ihm eine Wasserflasche mit einem Glas und goss ein. Gierig trank er, wischte sich über den Mund. »Vor der Wende war er LPG-Vorsitzender. Ein Hundertprozentiger.«

»Bei der SED*?«, fragte Riemeister.

»Was denn sonst? Bürgermeister, das war er auch. Da traute sich keiner aufzumucken.«

»Und nach der Wende?«

Hähnlein gluckste: »Eine Krähe hackt der anderen kein Auge aus. Der wusste sofort, was Sache ist. Und 'nen Pfarrer als Sohn, 'ne bessere Reputation konnte der sich nicht wünschen. Dann hat er die Bauern so lange zugequatscht, bis die meisten ihr Land weiter der neu gegründeten Agrargenossenschaft überließen. Waren nicht mehr sonderlich interessiert an der harten Arbeit aufm eigenen Hof. Aber ich wollte mein Land zurück. Ich hatte Pläne, Frau Kommissarin. Als ich ihm das sagte, wissen Sie, was er mir da geantwortet hat?«

Riemeister wartete.

»Du bist kein Bauer. Du bist nur ein Beutegermane.« Hähnlein schwieg. Dann sagte er leise: »Wir waren seit Generationen Bauern. Wir hatten Land. Mehr als hundert Hektar. Beste Erde. Nur lag das auf der falschen Seite der Oder. Meine Eltern wurden ausgesiedelt. Die Polen mochten nach 1945 keine Deutschen mehr. Freiwillig sind meine Eltern nicht weg. Umsiedler hießen sie in der DDR. Als wenn sie einfach so umgesiedelt wären«, höhnte er. »Aber dann kam die Bodenreform. Es gab Land. Die Chance. Mein Vater bewarb sich sofort. Griff zu. Die Fläche war kaum der Rede wert. Knapp zwölf Hektar.« Er grunzte. »Na ja – trotzdem, Land ist Land. Sie verstehen mich, oder, Frau Kommissarin?«

Riemeister nickte.

»Den neuen Hof haben meine Eltern selbst gebaut. Ich bin dort geboren.«

»Und was war mit dem Michaelis?«, fragte Lilienthal, dem das Ganze zu langatmig wurde.

---

* Sozialistische Einheitspartei Deutschlands

»Michaelis? Der war unser Nachbar. Der schlug sich mehr
schlecht als recht durch. Stand kurz vor dem Aus. Aber dann
kam der Zusammenschluss.«

»Das war Ende der fünfziger Jahre?«

»Ja, Frau Kommissarin. Jeder Bauer musste sein Land in die
LPG einbringen. Mein Vater weigerte sich. Da musste er zum
Rat des Bezirks. Der Bezirkssekretär drohte ihm. Er würde
Westfunk hören und hätte Kontakte in die amerikanische
Besatzungszone, sagte der. Gefängnis, das wäre das Mindeste,
wenn nicht sogar Zuchthaus. Da trat mein Vater in die LPG
ein. Der Michaelis war natürlich sofort dabei. Der war froh.
Lange hätte er seinen Hof nicht mehr allein halten können.«
Hähnlein knetete so heftig seine Hände, dass Lilienthal Angst
bekam, dass sie abfallen würden. »Dann starb mein Vater. Ich
war noch ein Kind.«

Lilienthal gab es einen Stich. Auch sein Vater war gestorben,
als er noch ein Kind war. Allerdings hatten sich seine Eltern da
schon getrennt.

»Meine Mutter hat Michaelis die Schuld an seinem Tod
gegeben. Als LPG-Vorsitzender hat er Vater immer die schwerste
Arbeit zugeteilt, wovor sich die anderen drückten. Die bestanden auf einem Acht-Stunden-Tag.« Hähnlein grunzte böse.
»Ein Bauer und ein Acht-Stunden-Tag? Das geht gar nicht.
Und Sonn- und Feiertage gibt es auch nicht. Die Ernte geht
vor, und das Vieh muss immer versorgt werden.«

Er starrte auf seine Hände. Legte sie vorsichtig auf seine
Knie. »Wenn den Menschen das Land genommen wird, dann
verlieren sie das Interesse daran. Dann sind sie keine Bauern
mehr, sondern nur noch Landarbeiter. Mein Vater hat für drei
gearbeitet, weil er den Schlendrian nicht mitansehen konnte.
Das hat ihn umgebracht.«

Hähnlein ballte die Hände zu Fäusten: »Zur Beerdigung kam
kaum einer aus dem Dorf. Und mich haben sie später nicht
auf die EOS[*] gelassen. Aus der Traum, Hähnlein«, murmelte
er. »Erfahren habe ich es erst Jahre nach der Wende. In meiner

---

[*] Erweiterte Oberschule, mit dem Abitur als Abschluss

Stasiakte. Wissen Sie, warum? Weil meine Mutter für die Kirche gearbeitet hat. Und wir regelmäßig zum Gottesdienst gegangen sind. Das war der Grund.«

Er füllte sich Wasser nach und trank. Es war still im Raum.

»Thomas war mein Freund.«

»Sie waren mit Thomas Michaelis befreundet?«

»Ja, von Kindheit an. Wir waren doch Nachbarn. Seine Mutter kam aus Ostpreußen. War 'ne Katholische. Als Thomas später Theologie studierte, hat das seinen Alten umgehauen. Es hat ihm damals auch geschadet in seiner Partei. Als ich weg war, starb Thomas' Mutter. Und als ich wiederkam, war er mit seinem Vater auf einmal ein Herz und eine Seele.«

»Wissen Sie, warum?«

Hähnlein schnaufte verächtlich. »Blut ist halt dicker als Wasser.«

»Wie kam es zum Bruch zwischen Ihnen?«

»Bruch?«, wiederholte Hähnlein nachdenklich. »Nee, ein Bruch war das nicht. Der Thomas hatte sich verändert. Fühlte sich als was Besseres. Kinderkram hat er es genannt, als ich ihn auf unsere Freundschaft ansprach.«

»Und warum jetzt der Hass?«

Hähnlein blickte Lilienthal erstaunt an: »Hass, Herr Kommissar? Nein, gehasst habe ich ihn nicht. Verachtet habe ich ihn.«

»Warum?«

»Weil er ein Heuchler war«, Hähnlein spie die Worte aus. »Und gierig wurde er. Genau wie der Alte. Pfui Deibel!«

»Das müssen Sie uns genauer erklären.«

»Wie die den Pfarrer alle angehimmelt haben.« Hähnlein blies die Backen auf. »Spielte mit den Jungs Fußball. Sang mit im Männerchor, sogar bei dem Kaffeekränzchen der Landfrauen war er mit dabei. Getratscht wurde da, dass sich die Balken bogen. Aber hinter den Kulissen?«

Hähnlein beugte sich vor: »Hinter den Kulissen hat er genommen, was er kriegen konnte. Und er hat Geld von seinem Alten bekommen. Die Genossenschaft schwimmt im Geld. Da sprudeln die Euros nur so aus dem EU-Fördertopf. Bei den Flächen, die die hat. Kennen Sie einen Pfarrer, der einen Siebener-BMW fährt? Ich möcht nicht wissen, was der noch so alles besitzt. Prüfen Sie das mal nach.« Er grunzte.

»Waren Sie neidisch auf ihn?«

Überrascht blickte Hähnlein Lilienthal an. Er dachte einen Moment nach. »Eigentlich war es mir egal«, murmelte er.

»Aber etwas war Ihnen nicht egal, nicht wahr, Herr Hähnlein?«, insistierte Riemeister.

Hähnlein schob den Kopf vor. »Ja, Frau Kommissarin, stimmt. Etwas war mir ganz und gar nicht egal. Die wollten Genmais anbauen. Der Alte hatte das angeleiert. Auf irgendeiner Messe hatte der Kontakt zu einem amerikanischen Investor bekommen. Als einige Leute Bedenken hatten, hat er seinen Sohn geholt, und der Herr Pfarrer hat das Projekt abgesegnet. Alles sei Gottes Erde, und man müsse an kommende Generationen denken.« Hähnlein atmete heftig. »Aber die Bibel sagt: ›Ihr sollt die Erde bebauen und bewahren. Das ist Gottes Auftrag an die Menschheit‹*.«

»Aber etwas anderes hat Sie noch mehr daran geärgert, oder?«, fragte Lilienthal.

»Das Schwein wollte den Genmais auf meinem Land anbauen. Versteh'n Sie, was das für mich bedeutet hätte?« Hähnlein ballte die Fäuste. »Ich wollte biologische Landwirtschaft betreiben. Das wäre nie mehr gegangen.«

»Was haben Sie dann gemacht?«, fragte Riemeister.

»Das könnt ihr doch nicht machen, hab ich gesagt. Das versaut die ganze Gegend hier. Ihr wisst doch nicht, wie sich das weiterentwickelt.« Hähnleins Kopf glich einem Puter. »Rausgeworfen hat mich der Alte. Später hat mir Thomas gedroht, wenn ich weiter seinen Vater belästige, dann hätte er Mittel und Wege, mich aus Neuzelle zu vertreiben. Wortwörtlich. Vertreiben hat er gesagt.«

»Sie haben aber doch versucht, Ihr Land über den Rechtsweg zurückzubekommen?«

»Natürlich, Frau Kommissarin. Alles habe ich versucht.« Er

---

* Genesis, Schöpfungsbericht

lachte böse. »Aber hier ist das nicht möglich. Hier herrscht immer noch derselbe Klüngel.«

»Wo waren Sie am Donnerstagnachmittag, Herr Hähnlein?« Der Braumeister runzelte die Stirn. »Unterwegs, hatte einiges zu erledigen.«

»Sie waren nicht in der Brauerei?«

»Hab ich doch gesagt.« Seine Miene wurde ausdruckslos. Lilienthal suchte ihren Blick. Sie nickte ihm unmerklich zu. Mehr würden sie im Augenblick nicht aus Hähnlein herausbekommen.

»Bitte machen Sie uns bis heute Mittag eine Liste, wo Sie am Donnerstagnachmittag überall waren«, ordnete Riemeister an.

Hähnlein erhob sich schwerfällig, verabschiedete sich und ging.

»Ruf doch mal die Krüger an und frag sie, wo Hähnlein am Donnerstagnachmittag war«, schlug Lilienthal vor, kaum dass Hähnlein den Raum verlassen hatte.

»Warum rufst du nicht an?«

»Wer ist von uns beiden im diplomatischen Dienst?«, fragte er.

Als Riemeister das Gespräch mit der Brauereisekretärin beendet hatte, lehnte sie sich zurück.

»Weißt du, was der Hähnlein in seiner Freizeit so treibt?«

»Kampftrinken?«

»Blödmann. Hähnlein ist aktiver Kampfsportler. An dem Nachmittag hatte er Vorbereitungen für irgendeine Meisterschaft und hatte sich freigenommen.«

Lilienthal wählte die Nummer von Dr. Enderlein.

»Sie stören«, meldete sich die Stimme des Rechtsmediziners unwirsch am anderen Ende.

»Die Verletzungen, die zum Tod unserer beiden Leichen aus der Klosterkirche führten, können die durch jemanden, der Kampfsport betreibt, ausgeführt worden sein?«

Es blieb einen Moment still in der Leitung.

»Wofür schreibe ich eigentlich seitenlange Berichte, wenn

die Damen und Herren bei der Kripo nicht mal des Lesens fähig sind?«

Lilienthal wollte etwas erwidern, aber da hatte Enderlein bereits aufgelegt.

Riemeister rief das rechtsmedizinische Gutachten auf ihrem Computer auf. »Die Schläge weisen auf jemanden hin, der Kampfsport beherrscht«, las sie vor.

»Peinlich, peinlich«, murmelte Lilienthal.

15

20. April – Eisenhüttenstadt

Riemeister loggte sich im Bundeszentralregister ein. Sie deutete auf den Bildschirm. Lilienthal trat hinter sie und las: »Markus Hähnlein, geboren am 24. Mai 1966 in Neuzelle. Vorbestraft 1990 wegen Körperverletzung.«

»Ach du dickes Ei«, murmelte Lilienthal. »Wo trainiert der Hähnlein eigentlich?«

»In Eisenhüttenstadt, hat die Krüger gesagt.«

Lilienthal griff nach seiner Jacke und lief zur Tür. Riemeister folgte ihm.

Zwischen einer Supermarktkette und einem Getränkegroßhandel lag die Sportschule. »Judo, Jiu-Jitsu, Karate sowie außergewöhnliche Selbstverteidigungstechniken in Taekwondo und Tescao« stand in verblichenen Lettern über dem Eingang. Die grauweiße Fassade hatte schon bessere Tage gesehen; Putz blätterte an einigen Stellen von den Wänden. Innen roch es nach Reinigungsmitteln. An einer Seite des Ganges, von dem mehrere Türen abgingen, hingen Trainingspläne an einer Pinnwand.

Lilienthal blieb stehen und überflog die Namen. Hinter einer Tür hörte man das Klacken von Geräten. Die letzte Tür verkündete mit großen schwarzen Lettern »Büro«. Er klopfte und öffnete gleich.

Ein Junge, dünn wie eine Weidengerte, höchstens dreizehn Jahre alt, stand hinter dem Schreibtisch und blickte überrascht auf.

Riemeister zeigte ihren Ausweis.

»Polente?« Der Junge wurde blass, was die Pickel in seinem Gesicht nur noch stärker hervortreten ließ. »Ick hab nur den Schlüssel zum Jeräteraum jesucht«, verteidigte er sich sofort, dabei wanderten seine Augen pfeilschnell zwischen Lilienthal und Riemeister hin und her. Aber die geöffnete Kassette auf dem Schreibtisch und ein dünner Draht in seiner Hand sprachen eine andere Sprache.

»Wofür brauchst du das Geld?«, fragte Riemeister.

»Geld? Wie komm' Se denn darauf? Ick brauch keen Geld nich. Dit hier«, er zeigte auf die Fächer, in denen einige Münzen lagen, »wollt ick nur überprüfen.«

»Setz dich«, sagte Lilienthal barsch.

»Sie könn mir ja' nüscht, ick bin nich strafmündich, und wenn' Se mir drohn, denn sag ick dit dem Jugendamt.«

Lilienthal stützte die Hände auf den Schreibtisch und beugte sich zu dem Jungen: »Hör mal zu, du Früchtchen, wenn du jetzt nicht sofort das Geld wieder zurück in die Kassette legst, dann überlege ich mir vielleicht, aber nur vielleicht, ob wir dich nicht doch lieber mitnehmen und eine Anzeige wegen Diebstahls aufsetzen. Also?«

Der Junge war bei den Worten des Kommissars zurückgewichen. Riemeister lehnte an der Wand, verkniff sich ein Grinsen und beobachtete Lilienthal. Der Junge griff in die Hosentasche seiner ausgeleierten grauen Jogginghose, zog einige Scheine hervor und legte sie zurück in den Metallbehälter.

»Auch das Kleingeld«, knurrte Lilienthal.

»Manno«, nuschelte der, griff aber noch mal in die Tasche, und eine Handvoll Münzen kam zum Vorschein. »Jetze is aba jut, wa?«, sagte er und schniefte.

»Alles?«, fragte Lilienthal.

»Wat'n noch?« Der Junge zog die Taschen seiner Hose nach außen und ließ sich empört schnaufend hinter dem Schreibtisch auf den Stuhl fallen. »Jetzt bin ich unschuldich wie'n Osterlämmchen, oder?«

Lilienthal setzte sich auf die Schreibtischkante. »Kennst du Markus Hähnlein?«

»Nee, wer soll'n dit sein?«

»Euer Trainer, du Pfeife«, erwiderte Lilienthal. »Schon vergessen?«

»Ach der. Der is ja kaum noch da. Der is immer besoffen, weil er allet umsonst inne Brauerei kriecht.«

»War er vorgestern zum Training hier?«, mischte sich Riemeister ein.

»Bin ick bei die CIA?« Als er Lilienthals warnendes Gesicht

sah, sagte er: »Nee, vorjestern ham' wa mit Kitti trainiert. Dit weiß ick genau, weil ich mit dem Fetten kämpfen musste. Dabei weiß Kitti, dass der Dicke stinkt wie Sau und mir immer schlecht wird davon. Aba die is so wat von uneinsichtich. Manno, ick bin doch noch'n Kind, wa?«

»Also Markus Hähnlein war definitiv nicht hier?«

»Defi nich. Kann ick jetze los? Ick hab noch wat zu erledijen.«

»Darf ich fragen, was Sie hier wollen?« In der Tür stand ein muskulöser, junger Mann im Sportdress. Als er den Jungen erblickte, fragte er streng: »Mario, hast du wieder etwas angestellt?«

Der Junge verneinte. »Nee, die sind vonne Pullizei und woll'n nur wissen, ob Markus hier war.« Er flitzte um den Schreibtisch herum an dem Mann vorbei und hinaus.

Der Mann schüttelte den Kopf. »Trebisch, Olaf«, stellte er sich militärisch kurz vor. »Ich leite die Sportschule. Unser Mario, ein Sorgenkind. Kommt aus schwierigen sozialen Verhältnissen. Wir arbeiten eng mit dem Jugendamt zusammen. Er trainiert hier, damit er von der Straße wegkommt. Worum geht es?« Trebisch ging hinter den Schreibtisch. Als er die Kassette sah, überzog sein gebräuntes Gesicht dunkle Röte. »War das Mario?«, fragte er.

»Keine Ahnung«, erwiderte Lilienthal.

»Das wird Konsequenzen nach sich ziehen. Wissen Sie, Kampfsport bedeutet nicht nur Kampf und Schnelligkeit, wir legen auch besonderen Wert darauf, dass die Jungs lernen, höflich und diszipliniert zu sein, und vor allem Durchhaltevermögen zeigen. Da sind bei Mario noch erhebliche Defizite. Aber Diebstahl, das ist eine andere Nummer. Da muss ich mit dem Jugendamt sprechen.«

»Hat Markus Hähnlein vorgestern hier trainiert?«, fiel ihm Lilienthal ins Wort. Trebisch musterte ihn.

»Worum geht es?«, fragte er reserviert. Lilienthal wartete. Trebisch zog einen Plan aus einem Hefter, blickte kurz darauf und legte das Blatt stirnrunzelnd zurück. »Vorgestern? Nein, an dem Tag war er nicht da.«

»Sind Sie sicher?«

»Er war da, ging aber gleich wieder, weil er noch etwas Wichtiges erledigen wollte.«

»Was trainiert denn Herr Hähnlein?«, mischte sich Riemeister ein.

»Markus war«, Trebisch verbesserte sich, »... ist ein außergewöhnliches Talent. Früher ging er in der Klasse über hundert Kilogramm auf die Matte. Heute schätze ich ihn als sensiblen Trainer, der sich sehr gut in die Psyche der Jugendlichen hineinversetzen kann. Er ist bei uns der Spezialist für Taekwondo.« Trebisch verschränkte die Arme und schob die Brust vor. »Im Koreanischen heißt es ›Weg des Geistes‹ und stammt ursprünglich von Karate ab. Wichtig ist die Schnelligkeit und Dynamik des Kämpfers. Er bedient sich dabei physikalischer Gesetze. Muss präzise das Gleichgewicht, seine Reaktionen und die Wirkung der eigenen Körpermasse einsetzen.«

»Ist Karate dafür Voraussetzung?«, fragte Riemeister.

»Jedenfalls ist es hilfreich, wenn man vorher auch andere Kampftechniken erlernt hat«, antwortete Trebisch.

»Sie sprachen vorhin in der Vergangenheit von Hähnlein. Ist er nicht mehr Trainer bei Ihnen?«, insistierte Lilienthal.

Trebisch lächelte, aber seine Augen blickten kalt. »Markus Hähnlein ist einer unserer besten Trainer. Ein ausgezeichneter Mann mit hoher Sozialkompetenz. Leider hat er zurzeit ein familiäres Problem. Darum ist er manchmal indisponiert. Aber die Jungs lieben ihn, und auch ich schätze ihn sehr.«

»Mit indisponiert meinen Sie sein Alkoholproblem?«, fragte Lilienthal.

»Ich denke, er ist auf dem besten Weg, das in den Griff zu bekommen«, beschied ihn Trebisch knapp.

Sie verließen das Gebäude. »Also, Hähnlein war zurzeit der beiden Morde nicht in der Sportschule gewesen. Wenn er denn überhaupt dort noch trainierte. Dann hatte er kein Alibi«, resümierte Riemeister. Gerade als sie losfahren wollten, tauchte am Seitenfenster das Gesicht von Mario auf. Surrend ließ Lilienthal die Scheibe herunter.

»Ick muss hier wat richtichstellen, Chef.« Der Junge schielte hinüber zum Eingang der Sportschule.

»Los, steig ein«, brummte Lilienthal und deutete mit dem Finger nach hinten. Mario öffnete blitzschnell die hintere Tür und rutschte auf die Rückbank.

»Könn' Se ma losfahrn? Ick komm mir schon vor wie Deutschland sucht den Superstar«, krächzte er.

Lilienthal fuhr los.

»Möchtest du ein Eis?«, fragte Riemeister und deutete auf eine Eisdiele, an der sie gerade vorbeifuhren.

Der Junge nickte. Lilienthal stoppte. Wenig später saß Mario vor einem Eisbecher und schaufelte Schoko mit Pistazieneis in sich hinein. Lilienthal und Riemeister hatten sich jeder auf einen Becher Kaffee geeinigt.

»Also, dit mit die Kasse war Kino, wa?« Überrascht musterte Lilienthal den Jungen. »Mensch, jetürkt, Chef, vastehste? Ick wollte, dass die mir erwischen.«

»Du willst rausgeworfen werden?«, riet Riemeister.

»Bingo. Die haben da alle wat anne Waffel.« Er leckte den letzten Rest Eis vom Löffel und ließ sich zufrieden in seinen Stuhl zurückfallen. »Aba komm' wa mal zum Jeschäftlichen.« Herausfordernd blickte er Lilienthal an. »Ich will hier weg.«

»Wir sollen für dich beim Jugendamt ein gutes Wort einlegen?«, mutmaßte Riemeister.

Mario nickte. »Meine Mutter ist weg, und Omi hat mit meiner kleinen Schwester genug zu tun.«

»Und was bekommen wir dafür, wenn wir dir helfen?«, fragte Lilienthal.

Mario grinste. »Okay, eine Hand wäscht die andere, wa?«

Lilienthal machte ein Pokerface. Riemeister nickte.

Mario beugte sich vor und winkte die beiden näher zu sich. »Der Markus ist von denen jetürkt«, flüsterte er. »Na die von der Sportschule«, erklärte er. »Ej, da gibt es immer Versammlungen, und der Trebisch quatscht von der deutschen Jugend und dass wir daran denken sollen, dass wir was Besonderes sind. Und dass wir eine Kameradschaft sind und die von niemandem kaputt machen lassen dürfen. Also allet so'n Zeuchs.«

»Was meinst du mit ›getürkt‹?«, fragte Lilienthal.

»Manno, den Markus hamse weichjekocht. Der war der Einzige, der nur wegen Sport da war, aber seitdem der Promille schiebt, hamse den umjedreht, wa?« Er blickte schnell nach rechts und links, beugte sich dann noch weiter über den Tisch und flüsterte: »Die wolln wat abfackeln.«

»Was soll denn abgefackelt werden?« Lilienthal war elektrisiert.

»Irgendwas in der Nähe. Ick hab's jenau jehört, als der Trebisch so was zu Axel jesacht hat. Der hat mich aba jesehen. Ick hab natürlich so jetan, als ob ick einer von die drei Affen bin, vastehn Se? Aber der hat mir nich jeglaubt. Ick muss da raus. Dit geht nur, wenn Se mich rausschmeißen.«

»Warum hast du nicht mit deinem Betreuer vom Jugendamt darüber gesprochen?«

Mario stieß empört Luft durch die Nase. »Alles eine Blase. Der Heini vom Jugendamt gehört auch dazu. Nee, ick will raus hier. Nach Berlin.«

Riemeister legte ihm eine Hand auf den Arm. »Ich will es versuchen, Mario. Versprochen.«

Der Junge schniefte, wischte sich mit dem Handrücken über die Nase und rutschte von seinem Stuhl. »Man sieht sich, wa?« Pfeifend lief er hinaus.

Riemeister bestand darauf, zu zahlen. Sie hatte schließlich Mario eingeladen.

»So harmlos, wie der Hähnlein vorhin getan hat, ist er nicht. Das war alles nur Bauerntheater. Worum ging es eigentlich bei seiner Vorstrafe wegen Körperverletzung?«, fragte Lilienthal.

»Eine Wirtshausschlägerei in Bayern.«

»Na ja, das hier ist eine andere Nummer.«

»Maik, ich denke, der ist in etwas reingerutscht. Der brauchte ein Ventil. Bei Hähnlein hatte sich jede Menge Frust aufgebaut. Das haben die in der Sportschule ausgenutzt.«

Lilienthals iPhone kündigte eine SMS an. Er überflog die Nachricht. »Johannes Schönburg und meine Mutter sind zum Kloster Neuzelle gefahren. Wir könnten sie dort treffen, schlagen sie vor.«

»Schade«, lächelte Riemeister.

Den ganzen Tag über hatte sie sich professionell und kollegial verhalten. Nur manchmal, wenn sie sich unbeobachtet glaubte, hatte sie ihn gemustert. Trotz der durchzechten Nacht sah sie im Gegensatz zu ihm – mit dunklen Bartstoppeln und einer Gesichtsfarbe wie aus der Kühltruhe – ausgesprochen frisch aus. Sie war ihm rätselhaft. Und er fühlte sich wieder unbehaglich, weil er sich nicht an die letzte Nacht erinnern konnte.

»Wenn Hähnlein der Mörder vom Pfarrer ist, dann kennt er keine Skrupel, Maik. Dann hat er als ausgebildeter Kampfsportler seine Hemmschwelle verloren.«

»Und was ist mit unserem Professor? Verdammt, wo ist die Verbindung? Ich sehe keine«, sagte Lilienthal.

»Vielleicht doch zwei Täter? Alles nur ein unglückliches Zusammentreffen? Zur falschen Zeit am falschen Ort?«

Lilienthal schüttelte den Kopf. »Das ist mir zu konstruiert. Nein, Susanne, das glaube ich einfach nicht. So was kommt nur in schlechten Krimis vor. Einer lauert in der alten Sakristei auf den Professor, und der andere wartet auf den Pfarrer? Also bitte! Und dann lösen sich beide in Luft auf? Beim besten Willen kann ich mir das nicht vorstellen.« Mit einem riskanten Überholmanöver umfuhr er eine Gruppe Radfahrer, die beinahe die ganze Straße einnahmen. Einer zeigte ihm den Stinkefinger.

Sie bogen auf den Hof der Neuzeller Brauerei ein. Luckner blickte ihnen mit hochrotem Kopf entgegen, als sie sein Büro betraten.

»Den hab ich gefeuert. Endgültig. Schluss, aus!«

»Was ist denn passiert?«, fragte Riemeister.

»Was haben Sie mit dem angestellt?«, fauchte Luckner zurück. »Der war doch heute früh bei Ihnen, oder?«

»Was haben *Sie* mit Herrn Hähnlein angestellt?«, konterte Lilienthal. »Als er uns verließ, war er ruhig und nüchtern.«

»Mieze«, brüllte Luckner, »bist du fertig?« Marie Krüger kam mit einer Unterschriftsmappe herein und legte sie ihrem Chef auf den Tisch. Luckner schlug die Mappe auf. »Was soll denn das sein?«, brüllte er und pochte auf den Brief. »Damit hat er vor dem Arbeitsgericht sofort etwas gegen uns in der Hand. Hier muss ›dritte Abmahnung‹ stehen. Ist das denn so schwer?« Mit einem Ruck schlug er die Mappe zu und ließ sich zurückfallen. Krüger nahm die Mappe und eilte hinaus. Mit kleinen Augen musterte Luckner die Kommissare. »Was wollen Sie eigentlich schon wieder? Ich kann mir nicht leisten, den ganzen Tag mit Ihnen zu plaudern.«

»War Markus Hähnlein Donnerstagnachmittag in der Brauerei?« Riemeister ging bewusst nicht auf seinen unverschämten Tonfall ein.

»Hab ihn nicht gesehen.«

»Herr Luckner, wir haben Informationen, dass ein Anschlag geplant wird. Um welches Objekt es geht, wissen wir noch nicht. Aber es könnte sich um Ihre Brauerei handeln. Sie sollten die sensiblen Bereiche in Ihrem Betrieb absuchen und sichern«, sagte Lilienthal ernst.

Als sie das Büro verließen, hatte es ausnahmsweise einmal Luckner die Sprache verschlagen. Im Vorzimmer verdrehte Marie Krüger die Augen. Dann flüsterte sie: »Luckner hat Markus gedroht, dass er ihm die Zeit, die er bei Ihnen auf dem Kommissariat verbracht hat, vom Gehalt abziehen würde. Und ihm verboten, an seinen alten Arbeitsplatz zu gehen. Lediglich Hilfsarbeiten im Lager sollte er übernehmen.« Sie blickte zur Tür. Aus dem Chefbüro hörte man Luckner telefonieren. »Da ist Markus explodiert. Hat gedroht, dass er alles hier plattmachen würde.«

»Wo ist er jetzt?«, fragte Lilienthal.

Krüger zuckte mit den Schultern. Lilienthal ließ sich von ihr die Adresse von Hähnleins Wohnung geben. Möbiskruge, ein Dorf ganz in der Nähe.

Ohne sich an die Geschwindigkeitsbegrenzungen zu halten, fuhr Lilienthal zu der angegebenen Adresse.

Ganz in der Nähe der alten Dorfkirche an einem einfachen Bauernhaus fanden sie sein Namensschild. Sie klingelten. Stille. Lilienthal hämmerte an die Tür. Aus dem Haus gegenüber öffnete sich ein Fenster. Eine ältere Frau mit streng zurückgebundenen Haaren schaute missbilligend zu ihnen herüber. »Der is nich da, da könn 'Se noch so randaliern.« Mit einem lauten Rums schloss sie das Fenster.

»Maik, vielleicht ist das Ziel gar nicht die Brauerei«, murmelte Riemeister.

Er ließ die Faust sinken. Dann durchfuhr es ihn wie einen Stromschlag: »Das Kloster?«

Sie nickte.

16

20. April – Kloster Neuzelle

Er spurtete los. Riemeister hinterher. Der alte Jaguar heulte auf, als Lilienthal das Gaspedal durchdrückte. Zum Glück war die Straße wenig befahren. Er kurvte durch Neuzelle, fuhr direkt durch das Eingangstor auf den Stiftsplatz und ließ den Wagen vor dem Eingang des Verwaltungstraktes stehen. Riemeister sprang heraus, kaum dass der Wagen stand, und sprintete voran. Lilienthal hatte Mühe, ihr zu folgen.

Überrascht blickte Menzel auf, als Riemeister ohne anzuklopfen die Tür aufstieß. Sie hielt sich nicht mit Floskeln auf. Es bestehe Gefahr im Verzug, und am besten sei es, sofort die Kirche zu räumen.

Menzel sah sie entgeistert an. »Haben Sie die Besuchergruppen gesehen? Ich kann doch die Leute nicht einfach hinauswerfen.«

»Gut, wir werden die Kirche und das Gelände durchsuchen. Falls sich Anhaltspunkte für eine weitere Gefährdung ergeben sollten, werden Sie das tun müssen«, erwiderte Lilienthal barsch.

»Kennen Sie Herrn Hähnlein?«, fragte Riemeister.

Der Stiftsmitarbeiter nickte. »Der war vorhin hier.«

»Was heißt hier?«, blaffte Lilienthal.

Menzel versteifte sich. »Ich hatte ein kurzes Gespräch mit ihm. Er schien sehr aufgewühlt und wollte in den Kreuzgang. Herr Hähnlein kommt oft hierher. Hier finde er wieder zu sich selbst, hat er mir einmal erklärt. Deshalb fand ich es auch nicht ungewöhnlich.«

»Ist er noch drinnen?«, fiel ihm Riemeister ins Wort.

Menzel zuckte mit den Schultern.

»Wo ist der Eingang?«, brüllte Lilienthal.

»Drüben neben der Information«, antwortete Menzel erschrocken.

Während die Klosterkirche beinahe überschwänglich ausgestattet worden war, erstreckte sich der westliche Kreuzgang schlicht, beinahe spartanisch vor ihnen und war menschenleer. Riemeister lief zum Nordflügel, Lilienthal überholte sie und öffnete die schwere holzverkleidete Eingangstür zum Refektorium. An der nordwestlichen Fensterwand aus dem 14. Jahrhundert stand er. Lilienthal zog seine Waffe. Der Mann wandte sich um. Hinter schwarz umrandeten Brillengläsern schauten ihm Eulenaugen erstaunt entgegen. Schlaff hing ein Seehundschnurrbart an den Mundwinkeln herunter.

»Entschuldigung«, murmelte Lilienthal. Riemeister war bereits im daneben liegenden Kalefaktorium, das im Mittelalter den Mönchen als Wärmesaal gedient hatte. Für die repräsentative Blendengliederung fehlte ihr im Augenblick jedes Verständnis. Sie wollte gerade die Tür schließen, da drängte sich Lilienthal an ihr vorbei.

An der Nordwand befand sich ein Warmluftschacht. Er spähte hinunter.

»Zu schmal«, rief Riemeister und eilte weiter hinüber zum Brunnenhaus.

Zu einer anderen Zeit hätte der schöne Raum mit seinen bunten Butzenverglasungen aus dem 15. Jahrhundert Lilienthal fasziniert, aber er rannte weiter in den östlichen Kreuzgang. Knickte um, fluchte und zog beim Weiterlaufen sein Bein etwas hinterher.

Riemeister holte auf. »Alles okay mit dir?«, fragte sie besorgt. Er brummte etwas Unverständliches.

»Unter uns befindet sich noch der Gewölbekeller«, rief Menzel hinter ihnen. »Herr Hähnlein ist oft dort hinabgestiegen.«

»Und das sagen Sie erst jetzt?«, brüllte Lilienthal. »Wo ist der Zugang?«

Erschrocken zeigte Menzel zu einem unscheinbaren Durchgang in der Nordostecke. »Unser um 1450 erbauter Gewölbekeller hat eine der vollständigsten Gründungsmauern des Klosters«, erklärte Menzel atemlos, als sie die Treppe hinabstiegen.

Lilienthal verdrehte die Augen. Das Gewölbe war durch Schaukästen in der Mitte erhellt. Kein Hähnlein war zu sehen.

Lilienthal hastete zurück nach oben. Menzel rang die Hände und folgte ihm. Riemeister war bereits weitergeeilt.

»Was ist denn heute hier los?«

Eine klein gewachsene, korpulente Frau mit rundem Gesicht und grauem Herrenhaarschnitt baute sich vor Riemeister auf. »Erst der Dicke und jetzt poltern Sie auch noch hier herein. Das Parlatorium war zwar früher das Sprechzimmer des Klosters, aber das hier geht zu weit«, sagte sie giftig.

»Wie sah der Dicke aus?«, unterbrach sie Riemeister.

»Hundeblick«, antwortete die Frau wie aus der Pistole geschossen.

»Was hat er gesagt?«, fragte Lilienthal, der zu Riemeister aufgeschlossen hatte.

»Wer sind Sie denn?«, entgegnete die Dicke angriffslustig.

Lilienthal zückte seinen Dienstausweis.

»Vergib mir, aber ich kann nicht anders. Und es muss endlich ein Ende haben‹, das hat er mehrmals wiederholt«, antwortete sie eifrig. »Wird der gesucht?«

Ohne sich zu bedanken, eilten die Kommissare nach draußen. Weder im Kapitelsaal mit den kostbaren Exponaten noch in den anderen Räumen war jemand. Enttäuscht blieb Riemeister stehen.

»Weiter«, trieb Lilienthal sie an. Sie hasteten die Stufen hinauf und verließen den Kreuzgang.

»Wir brauchen zu viel Zeit«, keuchte Lilienthal. »Du überprüfst die evangelische Kirche zum Heiligen Kreuz, ich nehme mir die Klosterkirche vor.«

Riemeister nickte und eilte über den Stiftsplatz.

Er lief hinüber in die Stiftskirche. Drängte sich durch eine Besuchergruppe, die aufmerksam einer Führerin lauschte, und schaute in die Beichtstühle. Leer. Als er den schweren Vorhang vor der alten gotischen Sakristei zur Seite schob, standen dort einige Besucher. Aber kein Hähnlein. Wo steckte er nur? Er lief zur neuen Sakristei, öffnete nach kurzem Anklopfen die Tür. Nur Gruber befand sich dort und ordnete einige Schriften.

»Haben Sie Hähnlein gesehen?«

Gruber zeigte zur Orgelempore.

Lilienthal wirbelte herum und schaute hoch. »Möglicherweise hat der Braumeister einen Anschlag auf die Kirche vor«, flüsterte er. »Sie müssen mitkommen.«

Fassungslos blickte ihn Gruber an.

»Schnell«, raunzte Lilienthal.

Sie liefen die Treppe zur Orgelempore hinauf. Groß und erhaben erhoben sich vor ihnen die Orgelpfeifen.

Von Hähnlein keine Spur. »Verdammt«, knurrte Lilienthal. »Was wollte er hier oben?«

»Markus Hähnlein hilft manchmal bei der Wartung des Instrumentes aus. Vorhin dachte ich, dass er hier raufwollte. Da muss ich mich wohl geirrt haben«, entgegnete Gruber kläglich.

Lilienthal blickte hinunter in das Kirchenschiff. »Befindet sich hinter dem Hochaltar noch ein Raum?«

Gruber schüttelte frustriert den Kopf.

Lilienthal sprang die Treppe hinunter, stolperte auf der letzten Stufe und fiel. Ärgerlich rieb er sich den Knöchel. Ging denn heute alles schief? Er humpelte nach vorn. »Gruber«, knurrte er entnervt. »Schaun Sie sich bitte um. Ist hier irgendetwas ungewöhnlich?«

Gruber starrte verwirrt umher. Plötzlich zuckte er zusammen. »Da oben«, flüsterte er. »Da steht was.«

»Leiter«, knurrte Lilienthal.

Gruber hastete davon. Als er mit einer einfachen Trittleiter zurückkam, hatten sich inzwischen einige Besucher vor dem Hochaltar versammelt und beobachteten neugierig, was sie dort veranstalteten. Unter der Figur des heiligen Georg lag ein gefaltetes Papierflugzeug. Lilienthal hob es auf und kletterte wortlos die Leiter hinunter.

Gruber lächelte verlegen. Erschöpft ließ sich Lilienthal auf einen Prunkstuhl fallen.

»Das ist der Abtstuhl«, zischte Gruber empört.

Lilienthal ignorierte die Touristen, die ihn anstarrten. Gruber war zum Tabernakel getreten und ordnete mit fahrigen Händen den Blumenschmuck. Auf einmal hielt er inne. Beugte sich vor und deutete auf die Christusstatue in der Mitte. Verborgen, von vorn nicht sichtbar, steckte dort etwas.

»Noch ein Papierflugzeug«, knurrte Lilienthal sarkastisch.
Vorsichtig zog Gruber ein Stück Papier hervor und zeigte
es Lilienthal. »Ich habe gesündigt. Vergib mir Jesus, der du für
uns dein Leben gegeben hast«, las Lilienthal.

»Dafür gibt's eigentlich die Beichte«, murmelte der Sakristan.
Lilienthal steckte es ein und ging langsam zurück. Irgendetwas hatte er übersehen.

»Stell das sofort hin.« Ein kleines Mädchen in Latzhosen mit
Ringelpullover und kurzem Jungenschnitt verbarg etwas hinter
seinem Rücken. »Kannst du nicht hören?«, empörte sich eine
füllige Mittdreißigerin.

»Aber das lag da«, sagte das Kind trotzig.

»Zeig mal«, herrschte Lilienthal das Kind an und griff danach.

»Wehe, Sie fassen meine Tochter an.« Die Mutter baute sich
vor Lilienthal auf.

»Polizei«, knurrte er. »Gib das sofort her.« Sein Ton duldete
keinen Widerspruch. Zögernd schob das Kind die Hand nach
vorn.

»Da tickt was«, sagte es. Lilienthal nahm das Kästchen aus
dunklem Holz vorsichtig entgegen. Jetzt hörte er es auch. Ein
leises Ticken. Er rannte so schnell er konnte damit zum Ausgang. Gruber hinter ihm.

»Die Kirche und der Platz müssen geräumt werden. Sofort«,
befahl Lilienthal. Er legte das Kästchen auf eine freie Stelle im
Hof und riss sein Telefon hervor. »Ich brauche einen Spezialisten
für Bombenentschärfung«, informierte er Manni Langer, den
Leiter der KTU.

»Kampfmittelräumdienst«, kam die Erwiderung.

»Mir scheißegal, wer hier was macht«, brüllte Lilienthal.
»Meinetwegen kannst du mit der Bundeswehr anrücken!«

Menzel kam mit hochrotem Kopf aus dem Stiftsgebäude.
Lilienthal deutete auf das Kästchen. »Räumen, alles. Das hier
könnte eine Zeitbombe sein.« Der Stiftsmitarbeiter starrte wie
hypnotisiert darauf, dann nickte er. »Was ist mit dem Internat?«,
herrschte Lilienthal ihn an.

»Osterferien«, kam Menzels Antwort. Ohne auf weitere Anweisungen zu warten, forderte er mit durchdringender Stimme

alle Besucher auf, sofort das Gelände zu verlassen. Erschrocken folgten die meisten der Aufforderung, nur einige blieben stur stehen und blickten neugierig zu Menzel und Gruber, die die Besucher wie eine Herde versprengter Schafe vom Klosterhof scheuchten.

Kurze Zeit später fuhren die Kriminaltechniker vor. Manni Langer, ein drahtiger Mittvierziger mit dem durchdringenden Blick der Menschen von der Küste, ging zu Lilienthal.

»Du hast Glück, Maik, dass ich auch ausgebildeter Sprengmeister bin«, knurrte er, und ohne weiter Worte zu verschwenden, gab er knapp seine Anweisungen. Großräumig wurde abgesperrt.

Lilienthal und Riemeister standen abseits und beobachteten das Prozedere.

»Und du meinst, da ist eine Bombe drin?«, fragte Riemeister.

»Willst du es darauf ankommen lassen?«, fragte er schärfer als beabsichtigt.

»Ich habe Hähnlein bereits zur Fahndung ausschreiben lassen«, erwiderte sie nur.

Am Klostertor erblickte Lilienthal Enne und Johannes Schönburg.

Lilienthal kochte.

»Isse nixe bum, bum, bum.« Manni Langer grinste, als er Lilienthal das Kästchen übergab.

»Und wenn doch, Blödmann?«, hatte Lilienthal erwidert. »Die Verantwortung hatte ich, oder?«

Langer öffnete die Tür und feixte: »Zum Glück hatte ich kein schweres Gerät angefordert und den nationalen Notstand ausgerufen.«

»Raus«, erwiderte Lilienthal entnervt. Sie hatten einen Raum in der Stiftsverwaltung als vorübergehendes Büro in Beschlag genommen. Er stellte das Kästchen auf den Tisch, klappte den Deckel auf. Innen lag eine goldene Taschenuhr Marke Junghans. Baujahr um 1910, hatte Manni vorhin geschätzt. Er faltete das Papier, das darunter lag, auseinander. »Sancta Maria, Mater Dei, ora pro nobis peccatoribus, nunc et in hora mortis nostrae« stand dort in feiner Handschrift.

»Das Ave-Maria«, erklärte Riemeister. »Heilige Maria, Muttergottes, bitte für uns Sünder, jetzt und in der Stunde unseres Todes.« Die Buchstaben waren zum Teil verwischt. Sie hielt es gegen das Licht. »Alte Bibeln wurden auf so einem feinen dünnen Papier gedruckt.« Sie legte das Blatt auf den Tisch.

Lilienthal beugte sich darüber. Er zog den Zettel, den er hinter der Christusstatue gefunden hatte, heraus und legte ihn daneben. »Die gleiche Schrift«, murmelte er. Unwillig blickte er auf.

»Stören wir?« In der Tür standen Enne und Johannes.

Die beiden hatte Lilienthal völlig vergessen.

»Treffen in Neuzelle?«, sagte Enne, die sein mürrisches Gesicht richtig deutete.

Er hatte überhaupt keine Lust, jetzt noch einen auf Small Talk zu machen. Aber der eigentliche Grund seiner schlechten Laune lag an dem missglückten Bombenattentat. Für nichts und wieder nichts hatte er die ganze Mannschaft herangepfiffen. Die Geschichte würde in der nächsten Zeit in jeder Polizeidirektion in Brandenburg die Runde machen.

»Das ist ja Friedrichs Uhr!« Johannes war an den Tisch getreten und wollte danach greifen.

»Halt, nicht berühren«, rief Riemeister.

»Aber das ist die Uhr meines Großvaters. Hier, sehen Sie, am großen Zeiger ist ein kleines Stück abgebrochen.«

»Das ist Beweismaterial, Herr Schönburg.«

»Aber bitte, öffnen Sie doch den Deckel«, bat Johannes.

Riemeister zog Einmalhandschuhe aus Latex an, nahm die Uhr und öffnete den Deckel. Auf der Innenseite stand: »Kgl. preuß. Rittmeister Wilhelm Ferdinand Schönburg«.

»Wo haben Sie die Uhr gefunden? Unter Friedrichs Sachen war sie nicht. Ich hatte sie schon vermisst.«

Auf einmal krachte es wie von einem Donnerschlag. Der Fußboden vibrierte. Enne taumelte und griff zur Tischkante.

»Von gegenüber«, schrie Lilienthal, riss die Tür auf und stürmte hinaus, Riemeister hinterher.

Fassungslos blickte Enne Johannes an.

Lilienthal schob sich durch die entgegenkommenden Leute, die aus dem Brauereiladen stürzten. Eine Besuchergruppe drängte gegen das abgeschlossene Tor. Kinder weinten, Frauen schrien. Ein jüngerer Mann hangelte sich an den Gitterstäben hoch und versuchte hinüberzuklettern. Die Flammen und der Qualm, die hinter ihnen aus der Lagerhalle kamen, versetzten die Menge in Panik. Mitarbeiter der Brauerei rollten bereits einen Schlauch aus. Ein hagerer Angestellter drängte sich durch die Menge. Über seinem Kopf hielt er einen Schlüssel. Seine Worte gingen im Stimmengewirr unter. Ein älterer Mann mit Schiebermütze versuchte, ihm den Schlüssel zu entreißen. Dabei fiel er zu Boden. Ein Kind mit dunklem Bubikopf kroch zwischen den Beinen der Erwachsenen, griff danach und robbte nach vorn. Schob seine kleine Hand durch das Gitter Lilienthal entgegen. Er öffnete das Tor. Die Menge drängte wie eine schwere Flut nach draußen.

Riemeister neben ihm griff nach dem Kind, ein kleines Mädchen von vielleicht sechs Jahren, und zog es zur Seite. »Wo ist deine Mama?«, fragte sie. Das Kind deutete in die Menge, die aus der Brauerei kam.

Luckner stand im Hof und brüllte Anweisungen.

»Was ist passiert?«, rief Lilienthal, der sich zu ihm vorgearbeitet hatte.

»Das sehen Sie doch selbst«, brüllte Luckner. »Das Flaschenlager brennt. Wenn das der Hähnlein war, dann Gnade ihm Gott.«

Inzwischen hatte jemand einen zweiten Schlauch angeschlossen und richtete den Strahl auf die Wände des Sudhauses, damit das Feuer nicht vom Lager auf das alte Gebäude überspringen konnte. Der grelle Sirenenton der Feuerwehr übertönte jedes weitere Gespräch.

Lilienthal entdeckte sie als Erster. Mit weit aufgerissenen Augen stand Marie Krüger in eine Ecke des alten Gebäudes gedrückt und starrte in die Flammen.

»Wo ist er?«, herrschte er sie an.

Sie öffnete den Mund, brachte aber keinen Ton heraus. Tränen liefen über ihre blassen Wangen, die sich mit schwarzer Wimperntusche vermischten und ein bizarres Muster hinterließen.

Er packte ihren Arm. »Wo?«

Marie zitterte. Dann deutete sie auf eine Stahltür. Lilienthal zog sie mit sich. Er drängte sich an den Leuten vorbei, öffnete die Tür. Der Gärkeller. Er trat ein. Trotz der Kälte im Raum klebte ihm das Hemd am Körper.

»Markus?«, rief Marie mit dünner Stimme.

Lilienthal blickte sich hektisch um. Stahlbottiche in verschiedenen Größen standen in dem großen Gewölbe verteilt herum. Runtergekühlt von sechsundsiebzig Grad, mit Hilfe eines gewaltigen Plattenkühlers, durfte die Temperatur des Gerstensaftes sechs Grad Celsius nicht übersteigen. Hier gärte das Bier sechsunddreißig Stunden in offenen Tanks. »Zutritt nur für Braumeister und Lebensmittellaborant«, las Lilienthal auf einem Schild.

Gellend schrie Marie vor ihm auf.

Aus einem großen Gärbottich ragten Beine. Lilienthal hechtete hinüber. Es war Hähnlein. Lilienthal riss seine Lederjacke herunter und warf sie zu Boden. Packte die Beine und zog. Der schwere Körper hatte sich irgendwo verkantet.

»Kommen Sie, helfen Sie mir«, keuchte Lilienthal.

Aber Marie rührte sich nicht von der Stelle. Mit weit aufgerissenen Augen starrte sie zu ihm hinüber. Lilienthal beugte sich vor, tauchte die Arme in das unfertige Bier und packte den Mann am Kragen. Mit aller Kraft versuchte er, den Kopf hochzuziehen. Ein Schwall hellbrauner Flüssigkeit ergoss sich über sein Hemd. Weiße Augäpfel starrten ihn an. Er drückte mit den Fingern an die Halsschlagader. Hähnleins Kopf rutschte zur Seite. Lilienthal krallte sich an seinen Schultern fest, versuchte, die massige Gestalt aus dem Bottich zu ziehen. Aber der Körper war zu schwer. Wütend ließ Lilienthal Hähnlein zurück ins Bier gleiten. Marie Krüger stand da mit herabhängenden Armen. Den Mund geöffnet. Zorn schoss in ihm hoch.

»Ich nehme Sie fest, wegen unterlassener Hilfeleistung«, brüllte er.

Hinter ihm tauchte Riemeister plötzlich auf. »Die Ambulanz kommt gleich. Ich habe auch Manni Langer verständigt«, sagte sie ruhig.

Sie ging zu Marie, nahm sie am Arm und führte sie hinaus.

Lilienthal schaute durchs Fenster hinüber zur Brauerei. In der Information hatte er sich ein T-Shirt mit dem Aufdruck des Klosters besorgt. Obwohl er sich auf der Besuchertoilette notdürftig gewaschen hatte, roch er immer noch unangenehm nach dem Gerstensaft.

Professionell und schnell hatte die Feuerwehr den Brand unter Kontrolle bekommen. Es war ein primitiver Brandsatz gewesen. Die Bauanleitung könne man in jedem Internetforum nachlesen, hatte ihm der Einsatzleiter mitgeteilt.

Vor ihm auf einem Besucherstuhl saß Marie Krüger. Die Augen geschlossen, die Lippen fest zusammengepresst, hob und senkte sich ihre Brust im schnellen Wechsel. Riemeister hatte Krüger hierher in ihr provisorisches Büro im Stiftsgebäude gebracht. Dass die Frau unter Schock stand, hatte sie sofort registriert. Fürsorglich hatte sie ihr ein Glas Wasser hingestellt und sich neben sie gesetzt. Riemeister hatte gewartet, bis Lilienthal kam. Ein herbeigeeilter Allgemeinmediziner aus Neuzelle hatte Hähnleins Tod offiziell festgestellt, und der Leichnam war bereits auf dem Weg zur Gerichtsmedizin nach Frankfurt. Im Gärkeller hatte Manni Langer das Kommando übernommen. Nicht ohne sich vorher bei Lilienthal für den formidablen Tatort zu bedanken.

»Bier ohne Ende. Mensch, Maik, hoffentlich überstehen das meine Jungs ohne größeren Schaden«, war sein Kommentar gewesen.

»Was ist passiert, Frau Krüger?«, fing Riemeister mit der Vernehmung an.

Die Frau öffnete die Augen. Starrte sie an. »Er wollte doch nur noch ein paar persönliche Sachen aus dem Gärkeller holen.«

Ihre Stimme klang wie zersprungenes Glas. »Ich habe ihm die Tür aufgeschlossen. Er hatte keinen Schlüssel mehr. Den hatte er vorher beim Chef abgeben müssen. Ich bin dann gleich zurück in mein Büro.«

»Haben Sie Hähnlein den Gärkeller verlassen sehen?«, mischte sich Lilienthal vom Fenster her ein.

Marie blinzelte gegen das hereinfallende Sonnenlicht. »Der Chef kam, da konnte ich nicht mehr nachsehen. Dann krachte es auf einmal ganz laut. Luckner stürzte sofort raus. Ich lief zum Fenster, aber da rannten schon unsere Leute über den Hof.«

»Sie waren nicht im Gärkeller?«

»Nein, ich hab nur die Tür aufgeschlossen.«

»Haben Sie Markus Hähnlein geliebt?«, fragte Riemeister leise.

Marie starrte sie an, dann wimmerte sie. Als ob eine Schleuse geöffnet worden wäre, so flossen die Tränen aus ihren Augen. »Ich hab mich so gut mit ihm gefühlt. So sicher. Das war schön.«

Sie zog ein Taschentuch hervor und schnäuzte sich. »Wir hatten einen Traum. Wir wollten den Hof seiner Eltern wieder aufbauen und als Demeterhof* bewirtschaften und Gemüseanbau betreiben. Aber alle Anträge auf Rückübertragung wurden abgelehnt. Markus verlor den Prozess. Auch in der zweiten Instanz. Sein ganzes Geld ging für Anwalts- und Gerichtskosten drauf.« Zitternd sog sie Luft ein, flüsterte: »Meins auch. Und dann hat er nur noch auf die gehört.«

»Auf wen?«, fragte Lilienthal.

»Na, die in der Sportschule. Immer öfter kam er nach dem Training total abgefüllt nach Hause. An den anderen Tagen saß er nur da und brütete vor sich hin, und wenn ich ihn ansprach, dann erklärte er mir, dass er froh wäre, jetzt Kameraden gefunden zu haben, die ihn verstehen würden. Die ihm auch helfen wollten, dass er wieder zu seinem Recht käme. Wir Deutschen müssten zusammenhalten.« Sie schnäuzte sich. »Man konnte nicht mehr mit ihm reden. Früher hat Markus kaum

---

*Demeter: nach den Richtlinien des biologisch-dynamischen Landbaus (nach Rudolf Steiner, dem Begründer der Anthroposophie)

getrunken. Und schon gar nicht in der Brauerei. Irgendwann konnte ich nicht mehr. Hab gesagt, wenn du dich nicht von denen trennst, dann ist Schluss mit uns.« Sie schluchzte auf, presste das Taschentuch vor den Mund.

»Und doch haben Sie ihn trotz Hausverbots in den hochsensiblen Bereich der Brauerei gelassen. Allein.«

»Seine Instrumente lagen da. Die hat er doch gebraucht. Zu keinem sonst hätte er hingehen können. Da hätten ihn doch die Kollegen gesehen und Luckner informiert.«

»Sie lügen, Frau Krüger. Hähnlein ist sehr wohl rausgegangen. Er hat den Brandsatz im Lager deponiert«, unterbrach sie Lilienthal.

Empört sah ihn Marie an. »Niemals, das hat er nicht gemacht. Für so etwas hätte er sich nicht hergegeben. Er liebte seine Arbeit. War stolz auf unseren ›Schwarzen Abt‹ und wie der Chef es geschafft hatte, ihn trotz aller Widerstände als Biersorte durchzuboxen. Nie im Leben hätte er die Brauerei angezündet.«

Die Tür wurde aufgerissen. Mit hochrotem Kopf stand Luckner da. »Was ist hier los?«, brüllte er. Seine Augen glitzerten gefährlich. Dann wandte er sich an Marie: »Los, komm!« Und in Richtung Lilienthal: »Sie haben kein Recht, meine Mitarbeiterin festzuhalten. Ich brauche sie. Wir müssen sofort einen Schadenbericht anfertigen.« Er griff nach Maries Arm und zerrte sie hoch.

»Setzen«, donnerte Lilienthal.

Marie fiel zurück auf ihren Stuhl. Erstaunlicherweise setzte sich auch Luckner.

»Und nun?«, äffte er Lilienthal nach.

»Brandstiftung ist eine Sache, Herr Luckner. Mord ist ein Kapitalverbrechen. Ich denke, sogar Ihnen leuchtet der Unterschied ein.«

Luckner verzog verächtlich die Mundwinkel. »Der Hähnlein ist mit seinem besoffenen Kopf selbst in den Bottich gefallen. Aber ich, Herr Kommissar, bin verantwortlich für mehr als vierzig Arbeitsplätze, falls *Sie* das begreifen.« Er wandte sich an Marie: »Immer wieder habe ich gesagt: keine fremden Personen unbeaufsichtigt auf das Betriebsgelände lassen. Habe ich das gesagt?«

»Markus war keine fremde Person«, murmelte Marie.

Luckner wedelte abwehrend mit der Hand. »Den meine ich nicht. Ich meine den Mann, der mich vorhin auf dem Hof angesprochen hat. War von einem Hotel. Den Namen habe ich nicht verstanden. Er würde dringend auf seine Lieferung »Mord und Totschlag« warten. Sie hätten eine Veranstaltung, und das bestellte Bier wäre noch nicht geliefert worden. Ich hab ihm gesagt, er soll zu dir ins Büro gehen. Du hättest die Lieferscheine.«

»Wann war das?«, fuhr Lilienthal dazwischen.

Luckner überlegte. »Ich bin rüber zu unseren Marketing-leuten. Das war vor der Explosion.«

»Haben Sie gesehen, ob der Mann ins Büro zu Frau Krüger gegangen ist?«

»Nein, ich hatte anderes im Sinn. Wenn man sich nicht um alles allein kümmert, läuft hier gar nichts«, murrte Luckner in Richtung Marie.

»Wie sah der Mann aus?«, fragte Riemeister.

»Irgendwie aalglatt.«

»Groß? Klein? Haarfarbe? Was hatte er an?«

»Anzug, weißes Hemd. So wie die von den Hotels immer rumlaufen.« Luckner überlegte: »Der hatte so etwas Katzenhaftes an sich. Trug einen dunklen Schnurrbart und eine verspiegelte Sonnenbrille.« Luckner überlegte. »Ja, das ist mir aufgefallen, weil ich es zu der Jahreszeit übertrieben fand.«

»Wollte der ins Domo?«, sagte Marie Krüger plötzlich. »Sven hat mir erzählt, ein Mann hätte ihn danach gefragt.«

»Wie bitte?«, fragte Riemeister.

»Sven hatte es nicht richtig verstanden. Domo, Doro oder Dolo, so was in der Art.«

»Dojo?«, sagte Lilienthal. Die Krüger zuckte mit den Schultern. »Haben Sie Olaf Trebisch hier gesehen?«, fragte Lilienthal.

»Ich hab den Mann garantiert nicht gesehen. Wenn es der Trebisch gewesen wäre, hätte ich den achtkantig rausgeschmissen. Der hat Markus immer aufgehetzt. Die deutsche Rechtsprechung könne er vergessen, hat der gesagt. Wir müssen Nägel mit Köpfen machen, damit die Heimat erhalten bleibt. So'n Zeug halt«, ergänzte Marie.

»Was sollte Hähnlein denn machen?«, fragte Lilienthal.

»Er wollte das nicht, Herr Kommissar. Ich hab doch auch gesagt, wenn du das machst, dann bring ich dich um.«

»Und? Haben Sie?«

»Ich habe ihn geliebt.«

»Was sollte Markus machen, Mieze?«, fragte Luckner gefährlich leise.

Sie vermied seinen Blick. Es war ganz still im Raum. Lilienthal beobachtete beide. Wartete.

Auf einmal fing Marie an zu schreien. Ihre Stimme überschlug sich: »Plattmachen sollte er alles. Das wollten die. Verbrannte Erde, das ist das Einzige, was die da oben verstehen, hat der Trebisch gesagt. Die Würzpfanne, Würzpool, Läuterbottich, die Mühle, den Plattenkühler, die Bottiche, das Sudhaus, den Speicher. Alles, alles«, schrie sie. »Aber Markus hat sich geweigert. Ich schwöre es, bei allem, was mir heilig ist.« Trotzig blickte sie hinüber zu ihrem Chef.

Schwerfällig stand Luckner auf und verließ den Raum.

19

20. April – Eisenhüttenstadt

Nachdem Luckner den Raum verlassen hatte, entließen sie Marie Krüger. Sie hatte ihre Aussage gemacht. Ihr Ziel war jetzt klar. Sofort zur Sportschule. Als Lilienthal ins Auto steigen wollte, kam Menzel auf ihn zugeeilt.

»Welche Befugnisse hat eigentlich Frau von Lilienthal?«, fragte er außer Atem, als er neben Lilienthal stand.

»Worum geht es?«, fragte Lilienthal genervt. Er wollte so schnell wie möglich losfahren.

»Das wäre ein Beweisstück, und wir dürften es nicht entfernen, hat sie gesagt. Aber wir haben alles vorbereitet. Die Messe, die Bestattung. So geht das nicht, Herr Hauptkommissar. Und dann hat sie gesagt, dass sie Sie heute Abend in Potsdam erwarten würde. Es wäre dringend. Ich bin doch kein Laufbursche.« Menzel hatte sich richtig in Rage geredet.

»Was denn für ein Beweisstück?«, fragte Lilienthal vorsichtig.

»Die sterblichen Überreste des Toten aus dem Oderbruch.« Menzel funkelte ihn an. »Die Frau hat ja vor nichts Respekt.«

»Ich kümmere mich darum. Danke für die Information«, murmelte Lilienthal.

Menzel reichte ihm einen zusammengefalteten Zettel. »Das soll ich Ihnen geben. Es wäre sehr wichtig, hat sie gesagt.« Der Stiftsmitarbeiter runzelte die Stirn. »Sind Sie eigentlich mit der Frau verwandt?« Lilienthal legte den Zettel auf das Armaturenbrett.

Riemeister telefonierte auf dem Beifahrersitz.

»Auf Wiedersehen, Herr Menzel«, erwiderte er ausweichend und fuhr los. Menzel drehte sich kopfschüttelnd um und ging zurück zu seinem Büro.

»Hähnlein ist nicht versehentlich in den Bottich gestürzt. Dr. Enderlein hat ein Hämatom am Hinterkopf entdeckt. Und Mannis Leute haben unter einem anderen Bottich eine Flasche mit Haaren darauf sichergestellt«, informierte ihn Riemeister.

»Fingerabdrücke?«, fragte Lilienthal, der gerade einen Schwertransporter überholte.

»Sie sind noch am Auswerten.«

»Kannst du mal lesen, was mir meine Mutter mitgeteilt hat?« Er wies mit dem Kinn auf den zusammengefalteten Zettel, der auf dem Armaturenbrett lag.

»Aber das ist doch für dich bestimmt.«

»Du darfst es lesen«, sagte er gereizt.

Sie griff nach dem Papier. »Bitte kommt heute Abend nach Potsdam. Ich habe etwas Wichtiges entdeckt.«

Lilienthal schlug mit der Faust auf das Lenkrad. »Kann meine Mutter uns nicht einfach klar und deutlich mitteilen, was sie herausgefunden hat? Außerdem kann man telefonieren. Aber das ist ihr zu einfach. Antanzen sollen wir«, fauchte er erbost.

»Du hast sie vorhin nicht zu Wort kommen lassen, Maik. Und dann kam die Explosion.«

»Und jetzt macht sie mich vor den Leuten lächerlich«, schnaufte er empört. »Sind Sie mit der Frau verwandt? Also wirklich!«

Schwere Motorräder, zum Teil aufgerüstet mit dicken Auspuffrohren, standen auf dem Parkplatz vor der Sportschule. Im daneben liegenden Getränkemarkt herrschte regeres Treiben als bei ihrem letzten Besuch. Bier- und Getränkekisten wurden aus- und eingeladen. Autos parkten ein.

Beim Aussteigen bemerkte Lilienthal, wie sie misstrauisch gemustert wurden. Wahrscheinlich war das seinem alten Jaguar geschuldet, dachte er. Immer noch schlecht gelaunt riss er die Eingangstür zur Sportschule auf und ging geradewegs direkt zu der Tür, auf der »Büro« stand. Riemeister hinter ihm telefonierte wieder. Als er die Tür öffnete, blickte ihn Trebisch ohne ein Zeichen von Überraschung an.

»Na, haben Sie Markus inzwischen gefunden?«

»Ja, munter wie ein Fisch im Wasser oder besser gesagt im Gerstensaft.«

Trebisch griff nach einem Hefter, blätterte und bemerkte kühl: »Das freut mich, dass er wieder arbeiten darf.«

»Wo waren Sie eigentlich heute Nachmittag?«, entgegnete Lilienthal milde.

»Wieso, ist was passiert?«, erwiderte Trebisch aalglatt.

»Wie kommen Sie denn darauf, dass etwas passiert sein soll?«

»Was wollen Sie denn von mir?« Trebisch kniff die Augen zusammen und fixierte den Kommissar.

»Lassen Sie die Mätzchen, Herr Trebisch. Sie wissen genau, was passiert ist.« Lilienthals Geduld war am Ende.

»Ich weiß nichts, Herr Kommissar, um das mal klarzustellen.« Trebisch lehnte sich lässig zurück und faltete die Hände. »Sie kommen in mein Büro, stören mich bei der Arbeit und benehmen sich mehr als unhöflich. Wissen Sie, bei meinen Schülern würde ich das nicht durchgehen lassen.«

»Sie wurden vorhin auf dem Hof der Brauerei gesehen. Was wollten Sie da?«, mischte sich Riemeister ein, die ihr Telefonat beendet hatte und neben Lilienthal getreten war.

»Brauerei? Welche Brauerei? Ich war den ganzen Nachmittag hier. Habe die Buchhaltung auf Vordermann gebracht.« Trebisch tippte auf eine Kladde, die vor ihm lag.

»Zeugen?«, knurrte Lilienthal.

»Sicher doch, Herr Kommissar.« Wie auf ein Stichwort tippte er eine Nummer in sein Handy. Wenige Sekunden später, als wenn sie darauf gewartet hätten, standen drei Männer in der Tür. Militärisch kurz geschnittene Haare, gleiche beigefarbene T-Shirts mit dem Aufdruck des Sportstudios. Ihre Arme waren unbedeckt, sodass man ihre beeindruckenden Muskeln nicht übersehen konnte.

»Olaf?« Der vorderste, ein gedrungener Typ, mit einem von Akne zerstörten Gesicht und einem Schlangentattoo, das seine Arme von den Schultern bis zu den Handwurzeln bedeckte, fragte wie beim Militär und salutierte beinahe.

»Wo war ich heute Nachmittag, Axel?«, fragte Trebisch knapp.

»Kamerad Trebisch hat die ganze Zeit Buchhaltung gemacht«, antwortete der Untersetzte wie aus der Pistole geschossen. Zähne wie ein Biber, registrierte Lilienthal.

»Was genau hat er da gemacht?«, fragte Lilienthal freundlich.

Axel schielte verstohlen zu Trebisch. »Rechnen und so«, antwortete er zögernd.

»Das reicht«, fuhr Trebisch dazwischen.

»Wie nennen Sie eigentlich Ihre Halle?«, wandte sich Riemeister an den Sportchef.

»Ich verstehe Ihre Frage nicht«, antwortete Trebisch kalt.

»Benutzen Sie dafür nicht ein spezielles Wort?«

»Dojo!« Axel blickte stolz in die Runde. Trebischs Kiefer mahlten.

Hoffentlich beißt der sich nicht die Zunge ab, ging es Lilienthal durch den Kopf.

»Dojo. Jetzt erinnere ich mich. So haben Sie den Trainingsraum bezeichnet«, lächelte Riemeister.

»War's das? Ich habe zu tun.« Trebisch wies mit dem Kinn zur Tür. Die drei Muskelbepackten verließen sofort sein Büro.

»Ich kriege Sie, darauf können Sie Gift nehmen«, murmelte Lilienthal.

»Gift ist nicht so mein Ding«, zischte ihm Trebisch hinterher.

Lilienthal saß wie ein gereizter Puter hinterm Lenkrad, während sie durch Fürstenberg fuhren. »Der war vorbereitet. Der hat uns erwartet. Der hat uns so was von …« Das letzte Wort schluckte er hinunter. »Das ist von vorne bis hinten schiefgelaufen.« Sie überholten einen Jungen, der auf dem Bürgersteig eine Coladose vor sich herkickte.

»Stopp«, rief Riemeister, die seine Tirade bisher nicht kommentiert hatte. »Das ist Mario.«

Lilienthal fuhr an den Straßenrand und ließ das Seitenfenster herunter.

Der Junge kam näher, blieb stehen, lehnte sich gegen die Fahrerseite. »Hi, lange nich jesehen, wa?«

»Kommst du vom Training?«

Mario zog die Nase hoch, spuckte in den Rinnstein und beugte sich tiefer. Als er Riemeister auf dem Beifahrersitz erblickte, fragte er: »Allet Banane, Frau Kommissar? Ham' Se schon mit dem Jugendamt gesprochen? Nee, is nicht – seh ick

Ihnen an. Na ja, werte Dame, für allet ham' Se Zeit, aber für unsereiner?« Er stemmte sich vom Auto ab.

Riemeister stieg aus, ging um den Wagen herum und blieb vor dem schlaksigen Jungen stehen. »Heute ist das Amt doch geschlossen, Mario«, sagte sie ruhig. »Hast du Lust auf ein Eis?« Sie zeigte zur Eisdiele, die nicht weit entfernt war.

»Nö, is wat für Pampers. Aber uff'm Bier könn' Se mir jerne einladen, Frau Kommissar.«

»Tut mir leid, aber Bier gibt es nicht, Mario. Na dann auf ein anderes Mal.« Sie nickte Lilienthal zu.

Der stieg widerstrebend aus. Was sollte denn das wieder werden? Er vergrub die Hände in den Hosentaschen und schritt missmutig neben ihr.

»Nicht umdrehen«, murmelte sie.

»Der ist längst über alle Berge«, erwiderte er mürrisch.

»Also bevor ick mir breitschlagen lasse, nehm ick den großen Freundschaftsbecher, ick bin nämlich nich nachtragend, wa?«, ertönte hinter ihnen Marios Stimme, als sie die Stufen zum Eiscafé emporstiegen. Riemeister steuerte auf einen Tisch am Fenster zu.

»Warst du heute im Studio?«, fragte sie Mario, als der anfing, die Sahne von seinem Freundschaftsbecher herunterzulöffeln.

»Manno – immer so ville Fragen, da kriecht man ja Pickel. Wat wolln Se denn jenau wissen?«

»War Trebisch heute Nachmittag dort?«

Mario schob sich einen vollbepackten Löffel Schokoladeneis in den Mund, schluckte und blickte Riemeister aus treuen Hundeaugen an. »Also ick wees nich, ob ick über mein Trainer reden darf. Irjendwie hat man doch so wat wien Ehrjefühl, wa?«

»Sehr löblich«, entgegnete Lilienthal. »Da wollen wir dich nicht in Konflikte stürzen.«

»Na ja, von wejen Konflikte, die hab ick sowieso anne Backe, wa?« Er blickte Lilienthal listig an: »Wat springt'n raus, Chef?«

»Nichts, du Pflaume«, erwiderte Lilienthal boshaft.

Mario schob nachdenklich den nächsten Löffel Eis in sich hinein.

»Wenn ick so darüber nachdenke, dann könnte dit sein, dass ick den Trebisch jesehn hab.«

»Wann?«

»Aber vielleicht hab ick mir och jeirrt.« Mario machte ein Pokerface. Schob den leeren Becher zur Seite und stand auf. »Man sieht sich, wa?«, sagte er und schlenderte lässig zum Hinterausgang des Cafés.

»Du und dein Mario, jetzt hat er es uns gezeigt. Ein ganz durchtriebener, mieser kleiner Kerl.«

»Nein, Maik, er hat nur von klein auf gelernt, dass er für alles eine Gegenleistung bekommen muss. Und ich habe ihn behandelt wie ein Kind. Das war seine Retourkutsche. Auch wenn er erst dreizehn Jahre alt ist, so hat er mehr Erfahrungen gemacht, als uns lieb sein könnte. Ein Kind ist er schon lange nicht mehr.«

»Und wie willst du an seine Information rankommen?«, fragte Lilienthal, dem ihre soziale Ader auf die Nerven ging. Sie zuckte mit den Schultern. Die Bedienung war an ihren Tisch getreten.

»Der Mario hat sich eine Cola mitgenommen, geht das auch auf Ihre Rechnung?«

»Typisch«, kommentierte Lilienthal.

»Kennen Sie Mario?«, fragte Riemeister.

Die Bedienung, dünn wie ein Hering, mit schwarz gefärbten kurzen Haaren, nickte. »Seine Mutter war mal eine Kollegin von mir. Wir waren bei Sun Solar, gab gutes Geld, aber die sind jetzt pleite.«

»Wissen Sie, wo Mario wohnt?« Riemeister zückte ihren Polizeiausweis. »Wir brauchen noch eine Auskunft von ihm.«

Lilienthal bezahlte.

Die Bedienung griff nach dem Schein, verstaute das Geld in einer großen schwarzen Geldbörse. »Da drüben, klingeln Sie bei Kruschwitz, so heißt seine Oma.«

Lilienthal und Riemeister gingen über die Straße zu einem Wohnblock aus den sechziger Jahren. Die Fassade war modernisiert und in hellem Gelb gestrichen. Riemeister klingelte. Ein

Summer ertönte. Im Treppenhaus roch es nach Essen. Als sie die Treppen hinaufstiegen, bellte irgendwo ein Hund. In der ersten Etage öffnete sich eine Tür. Eine ältere Frau in einer bunten Kittelschürze mit grauer Dauerwelle blickte ihnen misstrauisch entgegen.

»Sind Sie Frau Kruschwitz?« Riemeister zückte ihren Ausweis.

»Ist was mit Mario?«, fragte die Frau ängstlich.

»Keine Sorge, wir haben nur ein paar Fragen an Ihren Enkel.«

Kruschwitz trat zur Seite und bat sie herein. Die Wohnung war aufgeräumt. Ordentlich hingen Jacken und Mäntel an der Flurgarderobe. Diverse Paar Schuhe standen auf einer Gummimatte aufgereiht. Im Wohnzimmer glänzte eine Mahagoni-Schrankwand.

»Worum geht es denn?«, fragte Frau Kruschwitz, nachdem sie sich gesetzt hatten.

»Ich weiß, worum es geht, Oma.« Mario stand in der Tür und sprach erstaunlicherweise auf einmal hochdeutsch.

»Erst Hände waschen«, befahl Oma Kruschwitz. Mario gehorchte augenblicklich. »Was soll man machen?«, sagte sie resigniert. »Die Eltern fehlen. Und die Leute, mit denen er jetzt Umgang hat, gefallen mir nicht.«

»In der Sportschule?«, erkundigte sich Riemeister.

Kruschwitz nickte. »Ja, die da in der Sportschule. Vor allem der Leiter ist nicht koscher. Erzählt den Kindern immer etwas von deutscher Kameradschaft. Aber Mario muss da hin. Das Jugendamt, wissen Sie.«

»Aber warum?«, fragte Riemeister.

»Er wäre gewalttätig, haben die vom Amt gesagt. Nur weshalb er auf die anderen losgegangen ist, danach haben sie nicht gefragt.«

»Und warum?«, fragte Lilienthal.

Frau Kruschwitz sah sie forschend an und überlegte einen Moment, bevor sie sprach. »Die Leute hier sind anders, wissen Sie? Das Ganze kam wegen Malkat. Der kleine Afrikaner kam aus dem Aufnahmelager in Eisenhüttenstadt. Einmal die Woche gehe ich dahin, und wir kochen zusammen. Die Frauen freuen sich, und ich habe auch schon einige Gerichte bei ihnen ausprobiert. Sie haben mir erzählt, dass Malkat und sein älterer Bruder aus dem Sudan geflüchtet sind. Für die anderen Geschwister reichte das Geld der Eltern nicht, das sie den Schleppern zahlen mussten.«

Kruschwitz zupfte an ihrem Ärmel. »Flüchtlinge«, sagte sie leise, »die Menschen hier haben vergessen, dass vor noch nicht so langer Zeit so viele Deutsche auch Flüchtlinge waren. Na ja, jedenfalls haben sich Mario und Malkat angefreundet. Aber die anderen Kinder mieden den Kleinen. ›Nigger‹ haben sie zu ihm gesagt. Eines Tages hat einer von denen eine Tüte Asche mit in die Schule gebracht und hat Malkat die Asche von hinten über den Kopf geschüttet. Da ist Mario ausgerastet, hat zugeschlagen. Das Nasenbein von dem war gebrochen. Die Eltern haben ein riesiges Theater gemacht. In der Schule wurde sogar diskutiert, Mario von der Schule zu werfen. Warum er das getan hatte, hat die nicht interessiert.«

Kruschwitz lachte böse. »Stimmt nicht, die sagten, das wäre doch nur ein Dumme-Jungen-Streich gewesen. Aber mein Mario hätte eine Veranlagung zur Brutalität. Dann kam das Jugendamt. Und die bestimmten, dass er in diese Sportschule muss. Jeden Nachmittag.« Frau Kruschwitz faltete die Hände über dem Bauch. »Wissen Sie, so eine Sportschule ist ja nicht schlecht, dachte ich erst, aber dann …«, sie schüttelte den Kopf, »das da ist kein Umgang für einen Heranwachsenden, glauben Sie mir.«

Sie zog ein sauberes Leinentaschentuch aus der Kittelschürze und wischte sich über die Nase. »Der eine Trainer, der Hähnlein, war in Ordnung. Von dem hat Mario immer ganz begeistert erzählt. Aber der fing dann mit dem Trinken an.« Sie setzte sich gerade, blickte die beiden Kommissare an. »Wir sind eine anständige Familie. Es war nicht immer so, wie es jetzt aussieht. Meine Tochter war mikrobiologische Assistentin. Hat im Deutschen Institut für Ernährungsforschung in Potsdam-Rehbrücke gelernt. Aber dann ist sie der Liebe wegen hierhergezogen. Ich bin hinterher. Das war ein Fehler«, murmelte sie. »Aber die Kinder brauchen mich doch. Weil sie nichts anderes gekriegt hat, hat meine Tochter bei Sun Solar in Frankfurt gearbeitet. Die Jobmaschine der Region.«

Kruschwitz pustete die Luft durch die Nase. »Tausendzweihundert Mitarbeiter hatte die Firma, aber kaum wurde die staatliche Förderung eingestellt, hieß es April, April. Nicht mehr wirtschaftlich. Was sind das denn für Leute? Ich kann auch nur das Geld ausgeben, was ich habe. Alles wird sozialverträglich abgewickelt, haben sie gesagt, als sie das Werk geschlossen haben. Eine Mutter mit zwei Kindern auf die Straße zu setzen, finden Sie das sozialverträglich? Jetzt arbeitet meine Tochter in Kiel. In einer Fischfabrik. Nicht gerade um die Ecke. Mein Schwiegersohn hat sich aus dem Staub gemacht. Keine Ahnung, wo der abgeblieben ist. Unterhalt zahlt er auch keinen.«

Mario war zurückgekommen. Seine Haare waren feucht und sauber gescheitelt.

»Die Dame und der Herr sind von der Polizei«, sagte Oma Kruschwitz mahnend.

Mario starrte zu Riemeister. Sie verstand, seine Oma sollte nichts von der Geldkassette erfahren. »Mario, wir müssen von dir wissen, ob du heute beim Training Olaf Trebisch gesehen hast. Es ist sehr wichtig.«

»Der Fascho hat mich heute die Geräte putzen lassen«, antwortete er trotzig.

»Trebisch war den ganzen Nachmittag da?«

»Nein, irgendwann war er weg.« Mario grinste.

»Was war daran so lustig?«, fragte Lilienthal.

»Der sah aus wie'n Upstyler. Voll cool. Und dann ist er mit den Klamotten aufs Motorrad.«

»Hast du ihn zurückkommen sehen?«

Mario schüttelte den Kopf, lächelte aber immer noch.

»Was hast du noch gesehen, Mario?«, Riemeister blickte ihn aufmunternd an.

»Was ist mit unserem Deal?«, entgegnete er.

»Was für ein Deal?«, fragte Oma Kruschwitz misstrauisch.

»Mario hat uns gebeten, ihm beim Jugendamt zu helfen, damit er nicht mehr ins Sportstudio muss«, klärte Riemeister sie auf. Dass er nach Berlin wollte, ließ sie wohlweislich weg. Das würde der Oma sicher nicht gefallen. »Am Montag kümmere ich mich darum, versprochen, Mario.«

»Da liegt was im Müllcontainer«, sagte Mario. »Hinterm Eiscafé.«

20. April – Eisenhüttenstadt und Potsdam

Lilienthal beugte sich über den Abfallcontainer. Zerrte an einem Plastikbeutel, der den Aufdruck eines Discounters zeigte. Er versuchte, den Geruch nach verfaulten Essensresten zu ignorieren. Heute war nicht sein Tag. Erst bei einer Leiche im Gärsud sich die Kleidung versaut, und jetzt durfte er auch noch im stinkenden Abfall rumfischen. Warum war er nicht Justiziar in einer Bank geworden? Das würde die große Frage seines Lebens bleiben, haderte er innerlich mit sich. Neben ihm stand Mario und sah interessiert zu. Mit angewidertem Gesichtsausdruck ließ Lilienthal den Beutel zur Erde fallen.

Riemeister hatte sich Einmalhandschuhe übergezogen und zog eine Anzughose und das passende Jackett heraus.

Oma Kruschwitz, die Hände in die Hüften gestemmt, blickte ihren Enkelsohn an. »Ich hatte dir doch verboten, in den Containern rumzuwühlen«, schimpfte sie.

»Manchmal sind Pfandflaschen drin«, verteidigte sich Mario. Er beugte sich über den Rand des Abfallbehälters. »Da ist noch was. In der Ecke da, das Weiße.« Mario wies auf ein zusammengeknautschtes schmutziges Etwas.

Lilienthal zog es heraus. Ein Herrenhemd. Schmutzige gelbe Flecken bedeckten den weißen Stoff. Er schüttelte es aus. Mario bückte sich.

»Hier, noch die Rotzbremse«, sagte er und reichte Riemeister etwas Dunkles, Pelziges.

Die schob das zerdrückte Oberlippenbärtchen in eine Beweismitteltüte.

»Woher weißt du, dass das der Anzug vom Trebisch ist?«, wollte Lilienthal wissen.

Mario hob das Jackett hoch. Hinten baumelte ein Etikett. »So ist der losgefahren«, bemerkte er abfällig.

Die Beweisstücke lagen wieder in der Discountertüte im Auto. Die Spurensicherung würde sich damit beschäftigen.

»Jetzt haben wir ihn«, knurrte Lilienthal, als sie zurück zum Sportstudio fuhren.

Vor der Eingangstür stand Axel. Schadenfroh blickte er den beiden entgegen. »Kamerad Trebisch ist weg«, antwortete er auf ihre Frage. Wo genau, das wüsste er nicht. Aber falls die Herrschaften mal ein Probetraining machen wollten, er wäre jetzt kommissarischer Leiter.

Lilienthal hätte ihm am liebsten eine verpasst. Aber der sah nicht so aus, als wenn er sich das ohne Gegenwehr gefallen lassen würde. Ob er mal kurz in Trebischs Büro nachschauen dürfte, fragte Lilienthal stattdessen. Er würde sein iPhone vermissen, und vielleicht hätte er es vorhin dort liegen gelassen. Der Untersetzte legte die Stirn in Falten. Denken war nicht seine Stärke, nahm Lilienthal an. Er ließ beide vorbei, folgte ihnen aber bis zu Trebischs Büro.

Riemeister blieb stehen und lächelte Axel bewundernd an. »Sie trainieren bestimmt viel, was?«, sagte sie mit Kleinmädchenlächeln.

Der Untersetzte reckte sich und schob die Brust vor. »Von nüscht kommt nüscht, Madam«, sagte er grinsend.

Lilienthal kam aus dem Büro raus. »Schade, da ist es auch nicht.« Als sie im Auto saßen, zog er ein schwarzes Adressbuch hervor. »Bingo«, sagte er triumphierend. »Bin gespannt, was da alles drinnen steht. Gib Trebisch zur Fahndung raus. Wenn mich mein Geruchssinn nicht täuscht, findet die Spusi auf der Kleidung bestimmt Rückstände von dem Bier.« Er setzte den Blinker und fuhr auf die Autobahn Richtung Potsdam. »So, jetzt wollen wir mal sehen, was meine Mutter uns noch zu erzählen hat.«

Die Begrüßung zwischen Enne und Lilienthal war nicht besonders herzlich. Joachim bat alle in den Wintergarten. Püppi umkreiste aufgeregt die neuen Rudelmitglieder. Nachdem der Hund gehörig abgeknuddelt worden war, was überwiegend Riemeister übernahm, rollte er sich in eine Ecke, von der aus er strategisch alles überblicken konnte. Die Küche und die Zweibeiner.

Enne hatte sich in einen Korbsessel mit dicken Polstern zurückgezogen und trank einen Riesling aus Maikammer, den der Hausherr auch den beiden Neuankömmlingen wärmstens empfahl. Dann entschuldigte er sich und verschwand in der Küche.

Neugierig schaute sich Riemeister um. An den Wänden im Inneren hingen großformatige Bilder. Lilienthal hatte ihr auf der Herfahrt erzählt, dass sich Johannes Schönburg auf das Sammeln von zeitgenössischer Kunst spezialisiert hatte. Im Wintergarten war es angenehm warm. Die verglaste Decke über ihnen gab den Blick auf einen klaren Sternenhimmel frei.

Johannes stellte ein Holzbrett mit echtem Bündnerfleisch mit Bröckli, großen Parmesanstückchen und geröstetem Bauernbrot mit gesalzener französischer Butter auf den Tisch. Besteck, Servietten und Geschirr standen bereits dort.

»Haben Sie Ihr Medaillon schon mit dem aus der Klosterkirche verglichen?«, fragte Riemeister.

Johannes holte ein Kästchen hervor, öffnete es und legte das Schmuckstück vor Riemeister. Enne zeigte ihr die Bilder, die sie in der Kirche aufgenommen hatte.

»Und wem gehört das andere Medaillon?«

»Ich denke, meinem Vater«, murmelte Johannes.

»Dazu gibt es noch mehr«, mischte Enne sich ein.

»Die Anordnung zur Sicherstellung von Beweismaterial treffen gemeinhin nur ermittelnde Beamte. Das dürfte dir bekannt sein, oder? Und wie kommst du eigentlich dazu, Zeugen anzuweisen?« Lilienthal hatte nur auf sein Stichwort gewartet. Empört blickte er Enne an.

»Entschuldigung«, brauste Enne auf. »Gruber wollte nach der Totenfeier die sterblichen Überreste sofort auf dem Soldatenfriedhof in Halbe bestatten lassen. Ich musste handeln, das war eine reine Vorsichtsmaßnahme.«

»Vorsichtsmaßnahme?«, äffte er sie nach. »Wir waren in der Nähe. Du hättest uns nur benachrichtigen brauchen.«

»Soweit ich mich erinnere, seid ihr aus dem Zimmer gestürzt und wart mit der Explosion in der Brauerei beschäftigt.«

»Du versuchst abzulenken. Wie du dich in Neuzelle aufgeführt hast, war Amtsanmaßung, Mutter. Punkt, Schluss, aus«, fauchte Lilienthal.

Enne zog einen durchsichtigen Plastikbeutel aus ihrer Jackentasche und legte ihn auf den Tisch. »Aber vielleicht interessiert
dich das. Es befand sich im Totenschädel«, sagte sie gelassen.

Lilienthal verdrehte die Augen. Er wollte gar nicht wissen,
wie sie da rangekommen war.

Riemeister nahm den Beutel und hielt ihn gegen das Licht.
»Eine Patrone«, stellte sie fest. »Ich bin zwar kein Ballistiker,
aber ich würde sagen, das hier ist sehr, sehr alte Munition.«

»Und das Einschussloch befand sich im Hinterkopf.« Auf-
gekratzt beugte sich Enne über ihren Fund. Maiks Befindlichkeiten fand sie albern. »Ich bin der gleichen Ansicht wie Sie,
Frau Riemeister. Wahrscheinlich stammt die Patrone aus dem
19. Jahrhundert. Und wenn dem so ist, dann kann sie weder von
einem Wehrmachtssoldaten noch von einem russischen Soldaten
abgefeuert worden sein.«

»Ja und?« Lilienthal wurde ungeduldig. Was sollte diese
Vorführung? Wollte sie Lorbeeren für ihren Fund? Was interessierten ihn die alten Knochen? »Natürlich tragisch«, sagte er
gelangweilt, »aber dafür sind wir heute nicht mehr zuständig.«

Enne funkelte ihn an. »Ist dir eigentlich klar, dass mit dieser
Patrone Johannes' Vater umgebracht wurde? Friedrich wurde in
unmittelbarer Nähe ermordet. Und das zweite Mordopfer, der
Pfarrer, befand sich nur wenige Schritte entfernt. Jedes Kind
würde da einen Zusammenhang sehen.« Sie griff zu ihrem Glas
und trank den Rest Wein aus.

Lilienthal schoss die Röte ins Gesicht. Diesmal war sie zu
weit gegangen. Am liebsten wäre er gegangen, nur mühsam
konnte er sich beherrschen.

»War Ihr Vater Soldat?«, erkundigte sich Riemeister in ru-
higem Ton bei Johannes.

»Nein, soweit ich weiß, nicht. Man hat auch keine Wehr-
machtsmarke bei ihm gefunden.«

»Es war Mord«, sagte Enne.

»Verjährt«, knurrte Lilienthal. Wie zwei Kampfhähne fixier-
ten sie sich.

»In jedem Fall ist das ein wichtiges Detail, Frau von Lilienthal«, versuchte Riemeister die Situation zu entspannen. »Unser

Verdächtiger für den Mord am Pfarrer scheidet aller Voraussicht nach aus. Vorhin haben wir seine Leiche gefunden. Und bis jetzt konnten wir auch keine Verbindung zwischen den beiden Mordfällen herstellen.«

»Und Stetter«, knurrte Lilienthal.

»Stetter?«, fragte Johannes.

Riemeister beugte sich vor. »Auch wenn Sie nicht offiziell eingebunden sind, halte ich es für richtig, Ihnen einen Überblick über unsere bisherigen Ermittlungen zu geben.«

»Mach doch, was du willst«, brummte Lilienthal.

»Beide Opfer wurden durch gezielte Schläge auf Druckpunkte im Halsbereich getötet«, fing Riemeister an. »Das setzt einen Täter, der sich in Kampftechnik auskennt, voraus. Hähnlein, der Braumeister, war Kampfsportler und hatte ein Motiv. Er war um sein Erbe betrogen worden, und der Pfarrer hatte dabei seine Hände im Spiel gehabt. Für uns sprach alles dafür, dass ihn Hähnlein getötet haben musste. Aber dann fanden wir ihn tot im Gärbottich.«

»Wie unangenehm«, murmelte Enne.

»Hähnlein sympathisierte mit den Rechtsradikalen. Trebisch, der Leiter der Kampfsportschule, machte sich das zunutze. Hähnlein sollte die Brauerei abfackeln. So eine Katastrophe hätte mediale Aufmerksamkeit gebracht. Aber der Brauer muss sich geweigert haben. Wir gehen davon aus, das Trebisch ihn umgebracht hat und den Brandsatz selbst deponierte und auslöste. Er ist flüchtig und zur Fahndung ausgeschrieben.«

»Vielleicht haben wir es doch mit zwei Mördern zu tun«, überlegte Lilienthal laut. »Für mich ist Stetter ein Hauptverdächtiger in Friedrichs Fall. Bei dem steht die Existenz auf dem Spiel.« Er wandte sich an Johannes: »Du hast vorhin Stetters Namen wiederholt. Warum?«

Johannes erhob sich. Als er zurückkam, hielt er ein in schwarzes Leder gebundenes Buch in Schulheftgröße in der Hand.

21

20. April – Potsdam

»Friedrich hat es mir gegeben. Während unserer Kindheit hatte meine Mutter um alles, was die letzten Kriegsjahre betraf, eine Mauer des Schweigens aufgebaut. Ich wagte nicht, Fragen zu stellen. Das verbot sich. Man vermied jede Konfrontation mit den Eltern. So wurden wir erzogen. Erst kurz vor ihrem Tod, wahrscheinlich, als ihr bewusst wurde, dass ihr nicht mehr viel Zeit verblieb, fing sie an, bruchstückhaft über diese Zeit zu reden.«

Johannes legte das Buch auf den Tisch. »Ich habe Enne davon erzählt. Sie meinte, es wäre wichtig für eure Ermittlungen.«

Lilienthal unterdrückte ein Gähnen. Was sollte denn das wieder werden? Typisch seine Mutter, und dafür war er nach Potsdam gefahren? Bisher hatten sie nichts Relevantes erfahren, was sie weitergebracht hätte. Und diese alte Patrone, da handelte es sich um ein Hirngespinst seiner Mutter. Wahrscheinlich wurde sie langsam alt und stürzte sich auf alles, nur um sich zu beschäftigen. Außerdem musste er noch mit Körner sprechen. Der Chef erwartete einen Bericht über die bisherigen Ermittlungsergebnisse. Verstohlen schaute er auf seine Uhr. Zehn Minuten gab er Johannes, dann würde er zum Aufbruch blasen.

Umständlich setzte Johannes seine Brille auf und öffnete das Buch. Es war still im Raum, nur das Ticken der Wanduhr war zu hören.

Berlin, den 15. August 1944.
Heute haben wir Friedrichs vierten Geburtstag gefeiert. Nicht mehr so opulent wie in der Vergangenheit. Ich habe trotz der Lebensmittelknappheit einen Geburtstagskuchen aus Mohrrüben und Kartoffeln gebacken. Aber Mulle hat ihm eine Schildkröte geschenkt. Wir haben sie Moritz getauft. Doch ich glaube, Schildkröten und Vierjährige passen nicht zusammen. Mulle sieht das pragmatischer. Die kann überallhin mit, und Gassi muss die auch nicht, hat sie erklärt. Von Richard kam eine

Postkarte. Vati gratuliert dir auch zum Geburtstag, habe ich zu
Friedrich gesagt. Der Junge kann sich an seinen Vater nicht mehr
erinnern. Der letzte Fronturlaub von Richard ist schon so lange
her. Ich musste heulen. Mulle hat mich in den Arm genommen.
»Der Führer weiß, was er macht«, hat sie geflüstert. Aber ich
glaube nicht, dass der Führer das noch weiß. Habe mich aber
gehütet, darauf zu antworten.

16. August 1944
Wir müssen weg. Mütter mit kleinen Kindern müssen Berlin
verlassen. Zum Schutz der arischen Bevölkerung vor den Bom-
benangriffen des Feindes. Habe schon viel zu lange gewartet. Ri-
chard ist dem Stab von Generaloberst Heinrici zugeteilt worden.
Wie soll er mich besuchen, wenn ich irgendwohin evakuiert bin?
Jetzt haben wir jede Nacht Fliegeralarm. Ich ziehe abends das
Kind nicht mehr aus. Greife nur den Koffer mit den Papieren,
dem bisschen Schmuck und dem Nötigsten zum Anziehen und
renne die drei Stockwerke, den Jungen auf dem Arm, hinunter in
den Keller. Unten ist jetzt ein Durchbruch zum Nachbarhaus.
Wegen der Verschüttungen.
Gestern hat Fritzchen »Scheiß-Hitler« gemurmelt. Zum Glück
hat es niemand gehört. Ich muss vorsichtig sein, wenn ich mit
dem Kind allein bin. Frau Oberstudienrat a.D. Puttkammer
hat Augen und Ohren wie die Deutsche Post auf der Hakeburg.
Weiß doch jeder, dass die da ihre Abhöranlagen haben. »Warum
fährst du nicht nach Fürstenberg zu Harald Stetter?«, hat mir
Mulle vorgeschlagen. »Bei Verwandten ist es doch besser, als
nach j.w.d. Und Fürstenberg ist nicht so weit.« Meine Freundin
Gerda ist letzte Woche mit ihren beiden Kindern nach War-
tenburg geschickt worden. Also bis nach Ostpreußen, das wäre
das Allerletzte.

Johannes nahm die Brille ab. »Schon bei Kriegsbeginn ab
1. September 1939 wurden stufenweise Zwangsrationierun-
gen eingeführt, und die meisten Lebensmittel waren nur noch
gegen Lebensmittelkarten erhältlich. Sonderzulagen erhielten
nur werdende Mütter und Kleinkinder.«

Lilienthal schaute hinüber zu Riemeister. Sie hörte aufmerksam zu. Was sollte diese alte Familiengeschichte? Vielleicht fanden das seine Mutter und Johannes interessant, aber ihn interessierte es überhaupt nicht.

»Wegen der Kinderlandverschickung und Evakuierungen ganzer Familien verließen über siebenhunderttausend Berliner die Reichshauptstadt«, hörte er Johannes weiter erzählen.

Enne wandte sich an ihn. »Maik, das alles muss man im Kontext sehen, um später die Fakten zu begreifen.«

Lilienthal machte gute Miene. Wenn er sich das noch lange anhören würde, dann könnte er von jetzt auf gleich in den Vorruhestand wechseln. Er blieb nur noch Riemeister zuliebe.

17. August 1944
Mulle betet alles nach, was der Führer sagt. Hitler ist ihr Heilsbringer. »Heim ins Reich« ist eine ihrer Redewendungen. 1919 musste sie weg aus Posen. Das hat sie nicht verwunden. Ich habe Harald Stetter geschrieben. Wir sollen sofort kommen, hat er geantwortet. Er hat zwei Zimmer frei und würde sich freuen. Fürstenberg hätte sich gemausert. Die Degussa hat ein Riesending dort hingestellt. Das chemische Zentralwerk wäre mit vierzig Millionen Reichsmark veranschlagt. Da könnten sogar wir Berliner staunen. Jetzt sitzen wir im Zug.

Wir sind da. Fürstenberg ist nicht Berlin, aber ganz hübsch. Harald hat gefragt, ob alles zu meiner Zufriedenheit sei. Ich solle nur sagen, wenn etwas fehle. Er habe so seine Beziehungen. Seit er für seine Firma Rüstungsaufträge erhält, kann er sich Sachen leisten, die andere nicht mehr bekämen.
Hoffentlich bekommt Richard demnächst Fronturlaub.

»Es nimmt mich doch mehr mit, als ich gedacht habe«, sagte Johannes mit brüchiger Stimme und klappte das Buch zu. »Lies es allein, Maik.«

Lilienthal atmete auf, nickte aber höflich. »Harald Stetter war ein Cousin deiner Mutter?«, fragte er.

»Eher verwandt um drei Ecken glaube ich. Wir hatten keinen

Kontakt, und der Mauerbau tat ein Übriges. Nach der Wende, als Friedrich anfing, sich für den ehemaligen Familienbesitz zu interessieren, entdeckte er die familiären Zusammenhänge. Wenn du alles gelesen hast, wirst du verstehen, warum meine Mutter keine Verbindung mehr gehalten hat.«

»Danke, Herr Schönburg, für Ihr Vertrauen.«

Riemeister hatte genau den richtigen Ton gefunden, erkannte Lilienthal etwas beschämt.

»Anderen würde ich das Buch auch nicht geben«, erwiderte Johannes. Enne hatte Püppi auf ihren Schoß gezogen und wiegte ihn im Arm wie ein Kind. Das Bild gab Lilienthal einen Stich. Für Tiere, ob Katzen, Hunde oder Vögel, hatte seine Mutter immer schon mehr Liebkosungen gezeigt als für ihn.

»Ich bin überzeugt, dass Sie genau die richtigen Schlüsse daraus gezogen haben, Frau von Lilienthal«, wandte sich Riemeister an Enne.

»Erst lesen und dann die Fakten bewerten«, lächelte Enne.

Riemeister errötete.

Lilienthal steckte das Buch ein und erhob sich. Riemeister trat hinter ihn, legte ihm leicht eine Hand auf den Arm. Er spürte ihre Gegenwart und war auf einmal froh, dass sie bei dem Gespräch mit dabei gewesen war.

»Kläre alles auf, egal was dabei herauskommt. Die Geschichte muss ein Ende finden«, murmelte Johannes beim Abschied.

Lilienthal rief Körner an. Der war noch im Präsidium. Sie sollten sofort kommen. Von der Großen Weinmeisterstraße bis zum Potsdamer Polizeipräsidium waren es nur wenige Minuten Autofahrt.

Auf Körners sonst so aufgeräumten Schreibtisch türmten sich die Akten. Polizeireform, hatte Körner auf Lilienthals Frage hin gestöhnt, aber dabei wohlwollend Riemeister gemustert und beide zum Besprechungstisch gebeten. Lilienthal hatte den Stand ihrer Ermittlungen, von Riemeister ergänzt, vorgetragen.

Konzentriert hatte der Alte zugehört. »Ist der Staatsschutz informiert? Vielleicht wird Trebisch bereits observiert. Interpol sollte eingeschaltet werden, falls der sich über die Grenze absetzen sollte. Und was diesen Stetter angeht«, Körner blickte Lilienthal streng an, »bisher sehe ich keine Resultate. Die CDU im Landtag hat sich mit einer kleinen Anfrage an den Innenminister gewandt. Ob im Mordfall Schönburg schon Ergebnisse vorlägen. Danach hatte ich ein nicht besonders erfreuliches Telefonat mit dem Minister. Und ab sofort bekommt ihr Verstärkung. Kalumet gehört jetzt zum Team.«

Wie auf ein Stichwort hin öffnete sich die Tür, und Kalumet kam und setzte sich zu ihnen. Er grinste wie ein Honigkuchenpferd.

»Eigentlich haben wir in Frankfurt genügend Leute«, erwiderte Riemeister reserviert. Körner schaute zu dem Aktenberg auf seinem Schreibtisch.

»Wer weiß, wie lange noch«, sagte er sibyllinisch.

22

20. April – nachts, Potsdam

20. August 1944
Wir haben Einquartierung bekommen. Ein Italiener. Größer
als Richard und blond. Hat das Zimmer am Ende des Flurs
bekommen. Der Neue hat Manieren. Erfreulich. Hat sich als
Giovanni Di Filoni vorgestellt. Leider müssen wir jetzt das Bad
mit ihm teilen.

Die Leuchtziffern der Digitaluhr neben seinem Bett zeigten
zwei Uhr. Kein Geräusch störte die Nacht. Nebenan schlief
Susanne. Oder war sie auch wach?

Nach der Stippvisite bei Körner waren sie zusammen mit Leo
Kalumet ins »Charlotte« gegangen. Ein französisches Restaurant
im Holländischen Viertel, nur wenige Schritte von seiner
Wohnung entfernt. Susanne war still gewesen, hatte kaum etwas
zur Unterhaltung beigetragen. Er hatte Kalumet über ihre
bisherigen Ermittlungsergebnisse informiert. Dabei merkte
Lilienthal, wie wohl er sich fühlte, dass der Kleine, der ihm
gerade mal bis zur Schulter reichte, jetzt mit dabei war. Er und
Kalumet waren ein eingespieltes Team. Zu seiner Verblüffung
hatte Susanne nach dem Essen und einer zweiten Flasche französischen
Landweins Kalumet für einen Undercover-Einsatz
in der Viadrina vorgeschlagen.

Sie hätte bisher keine Zeit gefunden, über Schönburgs Frauengeschichten
an der Uni zu recherchieren. Und ein junger,
gut aussehender Kollege würde bei den Studentinnen eher an
Informationen herankommen, war ihr Argument. Kalumet
hatte sie den restlichen Abend mit seinen Sternenaugen angestrahlt,
was ihm nicht entgangen war und ihm überhaupt nicht
gefallen hatte.

»Der Alte steht mächtig unter Druck«, hatte Kalumet ihnen
erzählt. »Die Opposition hat sich auf die Polizeireform
eingeschossen und beruft sich auf die Ermittlungen im Fall
Schönburg. Wenn die Mordkommission nicht vorankommt,

wie kann da die Bevölkerung bei der geplanten Reduzierung der Beamten noch Vertrauen in die Polizei behalten?«

»Wir machen unsere Arbeit. Die Politik hat uns nicht zu interessieren«, hatte Lilienthal schärfer als gewollt geantwortet. Natürlich war ihm bewusst, dass er sich wie ein Platzhirsch verhielt.

Doch Susanne Riemeister hatte sie zurück zu den Fakten gebracht, und sie waren noch mal die Ergebnisse durchgegangen. Schönburg hatte Stetter bloßgestellt, und das mehrfach. Bei seinem Personal und in der Öffentlichkeit. Aber reichte das als Mordmotiv? Verletzte Eitelkeit? Das war auch Kalumet zu wenig. Wichtig war, herauszufinden, ob Schönburg konkret gegen Stetter etwas in der Hand gehabt hatte.

»Und wie geht es weiter mit dem Michaelis?«, hatte Kalumet gefragt. Riemeister hielt Hähnlein für unschuldig. Er war umgebracht worden.

Doch das überzeugte weder ihn noch Kalumet. Hähnlein hatte den Pfarrer und dessen Vater für alles, was ihm zugefügt worden war, verantwortlich gemacht. Und Hähnlein war alkoholabhängig und damit ein unzuverlässiger Zeuge. Gab es also doch zwei Täter? Aber irgendetwas sträubte sich in ihm gegen diese Argumentation. Für ihn war es dasselbe Muster, was bedeutete, es konnte nur ein und derselbe Täter sein.

Zwischendurch hatte Riemeister mit den Frankfurter Kollegen telefoniert. Trebischs Motorrad hatte man auf einem Autobahnrastplatz vor Dresden gefunden. Aber von ihm selbst fehlte jede Spur.

Kalumet fand den Fund des Medaillons interessant. Er schloss sich der Argumentation Ennes an. Das Medaillon, die Familie Stetter, Schönburgs Streit, irgendwo war ein Zusammenhang, den sie nur finden mussten. Kalumet hatte sich eifrig Notizen gemacht und sich bald darauf verabschiedet.

Mitternacht war vorüber. Lilienthal hatte Riemeister angeboten, bei ihm zu übernachten. Es würde ewig dauern, bis sie zu Hause wäre. Sie hatte zugestimmt. Ohne Ziererei. Danach hatte er versucht, sich seine Freude nicht anmerken zu lassen. Diese Frau mit ihrer knabenhaften Figur, die ihm kaum bis zur

Schulter reichte, zog ihn an wie ein Magnet. Kaum in seiner
Wohnung angekommen, hatte sie ihm erklärt, dass sie auf der
Couch im Wohnzimmer schlafen würde, und war im Bad verschwunden. Hektisch hatte er Decken und Laken zusammengesucht. Als sie aus dem Bad kam, hatte sie ihm alles abgenommen
und sehr bestimmt »Gute Nacht, Maik, das kann ich auch allein
machen« gesagt. Er war aus dem Zimmer gegangen und hatte
sich gefühlt, als wenn er kurz vor der Bescherung ausgesperrt
worden wäre.

Er nahm das Tagebuch und las weiter.

25. August 1944
Di Filoni ist Ingenieur bei Rheinmetall-Borsig. Das Stammwerk
in Tegel wurde durch Bombenangriffe zerstört. Einen Teil der
Produktion haben sie nach Fürstenberg verlagert, darum wohnt
er jetzt hier. Am Sonntag hat er mit Fritzchen gespielt.
Er arbeitet an einer wichtigen Erfindung, hat Harry mir erzählt.
Harry rechnet sich durch Giovanni Vorteile aus.

Lilienthal blätterte weiter. Leere Seiten. Dann der nächste Ein-
trag. Die Buchstaben kaum zu entziffern, hastig hingeschrieben:

1. Oktober 1944
Noch immer spüre ich seinen Atem. Als er mich berührte, ist
die Welt stehen geblieben. Nur er und ich. Ein Wunder. Wie
ein neues Leben.

Ich konnte nichts dagegen tun. Habe es versucht, bin ihm aus
dem Weg gegangen. Aber verborgen hinter der Gardine habe ich
ihn beobachtet, wenn er in der Frühe mit dem Horch der Firma
abgeholt wurde. Abends auf seine Schritte gelauscht.
Werde ab jetzt das Tagebuch verstecken. Traue Harald nicht
über den Weg.

Lilienthal legte das Buch zur Seite. Die Lektüre war nicht das,
was er jetzt brauchte. Eine junge Frau und ein junger Mann
im Ausnahmezustand. Der Tod allgegenwärtig. Und dann hatte

Elisabeth sich verliebt. Ihr Mann Richard war schon seit Jahren im Feld. Sie waren noch jung. Auf dem Bild, das vorn hinter dem Umschlagblatt steckte, sah sie ausgesprochen anziehend aus. Schulterlanges, dunkles, lockiges Haar. Ein fein gezeichnetes Gesicht, schlank, mittelgroß, in einem getupften Kleid mit hohem Busen und schmaler Taille. Lilienthal stand auf, ging unschlüssig zur Tür, zögerte, dann öffnete er sie.

Ihr Haar schimmerte im Lichtschein, der durch seine Tür fiel. Umrahmte ihr Gesicht und fiel in Wellen über ihre Schultern. Sie trug nur einen winzigen weißen Slip. Ihre Arme hingen an den Seiten herab. Ungeschützt. Verletzlich. Sie blickte ihn an. Ihre Lippen öffneten sich. Er hob sie hoch, nahm sie auf seine Arme. Sie schmiegte sich an ihn. Er spürte ihre weichen Brüste auf seiner Haut. Sie war so federleicht. Heiß fühlte er ihren Atem an seinem Hals. Behutsam legte er sie auf sein Bett.
Das Tagebuch von Elisabeth Schönburg fiel zu Boden.

23

21. April – »Seeschlösschen«

Riemeister sah auf ihre Armbanduhr.

»Ich muss nach Hause, Maik.« Sie saßen am Küchentisch. Er hatte Kaffee gemacht. Mehr konnte er ihr leider nicht bieten. Der Kühlschrank war wie immer leer. Sie lächelte. Ihre Wangen schimmerten. Ihre Augen glänzten, aber ihre Worte klangen bereits geschäftsmäßig.

»Können wir nicht einfach noch mal ins Bett gehen?«, murmelte Lilienthal und versuchte nach ihrer Hand zu greifen.

Sie lachte. »Später.«

Er zog sich seine Lederjacke an und folgte ihr zur Wohnungstür. Bevor er öffnete, trat er hinter sie, zog sie an sich, vergrub seinen Kopf in ihren Haaren.

Sie wand sich aus seinen Armen. »Maik, bitte …«, flüsterte sie heiser.

Auf der Straße blieb sie auf einmal stehen. Dann sah er es auch. Auf die Motorhaube seines dunkelgrünen Jaguars hatte jemand ein großes weißes Hakenkreuz gesprüht. Die Farbe glänzte noch, war kaum angetrocknet. Er blickte sich um, aber um diese Zeit waren kaum Passanten unterwegs. Hinter dem Scheibenwischer steckte ein Stück abgerissenes Papier. »BLÖDE BULLENSAU« stand darauf.

»Das waren Trebischs Leute, Maik.«

»Ja, das glaube ich auch. Jetzt haben die herausgefunden, wo ich wohne.« Er blickte sie besorgt an: »Aber du bist viel angreifbarer, Susanne, als alleinerziehende Mutter. Das macht mir mehr Sorgen. Versprich mir, dass du dich sofort mit dem Staatsschutz in Verbindung setzt, wenn du im Präsidium in Frankfurt bist.« Sie nickte. Er steckte den Zettel ein. Die Wirklichkeit hatte sie eingeholt. Schweigend fuhr er sie zum Potsdamer Hauptbahnhof. Beobachtete den Verkehr im Rückspiegel. Auch Riemeister blickte sich nervös um, während sie auf den Zug warteten. Kaum war der Regionalexpress losgefahren, lief er in Richtung Ausgang. Als er in den Jaguar stieg, drohte ihm ein alter Mann mit der Faust.

»Einsperren sollte man euch alle«, schrie er Lilienthal hinterher. Die Fahrt war wie ein Spießrutenlaufen. Die meisten vorbeifahrenden Autofahrer zeigten ihm den Stinkefinger, manche hupten. Er war froh, als er nach der Ausfahrt Müllrose auf der Landstraße Richtung »Seeschlösschen« nur noch wenigen Verkehrsteilnehmern begegnete. Die Parkplätze hinter dem Hotel waren alle besetzt. Er musste zurück zur Straße und parkte seinen Wagen auf dem Randstreifen. Seine Laune ging gegen null. Als er das Foyer betrat, wehte der Geruch von Gebratenem aus dem Frühstückszimmer herüber.

Stetter sah unwillig von seinen Papieren auf, als er nach dem Anklopfen eintrat. »Sie schon wieder?«, bemerkte er unfreundlich. »Wir haben Hochbetrieb, Herr Hauptkommissar. In wenigen Minuten erwarten wir eine Hochzeitgesellschaft mit über sechzig Gästen. Da wird jede Hand gebraucht.«

»Sie haben mich angelogen.« Lilienthal hatte überhaupt keine Lust, auf Befindlichkeiten einzugehen.

Stetter lehnte sich zurück. »Angelogen? Ich bitte Sie.« Mit vor der Brust gekreuzten Armen fixierte er Lilienthal spöttisch. »Mit meinem Freund Frank Albers habe ich nach der Tagung tatsächlich noch auf dem Klosterparkplatz gesprochen. Es ging um das nächste Golfturnier. Das hatte ich vergessen. Und meinen Koch hatte ich auch bereits mittags angerufen. Na und? Ich bin viel beschäftigt. Notiere mir nicht akribisch, wann und wo ich mit wem geredet habe.« Provozierend schaukelte er mit seinem Bürostuhl. »Sie glauben, ich hätte Professor Schönburg umgebracht?« Höhnisch verzog er die Mundwinkel. »Machen Sie Ihre Hausaufgaben und verschwenden Sie nicht meine kostbare Zeit. Die muss ich nämlich bezahlen. Mit meinen Steuern, Herr Hauptkommissar.«

Stetter zeigte keine Spur von Unsicherheit. »Sie verdächtigen mich, weil Sie denken, dass ich mir das ›Seeschlösschen‹ unrechtmäßig angeeignet habe? Da holt man doch gern immer mal wieder das übliche Ossi-Schema aus der Schublade, was? Wir hätten hier alles umsonst bekommen.« Stetter griff lässig nach einem Aktendeckel. »Übrigens, was für eine Rolle spielt eigentlich Ihre Mutter bei den polizeilichen Ermittlungen? Ich habe gehört, dass sie sich in Sachen einmischt, die sie nichts angehen. Ist Ihre Mutter nicht bereits pensioniert?«

»Ist Ihre Familie nicht verwandt mit den Schönburgs?«, erwiderte Lilienthal kalt. Stetter kniff die Augen zusammen.

»Mir nicht bekannt«, antwortete er eine Spur zu schnell und zog einen Brief aus dem Aktendeckel. »Das ›Seeschlösschen‹ gehört mir. Hier der endgültige Gerichtsbeschluss. Mein Kaufvertrag war rechtmäßig. Die Klage des Professors wurde auf der ganzen Linie abgeschmettert.« Er reichte Lilienthal ein Schreiben, datiert vom 18. April, in dem stand, dass die Immobilie mit den dazugehörenden Wirtschaftsgebäuden und zehn Hektar Land, in der Gemarkung …

Lilienthal überflog den Text. »… wird die Richtigkeit des Kaufvertrages vom März 1986 durch den damaligen Bezirk Frankfurt bestätigt.«

»Können Sie behalten, ist eine Kopie.« Stetter griff zum Telefon. »Sonst noch was?«, fragte er herausfordernd.

Lilienthal steckte das Schreiben ein und verließ den Raum.

Als er in der Frankfurter Polizeidirektion auf den Hof fuhr, kam ein diensthabender junger Beamter auf ihn zu und stoppte ihn. Böse starrte er auf das Hakenkreuz auf der Motorhaube. Als er Lilienthal erkannte, lächelte er verlegen.

»Lassen Sie bitte den Wagen auf Fingerabdrücke untersuchen und dann die Schmiererei entfernen«, ordnete Lilienthal an und gab ihm seinen Autoschlüssel. Er hatte keine Lust, weiter zum Gespött der Leute durch die Gegend zu fahren. Natürlich würde der Lack beschädigt werden. Er würde den Wagen so schnell wie möglich in eine Fachwerkstatt bringen müssen.

Als er die Tür zu ihrem Büro öffnete, unterhielt sich Riemeister mit einem älteren Mann. Sie lächelte, als sie ihn erblickte. Sein Ärger wegen Stetter verflog.

»Darf ich dir Siegfried Kiekebusch vorstellen? Siggi hilft im Archiv aus. Eigentlich ist er schon in Pension, aber er kann sich von uns nicht trennen.«

Lilienthal lächelte höflich. Geh endlich, dachte er. Du störst. Er hatte Susanne auf dem Weg hierher angerufen und ihr von seinem Gespräch mit Stetter berichtet. Sie war nur kurz zu Hause gewesen und gleich weiter zum Präsidium gefahren. Bereits in der Frühe war Kalumet erschienen. Hatte Akteneinsicht genommen und war gleich weiter zur Viadrina gefahren, hatte sie ihn informiert.

Lilienthal wollte Susanne nur abholen, essen gehen und danach mit ihr verschwinden. Ihm war schon beinahe schlecht vor Hunger. Aber der alte Kollege machte überhaupt keine Anstalten, sich zu erheben. Seine grauen Augen hinter den dicken Gläsern einer Hornbrille huschten neugierig von Lilienthal zu Riemeister. Er trank aus einer Tasse, auf der »DAS IST MEINE« stand.

»Pensionierung ist ja nicht schlecht. Aber wenn Sie mich fragen, wie alt ich mich fühle, dann hatte ich gerade mal Konfirmation.« Kiekebusch kicherte wie ein Primaner. »Da war ich richtig froh, dass sich die Kollegen an mich erinnert haben. Und das Geld ist auch nicht zu verachten.«

»Siggi kennt die Familie Stetter. Er hat mir eben was Interessantes erzählt, Maik.«

24

»Stetter ist raus aus der Sache.« Lilienthal ließ sich auf einen Stuhl fallen. Er zog die Kopie des Gerichtsbeschlusses aus der Jacke und legte sie vor Riemeister hin.

»Der Stetter ist ein schlauer Fuchs«, nickte Kiekebusch, »wie der Vater, so der Sohn.«

Lilienthal ging das Geschwafel des Alten auf die Nerven. »Ihr Stetter hat kein Motiv«, sagte er und an Riemeister gewandt: »Seine widersprüchlichen Alibis hat er klargestellt.«

Riemeister nickte und lief hinaus. Der Alte erhob sich. »Nichts für ungut. Ihr Potsdamer wisst mehr als unsereiner«, murmelte er. »Ich werd dann mal wieder.«

»Schönen Sonntag«, war alles, was Lilienthal hervorbrachte.

Als Riemeister zurückkam, fragte sie erstaunt: »Ist Siggi gegangen?«

»Ja, endlich. Lass uns irgendwo hinfahren, wo es was Anständiges zu essen gibt, und danach entscheiden wir, ob wir zu dir oder zu mir fahren.«

Sie griff nach dem Schreiben vom Gericht. Wollte es falten, stutzte. »Das ist ja erst am 19. April eingegangen.«

Lilienthal nahm das Schreiben. Hielt es zum Licht. Kaum sichtbar durch das Kopieren, waren die Worte »Eingang« und eine »19« zu erkennen. »Schönburg wurde am 18. April ermordet. Da konnte Stetter noch nichts von dem Urteil wissen.«

»Na warte«, knurrte Lilienthal. »Der hat mich zum letzten Mal gelinkt.«

Riemeister schob ihre Tasche über die Schulter. »Komm Maik, während der Fahrt erzähle ich dir, was Kiekebusch mir berichtet hat.«

Die Motorhaube des Jaguars hatten die Wachhabenden nur notdürftig gereinigt. Zu beiden Seiten der Landstraße säumten knorrige, alte Eichen den Weg. Die Knospen an den Zweigen öffneten sich bereits. Über ihnen schimmerte seidenblau ein

Frühlingshimmel. Lilienthal hörte nur mit halbem Ohr zu. Er spürte ihre Gegenwart mit jeder Faser seines Körpers. Fühlte sich wieder wie am Morgen: so beschwingt, so leicht. Vorher hatte ihm Riemeister die Richtung vorgegeben, in die er fahren sollte.

»Die Stetters hatten schon vor dem Krieg eine Firma für Maschinen-Zubehörteile besessen. Der alte Stetter soll ein hundertprozentiger Nazi gewesen sein. Während des Krieges spezialisierte er sich mit seiner Firma auf Zubehörteile für Bordwaffen«, erzählte Riemeister. »Nach Ende des Krieges holten die Russen Stetter ab. Er kam in Haft. Wurde aber später wieder entlassen. Der alte Schönburg, dem damals das ›Seeschlösschen‹ gehörte, kam in ein sowjetisches Speziallager, ins ehemalige KZ Sachsenhausen. Man munkelte, dass ihn jemand denunziert hat. Er ist auch dort verstorben. Verhungert, hat Siggi gesagt.«

Lilienthal blickte auf seine Uhr. »Wie weit ist es denn noch?«

»Geduld, großer Bär, viele Überraschung, Howgh*«, sagte sie fröhlich und fuhr fort. »Stetters Vater verstarb Anfang der achtziger Jahre. Irgendwann danach erhielt sein Sohn die Verdienstmedaille der DDR für besondere Leistungen, nachdem er dem Ministerium für nationale Verteidigung Konstruktionszeichnungen für eine militärische Handfeuerwaffe übergeben hatte. Aber Siggi sagt, der Claus Stetter hätte überhaupt keine Ahnung davon gehabt. Wahrscheinlich kamen die von seinem Vater. Die geheime Produktion dieser Waffe erfolgte im erzgebirgischen VEB-Geräte- und Werkzeugbau Wiesa. Die Waffen waren ausschließlich für den Export bestimmt.«

»Sag mal, handelt es sich etwa um die legendäre Wieger**? Davon habe ich schon mal gehört«, unterbrach Lilienthal sie.

Riemeister nickte. »Aber das Wichtigste ist, Maik, Claus Stetter bekam danach das ›Seeschlösschen‹.«

Sie waren abgebogen und fuhren durch ein typisches Brandenburger Dorf. Zu beiden Seiten der Straße standen einstö-

---

* Im Sinne von »Ich habe gesprochen«. Kommt in einigen Indianersprachen vor.
** Militärische Handfeuerwaffen der Serie 9xx aus DDR-Produktion. Wieger ist eine Zusammenziehung der Wörter »Wiesa« und »Germany«.

ckige Bauernhäuser. Die Höfe waren durch hohe Holztore verschlossen. Riemeister dirigierte ihn zum Dorfplatz, am Kriegerdenkmal aus dem Ersten Weltkrieg vorbei. Vor einem stattlichen Bauernhaus hielten sie an. Hellgelbe Klinker, unter dem Dach Verzierungen aus weißem Stein und in der Mitte des Gebäudes eine Tafel. »Erbaut 1893«, las Lilienthal. Überrascht blickte er Riemeister an.

»Restaurant?«, fragte er.

»Nö, aber zu essen bekommst du hier auch.« Sie lächelte unsicher. »Mein Elternhaus, Maik. Sonntags kommen wir alle zum Essen. Besonders für Max ist es wichtig. Eine große Familie bietet ihm Sicherheit und Schutz bei einer Mutter, die oft nicht da ist.« Verlegen sah sie ihn an. »Ich hab dich überrumpelt, ich weiß, entschuldige bitte.«

Er strich über ihre Hand, konnte aber kaum seinen Ärger verbergen. Er fühlte sich bedrängt. Ja, er war verliebt. Er begehrte Susanne. Aber gleich Familie? Das war eine andere Liga. So weit war er noch nicht.

Über den kopfsteingepflasterten Hof kam ihnen ein schlanker Mann in Jeans und schwarzem T-Shirt entgegen. Dunkles Haar umgab federig seinen Kopf.

»Mein Bruder Paul«, stellte Riemeister vor.

»Kommt rein. Wir haben mit dem Essen gewartet.«

Max drängte sich durch die Haustür. »Habt ihr den Mörder?«, schrie er und rannte zu ihnen.

Riemeister nahm ihn in den Arm und gab ihm einen Kuss auf seinen entgegengestreckten Kindermund. »Wie sagt man?«

»Guten Tag«, sagte das Kind und hielt Lilienthal seine kleine Hand entgegen.

Auch Lilienthal hatte früher immer sehnsüchtig gewartet, bis seine Mutter endlich vom Dienst nach Hause kam. Im halbjährlichen Wechsel hatten sich Au-pair-Mädchen die Klinke in die Hand gegeben. Neben Englisch sprach er deshalb auch fließend Spanisch und Französisch. Sein Vater war in seiner Forschungsarbeit aufgegangen und hatte sich zu Hause jede Störung verbeten. Später war er als Anthropologe nach Südamerika gereist. Auch für Lilienthal war die Mutter die Bezugsperson in seiner Kindheit gewesen. Er beugte sich hinunter.

»Was willst du denn mal werden, wenn du groß bist?«

»Ich geh ins Gefängnis, wie Paul.«

Der lachte: »Kindermund tut Wahrheit kund.«

»Mein Bruder ist Pfarrer und betreut die Menschen in der JVA in Frankfurt«, korrigierte seine Mutter.

»Onkel Paul kennt ganz viele Räuber, nicht nur Mami«, krähte Max stolz.

Sie gingen die Eingangsstufen hinauf und betraten eine Diele. Paul öffnete eine Tür und ließ den beiden den Vortritt. Stimmengewirr und Gelächter schlugen ihnen entgegen. Um einen geräumigen Esstisch saß die Familie, dazwischen mehrere Kinder. Die meisten blickten ihnen neugierig entgegen. Der lang gestreckte Raum mit dunkel gewachsten Holzdielen gab den Rahmen für das Sonntagsessen. Sonnenstrahlen tanzten durch hohe Fenster. Auf gestärktem Damast schimmerten Porzellan mit feinem Goldrand, Kristallgläser und altes Silber.

Eine schlanke Frau mittleren Alters mit dunklem Kurzhaarschnitt kam ihnen entgegen und fasste mit festem Griff nach Lilienthals Hand.

»Ich bin Susannes Mutter«, erklärte sie ohne Umschweife und dirigierte ihn auf einen freien Stuhl neben Riemeister.

»Gibt es jetzt endlich etwas zu essen?« Die tiefe Stimme von Riemeisters Vater drang mühelos durch den Lärm. Er war ein kräftiger Mann mit kastanienbraunen Haaren und der gesunden Gesichtsfarbe eines Menschen, der sich überwiegend im Freien aufhält.

Diesmal überraschte es Lilienthal nicht, dass alle vor dem Essen die Hände falteten, die Köpfe senkten und Max als Jüngster das Tischgebet sprach.

Lammbraten mit Mohrrüben, in Butter geschwenkt, dazu Selleriemus. Lilienthal hätte sich am liebsten noch etwas einpacken lassen. Höflich beantwortete er die Fragen, sehnte aber mit jeder weiteren Minute das Ende dieses Familienessens herbei. Riemeister neben ihm tuschelte mit ihrer Schwester. Sie kicherten, was ihn zunehmend irritierte. Diese Familie war aus einem Guss, und er fühlte sich in dieser Umgebung wie das fünfte Rad am Wagen. Völlig überflüssig.

»Endlich sind die Fördermittel genehmigt. Damit können wir im nächsten Jahr die Sonderausstellung in Sachsenhausen finanzieren«, erzählte gerade Paul.

»Kommen Sie eigentlich auch an Unterlagen von Inhaftierten heran, die 1945 von den Sowjets verhaftet wurden?«, fragte ihn Lilienthal.

»Inzwischen ja. Vor 1989 war das nicht möglich.« Paul erhob sich. »Kommen Sie, wir gehen in mein Arbeitszimmer. Das Thema eignet sich nicht beim Sonntagsessen im Familienkreis.« Erleichtert stand Lilienthal auf und folgte ihm.

»Mich interessiert ein Wilhelm Schönburg«, erklärte er, als sie sich in einem einfach eingerichteten Arbeitszimmer gegenübersaßen.

»Hängt das mit eurem Fall in Neuzelle zusammen?«

Lilienthal bejahte. »Auch über einen Harald Stetter aus Fürstenberg würde ich gern Näheres wissen. Vermutlich wurden beide Männer Ende 1945 von den Sowjets nach Sachsenhausen gebracht. Wie lautete die Anklage? Das würde mich interessieren. Wilhelm Schönburg soll dort verstorben sein. Harald Stetter kam wieder frei.«

Paul lehnte sich zurück. »Kennen Sie Einzelheiten über das KZ Sachsenhausen?«

»Kaum«, erwiderte Lilienthal.

»Sachsenhausen hat schon immer eine Sonderstellung eingenommen«, fing Paul an zu erzählen. »1936 erbaut von Häftlingen aus den Emslagern, war es ein Modell- und Schulungslager der SS und Konzentrationslager in unmittelbarer Nähe zur Reichshauptstadt. 1938 wurde die Verwaltungszentrale für alle Konzentrationslager im deutschen Machtbereich von Berlin nach Oranienburg verlegt. Nach der Devise ›Vernichtung durch Arbeit‹ mussten die Gefangenen in Außenlagern für die Rüstungsindustrie arbeiten. Tausende starben an Unterernährung, Erschöpfung und Misshandlungen oder wurden von der SS ermordet.«

Paul nahm die bauchige Kaffeekanne, die ihnen seine Mutter zusammen mit zwei Bechern inzwischen auf den Tisch gestellt hatte, und goss sich und Lilienthal ein. »Nach Ende des Krieges nutzten die Sowjets Sachsenhausen als Speziallager. Gegen Ende 1945 war es wieder voll belegt. Das als ›Zone I‹ bezeichnete Schutzhaftlager war für deutsche Zivilisten vorgesehen. Sie wurden ›Speziallagerhäftlinge‹ genannt. Die meisten waren dort ohne rechtskräftige Verurteilung. Und das Lager war von der Außenwelt fast völlig isoliert. Die Angehörigen wussten nichts über den Verbleib oder das weitere Schicksal der Festgehaltenen. Die Sowjets hatten nicht nur ehemalige Mitglieder der NSDAP, sondern auch willkürlich Denunzierte und politisch Missliebige inhaftiert. Hunger, Kälte und Ungeziefer – daran starben die Häftlinge zu Tausenden.«

Er trank einen Schluck Kaffee. »Erst nach 1989, als wichtige Akten zum Speziallager zugänglich wurden und sich Betroffene und Angehörige meldeten, begann man mit Untersuchungen über diese Zeit.«

Auf Lilienthal wirkte Pauls Vortrag sachlich, aber seine Wangen hatten sich gerötet. Diese längst vergangenen menschlichen Schicksale gingen nicht spurlos an dem jungen Pfarrer vorbei.

»Die Verfahren vor dem sowjetischen Militärtribunal verliefen nach stalinistischem Rechtsverständnis. Fünfundzwanzig Jahre Zwangsarbeit waren die Regelstrafe. Deportation in die UdSSR oder Erschießen. Eine Schuld musste nicht nachgewiesen werden. Es galt ausschließlich das Votum des Tribunals.«

»Wurden nach 1989 nicht auch etliche Massengräber gefunden?«

»An über achtundzwanzig Stellen. Wahrscheinlich ist das noch nicht das Ende der Fahnenstange«, antwortete der Pfarrer müde. »Ich schau mir morgen die Unterlagen an. Falls ich etwas finden sollte, rufe ich Sie an.«

Lilienthal blickte auf seine Uhr. Tat erschrocken und murmelte etwas von dringenden Angelegenheiten. Paul blickte ihn prüfend an. Sie erhoben sich, und Lilienthal verabschiedete sich hastig von den Hausherren, vermied es dabei, Riemeister in die Augen zu sehen, als er ihr später allein in der Diele förmlich die Hand gab.

»Bis morgen«, sagte er.

Paul hatte sich gleich angeboten, Susanne mit dem Kind später zurückzubringen.

Auf der Rückfahrt legte Lilienthal eine alte CD von Bob Dylan ein. Und während die kratzende Stimme aus dem Lautsprecher »The times they are a-changin'« sang, murmelte er den Refrain mit und fühlte sich unsagbar allein.

Während der Fahrt rief er Kalumet an, der ihm erzählte, dass Heikes Schwester Maren an der Viadrina studierte. Und was für ein Glück, zufällig hatte sie Volkswirtschaft belegt und sogar Schönburg als Dozenten gehabt. Kalumet war gerade auf dem Weg zu Heike, um mit ihr darüber zu sprechen, und würde sich später noch mal bei Lilienthal melden.

Auf seine leere Wohnung hatte er keine Lust, und so bog Lilienthal in Potsdam in die Große Weinmeisterstraße ein, fand einen Parkplatz und klingelte am Haus von Johannes Schönburg. Seine Mutter öffnete.

»Bist du immer noch hier oder schon wieder?«, begrüßte er sie unfreundlich.

»Brauchst du meinen Terminkalender?«, konterte Enne.

»Komm rein«, rief Johannes aus dem Hintergrund. »Wir sichten gerade alte Unterlagen.« Auf dem Esstisch standen Kartons, dazwischen diverse Schriftstücke.

»Noch einen Kaffee oder etwas Stärkeres?«, fragte Johannes. Lilienthal lehnte dankend ab und setzte sich auf einen Hocker. Alle anderen Sitzmöbel waren von Papieren bedeckt.

»Was sind denn das für Unterlagen?«, fragte er.

»Friedrichs Korrespondenz«, erwiderte Enne.

»Wie bitte?« Lilienthal fuhr hoch. »Das ist Beweismaterial. Wieso hast du mich nicht darüber unterrichtet?«

»Was soll das jetzt, Maik?«

»Wie seid ihr an die Dokumente gekommen? In Friedrichs Wohnung haben wir kaum private Korrespondenz gefunden. Und jetzt liegt das alles hier. Bei Johannes!«

»Glaubst du, Johannes unterschlägt etwas?«, funkelte Enne ihn an. Der hob beschwichtigend die Hände.

»Friedrich hat vor ein paar Wochen den ganzen Kram hier zu mir angeschleppt. Er wollte das mit mir durchgehen«, sagte Johannes.

»Mutter, du weißt doch, dass zuerst die ermittelnde Behörde Beweismittel sichten muss«, knurrte Lilienthal.

»Ich bin pensioniert und nicht mehr aktiv im Dienst. Johannes hat mich gebeten, mit ihm zusammen die Unterlagen durchzugehen. Das ist alles.«

»Dann beschlagnahme ich das jetzt.«

»Mach dich nicht lächerlich«, sagte sie streng. »Das ist Johannes' Privateigentum, dafür brauchst du einen Durchsuchungsbeschluss.«

Johannes beobachtete besorgt die beiden Kampfhähne. »Maik, wie kann ich dir helfen?«

Lilienthal merkte, dass er übers Ziel hinausgeschossen war. Zum Glück bot ihm Johannes einen geordneten Rückzug an.

»Ich habe heute ein Schreiben gesehen, in dem steht, dass Friedrichs Klage abgeschmettert wurde. Ich muss wissen, was er gegen Claus Stetter in der Hand hatte.«

Johannes überlegte. »Friedrich war derjenige, dem es um den alten Familienbesitz ging. Mir persönlich war Friedrichs Eifer unangenehm und der ganze Rechtsstreit lästig. Zum ›Seeschlösschen‹ hatte ich nie eine Beziehung. Kannte es nur von alten Fotografien her. Warum sollte ich mich mit so einem Klotz am Bein belasten?«

»Der Letzte, der im ›Seeschlösschen‹ lebte, das war doch dein Großvater, oder?«

»Ja. Aber er starb in Sachsenhausen. Die Russen behaupteten, er wäre ein Nazi gewesen. Das war eine Lüge. Jemand hatte ihn denunziert. Mein Großvater war Sozialdemokrat. Er wurde 1933 sogar von der SA eingesperrt. Nachdem er auf Intervention von einflussreichen Freunden freikam, hat er sich aus der Öffentlichkeit zurückgezogen.« Johannes lächelte verlegen. »Im Gegensatz zu Mulle, meiner Großmutter. Die war von Anfang an anfällig gegenüber rechtem Gedankengut und sogar noch nach dem Krieg vom völkischen Gedanken überzeugt. Sie verdrängte völlig, dass ihr einziger Sohn für diese Irrlehre im Krieg sein Leben lassen musste. Wegen ihrer politischen Haltung trennten sich meine Großeltern in den dreißiger Jahren des letzten Jahrhunderts. Mein Großvater blieb im ›Seeschlösschen‹. Meine Großmutter zog nach Berlin.«

»Hast du noch Unterlagen über die Inhaftierung deines Großvaters durch die Russen nach Kriegsende?«

»Wieso interessiert dich das, Maik?« Enne war zu ihnen getreten.

»Ich kann es nicht erklären. Aber als ich vorhin durch Zufall erfuhr, dass Wilhelm Schönburg und Stetters Vater von den Sowjets verhaftet wurden ...«

»Du verdächtigst den Stetter immer noch?«

»Der ist so aalglatt. Ich weiß nicht einmal genau, wo ich ansetzen soll. Aber diese ganzen Verbindungen ...« Er blickte zu Johannes, der mit aufgestützten Armen nachdenklich zu ihm herübersah. »Immer wieder kommt sein Name ins Spiel. Johannes, deine Mutter wohnte während des Krieges bei den Stetters. Dein Großvater kam 1945 nach Sachsenhausen in Haft, genau wie Harald Stetter. Sein Sohn, Claus, bekommt das ›Seeschlösschen‹. Da besteht irgendeine Verbindung.«

Später hatte Johannes Lilienthal versprochen, die Unterlagen schnellstens zu ordnen und ihn einsehen zu lassen. Danach war Lilienthal nach Hause gefahren.

Er liebte seine Wohnung im Holländischen Viertel, in einem aus roten Backsteinen erbauten Haus mit abgerundeten Giebeln. Die Holztreppe ächzte, als er zum Obergeschoss hinaufstieg und die Tür zu seiner Wohnung aufschloss. Er warf seine Jacke auf einen Stuhl in der schmalen Diele und ging in die winzige Küche. Im Schrank stand noch eine letzte Flasche Rotwein von seinem Urlaub aus Ligurien. Mit einem Glas Rotwein und dem Tagebuch in der Hand setzte er sich und las weiter:

Januar 1945
Harry hat einen Waffenschrank. Die Männer sind an der Front.
Und Harry liebt Waffen.
Er beobachtet mich. Ich hab es Giovanni gesagt.

»Attentamente! È astuto.«
Wieso er schlau sei, habe ich Giovanni gefragt.
»Er ist wie große Maus.«
»Wie eine Ratte, meinst du?«
»Ja.«
Giovanni arbeitet nachts, die Lampe abgedunkelt.
»Was machst du?«, hab ich gefragt.
»Schlaf, il mio amore. Der Krieg ist bald vorbei. Ich sorge für unsere Zukunft.«

Heute kam ein Brief von Mulle. Richard hat sich beschwert. Ihr Brief ist eine einzige Anklage. Unsere deutschen Männer stehen an der Front, und ich würde nicht mal die Anständigkeit besitzen, meinen Mann in seiner schweren Mission zu unterstützen. Das wäre das Mindeste, was sie von mir erwarten dürfte. Eine deutsche Frau muss ihrem Mann Kraft und Zuversicht geben. Wir stünden vor dem Endsieg.
Seit Mulles Brief fühle ich mich miserabel. Habe Giovanni einen Zettel unter der Tür durchgeschoben, dass wir uns nicht mehr sehen dürfen. Später klopfte er. Habe ihm von Mulles Brief erzählt und geweint.
»Non piangere«, hat er gemurmelt. Mein Gesicht in seine Hände genommen, und »Ti amo« geflüstert.
Ich liebe ihn auch. So sehr. Was soll ich nur machen?

25

22. April – Potsdam – Frankfurt (Oder)

»Atmen wäre sinnvoll«, trällerte die Stimme der Therapeutin.
Enne keuchte. Wer hatte ihr nur geraten, sich zu dem Gymnas-
tikkurs »Fünfzig plus« anzumelden? Um sie herum auf roten und
blauen Schaumstoffmatten quälten sich eine Handvoll Männer
und Frauen, die die fünfzig bereits weit hinter sich gelassen
hatten. Auf Kommando der jugendlichen Trainerin schoben
sie im Vierfüßlerstand ein Bein in die Höhe, wie Enten beim
Tauchgang. Warum dieser Wahn, unbedingt fit zu bleiben?
Konnte man nicht in Ruhe alt werden? Hundert zu werden
war nicht ihr Klassenziel.

»Lächeln nicht vergessen«, jauchzte die Trainerin und bog
ihren Körper wie einen Bogen über der Matte. Die ist höchstens
Mitte zwanzig, dachte Enne erbost. Warum stellte man älteren
Menschen keine Trainer im gleichen Alter zur Seite? Wahrscheinlich können die in dem Alter auch nicht mehr, dachte sie
grimmig. Aber ich soll lächeln. Und atmen. Und dafür auch
noch bezahlen.

In ihrer Sporttasche im Spind steckte der Brief. Bis spät
in die Nacht hatte sie mit Johannes die Papiere geordnet. In
einer abgeschabten Ledermappe hatte Johannes alte Fotos und
Zeitungsausschnitte gefunden. Nach dem Durchsehen hatte er
die Unterlagen wieder hineingetan und die Mappe zur Seite
gelegt. Aber sie hatte sie sich noch mal vorgenommen. Das
Futter war zerschlissen und an einer Stelle gerissen. Zwischen
dem Lederboden und dem Innenstoff fand sie einen braunen
Umschlag. Die Geburtsurkunden der Großeltern befanden sich
darin. Wilhelm Schönburg, geboren am 6. November 1878 in
Fürstenwalde. Margarete Schönburg geborene Arendt, geboren
am 3. Mai 1879 in Posen. Die Heiratsurkunde von beiden.
Außerdem Militärpapiere des Großvaters.

Eine verblichene Fotografie in Sepia auf dickem Karton
zeigte einen ernst blickenden Soldaten mit Kaiser-Wilhelm-
Bart. »W. Schönburg, Hauptmann, drittes Infanteriebataillon«

stand in Goldbuchstaben darunter. Auch sein Reisepass mit dem Aufdruck »Deutsches Reich« lag dabei. In einer Leder-hülle befand sich der Mitgliedsausweis der Sozialdemokrati-schen Partei Deutschlands aus dem Jahr 1922. In der Mitte steckte ein zusammengefaltetes Kuvert. Adressiert an Margarete Schönburg.

Ennes Oberschenkelmuskel verkrampfte sich. Sie sackte auf der Matte zusammen.

»Das reicht für heute«, stöhnte Enne, richtete sich auf und humpelte hinaus. Die verblüfften Mienen der anderen igno-rierte sie.

Als Lilienthal am Montagmorgen auf dem Weg zu seinem Büro den Gang entlangeilte, bog Kiekebusch um die Ecke, eine Karre voller Akten vor sich herschiebend. Der schon wieder, dachte Lilienthal. Kiekebusch nahm einen Hauspostumschlag und gab ihn Lilienthal. Der öffnete ihn im Weitergehen, zog eine interne Mitteilung heraus, las, blickte auf seine Armbanduhr und fluchte leise.

»Schießtraining.« Er eilte ins Büro, schrieb eine Notiz für Riemeister und rannte hinunter ins Souterrain, wo sich die Schießanlagen befanden.

Als er zurückkam, saß Riemeister bereits vor ihrem Com-puter.

Auf seinem Schreibtisch lagen zwei gelbe Notizzettel. »Jo-hannes: Sein Großvater wurde im August 1945 von den Russen inhaftiert, im Jan. 1946 verstorben.« Auf dem zweiten Zettel stand nur »Paul: Rü.« und eine Telefonnummer. Er blickte hinüber zu Riemeister. Sie starrte gebannt auf den Bildschirm. Zuallererst rief er Kalumet an. Bei dem meldete sich nur die Mailbox. Lilienthal bat um Rückruf. Unauffällig lugte er hin-über, aber Riemeister tippte eifrig auf der Tastatur. So kann das nicht weitergehen, überlegte er. Sie mussten zusammenarbeiten, alles andere musste zurückstehen.

Er stand auf und ging zu ihr, und zu seinem eigenen Er-staunen murmelte er: »Entschuldige bitte wegen gestern. Es tut mir sehr leid.« Er hatte es nicht vorgehabt, Entschuldigen war nicht so sein Ding. Aber kaum ausgesprochen fühlte er sich besser, irgendwie erleichtert. Und was hatte Susanne schon groß gemacht? Ihn zu ihrer Familie mitgeschleppt. Na und? Davon ging seine Welt nicht unter. Und er? Hatte sich wie ein bockiges Kind verhalten. Die letzten Stunden hatte sie ihm gefehlt. Verdammt noch mal, sehr sogar.

Er drehte sich um, bemerkte ein kurzes, erstauntes Aufflackern in ihren Augen, griff einen Bogen Papier und schrieb darauf »Du fehlst mir so unendlich!« und hielt das Blatt wie ein Schild vor seine Brust.

Sie deutete auf den Bildschirm. Er beugte sich vor, las: »Der größte Trottel, den ich kenne«. Bestürzt blickte er sie an. Und bevor er etwas erwidern konnte: »Das bin ich, Maik. Ich hab gestern nicht weiter darüber nachgedacht, mich gefreut und wollte dir meine Familie zeigen. Paul hat sofort gemerkt, dass du dich nicht wohlfühlst, und mir anschließend eine Standpauke gehalten. Vertrautheit muss man aufbauen, so etwas entsteht nicht in einem Moment, war sein Argument.« Ein verschmitztes Grinsen zog über ihr Gesicht: »Ich wusste ja nicht, dass du so ein scheues Reh bist.«

Aufatmend zog er sie an sich, legte ihr zärtlich die Hände um den Kopf. Sie reckte ihm den Mund entgegen. Jemand räusperte sich.

Im Türrahmen stand Kiekebusch. »Mir ist da noch was eingefallen«, murmelte er und schloss die Tür.

»Und das wäre?«, fragte Lilienthal, um Fassung bemüht. Musste der Alte gerade jetzt reinplatzen?

»Wegen Stetter.«

»Welchen Stetter meinst du denn?«, fragte Riemeister.

»Na den Claus. Der war zu DDR-Zeiten gut vernetzt, wie man heute so sagt.«

»Ja und?«

»Der war bei der GST.«

»Gesellschaft für Sport und Technik«, erklärte Riemeister Lilienthal.

»Genau«, echote der Alte.

»Siggi, jetzt lass dir doch nicht alles aus der Nase ziehen.«

»Der hat Kampfsport gemacht. Den konnte keiner auf die Matte kriegen.«

Die Tür wurde aufgestoßen. Enne stand dort, im dunkelblauen Jogginganzug, in der Hand eine Sporttasche.

Kiekebusch bekam große Augen. Eilfertig schob er ihr einen Stuhl hin. Lilienthal hatte es die Sprache verschlagen. Was wollte seine Mutter hier? Und in dem Aufzug?

»Guten Morgen, allerseits«, begrüßte Enne sie munter. »Ich komme gerade aus der Hüpfburg. Entschuldigt bitte mein Outfit.«

»Das muss ja was Wichtiges sein, wenn du dich extra hierherbemühst?«

»Ja, danke, Maik, einen Kaffee hätte ich auch gern«, erwiderte Enne, seine Unhöflichkeit ignorierend. Kiekebusch eilte hinaus, um ihr Kaffee zu holen. Enne kramte in ihrer Sporttasche, zog einen Brief heraus und legte ihn auf den Schreibtisch. »Hier, bitte«, sagte sie triumphierend. Lilienthal schaute misstrauisch darauf, dann nahm er ihn und faltete das brüchige Papier auseinander. Riemeister beugte sich über ihn.

Sehr geehrte gnädige Frau,

mein Name ist Claus Mertens. Sie kennen mich nicht, aber ich habe schon oft von Ihnen gehört. Im Sommer 1945 bis zum Anfang des Jahres 1946 war ich Dolmetscher für die Sowjets in Sachsenhausen. Während dieser Zeit habe ich an Verhören teilgenommen. Unter anderem auch bei einem Inhaftierten mit Namen Harald Stetter aus Fürstenberg. Ich erfuhr dabei, dass Stetter für die Russen Namenslisten von Deutschen, die während des Naziregimes hohe Posten bekleideten, zusammengestellt hatte.
Auf dieser Liste stand auch der Name Ihres Gatten, Wilhelm Schönburg.

Wilhelm Schönburg war niemals ein Nazi. Das kann ich beschwören. Ich kannte Ihren Mann schon vor 1933. Wir beide, als Abgeordnete der Sozialdemokratischen Partei, hatten damals *in der Berliner Krolloper das Ermächtigungsgesetz der Nazis nach der Rede unseres Kollegen Otto Wels* abgelehnt. Als unsere Partei im Juni 1933 verboten wurde, verhaftete man mich. Im Sommer 1933 begegnete ich Wilhelm Schönburg im Columbiahaus in Tempelhof, dem berüchtigten Berliner SS-Lager. Wir teilten uns eine Zelle.*

Sehr verehrte Frau Schönburg, ich versichere Ihnen, ohne Ihren Mann hätte ich damals aufgegeben. Den grausamen, brutalen Verhören und Folterungen der SS keinen Widerstand mehr entgegensetzen können. Willi hat mich aufgerichtet. Mir immer wieder Mut gemacht. Mich getröstet. Dafür danke ich ihm bis heute.

Nach der Haft flüchtete ich nach Prag, wohin die SPD-Parteileitung ihren Sitz verlegt hatte. Später emigrierte ich in die Sowjetunion. Von Ihrem Mann hörte ich nichts mehr. Ich habe damals nicht gewusst, ob er noch lebte.

Dann im August 1945 traf ich ihn wieder. Im Lager Sachsenhausen.

Er erzählte mir, dass er die Zeit während des Dritten Reichs einsam und zurückgezogen von allen öffentlichen Ämtern in seinem Haus irgendwo in Brandenburg verbracht hatte. Ich war erschüttert. Vor mir stand ein gebrochener Mann.

Alle Personen, die auf Stetters Liste standen, waren von den Russen inhaftiert worden. Bei den meisten handelte es sich ganz offensichtlich um Nazis. Wie Ihr Mann auf diese Liste gekommen war, blieb mir ein Rätsel. Ich erklärte dem Kommandeur, dass Wilhelm Schönburg nie etwas mit den Nazis zu tun gehabt hatte. Im Gegenteil, dass er ein Opfer des Faschismus gewesen war. Ich gab meine Aussage sogar zu Protokoll und unterschrieb sie eidesstattlich. Aber man glaubte mir nicht. Harald Stetter hatte angeblich Beweise vorgelegt, die Ihren Mann belasteten. Später entband man mich von meinem Posten als Dolmetscher. Erst jetzt habe ich erfahren, dass Wilhelm Schönburg im Lager verstorben ist. Es tut mir so unendlich leid. Ein aufrechter Mann

---

* Vorsitzender der SPD ab 1919 bis in die Zeit der Exil-SPD während der Herrschaft der Nationalsozialisten. Hielt am 23. März 1933 in der Berliner Krolloper die letzte freie Rede gegen das Ermächtigungsgesetz der Nazis.

wie Ihr Gatte, Wilhelm Schönburg, wurde in doppelter Hinsicht verraten.
Sehr geehrte gnädige Frau Schönburg, es war mir ein Bedürfnis, Ihnen das mitzuteilen.

Ich wünsche Ihnen und Ihrer Familie alles Gute.

Hochachtungsvoll
Claus Mertens
Freiburg im Breisgau, Mai 1953

Lilienthal ließ den Brief sinken. »Wusste Johannes davon?«

»Nein. Ich bin sicher, auch Friedrich hat davon nichts gewusst. Ihre Großmutter muss den Brief ihrer Familie gegenüber verschwiegen haben.«

»Wie tragisch«, murmelte Riemeister. »Eine überzeugte Nazianhängerin. Auch noch nach diesem grauenvollen Krieg. Der Brief hat nicht in ihr Weltbild gepasst. Darum hat sie ihn versteckt.«

»Der alte Stetter ein Denunziant? Aber warum? Was hatte er für ein Motiv?«

»Neid? Missgunst? Vielleicht auch mangelndes Selbstwertgefühl einer alten angesehenen Familie gegenüber, Maik«, überlegte Enne.

»Was ich mich aber schon die ganze Zeit frage: warum gerade das ›Seeschlösschen‹? Was fand Claus Stetter gerade an dem Anwesen so Besonderes? Es gab zu DDR-Zeiten viele schöne Herrenhäuser in der Gegend, die zuvor Familien gehörten, die man enteignet hat oder die in den Westen geflohen waren. Irgendetwas verheimlicht er uns. Und jetzt erfahren wir von Kiekebusch, dass Claus Stetter bei der GST Kampfsport betrieben hat. Und ein Alibi für die Zeit der Taten hat er nicht.«

»Aber das reicht nicht für einen Haftbefehl, Maik.«

»Aber für das Auffinden von Beweismitteln, laut StPO Paragraf 102 bis Paragraf 110, für einen Durchsuchungsbeschluss, Susanne.«

Enne hatte ihnen schweigend zugehört.

»Das Motiv liegt in der Vergangenheit«, sagte sie unvermittelt.

Lilienthal blickte sie genervt an.

Enne schaute auf ihre Armbanduhr: »Dann will ich euch nicht länger stören.« Sie verabschiedete sich.

Lilienthal atmete innerlich auf. Fachlich kompetent hin oder her, aber eine Mutter, die sich in seine Arbeit einmischte, war ja wohl das Allerletzte.

Mit der Türklinke in der Hand drehte Enne sich noch einmal um: »Lies endlich das Tagebuch bis zum Ende«, und schloss die Tür.

Er hasste es, wenn sie den Imperativ bei ihm anwandte.

26

Riemeister verhandelte mit der Staatsanwältin wegen des Durchsuchungsbeschlusses.

Lilienthal zog aus der Innentasche seiner Jacke das Tagebuch und las weiter.

Februar 1945

Jeden Tag kommen jetzt Flüchtlingstrecks über die Oder. Die Front rückt immer näher. Alte Männer, Frauen, Kinder. Manche haben Militärmäntel an. Wo sie die herhaben, das möchte ich nicht wissen. Häufig hocken die Alten und die Kleinsten zusammengedrückt auf klapprigen Handwagen, die von den jüngeren, kräftigeren Frauen gezogen werden. Sie reden nicht. Wollen nur weiter.

Ich habe meine Koffer gepackt. Es kann nicht mehr lange dauern, sagt Giovanni. Borsig hat die meisten Betriebsteile verlagert. Wohin, darf er nicht sagen. Will ich auch gar nicht wissen. Friedrich ist ganz aufgeregt. Für ihn ist das ein Abenteuer. Harry hat ihm ein kleines Holzgewehr geschenkt. Damit beschütze ich dich, hat mein tapferer kleiner Sohn zu mir gesagt.

Richard ist jetzt Adjutant im Stab von Generaloberst Heinrici, dem Oberbefehlshaber der Heeresgruppe Weichsel. Gestern brachte ein Feldjäger eine Nachricht von ihm. Ich soll Fürstenberg verlassen. Sofort. Nach Potsdam zu Tante Else gehen. Potsdam wäre Lazarettstadt und darum sicher. Er hätte versucht, eine Transportmöglichkeit für mich zu organisieren, aber alle Fahrzeuge sind für Zivilisten gesperrt. Harry soll mich begleiten. Er hat ihm auch einen Brief geschickt.

Harry hat mir zugeraunt, am besten gleich weiter bis nach Magdeburg. Die Amerikaner stehen schon an der Elbe. Er hat Hitlers Bild in seinem Arbeitszimmer abgehängt. Und heute Nacht habe ich es gehört: dreimal kurz − dreimal lang. Aus seinem Zimmer. Das Morsezeichen »V«, für Victory, die

Erkennungsmelodie der BBC. Giovanni und ich hören schon länger heimlich die BBC. Und jetzt auch Harry!

Ohne Giovanni gehe ich nicht.

Ich bin schwanger.

27

22. April – »Seeschlösschen«

Riemeister kam mit dem Durchsuchungsbeschluss. Während der Fahrt zum »Seeschlösschen« erzählte Lilienthal, was er gelesen hatte.

»Schwanger«, murmelte Riemeister. »In der Zeit? Und unter den Umständen? Sie tut mir so leid.«

»Aber damit musste sie doch rechnen«, erwiderte Lilienthal.

»Rechnen?«, wiederholte Riemeister nachdenklich. »Wenn man jemanden liebt, dann rechnet man nicht. Dann gibt man sich hin. Bedingungslos.«

Er schwieg, überlegte, ob sie das eventuell auch auf ihn bezog? Schade, dass Kiekebusch vorhin gestört hatte.

»Hast du Paul angerufen? Ich glaube, er war nicht in der JVA, sondern hat sich aus dem Besucherzentrum im KZ Sachsenhausen gemeldet, als er mich vorhin anrief.«

Er schüttelte den Kopf. Reichte ihr sein iPhone. Sie gab die Nummer ein, und als der Rufton erklang, stellte sie auf Lautsprecher. Lilienthal gab Paul die Daten durch, die er von Johannes über Wilhelm Schönburg bekommen hatte.

»Das Archiv in Sachsenhausen ist sehr umfangreich. Ich melde mich, wenn ich etwas herausgefunden habe«, antwortete Paul. Einen Moment blieb es still in der Leitung. Dann fragte er: »Und sonst? Alles gut bei euch?«

»Wir sind unterwegs«, antwortete Lilienthal ausweichend. »Wollen Sie Susanne sprechen?«

»Nein. Nicht nötig. Schönen Tag noch.«

»Warum hast du ihm nichts von dem Brief erzählt?«, fragte Riemeister.

»Dein Bruder arbeitet nicht bei der Polizei.«

Riemeister blickte ihn erstaunt an, schwieg aber.

Der Parkplatz neben dem »Seeschlösschen« war nur zur Hälfte besetzt. Mit weit ausholenden Schritten lief Lilienthal zum Eingang. Riemeister telefonierte.

Die Rezeptionistin wollte gerade den Hörer aufnehmen, um ihren Chef zu benachrichtigen, als Lilienthal ihr das Gerät aus der Hand nahm.

»Wo sind die Privaträume von Herrn Stetter?«

Sie zeigte vage nach draußen.

»Ach, die Polizei gibt uns wieder die Ehre.« Stetter war lautlos hinter sie getreten. Er nahm den Durchsuchungsbeschluss, den Lilienthal ihm präsentierte.

»Sie werden wenig Freude an dieser Aktion haben«, bemerkte Stetter kühl.

Riemeister bat um die Büroschlüssel. Wortlos händigte er sie ihr aus. Draußen fuhr bereits der weiße Kastenwagen der Kriminaltechnik vor. Sie folgten dem Hotelbesitzer durch den Park hinüber zum Kutscherhaus. Neu verputzt und mit dunkelroten Fensterläden, wirkte es wie eine Dependance des großen Gebäudes. Stetter hielt Lilienthal demonstrativ den Schlüssel hin. Lilienthal öffnete und winkte den beiden Männern der Kriminaltechnik. Sie stellten ihre Taschen ab und machten sich an die Arbeit. Stetter blieb mit verschränkten Armen in der Diele stehen.

»Treiben Sie immer noch Sport?« Stetter blickte Lilienthal verständnislos an. »Sie waren doch bei der GST?«

»Ja und?«, antwortete Stetter gelangweilt.

»Was haben Sie denn dort gemacht?«

»Was hat das mit dieser überflüssigen Durchsuchung zu tun?«

»Wir wissen, dass Sie Kampfsport betrieben haben.« Stetter gab einen Laut von sich, der entfernt an Lachen erinnerte.

»Blödsinn. Ich war bei den Fallschirmspringern.«

»Sie hatten keine Kampfsportausbildung?«

Stetter verneinte.

Verdammt, dachte Lilienthal, entweder hatte Kiekebusch sich nur wichtiggemacht oder Stetter log. Er öffnete eine Tür. Wandhohe Regale voll mit Büchern bedeckten eine Seite des schmalen Raumes. Vor dem Fenster stand ein nussbaumfarbener Schreibtisch, vollgestellt mit Akten, Computerausdrucken und Broschüren. Auf der anderen Seite eine Anrichte aus dem gleichen Holz.

Stetter war hinter ihn getreten und beobachtete ihn. Lilienthal überflog das Bücherregal. Eine Thomas-Mann-Gesamtausgabe neben einem Schiller-Lesebuch, zwei Goethe-Bänden und mehreren Werken von Shakespeare. Auf dem Bord darüber »Das Kapital« von Karl Marx, alle drei Bände. »Nackt unter Wölfen« von Bruno Apitz, »Wer einmal aus dem Blechnapf frisst« von Hans Fallada, mehrere Strittmatter-Bände. Weiter oben »Der geteilte Himmel« von Christa Wolf und daneben »Jakob der Lügner« von Jurek Becker. Ohne jede Ordnung, dachte Lilienthal, aber so wunderbare Literatur.

»Sie lesen gern, Herr Stetter?«

»Sie nicht?«, entgegnete Stetter spöttisch. Den größten Teil nahm Fachliteratur ein. Ein BGB in der neuesten Ausgabe, Bücher über Betriebswirtschaft, eine Einführung in SAP, Personalratgeber.

Riemeister kam herein. Stetter war plötzlich verschwunden.

»Nichts«, sagte sie. »In seinem Büro sind nur Unterlagen über den Hotelbetrieb. Und bei dir?«

»Bisher nichts. Angeblich hat er bei der GST nur Fallschirmspringen trainiert, keinen Kampfsport, sagt er.«

Riemeister fing an, den Schreibtisch zu durchsuchen. Lilienthal nahm sich die Anrichte vor, in der sich überwiegend Prozessakten befanden. Der Streit zwischen Schönburg und Stetter musste sich Jahre hingezogen haben.

»Maik, schau mal.« Riemeister hielt einen Gegenstand hoch. Auf rot emailliertem Untergrund waren als Piktogramm zwei Männer in Kampfhaltung zu sehen. Darüber standen drei Buchstaben.

Lautlos wie eine Katze war Stetter wieder hinter sie getreten.

»Wofür haben Sie die Medaille bekommen?«, fragte Riemeister.

Stetter betrachtete das Abzeichen, als wenn er es zum ersten Mal sehen würde. »MNK‹ bedeutet, wenn ich mich recht erinnere, militärischer Nahkampf.«

»Ach, Kampfsport?« Lilienthals Stimme triefte vor Sarkasmus.

»Militärischer Nahkampf ist die allgemeine Bezeichnung für waffenlose Zweikampftechniken. Jeder Armeeangehörige musste in seiner Ausbildung Übungen absolvieren«, entgegnete Stetter kalt.

»Fallschirmjäger hatten eine erheblich weiter reichende Ausbildung in dieser Technik«, bemerkte Riemeister.

»Warum lügen Sie uns eigentlich an, Herr Stetter?«

»Sie haben nicht richtig zugehört, Herr Hauptkommissar. Kampfsportausbildung bei der GST, das habe ich korrekt verneint. Während meiner Dienstzeit bei der NVA*, im Rahmen der Fallschirmjägerausbildung, erhielt ich militärische Nahkampfausbildung. GST und NVA, das sind zwei Paar Schuhe. Sie sollten sich gelegentlich einmal in die Materie einarbeiten.« Er blickte auf seine Uhr. »Wenn Sie fertig sind, geben Sie die Schlüssel mit einem Verzeichnis aller von Ihnen beschlagnahmten Gegenstände drüben an der Rezeption ab. Ich muss mich jetzt um meinen Betrieb kümmern.«

Lilienthal war genervt. »Wenn wir nichts Besseres finden, war das hier ein Schuss in den Ofen«, murrte er.

Riemeister ließ sich auf einen Stuhl sinken. »Zumindest hat er zugegeben, dass er sich mit Kampfsporttechniken auskennt.«

Manni Langer winkte den beiden vor einer geöffneten Tür von der Diele aus zu. Sie folgten ihm die Kellertreppe hinunter. Rohes Mauerwerk im Vorraum, Türen aus Holzlatten. Aber gegenüber der Treppe befand sich eine Stahltür.

»Abgesperrt«, unterrichtete sie Langer. Lilienthal probierte mehrere Schlüssel von Stetters Schlüsselbund. Einer passte. Als er auf den Lichtschalter drückte, erhellte indirektes Deckenlicht einen Raum von ungefähr zwanzig Quadratmetern. Den Boden bedeckte ein dicker sonnengelber Teppich. Ein Flachbildschirm nahm beinahe die gesamte Breite der linken Wand ein. Davor stand ein Swinger aus rehbraunem Leder mit einem Beistelltischchen. Auf der anderen Seite ein massiver Schrank.

»Der hat ein Sicherheitsschloss«, informierte sie der Kriminaltechniker.

Wenige Minuten später kam Stetter die Treppe hinunter. Lilienthal deutete auf den Schrank.

---

*Nationale Volksarmee der DDR

»Mein Waffenschrank. Alle Schusswaffen sind angemeldet, und natürlich habe ich einen Waffenschein.«

»Bitte öffnen Sie.«

»Warum? Keines der Opfer ist erschossen worden.« Lilienthal schwieg. Stetter zuckte mit den Schultern, schloss auf und öffnete die Tür.

Riemeister stieß einen Pfiff aus. »Alle Achtung«, sagte sie.

»Das meiste gehörte meinem Vater«, brummte Stetter.

Riemeister nahm einen alten Vorderlader heraus. Wog ihn in der Hand. »Damit können Sie heute doch nichts mehr anfangen.«

»Ich sagte doch bereits, das sind Erbstücke. Ich habe überhaupt nicht mehr die Zeit, mich damit zu befassen.«

»Wir werden das überprüfen.« Lilienthal nickte Langer zu. Der nahm die Waffen und legte sie in eine mitgebrachte Kiste. Lilienthal ging zu dem Flachbildschirm. Zwischen dem Gerät und der Wand befand sich ein schmaler Zwischenraum. Er fasste es seitlich an und konnte es auf einmal wie einen Flügel zur Seite drehen. In der Wand dahinter befand sich ein Tresor.

»Bitte öffnen Sie den«, sagte Lilienthal.

Aber Stetter war einfach gegangen. Lilienthal spurtete die Treppe hoch. Der Hotelbesitzer stand vor dem Haus und telefonierte. Lilienthal tippte ihm auf die Schulter.

»Fassen Sie mich nicht an«, fauchte Stetter. »Ich habe Wichtigeres zu erledigen, als Ihrem kindischen Spieltrieb zuzuschauen.«

»Öffnen Sie den Tresor, oder ich lasse ihn aus der Wand brechen«, erwiderte Lilienthal kalt.

Wieder im Keller, tippte Stetter einen Zahlencode ein und zog die schwere Tür auf. »Familienunterlagen und Papiere über die ehemalige Firma meines Vaters. Aber bitte bedienen Sie sich«, höhnte Stetter.

Lilienthal nahm einen Karton mit Fotos und mehrere Hefter, stellte die Sachen auf den Beistelltisch und blätterte die Sachen durch. Alte Hochzeitsbilder, jede Menge Babybilder, dazwischen eine junge Frau mit einem Kind auf dem Arm. Ein stattliches Bürgerhaus, mit Hakenkreuzfahnen beflaggt. Als er fertig war, reichte er alles an Langer weiter. Auf den ersten Blick nichts Interessantes. Aber warum war das versteckt? Im Büro in Frankfurt würden sie sich die Papiere genauer ansehen. Wenn sie nichts Verwertbares finden würden, dann hätten sie bis auf die Medaille nichts, was sie der Staatsanwaltschaft präsentieren könnten.

Warum starrte ihn Stetter so an? Als wenn der mich hypnotisieren will, überlegte Lilienthal. Der will mich ablenken, ging es ihm durch den Sinn. Der Fußboden, den hatten sie bisher außer Acht gelassen. Er bückte sich und hob eine Ecke des Teppichs hoch. Stetter, die Hände in den Hosentaschen vergraben, stand im Türrahmen und beobachtete ihn. Sein Kopf glich einer überreifen Tomate. Riemeister schloss demonstrativ vor ihm die Tür. Sie rollten den Teppich zusammen. Darunter befanden sich alte massive Dielen. Langers Augen tasteten wie mit einem Scanner den Boden ab. Auf einmal kniete er sich hin und strich über das Holz.

»Da wurde was eingesetzt«, verkündete er. »Der ganze Boden wurde mit Holzbeize behandelt, aber hier«, er fuhr mit den Fingern an einer Diele entlang, »hat die Beize nicht vollständig gedeckt.«

»Was hast du vor?«, fragte Riemeister Lilienthal erstaunt.

»Kindischer Spieltrieb, was sonst?«, keuchte Lilienthal, der sich gegen den Schrank stemmte. Mit Langers Hilfe schob er ihn in die Mitte des Raumes. Jetzt war deutlich erkennbar, dass darunter neue Dielenbretter eingesetzt worden waren. Mit den Fingerspitzen tastete Lilienthal darüber. Eine Diele bewegte sich. Der Kriminaltechniker reichte ihm ein Taschenmesser. Lilienthal schob die Klinge darunter. Wie ein quadratischer Deckel, circa achtzig mal achtzig Zentimeter lang, ließen sich mehrere Dielen anheben. Moderiger Geruch schlug ihnen entgegen. Langer leuchtete mit einer Taschenlampe ins Innere. Der Lichtkegel erfasste einen länglichen Gegenstand. Unter großflächigen rauchgrünen Flecken blinkte etwas.

»Endlich, ein Schatz«, feixte der Chef der KTU.

»Quod esset demonstrandum*«, brummte Lilienthal. Vor-

---

* Was zu beweisen wäre

sichtig zogen sie eine Metallkiste aus dem Versteck. Riemeister rümpfte die Nase.

»Aspergillus fumigatus, ein Schimmelpilz aus der Gattung der Gießkannenschimmel. Er gehört zu den verbreitetsten Spezies auf der Erde. Findet man praktisch überall. Von der Antarktis bis zur Sahara. Aber Vorsicht, das kann auch eine bronchopulmonale Aspergillose, die sogenannte Farmerlunge, auslösen«, erklärte ihnen Langer fröhlich.

Riemeister wich zurück.

»Halt keine Volksreden, öffne das Teil«, befahl Lilienthal und zeigte auf ein Schloss an der Seite.

»Für den Aufwand, wie das versteckt wurde, ist das Schloss ein Kinderspiel«, stellte Langer fest. Er stocherte in der Öffnung, und das Schloss sprang auf.

»Lass mal Papa ran«, befahl Lilienthal. Er hockte sich hin, zog das Schloss aus der Halterung und hob den Deckel. Eingeschlagen in Segeltuch, kam eine Kassette aus brüchigem schwarzem Leder zum Vorschein. Vorsichtig stellte Lilienthal sie auf den Boden. Riemeister hockte sich neben ihn. Der Kriminaltechniker betrachtete nachdenklich die Metallkiste.

»Jede Wette …«, murmelte er.

28

15. Februar 1945
Es ist passiert. Harry hat mir aufgelauert. Ich kam aus Giovannis
Zimmer, da stand er vor mir. Kopflos bin ich ins Bad gerannt.
Musste mich übergeben. Später hat mich Giovanni in den Arm
genommen und »Non ti preoccupare« geflüstert. Mach dir keine
Sorgen. Oh mein Gott. Was wird Harry tun?

20. Februar 1945
Heute kam der Brief. Richard Schönburg in soldatischer Pflicht-
erfüllung infolge Artillerie-Geschoss … Verletzung am Kopf …
erlag sofort seinen schweren Verletzungen … »Mutti, warum
weinst du?«, hat Friedrich gefragt. Ich habe ihn in den Arm
genommen, fest gedrückt und geflüstert: »Der Vati ist jetzt im
Himmel. Er passt von dort auf dich auf.«
»Aber Onkel Giovanni passt hier auf uns auf, nicht wahr,
Mutti?«, hat er geantwortet.

Lilienthal trat ans Fenster.

Als er Stetter vorhin mit dem Fund unter den Dielen konfrontiert hatte, hatte der geschwiegen. Sein sonst so rosiges Gesicht, das bei jedem Gast sofort die joviale Maske hervorzaubern
konnte, wirkte eingefallen. Auf Lilienthals Nachfragen hatte
er keine Erklärung abgegeben. Kommentarlos unterschrieb
er die Durchschrift, in der die beschlagnahmten Gegenstände
aufgeführt waren.

In der Dienststelle in Frankfurt hatten sie sich den Inhalt der
Lederkassette angesehen. Wieder Papiere. Soweit Lilienthal das
beurteilen konnte, handelte es sich um Konstruktionszeichnungen. Die Kriminaltechnik sollte alles sichten und gegebenenfalls einen Spezialisten hinzuzuziehen. Aber der Clou kam
zum Schluss. Manni Langer war es aufgefallen. Der Boden der
Metallkiste hatte ein Geheimfach. Einen zweiten Boden. Dort
fanden sie in einem Edelholzfutteral, geölt und in ein sauberes

Tuch eingeschlagen, eine Waffe. Lilienthal hatte ein Kribbeln verspürt. Auch wenn Riemeister nur den Kopf geschüttelt hatte, er fühlte es, der Fund musste etwas mit den Morden zu tun haben. Er holte sich die letzte Flasche Montalcino aus der Küche, goss sein Glas voll und las weiter in den Aufzeichnungen von Elisabeth Schönburg.

13. März 1945
Ich verspreche dir die Treue in guten und in bösen Tagen, in Gesundheit und Krankheit, bis dass der Tod uns scheidet. Dabei schien ihm die Sonne direkt auf die Stirn, als wir uns das Eheversprechen gaben. »Das ist ein Zeichen«, hat der Priester gemurmelt. Giovanni hat heimlich zwei Medaillons anfertigen lassen. Der Pfarrer hat sie gesegnet, wie Eheringe. »Hiermit seid ihr Mann und Frau, mögt ihr in euren Kindern weiterleben und in Frieden glücklich werden.«
Bitte, lieber Gott, so soll es sein, habe ich gedacht. Als wir uns küssten, hat Giovanni die Hand auf meinen Bauch gelegt.

Die letzten Tage waren aufregend. Gerade noch rechtzeitig hat Giovanni unsere Papiere dem Pfarrer nach Neuzelle gebracht. Auch den Brief vom Oberkommando der Wehrmacht mit der Todesanzeige von Richard. Morgen wollen wir nach Berlin. Zur italienischen Botschaft. Giovanni muss sich dort melden. Er will unsere Ehe so schnell wie möglich vor dem Gesetz legitimieren lassen.

29

23. April – Frankfurt (Oder)

»Eine Rarität.« Manni Langers Augen glänzten. »Eine Smith & Wesson Number one. Entwickelt 1857 in Springfield in Massachusetts. Der erste Revolver, der fertige Metallpatronen verschießen konnte. Dazu benötigte man im Gegensatz zu den damals herkömmlichen Perkussionsrevolvern eine komplett durchgebohrte Trommel.«

Liebevoll strich er über den Lauf der Waffe. »Befeuert wird sie mit der 22 short. Eigentlich lautet die richtige Bezeichnung 5,6 x 10 mm R, aber allgemein spricht man nur von 22 short.«

»Und was ist mit den Papieren, die in der Kassette lagen?«, bremste Lilienthal Langers enthusiastischen Redefluss.

»Muss ich noch überprüfen.«

»Hast du schon den Abgleich mit der alten Patrone gemacht?«, fragte ihn Riemeister.

»Was für eine Patrone?«, fragte Langer.

Riemeister schaute Lilienthal an.

»Hast du Manni nicht die Patrone von deiner Mutter gegeben?«

»War bisher für unsere Ermittlungen nicht von Bedeutung«, brummte Lilienthal.

Riemeister zog die Augenbrauen hoch. Lilienthal griff zum Telefon.

»Hast du noch die alte Patrone?«, fragte er seine Mutter, als sie sich meldete.

»Natürlich. Was habt ihr gefunden?«, setzte sie sofort nach.

»Einen alten Revolver.«

»Und wo?«

»Beim Stetter.«

»Wusste ich es doch. Das hängt alles zusammen, Maik.«

Lilienthal verdrehte die Augen. »Ich hole das Teil nachher ab. Wo bist du jetzt?«

»In Neuzelle.« Er hörte es rascheln, dann sagte sie: »Du hast Glück. Ich habe die Patrone dabei. Wir waren beim Bestatter.

Johannes hat für die paar sterblichen Überreste seines Vaters einen massiven Eichensarg ausgesucht. Ich kann die Patrone gleich vorbeibringen.«

»Kann mir mal einer erklären, worum es bei dieser Patrone geht? Soweit ich mich erinnere, wurden unsere Mordopfer nicht erschossen.« Langer saß lässig auf der Schreibtischkante und hatte dem Gespräch zwischen Lilienthal und seiner Mutter zugehört.

»A priori ist das kein Widerspruch«, erklärte Lilienthal. »Stetter hat ein Motiv, er kennt sich mit Kampfsport aus, und in seinem Geheimversteck finden wir auch noch mysteriöse Unterlagen und eine alte Waffe. Davor haben wir …«

»Deine Mutter«, korrigierte Riemeister.

»… in einem Totenschädel eine alte Patrone entdeckt. Da könnte ein Zusammenhang bestehen.« Er blickte Langer streng an: »Aber bevor du hier festwächst, müssen wir wissen, was das für Zeichnungen sind. *Presto, presto,* mein Lieber.«

Langer erhob sich. »Immer diese Hektik«, brummte er.

Als er den Raum verlassen hatte, fragte Lilienthal leise: »Hast du heute Abend was vor?«

Riemeister senkte den Blick, flüsterte: »Ich habe in den letzten Stunden viel über uns nachgedacht. Passen wir eigentlich zusammen?«

Er sprang auf. Ging zu ihr. »Ich hab mich blöd angestellt. Ich weiß. Aber … so schnell kannst du uns doch nicht aufgeben«, flüsterte er. Behutsam zog er sie hoch, nahm sie in seine Arme. Sie lehnte ihren Kopf an seine Schulter. So standen sie eine kleine Ewigkeit. Er spürte ihren Atem. Seine Lippen berührten ihr Haar. Eine Tür fiel ins Schloss. Erschrocken schob sie ihn weg. Jemand räusperte sich.

»Habt ihr euch gestritten?«, fragte Enne munter. Ohne jede Verlegenheit fummelte sie in den Untiefen ihrer voluminösen schwarzen Umhängetasche und murmelte: »Vorhin habe ich es doch noch gehabt.« Nacheinander zog sie ein Portemonnaie, mehrere Packungen Tempo-Tücher, eine Schachtel Aspirin, einen Kamm, Lippenstift und ein Brillenetui heraus und warf alles achtlos auf den Tisch. Lilienthal wurde den Verdacht nicht los, dass seine Mutter das alles inszenierte, um seine und Riemeisters Verlegenheit zu überspielen. »Hier!« Triumphierend zog sie eine kleine Plastiktüte hervor und gab sie ihm. Die anderen Sachen schob sie wieder in ihr Taschenungetüm. »Wo ist denn der Revolver?«, fragte sie neugierig.

Lilienthal deutete hinüber zum kleinen Besprechungstisch, auf dem das Edelholzfutteral lag.

Enne ließ sich in einen Besucherstuhl fallen. »Gott, bin ich froh, hier zu sein«, seufzte sie theatralisch. »Johannes ist völlig durch den Wind. Er will die Überreste seines Vaters zusammen mit Friedrich im Familiengrab der Schönburgs auf dem Bornstedter Friedhof beisetzen lassen. Na, das wird was werden.« Sie kicherte. »Um Friedrichs Beerdigung macht die Brandenburger CDU jetzt schon ein Riesenbohei, und wenn dann noch der andere Sarg dazukommt …?« Sie verdrehte die Augen.

»Ach übrigens, vorhin habe ich zufällig ein Gespräch zwischen Gruber und seiner Stellvertreterin mitbekommen. Kerstin Lubbien heißt sie. Sie hat von einer alten Tante, die in Bad Saarow lebt, erzählt. Interessant daran ist, Claus Stetter finanziert die Kosten für das Heim. Scheint eine Edelherberge zu sein. Später hat mir Gruber vertraulich gesagt, dass der alte Stetter und diese Tante ein Paar waren. Stetters Mutter soll früh verstorben sein.«

»Geht es Frau Lubbien wieder besser?«, unterbrach Riemeister Ennes Redefluss. »Bei meiner Befragung vor ein paar Tagen war sie völlig aufgelöst. Hat nur geweint, brachte kein vernünftiges Wort heraus. Sie muss sehr an dem Pfarrer gehangen haben.«

»Den Schock, dass sie den toten Pfarrer entdeckt hat, scheint sie inzwischen überwunden zu haben«, entgegnete Enne und schaute neugierig das Futteral an. »Darf ich mal?«

Riemeister nickte, bevor Lilienthal Einspruch erheben konnte. Enne nahm den Revolver heraus.

Die Tür wurde aufgerissen. Langer stürmte herein. Ungehalten blickte er auf den Revolver in Ennes Hand. Sie wollte ihn gerade wieder zurück ins Futteral legen, hielt dann aber plötzlich inne. Legte die Waffe auf die Tischplatte, nahm das Futteral hoch und schaute sich aufmerksam das Innenfutter an. »Gute alte Handwerksarbeit«, murmelte sie. Sie setzte ihre Brille auf und betrachtete eingehend den Stoff. Langer trat neben sie. »Hier«, sagte Enne, »sehen Sie, die Naht.«

30

23. April – Frankfurt (Oder)

Kalumet lehnte lässig an einem Pappelstamm, die Hände in seiner hellen Cordhose vergraben. Er trug einen dunkelblauen Kapuzenpulli mit dem Viadrina-Siegel. Lilienthal stand mit verschränkten Armen neben ihm und blickte auf das silbrig graue rastlos dahinfließende Wasser des Flusses. Sie hatten sich auf Ziegenwerder getroffen, einer Naturinsel zwischen alter und neuer Oder, über die man über eine Bogenbrücke von Frankfurt aus gelangte. Gegenüber, auf der polnischen Seite, drängten sich die Häuser von Slubice, bis 1945 die Dammvorstadt von Frankfurt im Lebuser Land.

»Der Schönburg hat nichts anbrennen lassen«, berichtete Kalumet. Er hatte Lilienthal angerufen und um ein Treffen gebeten. Sie hatten vereinbart, dass er zum jetzigen Zeitpunkt so wenig wie möglich im Frankfurter Präsidium auftauchen sollte.

»Hast du Heikes Schwester Maren getroffen?«

»Nein, sie war heute nicht in der Uni, weil sie kurzfristig nach Berlin musste. Ich ruf sie nachher an.« Kalumet zog einen Zettel aus der Tasche, faltete ihn auseinander und blickte kurz darauf. »Im letzten Semester soll Schönburg ein heftiges Verhältnis mit einer Studentin von der Juristischen Fakultät gehabt haben. Franziska Jörges. Die habe ich auf dem Campus gesprochen. Schön wie Schneewittchen, aber kalt wie eine Gefriertruhe. Schönburg wäre nur eine Episode für sie gewesen und über Vergangenes würde sie nicht reden, war ihr Kommentar. Da hat auch meine Verkleidung nicht geholfen, mehr aus ihr herauszulocken.« Kalumet wies mit dem Kinn auf seinen Pulli.

»Ich dachte schon, du hättest dich wieder immatrikuliert. Gebrauchen könntest du es ja.«

Kalumet ließ Lilienthals Bemerkung unkommentiert.

»Schönburgs Sekretärin, Ines Seidel, rundlich wie ein Bratklops, eher nicht mein Typ, aber ich habe mein Bestes gegeben.«

»Sehr löblich«, kommentierte Lilienthal.

»Die ist ihm immer noch treu ergeben. Deshalb rückte sie erst nicht mit der Sprache heraus. Ich glaube, die war auch verknallt in ihn. Zuerst versuchte sie mich abzulenken und erzählte, dass Frankfurt auch ›Kleiststadt‹ als Zusatz im Stadtnamen führen würde.«

»Die alte Alma Mater hatte jede Menge prominenter Studenten. Alexander und Wilhelm von Humboldt haben eine Zeit lang an der Viadrina studiert, ebenso Carl Philipp Emanuel Bach. Nicht nur Heinrich von Kleist«, dozierte Lilienthal wie ein Stadtführer.

»Schwer beeindruckt, Chef.« Kalumet verdrehte die Augen. »Aber Geschichtskenntnisse allein reichen nicht immer. Nur mit meinem unwiderstehlichen Charme habe ich Ines zum Reden gebracht.«

»Angeber«, brummte Lilienthal.

Kalumet grinste. »Ich habe erwähnt, dass wir in Potsdam dringend eine Sekretärin brauchen würden. Da wurde sie gesprächig. Sie will weg, jetzt, nachdem der Professor tot ist. Am liebsten nach Berlin, aber Potsdam wäre auch nicht schlecht, hat sie durchklingen lassen. Ich hab sie in die Mensa im Collegium Polonicum auf einen Kaffee eingeladen. Danach sprudelte sie auf einmal vor Mitteilungsbedürfnis. Vor der Franziska hatte Schönburg ein Verhältnis mit einer polnischen Studentin. Jolanta Kratscyk. Aber die absolviert inzwischen ihr Auslandssemester in Boston und scheidet daher aus. Dann war da auch mal eine Kollegin, Dr. Mitchum, ihr Mann ist Brite. Aber die arbeitet seit einem halben Jahr in Berlin in einem Ministerium. Anscheinend hatte er in der letzten Zeit keine Neue. Aber als er mit der Jörges liiert war, muss er zweigleisig gefahren sein. Keine Jungsche, laut Ines. Sie nimmt an, dass es jemand aus Potsdam war. Der Schönburg hatte ihr gegenüber mal eine Andeutung gemacht.« Kalumet faltete den Zettel wieder zusammen und steckte ihn ein.

Lilienthal bückte sich, hob einen kleinen flachen Stein auf und warf ihn über das Wasser. Der Stein sprang einmal über die Wellen und versank dann in den Fluten. »Finde raus, wer das in Potsdam gewesen sein soll. Hat die Seidel von irgendwelchen Eifersuchtsattacken zwischen den vielen Damen berichtet?«

»Wollte ich auch wissen. Nein, der Typ muss wirklich Chuzpe gehabt haben.«

Lilienthal wischte sich den Sand von den Fingern. »Stetter ist für mich unser Mann. Er hat alles, was wir brauchen: Motiv, Zeit und Ort. Morgen früh vernehme ich ihn. Halte dich zur Verfügung.«

31

24. April – Potsdam und Frankfurt (Oder)

14. März 1945
Sie haben Giovanni geholt.
Oh mein Geliebter, werde ich dich je wiedersehen? Ich verstehe
es nicht. Warum? Was hast du ihnen getan? Diese Bestien!

Wir wollten gerade los. Hatte ein paar Sachen im Handwagen
verstaut. Obendrauf saß Friedrich, in eine Decke gehüllt. Da
standen sie plötzlich vor uns in ihren schwarzen Uniformen.
Sie stießen Giovanni ins Auto. Ich rannte hinterher und habe
geschrien: »Was wollen Sie von ihm?« Einer hat sich aus dem
Fenster gelehnt und gebrüllt: »Ruhe, sonst nehmen wir Sie
gleich mit!« Das Auto fuhr weg. Ich konnte mich nicht rühren,
war wie gelähmt. Friedrich weinte. Dann kam Harry und hat
uns zurück ins Haus geführt. Ich habe das Kind unter meinem
Herzen gespürt. Zum ersten Mal.

Lilienthal legte das Tagebuch zur Seite. Susanne lag neben ihm.
Er betrachtete sie. Sie lächelte im Schlaf. Er unterdrückte den
Wunsch, sie zu berühren, wollte sie nicht wecken.

Susanne hatte vor dem Bildschirm gesessen und recherchiert,
als er von seinem Gespräch mit Kalumet zurückgekommen war
und das wenige zusammenfasste, was dieser berichtet hatte.
Danach waren sie nach Potsdam gefahren und hatten im »Pfeffer
und Salz« in der Brandenburger Straße Gnocchi mit Cherry-
tomaten, Mangold, Pinienkernen und Ricotta gegessen und
dazu einen roten italienischen Landwein getrunken. Später
auf dem Nachhauseweg hatte Susanne die Arme um ihn geschlungen. Es war kühl, und in der klaren Nacht hatten helle
Pünktchen, Sterne aus weit entfernten Galaxien, über ihnen
geleuchtet. Hand in Hand waren sie zu seiner Wohnung gegangen. Im schmalen Treppenhaus, als sie sich an ihn schmiegte,
hatte er sein Verlangen kaum noch zügeln können.

Sie hatten sich geliebt, kaum dass die Tür hinter ihnen ins

Schloss gefallen war. Wie ausgehungert und leidenschaftlich, später dann zum zweiten Mal in seinem Bett behutsamer, zärtlicher. Ist das Liebe?, fragte er sich.

Das Innenfutter des Pistolenfutterals war geöffnet und später wieder wenig akkurat zugenäht worden, da waren sich Manni Langer und seine Mutter einig gewesen. Der Kriminaltechniker hatte den Filz gelöst, aber außer einem kleinen Fetzen Papier nichts gefunden. Lilienthal hatte innerlich aufgeatmet. Falls dort wirklich etwas versteckt worden wäre, hätten Langer und er ziemlich alt ausgesehen. Seine Mutter hatte ein beinahe übernatürliches Gespür für solche Dinge. Früher hatte er das bewundert, aber jetzt, in diesem konkreten Fall, ging es ihm gehörig auf die Nerven.

Enttäuscht war sie zurück nach Neuzelle gefahren. Hatte vorher noch gesagt, dass Johannes wahrscheinlich wieder stundenlang vor dem Kindheit-Jesu-Altar in der Stiftskirche sitzen würde und sie ihn in seinem jetzigen Gemütszustand nicht allein lassen wollte. Auch hätte er ein Zimmer im Hotel »Prinz Albrecht« reserviert. Bahnte sich zwischen den beiden etwas an?, überlegte Lilienthal.

Zum verabredeten Termin am nächsten Morgen kam Stetter mit seinem Anwalt. Dr. Jordan, mittelgroß, gertenschlank und unnatürlich braun gebrannt, legte sofort Beschwerde gegen die ermittelnde Behörde ein, wegen unrechtmäßiger Beschlagnahme einer Metallkiste nebst Inhalt.

Lilienthal verwies auf Paragraf 108 StPO, dass Zufallsfunde auch beschlagnahmt werden können, die auf andere Straftaten hinweisen als die, die der Genehmigung der Durchsuchung zugrunde lagen.

Jordan behielt sich Weiteres vor.

Wahrscheinlich auch so ein Golf-Fuzzi, dachte Lilienthal. Vor ihm lag der Bericht der kriminaltechnischen Untersuchung. »Sieht nicht gut für Sie aus, Herr Stetter«, eröffnete Lilienthal.

»Einspruch«, krähte der Anwalt.

Lilienthal winkte müde ab. »Lassen Sie das Theater, Herr

Dr. Jordan. Wir sind hier nicht im Fernsehen.« Er wandte sich an Stetter. »Weshalb haben Sie die alte Waffe so aufwendig versteckt?«

Stetter, die Arme verschränkt, mit hochmütig erhobenem Kinn, schwieg.

»Jeder Bürger kann in seinen eigenen vier Wänden Dinge aufbewahren, die nicht sofort jedem zugänglich sind«, erklärte Jordan salbungsvoll. »Was werfen Sie meinem Mandanten eigentlich vor?«

»Wir haben eine alte Patrone gefunden.«

»Sind Sie unter die Archäologen gegangen?«, fragte Stetter süffisant.

»Wir haben einen Abgleich von der Patrone mit Ihrer Pistole gemacht. Und raten Sie mal, was wir herausgefunden haben?« Lilienthal wippte vergnügt auf seinem Stuhl vor und zurück.

Stetter gab sich desinteressiert.

»Mit Ihrem Revolver wurde in den letzten Kriegstagen geschossen. Die Patrone steckte in einem Totenschädel, Herr Stetter. Jemand wurde erschossen. Und zwar heimtückisch von hinten.« Lilienthal machte eine Pause. »Das Opfer war jemand aus der Familie Schönburg.«

»Und was habe ich damit zu tun?«

»Ich denke, eine ganze Menge, Herr Stetter. Professor Schönburg ist dahintergekommen. Hat es Ihnen auf den Kopf hin zugesagt. Darum haben Sie ihn umgebracht.«

»Ihre Phantasie möchte ich haben«, höhnte Stetter.

Lilienthal blätterte in der Akte, die vor ihm lag. Er zog ein Blatt hervor. »Kennen Sie das?« Stetter sah durch ihn hindurch. »Das ist eine Konstruktionszeichnung.«

Der Anwalt blickte seinen Mandanten erstaunt an.

»Aufgrund dieses Bauplanes wurde die Wieger entwickelt. Eine militärische Handfeuerwaffe aus DDR-Produktion. Sie hatten die Unterlagen in Ihrem Keller versteckt. Warum?«

Stetters Augen glitzerten böse, doch er schwieg.

»Ich werde es Ihnen sagen: In den achtziger Jahren haben Sie Kopien dieser Pläne an die zuständigen DDR-Ministerien übergeben und Ihren Vater als den Erfinder angegeben.«

Stetters Gesichtsfarbe wechselte ins Grau eines Wintertages.

»Aber war es wirklich das Patent Ihres Vaters?« Lilienthal hatte seine Stimme erhoben. »Ich frage mich: Warum haben Sie die Zeichnungen versteckt? Warum die alte Waffe?«

»Was soll das hier? Ist das eine Inquisition?«, fauchte Stetter. »Die Pistole habe ich nach dem Tod meines Vaters gefunden, zusammen mit den Unterlagen«, erklärte er mühsam beherrscht. Doch auf seiner Stirn hatten sich feine Schweißperlen gebildet.

Lilienthal schaute auf das Blatt. »Ach, tatsächlich«, sagte er erstaunt, »hier ist die Unterschrift.« Er legte die Zeichnung auf die Schreibtischplatte. »Hier steht ›Harald Stetter‹.« Er zeigte auf eine Unterschrift am linken Rand.

»Natürlich«, erwiderte Stetter, und Farbe kehrte in sein Gesicht zurück.

»Ich denke, das reicht.« Dr. Jordan schloss demonstrativ seinen Aktenkoffer. »Wenn Sie hier Langeweile haben, dann würde ich Ihnen empfehlen, kümmern Sie sich mehr um die außerordentlich wachsende Grenzkriminalität, Herr Kommissar. Wir gehen. Kommen Sie, Herr Stetter.«

»Hauptkommissar«, verbesserte Lilienthal freundlich. Er deutete auf die Zeichnung. »Nur eine Frage noch: Sagen Sie, Herr Stetter, in welcher Sprache schrieb Ihr Vater?«

Stetter kniff die Augen zusammen. »Ich verstehe Ihre Frage nicht«, sagte er mühsam beherrscht.

Lilienthal schob ihm eine Zeichnung hin. »Man kann es noch erkennen. Jemand hat versucht, die Worte auszuradieren, aber die Zeichen wurden kräftig auf das Papier geschrieben. Hier schauen Sie, ›rinculo‹ steht da, das bedeutet Rückstoß auf Italienisch. Oder hier, das verstehen Sie doch bestimmt: ›due millimetro‹.« Lilienthal lehnte sich zurück. »Das muss Ihr Herr Vater glatt übersehen haben. Peinlich, peinlich.« Er drehte das Blatt um. ›Dottore Giovanni Di Filoni, Marzo 1945‹, las er vor. »Das war der Erfinder. Nicht Harald Stetter. Wir haben diese Unterschrift mit einem kleinen technischen Kniff sichtbar gemacht.«

»Was wollen Sie mir mit diesen alten Geschichten anhängen?« Lilienthal stand auf, trat dicht an Stetter heran. »Dottore Di

Filoni war der Vater von Johannes Schönburg. Er wurde mit dem Revolver Ihres Vaters ermordet.«

Dr. Jordan blickte irritiert von Lilienthal zu Stetter. »Was hat das mit meinem Mandanten zu tun, Herr Hauptkommissar?«

»Für diese Erfindung hat Ihr Mandant den Familienbesitz der Schönburgs als Morgengabe von der damaligen DDR-Führung bekommen. Wäre in den zuständigen Ministerien publik geworden, dass es sich um eine Urkundenfälschung handelte, wäre es aus mit dem Ruhm der Familie Stetter gewesen und der Kaufvertrag für das ›Seeschlösschen‹ nicht mal die Tinte wert. Das wusste Ihr Mandant. Professor Schönburg hat ihn damit konfrontiert. Da sind dem ehrenwerten Herrn Stetter die Sicherungen durchgebrannt.« Lilienthal machte einem uniformierten Beamten neben der Tür ein Zeichen. »Claus Stetter, ich verhafte Sie wegen vorsätzlicher Tötung aus Habgier von Friedrich Schönburg. Abführen.«

32

24. April – Bad Saarow

In letzter Minute hatte Harald Stetter eine Mitfahrgelegenheit auf einem Armeefahrzeug, einem Versorgungs-Lkw, organisiert. Er, Elisabeth und der kleine Friedrich hatten es in letzter Sekunde noch geschafft, aus Fürstenberg zu fliehen. Die Stadt wurde bereits durch die heranrückende Sowjetarmee mit Artilleriefeuer beschossen. Bis nach Potsdam hatten sie sich durchgeschlagen, hatte Johannes, der diese Geschichte sehr gut aus Erzählungen kannte, Enne erzählt. Potsdam war im Laufe des Krieges einseitig zur Lazarettstadt erklärt worden. Die Behörden hatten zu Unrecht gehofft, dass die militärisch bedeutungslose Stadt dadurch von den alliierten Luftangriffen verschont bleiben würde. Luftschutzmaßnahmen waren in der Stadt nur unzureichend durchgeführt worden. In der Berliner Vorstadt, bei Tante Else in einem notdürftig umfunktionierten Keller als Luftschutzraum, hatten seine Mutter und sein Bruder den schweren Luftangriff vom 14. auf den 15. April 1945 erlebt. Ringsherum hatten die Häuser in Flammen gestanden. Nur das Haus von Tante Else war wie durch ein Wunder verschont geblieben.

Auch Friedrich hatte Enne vor einigen Jahren, als sich der Jahrestag im April jährte, davon erzählt. Und zu Ihrem Erstaunen hatte er sich an viele Einzelheiten erinnert, obwohl er damals noch ein kleines Kind gewesen war.

Der 14. April war ein sonniger Frühlingstag. Ich hatte im Garten gespielt, und wir waren spät zu Bett gegangen. Meine Mutter und ich teilten uns ein schmales Lager in der ehemaligen Dienstmädchenkammer in Tante Elses Wohnung. Außer Tante Else wohnte noch Tante Liesl, die aus ihrer Rheinvilla in Köln ausgebombt worden war, und ein Herr Hackbarth dort, eine Einquartierung. Aus den Erzählungen weiß ich, dass es gegen elf Uhr anfing. Zuerst kamen die sogenannten »Christbäume«, Leuchtmittel an kleinen Fallschirmen, die für die nachfolgenden

Bomber die Abwurfstellen kennzeichneten. Dann hörte man auf einmal ein eigenartig schlürfend-saugendes Geräusch, das immer lauter wurde. Gleich darauf ein greller Lichtblitz, der alles ringsherum erhellte. Und dann die Detonation. Ohrenbetäubend. Luftminen, Wohnblockknacker genannt. Die richteten mehr Schaden an als die Sprengbomben.

Weißt du, zur Schreckensbilanz der »Nacht von Potsdam« gehörten über tausendfünfhundert Tote. Die Wohnhäuser in der Potsdamer Innenstadt und in der Berliner Vorstadt waren zu siebenundneunzig Prozent zerstört oder beschädigt worden. Und ganz gezielt wurde die Altstadt bombardiert. In kurzer Zeit warfen die Engländer der Royal Air Force einen Bombenteppich über Potsdam ab. Aber dies erfuhr ich natürlich erst später.

Seit der Wiedervereinigung hatte man in Potsdam mehr als tausendzweihundert Munitionsfunde gezählt, das wusste Enne aus den Medien. Der Großteil der Sprengsätze war amerikanischen Ursprungs, aber auch britische und russische Modelle befanden sich darunter. Bis heute wurden immer wieder Blindgänger, die nicht gezündet hatten, bei Bauarbeiten in der Erde gefunden. Nach beinahe siebzig Jahren waren die Zünder durchgerostet, und die Sprengkörper konnten jederzeit explodieren. Immer wieder mussten Häuser evakuiert, Straßen gesperrt und Bahnlinien unterbrochen werden. Die Räumungen in regelmäßigen Abständen gehörten beinahe zum Potsdamer Alltag. Der Kampfmittelräumdienst würde auch in den kommenden Jahren noch anhand alter Aufnahmen das Stadtgebiet absuchen.

»Wo war denn Stetter, als das passierte?«, hatte sie Johannes gefragt.

»Meine Mutter hat ihn in ihren Erzählungen nie erwähnt.«

Enne hatte Elisabeth Schönburgs Tagebuch in einem Rutsch durchgelesen, bevor Johannes die Aufzeichnungen an Maik weitergab. Sie hatte von Anfang an das unbestimmte Gefühl, dass der alte Stetter mit allem zu tun hatte. Aber was war das Motiv? Und welche Rolle spielte sein Sohn Claus dabei? Im Kommissariat hatte sie von der Lebenspartnerin vom alten Stetter erzählt. Eine ehemalige Lehrerin. Aber weder Maik noch Riemeister waren darauf eingegangen.

Enne setzte den Blinker und bog in die Straße nach Bad Saarow ein.

Die Seniorenresidenz »Waldesruh« war umgeben von hohen alten Eichen und lag direkt am Scharmützelsee. Wer hier seinen Lebensabend verbringen konnte, der musste nicht auf den Euro achten, ging es Enne durch den Kopf, als sie die hohe, lichtdurchflutete Eingangshalle betrat. Ein großer Orientteppich bedeckte die hellen Marmorfliesen. Gegenüber der Rezeption waren mehrere Sessel aus dunkelrotem Damaststoff um einen ovalen Glastisch gruppiert. Enne fragte nach Marie Dielow. Gerade als ihr die junge Rezeptionistin den Weg zu dem Apartment beschrieb, sagte eine Stimme hinter ihr:

»Frau Dielow ist im Garten. Sie hat Besuch.« Eine junge Frau mit straff zurückgebundenen blonden Haaren lächelte Enne freundlich an. »Ich kann Sie gern zu Frau Dielow führen.«

Am schilfbewachsenen Ufer hatte man mehrere Holzbänke aufgestellt.

»Dort, im Rollstuhl, das ist Frau Dielow.« Die Pflegerin deutete auf eine Greisin. Auf einer Holzbank daneben saß eine zweite Frau.

Enne ging hin und stellte sich vor. Die füllige, kräftige Frau mit dem blonden Kurzhaarschnitt auf der Bank erhob sich. Gab der Alten einen Kuss auf die Wange und verabschiedete sich.

Marie Dielow musterte Enne aus ungewöhnlich wachen, klaren Augen. Das weiße Haar trug sie zu einem Dutt am Hinterkopf zusammengesteckt. Eine karierte Wolldecke bedeckte ihre Beine. »Sie haben meine Kerstin erschreckt«, stellte sie fest.

»Das tut mir leid. Ich habe Frau Lubbien vor einigen Tagen in der Klosterkirche getroffen. Die Umstände waren nicht schön. Vielleicht deswegen«, erklärte Enne.

»Meine Nichte hat Schweres durchgemacht. Sie ist ein liebes Mädel. Kümmert sich um mich. Das ist nicht selbstverständlich in dem Alter.« Dielow blickte Enne aufmerksam an. Anscheinend fiel ihr Urteil positiv aus. »Der Glaube gibt ihr Trost«, fuhr sie fort. Es klang wie eine Feststellung. Dann nach einer Pause: »Ich halte nicht viel davon. Religion ist Opium fürs Volk, das hat schon Karl Marx gesagt. Aber wenn es ihr hilft?«

»Ich dachte, der Spruch käme von Lenin«, erwiderte Enne.

»›Der Mensch macht die Religion, die Religion macht nicht den Menschen‹, auch von Marx«, erwiderte Dielow. »Lenin hat Marx interpretiert«, erklärte sie mit einem spöttischen Lächeln. »Eine Religion, die von all denen, die ein Leben lang Not leiden mussten, Demut verlangt, nur mit der Hoffnung auf einen himmlischen Lohn?« Dielow lachte trocken auf. »Da dreht sich mir der Magen um. Ich habe zu viel erlebt. Das meiste war nicht schön. Kein Tier übertrifft den Menschen an Bosheit.«

»Im Grunde stimme ich mit Ihnen überein«, meinte Enne. »Aber wer will schon in einer total entzauberten Welt leben? Ein alter katholischer Pfarrer in einem kleinen Dorf in Oberbayern, mit dem ich als Studentin während der Semesterferien lange und heftig über den Glauben diskutierte, hat es für mich auf den Punkt gebracht. Er sagte: ›Glaube ist ein Mysterium. Entweder der Mensch kann glauben, oder er zweifelt.‹ Ich gehöre zu der zweiten Kategorie. Aber die erste macht das Leben leichter, finden Sie nicht auch?«

»Mein Weltbild hat der Kommunismus geprägt«, erwiderte Dielow. »In der kommunistischen Lehre, wie im urchristlichen Sinn, wird der einfache Mensch mit seinen elementaren Bedürfnissen in den Mittelpunkt gestellt. Aber dann«, sie blickte auf ihre Hände – alte Hände, die Haut wie Pergament, mit dunklen Altersflecken, durch die die Adern schimmerten –, »habe ich bittere Erfahrungen machen müssen.«

Auf dem See tuckerte ein kleiner Ausflugsdampfer. Einige der Touristen an Deck winkten zu ihnen herüber. Ein Schwanenpaar schwamm gemächlich hintereinander auf den sandigen Uferstreifen zu, wo sich die Äste der alten Eichen im klaren Wasser spiegelten.

Dielow kräuselte die Lippen. »Vom Kommunismus habe ich mich leichter lösen können als vom Sozialismus der SED.« Sie lachte trocken auf. »Jetzt mangelt es mir an nichts. Ich lebe in einer luxuriösen Umgebung. Und nun erhebe ich mich auch noch über meine Mitmenschen. Das ist es doch, was Sie gerade denken, nicht wahr?«

Enne lächelte. Sie fand es auf eine angenehme Weise seltsam, dass sie sich hier mit einer alten Frau, die sie überhaupt nicht kannte, über ein fundamentales Thema wie den Glauben austauschte.

»Weshalb sind Sie zu mir gekommen?«, fragte Marie Dielow.

»Mein Freund leidet«, antwortete Enne leise. »Sein Bruder wurde vor ein paar Tagen getötet. Jetzt hat er erfahren, dass auch sein leiblicher Vater vor vielen Jahren ermordet wurde. Das ist zu viel auf einmal, finden Sie nicht auch?«

Dielow antwortete nicht. Blickte auf den See.

»Johannes, mein Freund, sitzt stundenlang auf einer Bank in der Neuzeller Klosterkirche. Isst kaum noch etwas. Spricht nicht mit mir. Ich habe Angst, dass er daran zerbricht.« Es blieb still zwischen ihnen. Enne musterte die alte Frau. »Frau Dielow, Sie haben mit Harald Stetter zusammengelebt. Sie haben seinen Sohn Claus aufgezogen. Ich habe gehört, dass Sie ein enges Verhältnis zueinander haben. Er achtet darauf, dass es Ihnen gut geht.«

Dielows Gesicht blieb ausdruckslos.

Attacke, dachte Enne. »Dass Friedrich Schönburg Ansprüche auf den ehemaligen Familienbesitz geltend gemacht hat, das wissen Sie bestimmt. Ich denke, auch über den Rechtsstreit sind Sie informiert. Friedrich Schönburg wurde ermordet.« Enne beugte sich vor. Versuchte, den Blick der alten Frau zu erfassen. »Etwas ist in der Vergangenheit passiert – Sie wissen es.«

Marie Dielow presste die Lippen aufeinander. In den Zweigen über ihnen gurrte eine Taube. »Willst du dir ein hübsch Leben zimmern, musst dich ums Vergangene nicht bekümmern«, sagte die Dielow auf einmal mit harter Stimme. Sie betätigte den Knopf für den Elektromotor ihres Rollstuhls, wendete und fuhr zurück zur Seniorenresidenz.

Enne stand entschlossen auf. Lief hinterher. »Vielleicht möchten Sie zu einem späteren Zeitpunkt mit mir reden, Frau Dielow«, sagte sie, als sie das Gefährt eingeholt hatte.

Die Dielow beachtete sie nicht.

Enne wurde das Herz schwer. Sie dachte an Johannes, der trauerte und grübelte. Sie hatte es vermasselt. »Sie erinnern mich an meine Mutter«, sagte Enne plötzlich zu ihrer eigenen Überraschung. »Wissen Sie, ich habe meine Mutter geliebt und bewundert. Sie war eine kluge Frau, aber wenn ich etwas über ihr Leben während der Nazizeit wissen wollte, dann betrat ich vermintes Gelände. Das war tabu.«

Sie hatten die Auffahrt zum Haus erreicht. Enne holte eine Visitenkarte aus ihrer Tasche und legte sie der alten Frau auf den Schoß. »Sie können mich anrufen, wann immer es Ihnen passt«, sagte sie leise.

Die gläserne Schwingtür öffnete sich, und der Rollstuhl mit seiner Insassin verschwand im Haus.

Enne ging hinaus auf die Straße. Sie hatte die alte Dame nicht aus den Augen gelassen, als sie von Johannes erzählte. Dielow wusste etwas. Wie konnte sie Marie Dielow nur zum Reden bringen?

Enne steuerte ein Café in der Nähe des Kurhauses an. Sie brauchte etwas zur Beruhigung ihrer Nerven. Drinnen duftete es nach Frischgebackenem. Sie setzte sich an einen runden Tisch in der Ecke und bestellte einen Pharisäer.

Am Nachbartisch saß die Rezeptionistin aus dem Seniorenstift. »Frühschicht«, erklärte ihr die junge Frau lächelnd und wies auf den Platz neben sich.

Enne ließ sich nicht zweimal bitten. Ihre Tischnachbarin, pummelig und mit dunklem praktischem Kurzhaarschnitt, war allerhöchstens Anfang zwanzig. Sie komme aus Neuruppin, erzählte sie ihr sofort. Offensichtlich hatte sie noch nicht viele Kontakte in Bad Saarow geschlossen, sprudelte geradezu über mit Geschichten aus dem Seniorenstift. Enne hörte kaum hin, setzte ein interessiertes Lächeln auf, löffelte entschlossen die Sahnehaube auf ihrem Pharisäer auf den Unterteller und verbrannte sich beim ersten Schluck beinahe den Mund an dem heißen Kaffee mit Rum.

»Frau Dielow ist eine von den Netten«, erzählte die junge Frau gerade. »Mit der macht es richtig Spaß, sich zu unterhalten.

Die weiß eine Menge. Na ja, die war früher auch Lehrerin, wissen Sie? Viele reden kaum noch, wenn sie bei uns sind. Manche machen uns das Leben richtig schwer. Sind nie zufrieden, sogar boshaft. Aber die meisten sind ganz nett und so dankbar für alles. Unser Haus gehört ja auch zu den besten in ganz Brandenburg«, fügte sie stolz hinzu.

Enne blickte missmutig in ihren leeren Becher und entschied sich zu einem weiteren Pharisäer.

»Die Frau Dielow hat ein Apartment. Wohn- und Schlafzimmer. Natürlich zur Seeseite. Die kann sich alles leisten. Massagen, Pediküre, Maniküre, jede Woche kommt der Friseur und wäscht ihr die Haare. Es heißt, der Besitzer vom ›Seeschlösschen‹ zahlt das alles. Gesehen habe ich ihn noch nicht. Nur Frau Lubbien, die kommt regelmäßig. Aber in letzter Zeit auch nicht mehr so oft wie früher. Angeblich hat ihr Freund sie sitzen gelassen. Ob die noch mal einen abkriegt? So alt, wie die ist«, fügte sie mit der Überheblichkeit der Jugend hinzu. Sie schob sich den letzten Rest ihres Croissants in den Mund. Dann wischte sie sich die Hände an einer Papierserviette ab und blickte auf die Armbanduhr. »Was, so spät schon?«, rief sie erschrocken. »Ich muss los.«

»Gehen Sie nur. Ich übernehme das hier«, sagte Enne. Die Rezeptionistin bedankte sich überschwänglich und lief zum Ausgang.

33

24. April – Bad Saarow – Niederlausitz

Nach dem dritten Pharisäer fühlte Enne sich besser. Bad Saarow war bekannt für seine heilende Thermalquelle, und von dem Naturmoor-Vollbad hatte ihre Freundin Heidi letztens geschwärmt. Aufgeräumt lief sie zur »Saarow-Therme«. Gerade hatte jemand abgesagt, und sie erhielt sofort einen Termin. Als sie die Tür zur Bäderabteilung öffnete, schlug ihr feuchtwarme Luft entgegen. Sie bekam eine Kabine zugewiesen und entkleidete sich. Danach half ihr eine kräftige Bademeisterin im weißen Kittel und klobigen Gesundheitsschuhen in die Wanne. Den Moorgeruch fand Enne gewöhnungsbedürftig. Heiß umschloss die Masse ihren Körper. Wie eine Moorleiche, dachte sie und unterdrückte ein Kichern. Sie schloss die Augen, versuchte die Gedanken auszublenden. Leise Musik ertönte.

»Handys müssen im gesamten Bäderbereich ausgeschaltet werden«, hörte sie vom Gang her eine mürrische Stimme.

Wie peinlich, das war ja ihr Telefon. Enne rutschte tiefer in die Wanne. Das Läuten hörte nicht auf.

Die Bademeisterin steckte empört den Kopf durch die Tür. »Gehört das Ihnen?«

Enne riss die Augen auf und zauberte ein kindliches Lächeln auf ihr Gesicht. »Nein«, log sie tapfer. Endlich verstummte das Mobiltelefon. Aber ihre Entspannung war verflogen. »Ich glaube, mir bekommt die Wärme nicht«, rief sie und versuchte, sich aus dem Schlamm hochzustemmen.

Die Bademeisterin trat zu ihr und blickte sie prüfend an. »Sie sind ja ganz rot im Gesicht«, sagte sie vorwurfsvoll und schnupperte. »Haben Sie etwa Alkohol getrunken?«

Enne schlug die Augen nieder. Die Bademeisterin blickte sie empört an. Enne fühlte sich wie eine Sechsjährige, die beim Naschen erwischt worden war.

»Davon kann man einen Kreislaufkollaps bekommen«, sagte die Frau streng und führte Enne zur Dusche.

Nachdem sie sich wieder angezogen hatte, fühlte Enne sich

etwas schwindlig. Sie beschloss, sich draußen auf einer Bank im Kurpark ein wenig auszuruhen. Sie zog ihr iPhone heraus. Die Nummer auf dem Display war ihr unbekannt. Wenn es wichtig wäre, würde sich derjenige sicher wieder melden. Sie fummelte eine zerdrückte Packung Zigarillos aus ihrer Handtasche. Nahm einen heraus und zündete ihn an. Inhalierte tief den Rauch. Im Augenblick hatte sie die Nase gestrichen voll von dieser ganzen Ermittlung. Sie war pensioniert. Sollten sich doch andere um die Gerechtigkeit in dieser Welt kümmern. Johannes ging es nicht gut. Das hatte Priorität. Das war sie auch Friedrich schuldig.

Noch vor ein paar Tagen hatte sie vorgehabt, nach Sizilien zu fliegen, um die Pracht der blühenden Mandelbäume zu bewundern. Die Hügel und Hänge waren dann über und über mit Frühlingsblumen bedeckt. Von Taormina aus konnte man den schneebedeckten Ätna sehen, über dem sogar bei blauem Himmel immer ein paar Rauchwölkchen schwebten. Voriges Jahr war sie für zwei Wochen dort gewesen.

Vitello tonnato, Spaghetti alla puttanesca und ein hochgewachsener schlanker Mann mit dunklem gelocktem Haar drängten sich in ihre Gedanken: Sebastiano. Er hatte ihre Vorliebe für gotische Kirchen geteilt. Aus der flüchtigen Bekanntschaft war eine leidenschaftliche Romanze geworden, mit allem, was dazugehört. Und das in ihrem Alter. Zurück in Deutschland, entschied sie, dass eine Fortsetzung im besten Fall nur Ernüchterung bringen würde. Enttäuschungen konnte sie in ihrem Alter nicht mehr gebrauchen. Sie atmete tief ein und lächelte. Aber herrlich war es doch gewesen. Sie drückte den Zigarillo aus und verwahrte den Stummel in einem tragbaren Aschenbecher. Dann lief sie zu ihrem Auto und fuhr gemächlich Richtung Neuzelle.

★★★

Lilienthal war gut gelaunt. Endlich zeichnete sich ein Erfolg ab. Es war Mittagszeit. Riemeister wollte kurz in ihre Wohnung fahren. Er verspürte Hunger. Sie hatte ihm einen Gasthof nicht weit entfernt empfohlen. Richtiges Wiener Schnitzel aus Kalbfleisch gäbe es dort. Das hatte er sich verdient.

Alles war gut. Stetter saß in U-Haft. Susanne und er wagten einen neuen Anfang. Nur seine Mutter tat ihm ein bisschen leid. Sie wurde nicht damit fertig, nicht mehr die Nummer eins im Landeskriminalamt Berlin zu sein. Wie hatten ihre Augen geleuchtet, als sie nach Frankfurt kam und ihnen die Patrone gebracht hatte.

Seit dem letzten Fall, einer verstümmelten Leiche auf dem Stahnsdorfer Südwestkirchhof, hatte sie sich hektisch bemüht, andere Interessen aufzubauen: Seniorensport, vietnamesisch kochen, sogar für ein Semester Frühgeschichte an der Potsdamer Uni hatte sie sich eingeschrieben, aber nichts davon konnte sie begeistern. Auch nach einem Golf-Schnupperkurs hatte sie ihm nur von blasierten Alten auf dem Green erzählt, die nichts mehr mit sich anzufangen wussten. Sie kam nicht klar mit ihrem Ruhestand. Aber wie konnte er ihr helfen? Und wenn er ganz ehrlich zu sich selbst war, er wollte es auch gar nicht. Er liebte sie, natürlich, sie war seine Mutter, aber er wollte auch sein eigenes Leben leben.

Lilienthal bog ab und fuhr auf eine schmale, an beiden Seiten mit Obstbäumen gesäumte Landstraße. Ein schwarzer Jeep überholte ihn, wechselte scharf auf die rechte Spur. Lilienthal trat fluchend auf die Bremse, zog rüber und setzte zum Überholen an. Sofort zog der Jeep nach. Lilienthal starrte auf das Nummernschild. Das Kennzeichen war mit Schmutz überzogen, nicht erkennbar.

Besoffen?, dachte er wütend. Vor ihm tanzte der Jeep zurück nach rechts. Lilienthal korrigierte, riss das Lenkrad zur anderen Seite. Die Straße knickte ab zu einer scharfen Rechtskurve. Der im Jeep gab Gas, stoppte mit kreischenden Bremsen und riss den Wagen herum, sodass er quer zur Fahrbahn zum Stehen kam. Lilienthal stieg auf die Bremse. Der Fuß schien ihm durch das Blech zu stoßen. Sein alter Jaguar schepperte, rutschte und kam wenige Zentimeter vor dem anderen Auto zum Stehen.

Lilienthal stieß die Tür auf und sprang heraus. Vage bemerkte er einen Schatten. Sein Kopf wurde nach hinten gerissen, und jemand trat ihm mit voller Wucht in den Rücken. Er stürzte auf die Knie, instinktiv wollte er sich wegrollen. Die Hände wurden ihm, noch bevor er dazu ansetzen konnte, nach hinten gezogen. Scharf schnitt etwas in seine Handgelenke. Kabelbinder, dachte er. Man stülpte ihm einen Sack über den Kopf, und er wurde unsanft hochgerissen und vorwärtsgestoßen. Er stolperte, biss sich auf die Lippen. Schluckte den Schmerz runter.

»Jetz musste aba janz tapfer sein, Männekin«, hörte er eine Stimme, dann verschwamm alles vor seinen Augen.

Er hatte jegliches Zeitgefühl verloren. Zwielicht umgab ihn. Es roch nach fauligem Stroh. Vor seinen Augen lag ein Schleier. Undeutlich machte er über sich rohe Bretter aus. Wie lange lag er hier schon? Er wandte den Kopf. Wie bei einem Kettenkarussell drehte sich alles in immer schnellerer Reihenfolge. Magensaft stieg in seiner Kehle hoch. Er kniff die Lider zusammen, atmete tief ein und aus. In seinem Kopf erklang das Unisono-Motiv der Celli und Kontrabässe im Pianissimo, endend auf dem Dominantton Fis. Wie eine Frage. Der erste Satz der »Unvollendeten« von Franz Schubert. Was wollten sie von ihm? Wie als Erwiderung hörte er die düster klingende Sechzehntelbewegung der Violinen, über der das Hauptthema in der Oboe und der Klarinette erklang. Jede Frage bekommt eine Antwort, dachte er, dann fiel er zurück in die Dunkelheit.

34

24. April – Neuzelle

Johannes war nicht im »Prinz Albrecht«. Enne umrundete eine Reisegruppe, die es im Fotografieren zur Weltmeisterschaft bringen wollte. Sie betrat die Klosterkirche und schaute sich um, aber auch da war Johannes nicht. Gruber?, überlegte sie. Für die Beerdigung waren noch jede Menge Formalitäten zu erledigen.

Grubers Gesicht wirkte wie bei »Wer wird Millionär?«, wenn man es bei der Fünfzig-Euro-Frage vermasselte. Vor ihm lag ein Stapel Papiere. Ungeduldig schob er alles zur Seite, als sie ihn nach Johannes Schönburg fragte. Nein, er habe ihn heute noch nicht gesehen. Außerdem sei er in Eile. Frau Lubbien, seine Vertretung, hatte in letzter Minute abgesagt. Und er müsse auch gleich weg, wegen Familienangelegenheiten.

Dass sie Lubbien vorhin bei der alten Marie Dielow gesehen hatte, erwähnte Enne nicht. Gruber war schon verschnupft genug.

Einem Impuls folgend schloss sie sich der Reisegruppe an, die in die Kreuzkirche ging.

»An dieser Stelle dürfte seit 1354 eine kleine Pfortenkapelle gestanden haben, die dem heiligen Ägidius geweiht war«, erzählte anschaulich die sympathische Fremdenführerin mit dem kurzen Bubikopf. »1728 hat man mit dem Bau der Kreuzkirche begonnen. Abt Martinus Graff, aufgewachsen im Klosterdorf Wellmitz, lag der Neubau eines Gotteshauses für die Gemeinden im Klosterbezirk besonders am Herzen, zumal die Pfarrkirchen in den Klosterdörfern inzwischen fast alle evangelisch geworden waren. Nach der Klosteraufhebung 1817 wurde die Kreuzkirche zur Pfarrkirche der evangelischen Kirchengemeinde. Die katholische Ausstattung blieb nach der Umwidmung jedoch weitgehend erhalten.«

Enne setzte sich weit nach hinten auf eine der kunstvoll geschnitzten Kirchenbänke. Auch nett, dachte sie voller Ironie. Wie sie hier so saß, die Frau von Lilienthal, und sich die Geschichte der Kirche anhörte. Aber die Frage war, was machte sie eigentlich hier? Ihr Freund Johannes war verschwunden und hatte sich nicht bei ihr gemeldet. Und sie krakeelte durch die Gegend, machte die Pferde scheu. Dabei war ihr Sohn der ermittelnde Kommissar. Das beste Beispiel war ihr Besuch vorhin bei Marie Dielow. Was hatte sie sich davon erhofft? Dass sie hinter ein Geheimnis kommen würde? Und wenn ja, was bewog sie dazu? Maik etwas zu beweisen? Empört schob sie sofort den Gedanken von sich. Aber ein Körnchen Wahrheit steckte darin.

Sie fröstelte. Ja, sie wollte mitspielen. Immer noch. Peinlich, aber wahr. Sie blickte nach vorn in die barocke Pracht. Atmete durch und setzte sich aufrecht. So konnte es nicht weitergehen. Ab jetzt würde sie die Finger von dem Fall lassen. Den Abend wollte sie noch mit Johannes verbringen, falls sie ihn heute überhaupt noch mal zu Gesicht bekäme, und dann wäre sie weg. Vielleicht an die Amalfiküste. Zu der Jahreszeit blühten dort die Zitronenbäume. »Positano, Ravello«, flüsterte sie. Allein beim Klang der Namen spürte sie, wie ihre Lebensgeister zurückkehrten. Entschlossen stand sie auf. Ihr Handy klingelte.

»Wir haben Claus Stetter verhaftet«, meldete sich Riemeister. »Haben Sie inzwischen mit der Lebenspartnerin vom alten Stetter gesprochen?« Dann hatte Maiks Kollegin ihr heute Morgen doch genau zugehört, dachte Enne erfreut.

»Ja, ich war bei Marie Dielow, habe aber leider nichts erfahren.«

»Hat Maik Sie angerufen?«

»Nein. Warum?«

»Ach, ist nicht so wichtig. Und danke, dass Sie bei der Dielow waren«, sagte Riemeister und beendete die Verbindung.

Was sollte das denn sein?, überlegte Enne. Riemeister hatte sie offensichtlich nur angerufen, um nachzufragen, ob sich Maik bei ihr gemeldet hatte. Enne fiel der verpasste Anruf von vorhin ein. Sie rief die Nummer auf und drückte auf Wahlwiederholung.

»Ja?«, meldete sich eine Frauenstimme.

»Lilienthal, Sie hatten mich angerufen?«

Einen Moment lang blieb es still.

»Tante Mariechen will Sie sprechen«, sagte Kerstin Lubbien.

35

»Ein Hakenkreuz?«, Kalumet bemühte sich nach Riemeisters Information, ruhig zu bleiben. Seit den NSU-Morden wurde jeder bei der Kripo hellhörig, wenn es um rechtsradikale Straftaten ging. »Dass die Sportschule eine Tarnorganisation der Rechten ist, wusstet ihr doch seit Hähnleins Ermordung schon. Und wenn Lilienthals Auto beschmiert wurde, dann ist das kein Minimaldelikt. Und auf seinem iPhone meldet sich nur die Mailbox?«

Riemeister nickte.

»Wie lange vermisst du ihn schon?«

»Seit circa vier Stunden«, murmelte Riemeister. »Vorhin habe ich einen Streifenwagen zu dem Gasthof hingeschickt, den ich ihm empfohlen hatte. Er war gar nicht dort, hat mir der wachhabende Kollege durchgegeben.«

»Wir fahren die Strecke ab«, erwiderte Kalumet schroff.

Riemeister fuhr im Schneckentempo. Kalumet, vorgebeugt, starrte durch die Windschutzscheibe. Nur wenige Autos kamen ihnen entgegen.

»Wir müssen Körner informieren. Das ist nicht Maiks Art, einfach so zu verschwinden und niemanden zu informieren.«

Riemeister antwortete nicht. Beobachtete die Umgebung.

»Stopp«, rief Kalumet plötzlich. Sie trat auf die Bremse. Er sprang aus dem Auto und starrte auf den Asphalt. »Hier sind Bremsspuren«, informierte er sie. Auf dem Randstreifen war das Gras an einigen Stellen platt gedrückt. Sie schauten sich um. Die typische Landschaft der Niederlausitz. Sanfte hügelige Wiesen, unterbrochen von vereinzelten Baumgruppen. Weit und breit kein Haus. Riemeister telefonierte mit der Einsatzzentrale. Kalumet ging weiter. Folgte einer kaum erkennbaren Spur durch das feuchte Gras.

★★★

»Wer sind Sie denn?«

Lilienthal öffnete träge die Augen, versuchte den Kopf zu heben. Säuerlich stieg der Magensaft in seiner Kehle hoch. Er schluckte krampfhaft, versuchte den Brechreiz zu unterdrücken. Vor ihm stand ein Zwei-Meter-Mann. Die kurz geschnittene fahle Igelfrisur ließ seine ungewöhnlichen Segelohren besonders hervortreten.

»Besoffen, was?«

Lilienthal konnte nicht antworten, nahm alle Kraft zusammen, drehte sich unbeholfen auf die Seite und stemmte sich hoch. Er schloss die Augen. Atmete tief ein und versuchte den Brechreiz zu ignorieren. Als er aufstand, taumelte er und stützte sich an der Wand ab. »Wo bin ich?«

»Im ›Adlon‹, oder wonach sieht das hier aus?«, knurrte sein Gegenüber.

Lilienthal bemerkte erst jetzt den stechenden Geruch nach Fäkalien. Auf dem Boden lag verstreut schmuddeliges Stroh. Er tastete in seine Jackentasche. Portemonnaie, iPhone, Schlüssel, alles war noch da. Auch sein Polizeiausweis in der Innentasche. Er hielt ihm den Mann hin.

Der nahm das Dokument, ging zu dem einzigen kleinen, verdreckten Fenster und knurrte dann: »Ist der echt?« Er gab Lilienthal den Ausweis zurück. »Und was machen Sie in meinem Schafstall?«

»Schafe zählen, oder wie sieht das hier für Sie aus?« Lilienthal ging der Ton des anderen auf die Nerven. Er machte einen Schritt auf ihn zu, aber seine Beine versagten ihm den Dienst. Halt suchend griff er nach einem Pfosten, der sich neben ihm befand. Der Schafzüchter stand breitbeinig vor ihm. »Unterlassene Hilfeleistung ist eine Straftat«, keuchte Lilienthal.

»Wie jetzt«, höhnte der Bauer. »Andersrum wird ein Schuh draus. Meinen Traktor haben die gestohlen. Letzte Woche erst. Wo waren Sie denn da? Die Polizei, dein Freund und Helfer. Schreien könnt ich, so 'nen Hals hab ich.« Wütend drehte er sich um und deutete hinaus: »Und die alte Karre da draußen? Gehört die Ihnen?«

Lilienthal taumelte zum Fenster. Unter dichtem Gestrüpp

ragte ein dunkelgrüner Kotflügel hervor. Er schob seinen Ärmel hoch und schaute auf die Armbanduhr. Vier Stunden waren beinahe vergangen, seit er von der Dienststelle losgefahren war. Er ignorierte den Landwirt und ging mühsam das Gleichgewicht bewahrend durch die Stalltür hinaus. Den Jaguar hatte man so hinter eine Hecke geschoben, dass er kaum zu sehen war. Lilienthal schob die Zweige zur Seite, öffnete die Tür. Das helle Lederpolster des Beifahrersitzes war mit schwarzer Farbe verschmiert. Das Handschuhfach stand offen. Das Adressbuch war weg. Verdammt, dachte er, mein Fehler.

Der Bauer war ihm gefolgt, schaute in den Innenraum. Als er die Schmiererei auf dem Sitz sah, blickte er sich furchtsam um: »Verschwinden Sie, Mann, mit denen will ich nichts zu tun haben.«

»Wen meinen Sie?« Aber Lilienthal kannte bereits die Antwort.

»Die Faschos, wen denn sonst?« Der Bauer spuckte aus. »Aber ihr in Potsdam habt ja was Besseres zu tun, als sich hier um das Gesocks zu kümmern. Euer Flughafen ist euch allemal wichtiger.«

Lilienthal, dem es langsam besser ging, drehte sich zu dem Bauern um: »Jetzt raten Sie mal, warum ich hier bin?«

Der andere blies die Backen auf. »Wer's glaubt, wird selig.«

★★★

»Selig sind die Sanftmütigen, gelle?« Kalumet, die Pistole im Anschlag, tauchte hinter der Hecke auf. Er zückte seinen Polizeiausweis und hielt ihn dem Bauer entgegen.

»Dass du dich aber auch überall herumtreiben musst, Leochen«, lächelte ihn Lilienthal schief an.

»Du wirst noch gebraucht, Chef. Alles in Ordnung so weit?« Lilienthal nickte.

Der Bauer hatte seine Fassung wiedergewonnen. »Ich will hier keinen Ärger. Gesehen habe ich auch nichts. Und jetzt verlassen Sie meine Weide. Die Schafe kommen heute Abend in den Stall.« Sprach's und stapfte davon.

Missbilligend betrachtete Kalumet Lilienthal: »Irgendwie hatte ich dich anders in Erinnerung.«

Lilienthal blickte an sich herunter. Sein Hemd hing aus der Jeans, an der Strohhalme und Schmutz hafteten.

»Und gerochen hast du auch schon besser.«

Lilienthal rieb sich mit beiden Händen die Schläfen. Ihm war immer noch elend. Als Riemeister Lilienthal zusammen mit Kalumet hinter den Büschen hervortreten sah, war sie auf ihn zugelaufen, dann aber abrupt stehen geblieben. Rechtzeitig war ihr noch eingefallen, dass sie auch die Kollegen des Einsatzfahrzeugs im Blick hatten. Zurück im Kommissariat, hatte sie Enderlein gerufen. Was bei Lilienthal auf heftigen Protest stieß.

»Trichlormethan, besser bekannt als Chloroform, würde ich tippen, wenn ich Sie mir so ansehe, Herr Hauptkommissar«, hatte Enderlein nach einer kurzen Untersuchung und Lilienthals widerwillig vorgetragenem Bericht erklärt. »Farblos, nicht entflammbar, flüchtige Flüssigkeit und von süßlichem Geruch. Die Dämpfe verursachen Bewusstlosigkeit und heben die Schmerzempfindung auf. Dass Trichlormethan früher große Bedeutung als Narkosemittel für die chirurgische Tätigkeit hatte, gehört ja wohl zur Allgemeinbildung. Natürlich wird es heute nicht mehr verwendet. Toxische Wirkung auf die inneren Organe und krebserregend«, schnurrte Enderlein herunter.

Als er sah, wie Lilienthal angewidert sein Gesicht verzog, ergänzte er genüsslich: »Wird heute in erster Linie als Lösungsmittel verwendet. Auch gern zur Herstellung von Fluorchlorkohlenwasserstoffen, bekannt als FCKW. In jedem Fall sollten Sie sich in die Hände eines Kollegen begeben. Ich befasse mich, wie Sie sich sicherlich erinnern, hauptsächlich mit der toten Materie meiner Mitbürger.«

»Die Schmierereien in deinem Auto bedeuten achtundachtzig. Erkennungszeichen der Rechten. Acht für ›H‹, der achte Buchstabe im Alphabet. Bedeutet ›Heil Hitler‹«, erklärte ihnen Kalumet, als sie zu dritt das Ganze durchgingen.

Manni Langer hatte sich sofort mit seinen Leuten auf den Weg gemacht und den Schafstall auf Spuren untersucht. Der

Bauer hatte mürrisch sein Einverständnis gegeben. Anschließend hatten sich die Kriminaltechniker den Jaguar vorgenommen. Wenn sie Glück hatten, fanden sie wie bei dem Hakenkreuz auf der Motorhaube auch einen Fingerabdruck. Lilienthal tippte auf den Tattoo-Typen. Die Tat sprach für wenig Hirn und dicke Backen.

Riemeister hatte den Staatsschutz inzwischen über alles informiert. »Die Typen mussten doch damit rechnen, dass bei einer Entführung sofort der ganze Apparat auf sie angesetzt wird.«

»War keine Entführung. War ein Überfall.«

»Ist das etwa weniger kriminell? Was wollten die, Maik?«

Lilienthal verdrehte die Augen. »Trebischs Adressbuch. Es lag im Handschuhfach.«

»Gehört so was nicht der Spusi oder in die Asservatenkammer?«

»Mensch, Leo, spar dir deine schlauen Sprüche. Ich hab's mir gestern von Manni Langer geben lassen. Wollte mir die Adressen noch mal ansehen.«

»Komisch, dass die wussten, dass du es dabeihattest. Das heißt doch, dass ihr hier einen Informanten habt.« Riemeister blickte Kalumet entgeistert an.

»Die von der Sportschule nehmen wir jetzt auseinander. Aber so was von«, knurrte Lilienthal. »Fordere Verstärkung an, Susanne. Gefahr in Verzug. Und du, Leo, kümmere dich um einen Durchsuchungsbeschluss von der Staatsanwaltschaft.«

Sie fuhren mit einem Einsatzwagen der Polizei. Lilienthals Gedanken überschlugen sich. Wenn hier in der Dienststelle jemand den Rechten nahestand, dann hatte der auch andere Informationen weitergegeben. Von unterwegs rief er Körner an, stellte auf Lautsprecher. Der Alte wusste bereits Einzelheiten. Ob Lilienthal und Riemeister sich nicht mehr mit den Dienstvorschriften auskennen würden. Körners Stimme sprengte den Lautsprecher. Riemeister wurde feuerrot. Er habe den Eindruck, dass sie mit dem Fall überfordert seien. So wütend hatte Lilienthal ihn noch nie erlebt.

Der Parkplatz vor dem Getränkemarkt war zugeparkt mit Autos. Auch vor der Sportschule standen Fahrzeuge. Hinter ihnen bog der Mannschaftswagen ein und stellte sich neben sie. Die Polizisten sprangen heraus. Der Einsatzleiter gab knapp seine Anweisungen. Die Männer verteilten sich um das Gebäude. Kalumet nickte Lilienthal zu und sondierte dann von außen das Gelände. Lilienthal und Riemeister zogen ihre Waffen und stürmten durch die Eingangstür. Auf dem Gang hörte man gedämpft Stimmen aus den Übungsräumen. Lilienthal sicherte die Seiten, Riemeister lief bis zum Ende, wo sich das Büro befand. Sie lauschte. Nichts verriet, ob jemand im Raum war. Lilienthal stand jetzt dicht hinter ihr. Sie riss die Tür auf, und beide stürmten hinein.

Axel, der Muskelbepackte mit den Tattoos, flegelte wie hingegossen im Schreibtischstuhl. Die Füße in schwarzen Springerstiefeln lagen auf der Schreibtischplatte.

»Was'n hier los?«, kiekste er, als sie hereinstürmten. Betont lässig nahm er die Beine herunter.

»Ich verhafte Sie wegen tätlichem Angriff mit Körperverletzung auf einen Polizeibeamten sowie wegen Aufbringens rechtsradikaler Zeichen«, herrschte ihn Lilienthal an.

Riemeister stürmte um den Schreibtisch, und bevor er reagieren konnte, stieß sie ihn nach vorn, riss seine Arme nach hinten und legte ihm Handschellen an.

Lilienthal, vor ihm mit gezogener Waffe, hatte ihn nicht aus den Augen gelassen.

»Das wird dir noch leidtun, du Schlampe«, zischte der Typ.

»Beamtenbeleidigung kommt jetzt noch dazu«, konterte Lilienthal.

Der Mann presste die Lippen zusammen. Riemeister schaute sich um. Hinter der Tür befand sich ein gewaltiger Stahlschrank. Sie ging hin und zog am Türgriff. Verschlossen.

»Öffnen«, befahl sie.

Der Mann fluchte etwas Unverständliches. Sie durchsuchte seine Taschen. Feuerzeug, Flaschenöffner, ein Kugelschreiber.

»Sie haben mich sexuell belästigt«, zischte er.

»Im Knast wirst du mehr als genug davon bekommen, jede

Wette.« Lilienthal nickte einem Polizisten, der an der Tür stand, zu. »Abführen.« Er rief nach der KTU.

Riemeister hatte den Schreibtisch durchsucht. Auf den ersten Blick nichts Verwertbares. Die Kriminaltechniker würden alles mitnehmen und überprüfen. Fröhlich pfeifend kam Manni Langer mit seinem Werkzeugkoffer herein.

Lilienthal deutete auf den Stahlschrank. »Du kannst doch Sesam, öffne dich, oder?«

Langer begutachtete das Schloss. »Sicherheitsschloss, ziemlich aufwendig, aber nicht für mich.« Er nahm ein Gerät und setzte es an das Schloss. »Kein Standard«, murmelte er und schaute seine Werkzeuge durch. »Brecheisen, aber dann ist der Schrank hin.«

Lilienthal hob den Daumen. Mit einem Krachen stemmte der Kriminaltechniker die Tür auf. Im unteren Fach des Schranks stapelten sich Schlagstöcke, Schlagringe und jede Menge Dosen mit Pfefferspray. Darüber ordentlich aufgereiht CDs. Lilienthal nahm eine heraus. Das Cover war mit einem Hakenkreuz verziert. Manni schaute ihm neugierig über die Schulter.

»Skrewdriver«, sagte er verächtlich. »Eine britische Rechtsrock-Band. Die Keimzelle der internationalen Nazi-Skinhead-Bewegung ›Blood & Honour‹. Steht auf dem Verbotsindex.«

Langer reckte sich und griff in das Fach darüber. »Kennst du das?« Er hielt Lilienthal ein Feuerzeug hin und betätigte den Mechanismus. Ein Springmesser schoss hervor. »Hier, sieh mal, das ist auch nicht ohne.« Er griff nach einer Taschenlampe daneben. »Das Teil hat eine Elektroschock-Funktion.«

Ganz oben stapelten sich T- und Sweatshirts. Lilienthal zog eines heraus. »Consdaple« stand in Runenschrift darauf.

Manni deutete auf die Buchstaben, »›nsdap‹ im Namenszug, fällt nicht sofort auf, oder?«, sagte er trocken.

Lilienthal warf das Teil angewidert zurück.

Vom Gang her hörten sie Stimmengewirr, dann brüllte jemand etwas. Die Tür wurde aufgestoßen. Mit hochrotem Kopf wurde Trebisch hineingestoßen. Hinter ihm kam Kalumet.

»Wollte gerade abhauen, der Kamerad. Saß zwischen den Getränkekisten auf einem Lkw einer bayerischen Brauerei.«

»Das hatte er dabei.« Er schwenkte triumphierend das Adressbuch.

»Der Herr Trebisch, da schau her, so sieht man sich wieder«, begrüßte Lilienthal den Chef der Sportschule.

36

24. April – Bad Saarow

Marie Dielow saß aufrecht in ihrem Bett, gestützt von einem Berg Kissen. Ihre noch vor Kurzem so wachen Augen blickten Enne jetzt müde entgegen. Sie deutete auf einen Stuhl neben ihrem Bett. Kerstin Lubbien stand am Fenster, die Arme vor der Brust verschränkt, und beobachtete Enne.

»Das regt dich nur auf, Tante Marie«, murmelte sie.

Dielow winkte ab: »Jeder ist Gottes Instrument, das predigst du mir doch immer, oder?«

Lubbien starrte zu Boden.

Der Raum war spärlich, aber geschmackvoll mit wenigen schlichten Möbeln eingerichtet. An der Wand gegenüber dem Bett hing eine Zeichnung. Ein Druck. Enne erkannte das Bild sofort wieder, denn sie hatte es erst kürzlich im Museum gesehen. »Die Freiwilligen«, gemalt im Jahr 1920 von Käthe Kollwitz.

Dielow war Ennes Blick gefolgt. »Sie kennen das Bild?«

Enne nickte. »Warum gerade das?«, fragte sie.

»Ich war Freiwillige in der Sowjetarmee. Im Zweiten Weltkrieg.«

»Sie müssen noch sehr jung gewesen sein.«

»Ja, ich war jung. Ich war so klein, dass ich im Krieg sogar noch gewachsen bin.« Dielow lächelte. »Im Wehrkommando ging ich zu einer Tür im Kleid rein und kam aus der anderen in Hose und Feldbluse heraus. So war das damals. Aber ich habe überlebt. Die meisten Kameraden meiner Einheit sind gefallen.«

»Wie kamen Sie in die Sowjetarmee? Ihr Name klingt deutsch, nicht russisch.«

Dielow räusperte sich. Keuchte, ein rasselnder Hustenanfall schüttelte ihren Körper. Lubbien reichte ihr ein Glas mit Wasser, das auf dem Nachttisch stand. Dielow trank, behielt das Glas in den Händen. »Danke, dass Sie gekommen sind«, setzte sie ihre Rede fort. »Die Polizei hat meinen Claus verhaftet. Er hat mit den Schönburgs nichts zu tun. Er ist unschuldig. Nur ich weiß, was damals passiert ist.«

Sie wandte sich an Lubbien. »Ich werde Frau von Lilienthal die Geschichte erzählen. Du kennst einiges, aber nicht alles. So soll es auch bleiben. Wir haben vorhin darüber gesprochen, bitte lass uns nun allein.«

Lubbien erwiderte nichts. An der Tür wandte sie sich um. Blickte zu Enne. »Ich bin nebenan, falls Sie mich brauchen.«

Mit brüchiger Stimme, die sich jedoch mit jedem Satz festigte, fing Dielow an zu erzählen: »Meine Eltern emigrierten 1935 in die Sowjetunion. Zuerst war mein Vater 1933 nach Frankreich geflüchtet, wurde aber dort ausgewiesen. Als Student war er vor dem Ersten Weltkrieg der SPD beigetreten, wechselte aber später zur Kommunistischen Partei Deutschlands und hatte bereits vor der Machtübernahme durch die Nazis Auseinandersetzungen mit den Braunhemden, bei denen er auch schwer verletzt wurde. Ich wuchs in Moskau auf. Ging anfangs in eine deutsche Schule, die man für die Kinder der Emigranten aus Österreich und Deutschland eingerichtet hatte. Zu Hause wurde deutsch gesprochen. Obwohl ich noch ein Kind war, spürte ich den Unterschied zu unserem vorherigen Leben. Vor allem das Wohnen war viel bescheidener als in Deutschland. Wir lebten mit zwei anderen Familien zusammen in einer Wohnung in einem großen Häuserblock.«

Sie machte eine kurze Pause, um sich zu räuspern. Dann sprach sie weiter. »Gleich nach meinem Abitur 1943 meldete ich mich als Freiwillige und erhielt die Aufforderung, mich in der politischen Hauptverwaltung der Roten Armee in Moskau zu melden. Mein Marschbefehl lautete, dass ich mich sofort zur siebten Abteilung der Südwestfront, die nach der Stalingrader Schlacht auf ihrem Vormarsch die östlichen Gebiete der Ukraine erreicht hatte, zu begeben hätte.«

Dielow hielt inne und hangelte nach dem Wasserglas. Enne sprang auf, füllte Wasser nach und reichte es ihr. Dielow trank langsam und bedächtig ein paar Schlucke.

»Was genau machten Sie dort?«, fragte Enne.

»Zu meinen Hauptaufgaben gehörte es, Flugblätter herzustellen. Wir hatten eine eigene kleine Druckerei, die auf einem Lkw eingerichtet war. Aber auch Einsätze mit dem

Lautsprecherwagen an der vordersten Frontlinie gehörten dazu.«

Dielow schwieg. »Verbrannte Erde. Kennen Sie den Ausdruck?« Enne nickte. »Ich habe es gesehen, Frau von Lilienthal. Den größten Teil habe ich zu Fuß zurückgelegt. Die Menschen, auf die wir trafen, hungerten. Sie hausten in Erdlöchern, waren völlig verdreckt und voller Ungeziefer«, sie holte keuchend Luft. »Ihre Kleidung bestand hauptsächlich aus Lumpen, die Kinder waren barfuß, so kam uns der Rest der Bevölkerung entgegen. Ihre Häuser hatte man mutwillig verbrannt. Bis auf die Grundmauern. Sie starben wie die Fliegen. So etwas vergisst man nicht. Nie mehr.«

Unruhig strich sie über die Bettdecke. »Aber es kam noch furchtbarer«, murmelte sie. »Ende Juli 1944 sah ich in Polen das erste Mal ein Vernichtungslager.« Sie starrte an Enne vorbei zu einem Punkt im Zimmer. »Majdanek.«

Vor dem Fenster flog eine Amsel auf einen Ast und schaute neugierig hinein zu den beiden Frauen.

»In der ostpolnischen Stadt Lublin im Stadtteil Majdanek lag das Lager. Einen Tag nach der Befreiung kamen wir dort an. Es war mit einem Stacheldrahtzaun umgeben. An einer Seite war es durch kleine Bunker gesichert. Den Kern bildete das Schutzhaftlager, das mit einem doppelten Stacheldrahtzaun umgeben und durch eine Starkstromleitung gesichert war. Die Baracken hatten keine Fenster. Spärliches Licht kam nur durch Dachluken ins Innere. Bis zu tausend Häftlinge hatten sich hier eine Baracke geteilt – auf einer Fläche von knapp dreihundertsechzig Quadratmetern, erfuhren wir später. Sieben Gaskammern gab es dort«, flüsterte Dielow.

»Als wir dort ankamen, fanden wir in den Baracken nur noch sowjetische Kriegsgefangene vor. Die SS war bereits geflüchtet und hatte die übrigen Häftlinge ermordet oder in einem Todesmarsch in andere Lager getrieben. In den Krematorien lagen noch die Überreste halb verkohlter Leichen.« Dielow schloss die Augen und atmete schwer.

Enne saß zusammengesunken da, sagte kein Wort.

»In der Nachbarschaft wohnten Volksdeutsche, denen die

Flucht nicht gelungen war. Sie erzählten uns, nichts von der Vergasung und der Verbrennung der Leichen im Krematorium gewusst zu haben.« Dielow krächzte böse auf, hustete und trank den Rest Wasser.

Enne stand auf, nahm ihr das Glas ab und stellte es zurück auf den Nachttisch.

»Im Juli setzten wir eine Kommission ein, die die Verbrechen untersuchen sollte. Sechs Angehörige der Wachmannschaft wurden im November 1944 vor Gericht gestellt. Zwei begingen Selbstmord, vier wurden zum Tode verurteilt. Später wurden noch sieben weitere Todesurteile verhängt.«

Dielow blickte Enne streng an, ihr Blick war wieder klar. »Erinnern Sie sich noch an den Majdanek-Prozess im Jahr 1975 in Düsseldorf?«

Enne nickte. »Ein dunkles Kapitel in der Geschichte der Bundesrepublik«, murmelte sie.

Dielow nickte. »Ja, die Strafen fielen zu milde aus. Viel zu milde. Aber bei den Leuten, die dort am Ruder saßen, bei dieser Regierung im Westen?« Dielow gab ein schnaubendes Geräusch von sich.

Enne stand auf und trat an das Fenster. Sie musste die düsteren Bilder verscheuchen, die sich durch Dielows Erzählung vor ihr aufgebaut hatten. Sie öffnete das Fenster, sog gierig die kühle Luft ein. Auf dem Gang hörte man Räderrollen. Es klopfte.

Eine Krankenschwester mit rundem Babygesicht schaute herein. »Ach, Sie haben Besuch, Frau Dielow«, zwitscherte sie, »dann komme ich später noch einmal vorbei.«

Nachdem die Krankenschwester wieder gegangen war, setzte Dielow sich aufrechter hin. »Die achte Gardearmee unter General Tschuikow schloss Posen im Januar 1945 ein, und wir rückten bis an die Oder vor.«

Ihre Hände strichen unruhig über die Bettdecke. »Ich dachte, das Ende dieses furchtbaren Krieges könnte nicht mehr fern sein. Ja, das dachte ich damals.« Sie ließ sich zurücksinken, schloss die Augen.

Als Enne bereits dachte, dass Dielow eingeschlafen wäre, fuhr sie fort. »Aber unsere Offensive war Anfang Februar an der

Oder«, Dielow sprach den Namen des Flusses mit hartem russischen Akzent aus, »zum Stillstand gekommen. Die Nachschublinien waren zu lang geworden. Und auch die vielen zerstörten Eisenbahnlinien mussten erst wiederhergestellt werden. Aber uns allen war klar, dass bald eine neue Offensive beginnen würde.«

Sie griff unter ihr Kissen, zog ein Taschentuch hervor und wischte sich damit über die Nase. »Kennen Sie eigentlich die Erklärung von Churchill, Roosevelt und Stalin, ich glaube, es war im Februar 1945 in Jalta?«

Enne konnte sich nur an den Begriff Jalta-Konferenz aus dem Schulunterricht erinnern. »Nein.«

Dielow nickte. »Ja, wer kennt es noch heutzutage? Den Wortlaut weiß ich auch nicht mehr, aber in etwa hieß es über das befreite Europa, dass Deutschland nie wieder imstande sein sollte, den Weltfrieden zu brechen.«

Enne fühlte ein Kribbeln auf ihrer Haut. Nie zuvor hatte ein Zeitzeuge ihr diese Geschichten erzählt.

Dielow reckte den Kopf. »Die Schlacht dort war zu einem alles entscheidenden Faktor geworden. Das Schicksal Berlins – das wussten wir – entscheidet sich an der Oder.«

Erschöpft ließ sich die alte Frau zurücksinken. Wie im Selbstgespräch flüsterte sie, sodass Enne Mühe hatte, sie zu verstehen. »Wir wussten jedoch nicht genug über die Verteidigung des Gegners. Deshalb starteten wir ein großes Spähunternehmen, mit dem vor allem die Feuerstellungen der Deutschen geortet werden sollten.«

Dielow atmete schwer, bevor sie fortfuhr. »Ich sollte als feindliche Beobachterin durch die Linien geschleust werden.« Ein Hustenanfall hinderte sie am Weitersprechen.

Die Verbindungstür zum Nebenzimmer öffnete sich. Lubbien steckte den Kopf durch den Spalt. Als sie Dielows Zustand sah, eilte sie zu ihr. »Gehen Sie jetzt«, befahl sie Enne.

»Ich kenne die Waffe«, keuchte Dielow, als Enne schon an der Tür war. »Kommen Sie morgen wieder.« Die weiteren Worte gingen in einem Hustenanfall unter.

37

24. und 25. April – Potsdam

Was für eine Waffe? Nachzufragen hatte Enne sich angesichts des angegriffenen Zustands der alten Frau nicht mehr getraut. Lubbien hatte sie wie ein Kettenhund angesehen, sodass sie sich sofort verabschiedet hatte und gegangen war.

Draußen vor dem Seniorenstift fiel Enne Riemeisters Anruf ein. Sie wählte Maiks Nummer. Er meldete sich sofort.

»Alles in Ordnung bei dir?«, fragte sie.

»Natürlich. Warum?«

Sie überlegte kurz, ob sie Riemeisters Anruf erwähnen sollte, entschied sich aber dagegen. Sie wollte die junge Frau nicht in Verlegenheit bringen. »Ich war eben bei Marie Dielow. Stetter hat mit dem Mord an Friedrich nichts zu tun, sagt sie. Die Gründe lägen in der Vergangenheit.«

»Und das glaubst du?«

»Ich glaube erst mal gar nichts. Ich gehe lediglich einer Spur nach.« Eine Sekunde blieb es still in der Leitung.

»Du gehst einer Spur nach?« Seine Stimme triefte vor Sarkasmus.

Enne biss sich auf die Lippen. Verdammt, das war ihr so rausgeschlüpft. Natürlich meinte sie genau das, was sie gesagt hatte, aber Maik gegenüber war das so etwas von dämlich.

»Ich verbitte mir jegliche Einmischung. Du behinderst meine Arbeit, Mutter. Ich habe Stetter verhaftet. Und das aus gutem Grund. Wenn du Informationen bekommst, die uns weiterhelfen, so hast du die an mich weiterzuleiten. Mein Team übernimmt die weiteren Schritte. Habe ich mich klar ausgedrückt?«

Noch nie hatte Maik sie in diesem scharfen Ton angesprochen. Egal, ob sie jetzt ihre Kompetenz überschritten hatte oder nicht, so durfte er nicht mit ihr umgehen. Empörung schoss in ihr hoch.

Gerade wollte sie zu einer Erwiderung ansetzen, als er zu ihrer Überraschung in versöhnlichem Ton fragte: »Was hat sie erzählt?«

Enne atmete tief durch, versuchte, sich ihren Ärger nicht anmerken zu lassen. »Sie hat mir von ihrer Jugend in der Roten Armee erzählt. Ende des Krieges ist etwas passiert, das mit den Dingen heute zu tun haben muss, das konnte ich heraushören.« Er erwiderte nichts. »Bist du noch dran?«

»Ja. Du machst es einem nicht leicht, Mutter«, sagte er leise. Sie schluckte, spürte einen Kloß im Hals. Warum akzeptierte er nicht, dass sie ihm nur helfen wollte?

»Sag mal, ist morgen nicht Friedrichs Beerdigung?«, fragte er. Enne räusperte sich. Er sollte ihr die Verletzlichkeit nicht anmerken. Die Beerdigung – das hatte sie verdrängt. Sie musste sofort Johannes anrufen. »Kommst du auch?«, fragte sie zögernd.

»Natürlich«, antwortete er knapp und beendete das Gespräch. Sie wählte Johannes' Nummer. Erfuhr, dass er zurück in Potsdam war. Er hatte eine Nachricht für sie im Hotel hinterlassen, was man ihr aber nicht ausgerichtet hatte. Sie verabredeten sich auf dem Bornstedter Friedhof, um sich die Grabstelle anzusehen.

Von Bad Saarow fuhr sie auf die A 10. Auf der rechten Spur reihte sich ein Lkw an den anderen. Die meisten kamen aus Polen, Litauen oder Lettland. Aber auch russische Fahrzeuge waren dazwischen. Enne blieb auf der Überholspur und fuhr zügig nach Potsdam. Für die morgige Feier benötigte sie noch einen passenden Hut. Ein schwarzes Etuikleid mit dezenten Tupfen, den passenden Mantel und Schuhe gab ihr Kleiderschrank her. Bei feierlichen Anlässen hielt sie auf korrekte, in der heutigen Zeit eher als konservativ angesehene Formen.

Sie stellte ihren roten Golf auf dem Parkplatz am Potsdamer Hauptbahnhof ab. Das war zwar ein Umweg, aber sie hatte das dringende Bedürfnis, sich zu bewegen. Ein Fußmarsch vorbei am wiedererbauten Stadtschloss, dem heutigen Landtag, mit dem Fortunaportal und der Nikolaikirche entzückte sie immer wieder aufs Neue.

In einem Artikel ihrer Zeitung hatte sie einmal Sternaux'[*]

---

[*] Ludwig Sternaux (17.7.1885–9.9.1938): deutscher Schriftsteller, Journalist, Dramaturg und Theaterdirektor

treffende Worte von 1924 gelesen: »Intellektuell ist diese Stadt überhaupt nicht zu begreifen. Dem Hirn allein öffnen sich ihre Tore nicht, und wer kalten Herzens naht, wird ewig als Fremdling dastehen. Denn Potsdam ist immer mehr gewesen als Residenz, als Garnison, Kaserne und Drill. Es ist ein Kunstwerk, an dem Generationen von Herrschern und den besten deutschen Baumeistern unablässig gearbeitet haben, es zu vollenden. Ein Kunstwerk verlangt Herzensecho. Wo es das nicht findet, bleibt es stumm.« Auch Friedrich und Johannes hatten ihr Herz an Potsdam verloren und generös verschiedene Projekte unterstützt.

Enne überquerte zügig den Alten Markt, lief weiter hinüber zum Neuen Markt und über die Brücke an der Yorckstraße, das Teilstück des wiederhergestellten Stadtkanals. In der Jägerstraße fand sie in einem eleganten Hutgeschäft die passende Kopfbedeckung. Danach nahm sie ein Taxi und traf gerade noch rechtzeitig zum vereinbarten Zeitpunkt Johannes am Eingang des Bornstedter Friedhofs.

Er sah müde aus. Als er sie erblickte, lächelte er und ging ihr entgegen. Enne war zum ersten Mal hier. Neugierig las sie die Namen auf den alten Grabsteinen auf ihrem Weg zu dem Familiengrab der Schönburgs. Wie das Blättern in preußischer Geschichte, ging es ihr durch den Kopf. »Was in Sanssouci stirbt – wird auch in Bornstedt begraben«, das hatte schon Theodor Fontane gesagt, fiel ihr ein.

Johannes, der ihr Interesse bemerkte, machte einen kleinen Umweg und führte sie zu dem privaten Teil des Friedhofs, der der Familie des königlichen Hofgärtners Sello gehörte. Vor den Gräbern des berühmten Landschaftsgärtners Peter Joseph Lenné und des Architekten Ludwig Persius verweilten sie kurz.

Die Grabstelle für Friedrich war bereits vorbereitet. Alles war zu Johannes' Zufriedenheit. Langsam gingen sie zurück zum Ausgang. Versteckt unter Bäumen, kamen sie an der Erinnerungstafel für Henning und Erika von Tresckow vorbei. Ihr fiel ein, was sie vor noch nicht allzu langer Zeit gelesen hatte. Henning von Tresckow hatte sich am 21. Juli 1944 nach dem missglückten Attentat auf Hitler mit einer Gewehrgranate das Leben genommen, um nicht unter Folter die Namen weiterer Beteiligter preiszugeben. Die Gestapo verhaftete seine Frau Erika. Die beiden Töchter kamen ins Heim. Den Sarg mit seiner Leiche ließen die Nazis exhumieren und im KZ Sachsenhausen verbrennen. Von den Widerstandskämpfern sollte es keine Spuren mehr geben.

Für die Trauerfeierlichkeiten hatte Johannes im gegenüberliegenden Krongut Bornstedt einen Raum gemietet. Er ging die Einzelheiten über den Ablauf der Trauerfeier mit einem Mitarbeiter durch. Enne war draußen geblieben, schlenderte an den kleinen Läden vorbei, die sich harmonisch in die alte Architektur eingefügt hatten.

Nach kurzer Zeit kam Johannes heraus und wollte anschließend Enne zum Essen einladen. Sie entschuldigte sich mit Kopfschmerzen. Aber eigentlich wollte sie nur nach Hause. Allein sein. Nachdenken über das, was sie von Frau Dielow gehört hatte. Sie fühlte ein Kribbeln bis in die Haarspitzen, wie vor einer Prüfung, auf die sie sich nicht richtig vorbereitet hatte. Morgen, gleich nach der Beerdigung, würde sie wieder nach Bad Saarow fahren. Sie spürte es, der Schlüssel zu den Klostermorden lag in der Vergangenheit.

★★★

Leichter Nieselregen hatte eingesetzt, als Enne mit Johannes und Carlotta am nächsten Morgen aus der Bornstedter Kirche trat.

Die Menschenmenge, die sich zur Verabschiedung Friedrich Schönburgs versammelt hatte, war beträchtlich. Nicht nur Parteifreunde und Kollegen von der Viadrina, auch jede Menge Journalisten waren mit Fotografen im Schlepptau erschienen. Die kleine Bornstedter Kirche hatte kaum den Andrang der Trauergäste bewältigen können.

Kurz vor Beginn der Trauerfeier war Maik durch die Kirchentür geschlüpft und hatte sich neben sie gesetzt, ihre Hand genommen und gedrückt. Egal, was für Differenzen sie immer mal wieder hatten, er war ihr Sohn. Ihre Verbindung war stärker als alle Animositäten. Sie wusste, dass seine Arbeitsbelastung zurzeit beträchtlich war, und rechnete ihm sein Kommen hoch an. Nach der Andacht hatte er Johannes und Carlotta kondoliert, sich entschuldigt, weil er zurück ins Präsidium musste.

Er wandte sich zum Ausgang, drehte sich um und kam zurück. »Schau mal, wer gerade aus der Kirche kommt.« Enne erblickte Gruber, dicht gefolgt von Lubbien. Gruber, in dunklem Mantel, schaute nach oben, setzte einen Hut auf. Lubbiens Gesicht war ausdruckslos. In der Hand hielt sie eine einzelne Rose. Der Regen hatte zugenommen. Lubbien sagte etwas zu Gruber. Der nickte. Sie zog ein weißes dünnes Tuch aus ihrem Mantel und band es um ihren Kopf. Weiß, die Farbe des Todes und der Trauer noch heute im Orient, lange auch in Europa, dachte Enne.

»Was wollen die denn hier?«, fragte Lilienthal.

»Keine Ahnung. Ich wusste auch nicht, dass sie zur Beerdigung kommen wollten.« Sie fröstelte.

Lilienthal bahnte sich einen Weg durch den Trauerzug. Das weiße Kopftuch der Lubbien im Auge. Als er an der Kirche anlangte, waren die beiden verschwunden. Er schlug den Kragen seiner Lederjacke hoch und lief zur Straße, wo er seinen Wagen geparkt hatte. Warum waren die beiden den weiten Weg von Neuzelle bis nach Bornstedt gekommen? Das hätte er gern gewusst.

Die Trauerfeier neigte sich dem Ende zu.

Carlotta nahm Ennes Arm. »Papa hat zu Hause ein kleines Essen vorbereitet.« Zu dritt fuhren sie in die Große Weinmeisterstraße. Im Kamin prasselte ein Feuer. Funken wirbelten aus den trockenen Holzscheiten. Enne ließ sich in einen Sessel vor dem Kamin fallen. Dankbar nahm sie das Glas Champagner entgegen, das ihr Carlotta reichte.

Wenig später bat Johannes zu Tisch. In der Mitte auf dem Esstisch stand eine Fotografie von Friedrich. Es schien Enne, als wenn er wieder unter ihnen weilte. Natürlich waren Carlotta und Johannes neugierig, ob sich inzwischen etwas Neues bei den Ermittlungen ergeben hätte. Aber Enne rückte nicht mit der Sprache raus und schob laufende Ermittlungen als Grund vor. Püppi, die französische Bulldogge, hatte alle viere von sich gestreckt und schnarchte vor dem Kamin.

Während Johannes in der Küche den nächsten Gang vorbereitete, nahm Carlotta die Fotografie von Friedrich in die Hand. »Friedrich ist in Zehlendorf geboren. Aber Papa kam in Kleinmachnow bei katholischen Nonnen in einem kleinen Behelfskrankenhaus zur Welt.« Das war Enne neu. »Meine Oma Elisabeth hat dort eine Weile gelebt.«

Johannes unterbrach Carlottas Erzählung und servierte den Hauptgang. Kalbszunge mit Frühlingszwiebeln und Löwenzahnpüree. Dazu eine Flasche feinherben Spätburgunder aus der Pfalz.

Als er die Flasche entkorkte, fragte Enne: »Warum habt ihr damals in Kleinmachnow gewohnt und nicht bei deiner Großmutter in Berlin-Friedenau?«

»Ja, irgendwie schon seltsam. Ich weiß es nicht. Als Baby soll ich auch eine schwere Lungenentzündung gehabt haben, hat mir Mutter erzählt.«

»Papas Zwillingsbruder ist daran gestorben«, ergänzte Carlotta.

Enne blickte überrascht auf.

»Alles so lange her«, murmelte Johannes.

Nur noch eine Zigarette und dann nach Hause, dachte Enne, der der Kopf schwirrte, nach dem Essen. Sie ging hinaus auf die Terrasse und zündete sich eine an. Johannes gesellte sich zu ihr.

»Hat dir dein Zwillingsbruder manchmal gefehlt?«, fragte Enne.

»Nein, ich habe es auch erst viel später durch eine Tante erfahren. Meine Geburtsurkunde war während der Nachkriegswirren verloren gegangen.«

»Hast du deine Mutter mal gefragt?«

»Ich hatte immer das Gefühl, als wenn ein eiserner Vorhang runterging, sobald ich sie nach der Vergangenheit fragte. ›Das ist so lange her, das weiß ich gar nicht mehr so genau‹, war ihre stereotype Antwort auf solche Fragen.«

★★★

Als Enne am frühen Nachmittag zu Hause zur Tür hereinkam, lag Churchill auf ihrem Lieblingssessel und würdigte sie keines Blickes. Sie streifte die Schuhe von den Füßen und ließ sich aufseufzend in den nächstbesten Stuhl fallen. Hohe Absätze waren nicht mehr ihr Ding. Churchill erhob sich, sprang von seinem Platz herunter und lief mit steil erhobenem Schwanz in die Küche. Als sie ihm nachging, saß er unter dem Tisch wie eine Sphinx. Den Schwanz wie eine Schleppe um den Körper gelegt. Seine grünen Augen funkelten.

»Entschuldige, mein Dickerchen. Muss leider gleich wieder weg.« Schuldbewusst nahm sie aus der Speisekammer eine Dose Katzenfutter, öffnete sie und gab ihm als Friedensangebot eine große Portion in seinen Napf.

Churchill, der sonst wie eine ausgehungerte Wildkatze um sie herumtänzelte, wenn es ums Fressen ging, rührte sich nicht. Aus schmalen Augen fixierte er sie.

Sie hockte sich vor ihn hin. »Hast du mich nicht mehr lieb?«, murmelte sie und streckte eine Hand aus. Churchill zuckte mit den Ohren. Dann öffnete er sein rosa Mäulchen und gähnte herzhaft, erhob sich bedächtig, streckte sich, machte einen Katzenbuckel und kam zu ihr. Rieb seinen dicken Kopf an ihrem Knie. Sie nahm ihn hoch, setzte sich auf den Küchenstuhl und streichelte den warmen Körper. Nach einer Weile setzte sein rauchiges Schnurren ein.

Wenn es nicht Claus Stetter war, der Friedrich umgebracht hatte, wer war es dann? Log die Dielow? Wollte sie ihren Claus nur schützen? Sie auf eine falsche Fährte locken? Sie nahm den Kater und setzte ihn auf den Fußboden. Würdevoll ging er zum Fressnapf und saugte die Nahrung förmlich ein. Enne stieg die Treppe hinauf. In ihrem Schlafzimmer streifte sie die Trauerkleidung ab, warf alles über einen Sessel und schlüpfte in ihre Jeans. Nach einem Blick in ihren Kleiderschrank entschied sie sich für einen weißen Wollpullover. Schwarz hatte ihr noch nie gestanden. Als sie nach unten kam, war der Napf leer, von Churchill keine Spur. Sie nahm ihre dunkelblaue Regenjacke von der Garderobe, griff ihre Tasche und machte sich auf den Weg nach Bad Saarow.

Im Seniorenstift berichtete man ihr, dass Frau Dielow eine Herzattacke erlitten hatte und heute Morgen ins Helios-Klinikum eingeliefert worden war. Unschlüssig ging Enne zurück zum Auto. Marie Dielow hatte gestern ausdrücklich um ihren Besuch gebeten. Wenigstens Grüße wollte sie ausrichten lassen.

Sie fuhr zum Klinikum und fragte sich dort bis zur kardiologischen Klinik durch. Als sie die Schwingtür zur Station öffnete, stieß sie beinahe mit Stetter zusammen. Unfreundlich blickte er sie an. Enne zauberte ein freundliches Lächeln auf ihr Gesicht. Er ging eilig weiter. Hatte Maik nicht gesagt, dass er Stetter verhaftet hatte? Sie würde ihn gleich nachher anrufen.

Marie Dielow lag auf einer Privatstation. Auf dem langen Krankenhausflur war es still. Eine korpulente ältere Krankenschwester mit rundem, freundlichem Gesicht gab Auskunft, als sie sich nach Frau Dielow erkundigte. Ja, es gehe der Patientin wieder besser. Als Enne fragte, ob sie Frau Dielow kurz sehen könne, sah sie die Schwester unschlüssig an.

»Ihre Nichte, Frau Lubbien, bat mich, keinen Besuch zuzulassen. Sie schien sehr besorgt zu sein.«

»Es war Frau Dielows Wunsch, dass ich sie heute besuche. Es war ihr wichtig.«

»Wenn es ihr Wunsch war – ich bin der Meinung, dass man die Menschen im Alter nicht entmündigen darf«, meinte die Krankenschwester, ging voran, klopfte und öffnete eine Tür.

Der Raum wirkte anheimelnd. Warme, helle Farben, Blumenbilder an den Wänden verwischten den Eindruck eines Krankenzimmers.

Dielows Wangen waren leicht gerötet. »Ich habe auf Sie gewartet«, sagte sie, gleich nachdem Enne das Zimmer betreten hatte, anstatt einer Begrüßung. »Viel Zeit bleibt mir nicht mehr, Frau von Lilienthal. Die Arteriosklerose lässt kaum noch Blut durch meine Herzkranzgefäße. Aber zum Glück funktioniert das Gehirn.«

Enne legte ein schmales Büchlein auf den Nachttisch, das sie vorhin noch schnell aus ihrem Bücherschrank genommen hatte.

Dielow griff danach. »›Nachtigall-Geschichten‹ von Erwin Strittmatter.« Sie lächelte. »Danke, Sie haben meinen Geschmack getroffen.«

Enne zog einen Stuhl heran. »Ihre Nichte ist sehr besorgt um sie.«

Dielow nickte. »Kerstin ist eine ganz Liebe, macht sich immer zu viele Sorgen.« Sie legte das Buch auf den Nachttisch und stellte mit der Fernbedienung das Kopfteil ihres Bettes höher. Ohne Übergang fuhr sie mit ihrer Erzählung fort, als wenn beide ihr Gespräch vom gestrigen Tag nicht unterbrochen hätten. »Am Abend des 15. April wurde ich zum Befehlsstand von Marschall Schukow auf den Reitweiner Höhen beordert. Man wollte in den Nachtstunden über Lautsprecher in deutscher Sprache senden, dass der russische Großangriff in den nächsten Stunden beginnen würde. Wer sich ohne Widerstand ergab, dem wurden das Leben und die baldige Heimkehr garantiert, lautete unsere Botschaft. Man sollte doch meinen, dass jeder Soldat dieses Angebot annehmen würde, oder? Aber, Frau von Lilienthal, so war es nicht. Grund war wohl der Tagesbefehl von Hitler vom selben Tag, der in allen Truppenteilen an der Oderfront verlesen wurde. Ein Faltblatt war auch uns in die Hände gefallen.«

Dielows knochige Greisenhände schlossen sich zu Fäusten. »Soldaten an der deutschen Ostfront!«, zitierte sie mit brüchiger Stimme. »Zum letzten Mal ist der jüdisch-bolschewistische Todfeind mit seinen Massen zum Angriff angetreten. Er versucht, Deutschland zu zertrümmern und unser Volk auszurotten. Aber er wird vor der Hauptstadt des Deutschen Reiches verbluten.«

Enne war schockiert. Sie hatte den Text einmal in die Hände bekommen, und schon damals war ihr beim Lesen innerlich die Wut hochgestiegen. Wie viele Männer hatten dafür sinnlos ihr Leben geopfert? Dass die alte Frau Dielow diese Worte beinahe auswendig aufsagen konnte, verblüffte sie.

»Wer in diesem Augenblick seine Pflicht nicht erfüllt, handelt als Verräter an unserem Volk. Wenn jeder Soldat an der Ostfront seine Pflicht erfüllt, wird der letzte Ansturm Asiens zerbrechen. Berlin bleibt deutsch, Wien wird wieder deutsch, und Europa wird nicht russisch«, schloss Dielow. »Das hat sich mir eingebrannt«, flüsterte sie, »das vergesse ich nie.«

»Wollen wir nicht lieber morgen weitermachen? Regen Sie sich nicht zu sehr auf dabei?«, fragte Enne besorgt.

Dielow schüttelte den Kopf. »Ich habe so viele Medikamente bekommen, dass ich mich um meinen Zustand nicht sorge. ›Wer die Massaker nicht erinnert, pflegt sie.‹ Ernst Jünger.«

Enne war erstaunt, was dieser alte Mensch alles wusste.

Dielow verlagerte ihre Position. »Einen Tag später, noch in der Nacht, begann das Trommelfeuer unserer Artillerie. Flakscheinwerfer beleuchteten Teile des Oderbruchs. Wie eine Feuerwalze rückten wir vorwärts.«

Enne hatte die Augen geschlossen. Vor ihrem inneren Auge entstanden die Bilder des Krieges, die sie bisher nur in Filmen und Dokumentationen gesehen hatte. Das Pfeifen der Stalinorgeln. Die ausgemergelten Gestalten der Soldaten, in ihren langen feldgrauen Mänteln, die Stahlhelme tief ins Gesicht gedrückt. Junge, hagere Gesichter, früh gealtert vom Grauen, das sie erlebt hatten. Um ihre Jugend betrogen. Und so unendlich viele um ihr Leben.

»Wir konnten es kaum glauben, aber die Deutschen leisteten erbitterten Widerstand«, drang Dielows Stimme in ihre Gedanken. »Die Schützengräben waren mit Leichen gefüllt.« Dielow atmete stoßweise. Wischte sich, als wenn sie die Bilder vertreiben wollte, über die Augen. Nach einer Weile fuhr sie flüsternd fort: »Ich war inzwischen in Zivilkleidung durch die Frontlinien geschleust worden. Mein Befehl lautete: mich bis nach Seelow durchzuschlagen.«

Vom Krankenhausflur hörte man Stimmen. Eine Träne löste sich aus dem Auge der Greisin, suchte sich eine Bahn durch das faltige Gesicht. »Seelow – dort, wo die Erde so blutgetränkt ist«, flüsterte sie.

»Das war doch ein Himmelfahrtskommando«, sagte Enne ungläubig.

Dielow schob sich höher, veränderte ihre Position. »Ich war jung, Frau von Lilienthal, und ich war stolz. Man hatte mich ausgewählt. Eine Deutsche. Und Seelow, das wusste jeder, war der Schlüssel für den Sieg. Für den Marsch auf Berlin. Ich wollte es schaffen.«

Sie starrte auf ihre faltigen Hände, dann mehr wie zu sich selbst: »Natürlich wusste ich, was der Befehl bedeutete. In Wahrheit hatte ich Angst, Frau von Lilienthal. Furchtbare Angst. Es war mir klar, dass ich in deutsche Hände fallen könnte. Erschießen war da noch das Humanste. Aber auch, dass ich bei den Kämpfen von meinen eigenen Leuten getroffen werden konnte. Meine Überlebenschancen waren gering. Aber Befehl war Befehl.«

Die Tür öffnete sich, und die ältere Schwester schaute herein. »Alles in Ordnung, Frau Dielow?« Dielow nickte. Die Schwester schloss wieder die Tür.

Mit brüchiger Stimme redete sie weiter. »Was ich nicht wusste, war, dass die Bevölkerung der Stadt bereits Ende Februar den Evakuierungsbefehl für Frauen, Kinder und Greise erhalten hatte. Sie waren in Eisenbahnwaggons verladen worden, teils aber auch zu Fuß mit Karren und Wagen westwärts gezogen. Nur die Männer und Jugendlichen mussten zurückbleiben und hatten sich dort verschanzt. Jede Deckung nutzend, hatte ich mich in einem leer stehenden Haus am Ortsrand versteckt und beobachtete durch einen Spalt in den geschlossenen Fensterläden, was draußen vor sich ging.«

Dielow schwieg wieder. Schien in Gedanken versunken. »In dem Schrank hier ist meine Handtasche. Könnten Sie mir die bitte geben?«, sagte sie auf einmal.

Enne stand auf und brachte sie ihr.

Dielow kramte, dann zog sie eine goldene Taschenuhr heraus. »Mein Vater hatte mir, als ich in den Krieg zog, seine goldene Taschenuhr geschenkt. Die hier.« Sie hielt sie hoch, damit ihre Besucherin sie sehen konnte. »›In Gedanken bin ich immer bei dir‹, hat er damals gesagt, als er sie mir gab.«

Dielow steckte die Uhr zurück und schob die Tasche in den Nachtschrank. »Als ich die Zeit ablas, war es dreizehn Uhr. Ich entschied, mich wieder zurück zu meinen Leuten durchzuschlagen. Hier konnte ich nicht mehr viel ausrichten. Ich wollte gerade zur Tür schleichen, da bekam ich einen heftigen Stoß. Noch bevor ich nach meiner Tokarew* greifen konnte, wurde ich zu Boden gestoßen. Arme und Beine wurden mir auseinandergerissen. Das Haus war nicht leer gewesen. Im Keller hatten sich Volkssturmmänner verschanzt. Jetzt, nachdem das Feuer eingestellt worden war, waren sie nach oben gekommen. Alte Männer in schlotternden Uniformen. Die Gesichter grau, wie Gräbern entstiegen. Nur der, der mich überwältigt hatte, war nicht alt. Er trug keine Uniform, sondern einen langen dunkelgrünen Wintermantel mit Pelzkragen. Die Volkssturmmänner fesselten mich. Ich war unglaublich wütend, weil mir so ein gravierender Fehler unterlaufen war, nicht zuerst sorgfältig das ganze Haus zu durchsuchen. Dabei erzählte ich ihnen die Geschichte, die ich mir zurechtgelegt hatte. Doch die alten Männer hörten mir kaum zu. Sie wollten so schnell wie möglich die Flucht aus diesem Hexenkessel antreten. Aber der mit dem Pelzkragen hatte mir genau zugehört. Er ging nicht mit, während die anderen das Haus verließen. Er führte mich in den Keller in einen Raum mit einer Lattentür. ›Verhalten Sie sich ruhig und warten Sie hier‹, sagte er. ›Ihre Waffe können Sie behalten.‹ Ich war überrascht. Der Volkssturmmann hatte den Revolver entdeckt, den ich mir an der Oberschenkelinnenseite festgeschnallt hatte. Dass ich ihn hätte erschießen können, schien ihn nicht zu beunruhigen. Er versperrte hinter mir die Tür. Zuerst dachte ich, der Raum wäre leer. Aber dann hörte ich ein leises Geräusch. Durch ein Kellerfenster, das nicht ganz abgedichtet war, fiel ein Spalt Licht. Auf einer dreckigen durchgelegenen Matratze lag jemand. Ich blieb stehen. Rührte mich nicht. Ich war ausgebildet im Nahkampf. Wenn derjenige versuchen sollte, mich anzugreifen, dann hätte ich ihn sofort

---

*TT 33 – Tokarew: Revolver, benannt nach seinem Erfinder Fjodor W. Tokarew, 1933, ist ein Single-Action-System-Rückstoßlader mit beweglichem Lauf und verriegeltem Riegelwarzenverschluss.

getötet. Aber er rührte sich nicht. Lag nur zusammengekrümmt da. Warum hatte mich der andere hierhergebracht? Vorsichtig schlich ich mich nach einer Weile näher heran. Der Mann war nicht alt. Blondes lockiges Haar klebte an seinem Kopf, das Gesicht eingefallen. Er trug Zivilkleidung. Die Jacke war voller Blut. Der andere kam zurück. Er trug einen Blechnapf. Kniete sich vor dem Verletzten nieder. ›Du musst was trinken‹, bat er ihn. Der Verletzte stöhnte, öffnete die Augen. Er schlürfte einen Schluck, dann sackte sein Kopf weg. Vorsichtig bettete der Mann im Pelz ihn wieder auf die Matratze. Auf einmal sah mich der Verwundete an. Streckte die Hand aus. Lächelte. ›Elisabeth‹, flüsterte er, dann fielen seine Augen wieder zu. Der Mann mit dem Pelzkragen blickte mich lange schweigend an. ›Du bist eine russische Spionin‹, sagte er auf einmal. ›Du musst mir helfen, ihn hier herauszubringen. Ich habe es versprochen.‹«

Die Tür des Krankenzimmers wurde aufgerissen. Claus Stetter stand in der Tür. Das Gesicht in Flammen. »Hier sind Sie also«, sagte er heiser.

38

25. April – Potsdam

Gleich nach der Beerdigung war Lilienthal ins Präsidium gefahren. Körner wollte persönlich über den Überfall auf seinen Hauptkommissar informiert werden.

»Jetzt ermittelt bei uns auch noch der Staatsschutz«, murrte Körner, als Lilienthal geendet hatte. »Man hat mir mit Nachdruck nahegelegt, dich von dem Fall abzuziehen, Maik. Deine bisherigen Ermittlungsergebnisse sind nicht ausreichend, und das ist noch zart ausgedrückt. Die Kollegin in Frankfurt trägt auch nichts Erhellendes dazu bei. So schwer es mir fällt, das sagen zu müssen, aber die Kollegen vom LKA haben recht.«

Körner gab einen Laut von sich, der sich wie das Knurren eines Wolfes anhörte. Er starrte auf seinen Kugelschreiber, nahm ihn und legte ihn von rechts nach links. Plötzlich hieb er mit der Faust auf den Tisch. »Aber hier entscheide immer noch ich.« Er griff nach einer Akte, blätterte darin. Dann schmiss er sie auf den Tisch und klatschte mit seiner großen Hand darauf, dass Lilienthal zusammenzuckte. »Verdammt, habt ihr irgendwelche Hinweise für den Mord an Thomas Michaelis? Dein Verdächtiger Hähnlein ist ermordet worden. Und jetzt? Ich lese hier nichts. Nicht mal eine Spur von etwas. Was habt ihr da herausgefunden?«

Lilienthal fühlte den unwiderstehlichen Drang, zu widersprechen, aber es fiel ihm kein einziges Argument ein. Der Alte hatte recht. Er war nur noch auf Claus Stetter fokussiert gewesen. Hatte er sich verrannt? War er in eine Sackgasse geraten? Nein. Sie hatten die alte Waffe in seinem Keller gefunden. Die Patrone aus dem Weltkriegsschädel, die dazugehörte. Und das in dem Zusammenhang mit dem Prozess, den Friedrich wegen des »Seeschlösschens« angestrengt hatte. Das machte Sinn. Ergab ein Motiv. Stetter wäre die Existenzgrundlage entzogen worden, wenn Schönburg den Prozess gewonnen hätte. Und mit der Verschleierung des Mordes an der Weltkriegsleiche, Johannes' Vater, und den Konstruktionszeichnungen, die Claus Stetter als die seines Vaters, Harald Stetter, ausgegeben hatte, wären seine Chancen im Prozess gegen null tendiert. »Wir haben eine Spur«, meinte er vage.

»Geht es auch präziser?« Körner blickte ihn mit Raubvogelaugen an. So hatte er den Alten noch nie erlebt. Körner war von Anfang an, seit er nach Potsdam gekommen war, immer sein Mentor, sein Förderer und väterlicher Freund gewesen. Aber jetzt konnte er in dessen Augen nur noch Kälte ausmachen.

»Was ist los mit dir, Maik? Ihr habt zwar den Mörder von Hähnlein, diesen Trebisch, gefasst, aber mit den beiden Morden im Kloster hat das nichts zu tun. Oder liege ich da falsch?« Bei den letzten Worten hatte Körner seinen Kopf hervorgeschoben, wie eine Kobra vor dem Angriff.

Lilienthal wich instinktiv zurück.

»Michaelis und Schönburg wurden beide in der Klosterkirche in Neuzelle umgebracht. Zeitgleich. Ich habe die Akte von vorne bis hinten durchgelesen und finde bisher nicht den geringsten schlüssigen Hinweis auf einen Zusammenhang, geschweige denn auf einen oder mehrere Täter.«

»Claus Stetter«, murmelte Lilienthal.

Der Alte schoss vor. »Willst du mich veräppeln? Der ist inzwischen wieder auf freiem Fuß. Gegen Kaution. Sein Anwalt hat keinen Zweifel daran gelassen, dass die Aktenlage mehr als dürftig ist. Wenn ich dich weiter an dem Fall arbeiten lasse, wie kann ich das begründen? Du weißt, dass uns das LKA jederzeit den Fall abnehmen kann, bei der jetzigen Beweislage. Was sind deine nächsten Schritte?« Körner warf sich in seinen Schreibtischstuhl zurück, dass es krachte.

Lilienthal atmete auf. Der Alte wollte ihm den Fall nicht entziehen. Das war ein Lichtblick. Natürlich war ihm klar, dass es bei Körner auch um die Ehre der Potsdamer Kripo ging. Und natürlich brauchte er schlüssige Argumente.

Das Telefon klingelte. Körner schaute auf das Display und griff nach dem Hörer. Er wedelte in Richtung Tür. Ein vertrauliches Gespräch, bei dem er nicht gestört werden wollte. Lilienthal sprang erleichtert auf. Körner hörte intensiv zu, was ihm jemand am anderen Ende der Leitung mitteilte. Als Lilienthal beinahe draußen war, deckte der Alte den Hörer ab und rief ihm hinterher: »Heute Nachmittag Rapport mit dem ganzen Team.« Lilienthal nickte und verließ den Raum.

Auf dem Gang gab sein iPhone Laut.

»Was gibt es, Leo?«, fragte er nach einem Blick auf die Anzeige.

»Hi Maik«, klang es fröhlich aus dem Lautsprecher, »hier auf dem Campus in der Viadrina laufen Mädels rum«, Kalumet schnalzte mit der Zunge, »Paradies, sag ich dir.« Er kicherte. »Und auch noch ausgezeichneten Espresso.«

»Wie schön für dich. Ich platze vor Neid.«

»Ich geb dir demnächst einen aus«, flötete Kalumet. »Carola hat mir etwas erzählt, was du unbedingt wissen musst.«

»Wer ist Carola?«, fragte Lilienthal entnervt.

»Carola«, trällerte Kalumet, »ein Traum. Groß, blond, Beine bis in den Himmel.«

»Was soll das denn werden, mein Lieber, wenn das Heike erfährt?«

»Spielverderber.«

»Also, wer ist Carola und was hat sie erzählt?«

»Sie arbeitet zusammen mit …« Der weitere Satz ging in einem Rauschen unter.

Lilienthal ging zum Fenster. Vielleicht war hier der Empfang besser. »Leo? Bist du noch dran?« Aber er erhielt nur atmosphärische Störungen als Antwort. Lilienthal drückte die Wahlwiederholung. Das Besetztzeichen erklang.

»Verdammt«, knurrte er und eilte nach draußen. Nieselregen hatte eingesetzt. Er schlug den Kragen seiner Jacke hoch und rannte zu seinem Auto. Als er einstieg und die Tür hinter sich schloss, hatte das Wetter einen Gang zugelegt. Ein heftiger Aprilschauer vermischt mit Hagelkörnern machte dem Frühling einen Strich durch die Rechnung. Die Eiskristalle trommelten auf das Autodach. Lilienthal starrte durch die Windschutzscheibe. Vereinzelte Fußgänger kämpften mit ihren Schirmen gegen den starken Wind an. Er musste los, legte den Sicherheitsgurt an und wollte gerade den Zündschlüssel ins Schloss stecken, da fiel ihm das Adressbuch von Trebisch ein. Vor dem Überfall auf ihn durch die Neonazis hatte er es nur in das

Handschuhfach gelegt und keine Zeit gehabt, hineinzuschauen. Nachdem Trebisch festgenommen worden war und Kalumet ihm das Buch zurückgegeben hatte, hatte er es sofort in seine Jacke gesteckt. Er zog es heraus. Ein abgegriffenes, in schwarzes Leder gebundenes Büchlein.

Auf der ersten Seite stand groß in Druckbuchstaben: »Nach unseren alten Methoden nehmen wir den Kampf wieder auf und sagen: Angreifen! Angreifen! Immer wieder angreifen! Wenn einer sagt, Sie können doch nicht noch einmal, ich kann nicht nur einmal, ich kann noch zehnmal.« Unter dem Text stand »Adolf Hitler«.

Angewidert blies Lilienthal die Luft aus. Diese Sprüche. Widerlich. Warum gab es immer wieder junge Männer und Frauen, die dieser Ideologie auf den Leim gingen? Nach allem, was passiert war? Er verstand es nicht. Was trieb diese Menschen an? In Gedanken hörte er seinen alten Professor, der gern Aussprüche von Friedrich Nietzsche in seine Vorlesungen einstreute, sagen: »Der Fanatismus ist nämlich die einzige Willensstärke, zu der auch die Schwachen und Unsicheren gebracht werden können.« Aber das schien ihm zu einfach. Es waren nicht nur Schwache und Unsichere, die Ängste schürten und damit wie der Rattenfänger von Hameln Leute um sich scharten. Und nicht nur in Deutschland, das war das Perfide, überall in der Welt ging immer wieder die Saat dieser Irrlehre auf.

Er blätterte weiter. Auf jeder Seite standen Namen, dahinter Adressen und Berufe. Manche mit einem Sternchen versehen, hinter anderen stand ein Fragezeichen. Einige waren durchgestrichen. Bei einigen Namen war etwas darübergeschrieben. Das musste alles überprüft werden. Wenn er in Frankfurt war, würde er veranlassen, dass von jeder Seite des Buches sofort Kopien gemacht werden sollten. Natürlich musste das Original schnellstens an den Staatsschutz übergeben werden. Plötzlich hielt er inne. Las noch einmal. Hinter dem Namen standen Dienstgrad und Adresse. Ein Zweifel war ausgeschlossen. Sein iPhone gab Laut.

»Irgendetwas stimmt hier nicht, Maik«, sagte seine Mutter.

39

25. April – Bad Saarow

Claus Stetter hatte sich vor Enne aufgebaut. »Schämen Sie sich nicht, eine kranke, alte Frau zu belästigen? Haben Sie eigentlich eine offizielle Legitimierung?«

Enne hatte sich erhoben. Wie sollte sie sich verteidigen? Hier in einem Krankenzimmer konnte sie keinen Streit anfangen. Und Stetter hatte recht. Sie war hier in keinem offiziellen Auftrag, sondern rein aus Neugierde. Weil sie vermutete, dass hier bei Marie Dielow der Schlüssel für die Lösung lag. Sie war so nahe dran gewesen. Gerade hatte Marie Dielow von ihrer ersten Begegnung mit Harald Stetter erzählt. Natürlich war ihr sofort klar gewesen, dass der Mann mit dem Pelzkragen nur Harald Stetter sein konnte. Und der Kranke im Keller war mit Sicherheit Giovanni Di Filoni. Musste Claus Stetter gerade jetzt hereinkommen? Sie griff nach ihrer Tasche.

»Bitte setzen Sie sich wieder«, sagte Dielow. Ihre Stimme ließ keinen Widerspruch zu. »Ich habe Frau von Lilienthal gebeten, zu mir zu kommen. Von wem weißt du, dass sie mich besucht?«

Stetters große, kräftige Gestalt sackte bei den Worten der alten Frau ein bisschen zusammen.

»Kerstin, sie macht sich Sorgen.«

»Kerstin ist ein liebes, dummes Ding. Sie meint es gut, aber sie versteht nicht, worum es hier geht.«

»Worum geht es denn, Mariechen?«

»Um dich geht es, Claus. Und um eine alte Schuld.«

Enne war zurück auf den Stuhl gesunken. Stetter blieb stehen. Die Röte auf seinem Gesicht war noch nicht abgeklungen.

»Nie habe ich jemandem erzählt, was wirklich am Ende des Krieges passiert ist. Dein Vater hatte mich darum gebeten, und ich hielt mich daran. Es bestand auch keine Notwendigkeit. Es ging niemanden etwas an. Und Ende der vierziger Jahre hatten wir dann zwei getrennte deutsche Staaten. Die Schönburgs lebten im Westen. Aber ihr Besitz, das ›Seeschlösschen‹, lag in der DDR. Dass sich die Dinge einmal ändern würden, damit rechnete niemand. Alles schien geregelt. Später gab es einen Kaufvertrag. Aber die Anschuldigungen, die man jetzt gegen dich erhebt, und deine Verhaftung haben alles geändert, Claus. Jetzt muss die Wahrheit, die ganze Wahrheit, gesagt werden.« In ihrem Blick lag so viel Zärtlichkeit, als sie weitersprach. »Meine Tage sind gezählt. Viel Zeit bleibt mir nicht mehr. Niemand soll dich, mein Junge, wegen etwas beschuldigen, womit du nichts zu tun hast.«

Sie liebte diesen älteren Mann. Er war das Kind, das sie großgezogen hatte und das sie jetzt verteidigte wie eine Glucke, dachte Enne. Aber welchen Wahrheitsgehalt hatte ihre Erzählung? Sie wurde das Gefühl nicht los, dass Dielow geschickt etwas vor ihr verbarg.

»Dein Vater war in der NSDAP. Ein überzeugter Nazi? Ich glaube nicht.« Dielow zuckte mit den Schultern. »Er war ein Mann, der immer sein Mäntelchen in den Wind hing. Sein persönlicher Vorteil war seine Antriebsfeder, nicht unbedingt seine politische Überzeugung. Vor 1933 lief seine Firma mehr schlecht als recht. Als er in die Partei eintrat, änderte sich das. Er hatte ein Gespür dafür, was sich für ihn auszahlte. Knüpfte Kontakte, baute Seilschaften auf. Und er bekam Aufträge. Es ging ihm gut. So hat er es mir später erzählt. Diese Einstellung, die Umstände zu seinem Vorteil auszunutzen, veranlasste ihn auch, Anfang der fünfziger Jahre in die SED einzutreten.« Dielows Mund umspielte ein Lächeln. »Ich dachte, ich hätte ihn überzeugt von unseren Ideen, aber er wusste instinktiv, was sich auszahlte.« Nachdenklich schaute sie zu Enne: »Ich liebte Harald Stetter. Mit all seinen Fehlern. Mit all seinen Schwächen.«

Enne erinnerte sich an Maiks Vater. Ihre Jugendliebe. Von Anfang an wusste sie, dass der große, schlanke, gut aussehende Mann dazu neigte, mit Charme seine Charakterschwächen zu überspielen. Ein labiler Mann, der bei jeder Gelegenheit um Anerkennung buhlte, vorzugsweise bei anderen Frauen. Wie viele Sträuße roter Rosen hatte sie bekommen, und seine Schwüre, dass er nur sie lieben würde, die hatte sie geglaubt. Als er mit einem Forschungsauftrag nach Südamerika in den tropischen Urwald geflogen war, war Maik noch ein kleiner Junge gewesen. Als er für ein weiteres Jahr verlängerte, war sie zu ihrem Mann gereist. Damals gab es noch keine Direktverbindungen mit dem Flugzeug. Auf einem langen, beschwerlichen Flug mit Zwischenstopps in der Karibik und Kolumbien war sie bis nach Peru geflogen. Von Lima hatte sie einen Flug nach Pucallpa, in das südamerikanische Amazonasgebiet des Andenstaates, genommen. Gleich nach ihrer Ankunft in der Cabana, einer Urwald-Lodge, war sie mit einer einmotorigen Chessna weiter in den tropischen Dschungel geflogen. Die Expeditionsgesellschaft wohnte auf der »Mamurí«, einem alten Frachter mit Holzaufbauten. Aber ihr Mann war nicht dort gewesen. Am nächsten Tag hatten sie Eingeborene mit einem Einbaum in die Nebenarme des Rio Ucayali gebracht. Als sie das Außenlager erreichte, hielt ihr Mann gerade Siesta. Sie hatte ihn überraschen wollen und fand ihn in den Armen einer anderen Frau vor. Er lebte schon seit Längerem mit ihr zusammen. In Berlin hatte sie die Scheidung eingereicht, obwohl es ihr damals beinahe das Herz zerrissen hatte. Liebe, das war so eine Sache. Die konnte man rational nicht erklären.

»Aber ich kannte auch seine andere Seite«, hörte sie Dielow erzählen. »Haralds Pflichtbewusstsein und seine Loyalität. Der Italiener, der in seinem Haus wohnte, war von der SS verhaftet worden. Ihm wurde Spionage für den Feind vorgeworfen. Später stellte sich heraus, dass er von einem missgünstigen Kollegen bei der Degussa angeschwärzt worden war. Die SS hatte Di Filoni in das Stalag III B nach Fürstenberg gebracht.«

»Was ist ein Stalag?«, fragte Enne.

»Ein Stammlager. Diente als Durchgangsstationen für Kriegsgefangene, die für den Arbeitseinsatz in der Kriegswirtschaft vorgesehen waren. In den von Deutschland besetzten Gebieten gab es mehr als zweihundert Stalags für mehr als zwei Millionen Kriegsgefangene.«

Enne war überrascht. Sie hatte von den katastrophalen Bedingungen, unter denen die sowjetischen Kriegsgefangenen untergebracht waren und arbeiten mussten, gehört. Aber dass auch Engländer, Franzosen und später Italiener in Lagern inhaftiert waren und der deutschen Industrie zuarbeiten mussten, war ihr so noch nie bewusst geworden.

»Auch Harald war von Di Filonis Verhaftung überrascht worden. Elisabeth Schönburg, die damals aus Berlin evakuiert worden war und mit ihrem kleinen Sohn bei ihm lebte, war in seinen Armen zusammengebrochen und gestand ihm später, dass sie sich kurz zuvor in der Neuzeller Klosterkirche mit Di Filoni hatte trauen lassen. Ihr Mann war gefallen. Harald hatte das Liebesverhältnis mitbekommen. Trotz allem nutzte er die Situation nicht aus, sondern fühlte sich verantwortlich für Elisabeth und das Kind. Die SS hatte Di Filoni in einem feuchten, kalten Kellerloch inhaftiert, ohne Essen, kaum etwas zu trinken. Um seine angebliche Spionagetätigkeit aufzudecken, wandten sie brutale Verhörmethoden an. Er wurde gefoltert. Man brach ihm die Finger. Harald ließ seine Verbindungen spielen. Als die Chefs bei der Degussa endlich seine Freilassung bewirkten, war Di Filoni so geschwächt, dass er sich kaum noch auf den Beinen halten konnte. Harald holte ihn von dort ab. Das war wenige Tage bevor ich beide in Seelow traf.«

Die Tür des Krankenzimmers öffnete sich. Dr. Meißner, der Oberarzt, kam herein. Ein großer, stattlicher Mann mit vollem weißem Haar. »So viel Besuch heute, Frau Dielow«, sagte er mit sonorer Stimme. Er wandte sich an Enne und Stetter. »Wenn Sie bitte einen Moment draußen warten würden.«

Stetter stellte sich draußen im Gang an ein Fenster und sah hinaus.

Enne trat zu ihm. »Es tut mir leid, wenn ich Ihre Stiefmutter aufgeregt haben sollte. Das war nicht meine Absicht.«

»Geschenkt«, sagte er ungewohnt resigniert. »Marie ist eine ungewöhnliche Frau. Sie weiß, was sie will. Das war schon immer so. Sie hat mich großgezogen. Und das war mein Glück. Das habe ich aber erst viel später begriffen. Lange wusste ich nicht, dass mein Vater und sie sich bereits aus dem Krieg kannten. Vater hat nie über diese Zeit gesprochen. Erst kurz vor seinem Tod erzählte er, dass er nach Kriegsende beim alten Schönburg im ›Seeschlösschen‹ gewesen war. Warum, das sagte er nicht. Nur, dass der Alte ihn rausgeschmissen hätte. Wie einen Hund vor die Tür gesetzt, das waren seine Worte. Das hat er ihm nie verziehen.«

Dr. Meißner kam aus dem Krankenzimmer und nickte ihnen zu. »Frau Dielow wartet sehnsüchtig auf Sie«, lächelte er.

Die Schwingtür der Station wurde aufgestoßen. Im engen Jeansrock, der ihre breiten Hüften unvorteilhaft betonte, darüber eine kurze blaue Lederjacke, kam Lubbien herein. Als sie Enne erblickte, überzog ein Lächeln ihr Gesicht.

»Das ist aber nett, dass Sie Tante Mariechen besuchen«, rief sie.

Enne bemerkte, dass Stetter überrascht die Stirn runzelte.

Lubbien ergriff Ennes Hand, drückte sie impulsiv und beugte sich vertraulich vor: »Tante Mariechen bringt in letzter Zeit einiges durcheinander«, flüsterte sie. »Nehmen Sie ihre Worte nicht ganz so ernst.« Enne war überrascht. Marie Dielow schien ihr absolut klar vom Verstand her zu sein. Sie entschied aber, Lubbien nicht unnötig gegen sich aufzubringen.

»Ihre Tante bat mich ausdrücklich, wiederzukommen.«

»Ich weiß«, flüsterte Lubbien. Sie blickte an Enne vorbei auf die Stationsuhr über ihnen an der Wand. »Entschuldigung, aber ich muss los.« So schnell, wie sie gekommen war, lief sie wieder hinaus.

Stetter war bereits zurück ins Krankenzimmer gegangen. Dielow blickte Enne mit wachem Blick entgegen.

»Warum hat der alte Schönburg damals Harald Stetter vor die Tür gesetzt?«, fragte Enne, als sie vor dem Krankenbett stand.

»Alles zu seiner Zeit«, antwortete Dielow.

40

25. April – Bad Saarow

»Harald Stetter hatte mich an meinen Stiefeln erkannt. Ich trug
Walenkis. Die traditionellen russischen Winterstiefel aus Filz.
Darüber Galoschen aus Gummi. Und Harald hatte es bemerkt.
In aller Eile zimmerten wir eine Trage. Der Angriff auf Seelow
stand unmittelbar bevor. Ich hatte mir vorgenommen, mich
zu meinen Leuten durchzuschlagen. Aber nachdem wir das
Haus hinter uns gelassen hatten, konnte ich die beiden nicht
alleinlassen. Fragen Sie mich nicht, warum. Ich fühlte mich in
der Pflicht gegenüber diesem todkranken Mann, der offensichtlich jemand anderen in mir sah. Als wir an den Friedhof
kamen, gingen Geschosse auf uns nieder. Wir stolperten von
Granattrichter zu Granattrichter und erreichten mit letzter Kraft
den Wald bei Görlsdorf.«

Dielow schloss die Augen, murmelte: »Und dann geschah
es.«

Es war still im Zimmer. Enne wagte kaum zu atmen.

»Der Mann stand plötzlich vor mir. Ein alter Mann. Wie aus
dem Nichts war er aus dem Dickicht gekommen. Er trug eine
alte Uniformjacke, die aus dem Ersten Weltkrieg zu sein schien.
Und über seinen Halbschuhen dicke Wollstrümpfe. Sein Mund
stand offen, war seltsam verzerrt. Graue Bartstoppeln bedeckten
seine Wangen. Er trug eine verbogene Brille mit nur einem Glas.
Blut rann aus einer Wunde an seiner Stirn. Er schrie mich an.
Die Wörter kamen wie Gewehrsalven aus seinem Mund. Ich
verstand nichts. Er sprach einen Dialekt, der mir fremd war. Dazwischen fluchte er, stieß obszöne Schimpfwörter gegen uns aus
und fuchtelte mit einem Revolver herum. Gleichzeitig nestelte
er mit einer Hand an seinem Gürtel, an dem eine Handgranate
hing. Ich rief, dass wir Deutsche wären. Er hörte überhaupt
nicht zu. Brüllte immer wieder: ›Ihr Bolschewistenschweine,
euch mach ich kalt!‹ Harald war nicht bei uns. Er wollte die Lage
erkunden. Bevor er loszog, hatten wir den Italiener vorsichtig
von der Trage gehoben und gegen einen Baum gelehnt. Ich

hatte ihm Wodka aus meiner Feldflasche eingeflößt. Während der alte Mann mich anschrie und mit seiner Waffe herumfuchtelte, versuchte ich meine Position zu verändern, um an meine Pistole zu kommen. Auf einmal fühlte ich einen Arm auf meiner Schulter. Der Italiener krallte sich an mir fest, schob sich vor mich. In seiner Deckung zog ich meinen Revolver, wollte abdrücken, da hörte ich einen Schuss und beinahe zeitgleich noch einen. Der Volkssturmmann brach zusammen. Harald hatte ihn erschossen. Er hatte die Schreie gehört und war zu uns geeilt. Zusammengekrümmt vor meinen Füßen lag der Italiener. Blut quoll aus seinen Haaren. Der Volkssturmmann hatte noch vor Haralds Schuss abgedrückt«, flüsterte Dielow.

»Ein alter Mann hat Di Filoni erschossen?«, fragte Enne ungläubig.

Dielow nickte. »Ja. Ein Volkssturmmann. Di Filoni musste seine letzten Kräfte mobilisiert haben. Er hat mir das Leben gerettet.« Dielows Atem ging rasselnd. »So viele Menschen habe ich sterben sehen, aber seinen Tod kann ich bis heute nicht vergessen.«

Enne überlegte, die Geschichte erschien ihr zu melodramatisch. War das die Wahrheit?

»In dem Augenblick hatte ich das Gefühl, als wenn die Welt stehen blieb«, flüsterte Dielow. »Vor mir die Leichen der beiden Männer, und gleichzeitig ging das Trommelfeuer wieder los. Gewehrsalven kamen ganz aus der Nähe. Harald hob schnell die Waffe des Alten auf und steckte sie ein. Sie war eine Rarität, das sah er sofort. Er war ein Waffennarr, mein Harald«, lächelte Dielow. »Auf Anweisung deines Vaters hast du sie versteckt, Claus, nicht wahr?« Stetter nickte. Dielow schob sich etwas in die Kissen. »Das ist die wahre Geschichte«, sagte sie und schloss die Augen.

»Und warum ging Harald Stetter später zu dem alten Schönburg?«, fragte Emme erneut.

Dielow schwieg. Plötzlich starrte sie Enne an und sagte mit harter Stimme: »Dieses reaktionäre Pack. Ja, Sie haben richtig gehört, auch wenn es Ihre Freunde sind. Die Schönburgs. Das muss einmal gesagt werden.«

Enne biss sich auf die Lippen. Sie hätte Dielow erzählen können, dass Wilhelm Schönburg Sozialdemokrat gewesen war, von der SS misshandelt und im KZ in Berlin war, aber sie schwieg, wollte die Geschichte bis zu Ende hören. Ein Korrektiv konnte sie später noch anbringen.

»Harald hatte beim alten Schönburg ganz förmlich um Elisabeths Hand angehalten. Ich war längst wieder bei meinen Kameraden und ahnte nicht, dass wir uns jemals wiedersehen würden. Harald wusste, dass Elisabeth schwanger war. Und da der Italiener tot war, sah er es als seine Pflicht an, sich um sie zu kümmern.«

Sie richtete sich auf, blickte zu Claus: »So war er, dein Vater. Ein Ehrenmann. Aber Schönburg warf ihn hinaus.« Immer noch schwang Empörung in Dielows Stimme. »Ein feiger, ehrloser Nazi kommt mir nicht in meine Familie. Das hat er gesagt. Und das hat Harald schwer getroffen. Aber viel schlimmer war, dass er die ganze Geschichte, wie Di Filoni starb, Elisabeth erzählte. Sie glaubte ihm nicht. Beschuldigte ihn sogar, dass er sich das alles augedacht hätte und er Di Filoni hinterhältig ermordet hätte, um ihn aus dem Weg zu raumen. Das hat er mir später erzählt. Und das ist die Wahrheit, Frau von Lilienthal.«

War das wirklich die Wahrheit?, überlegte Enne. Hatte Stetter deshalb Schönburg bei den Sowjets denunziert? Irgendetwas stimmte nicht an der Geschichte. Dielow hatte den letzten Teil erzählt, als wenn sie einen auswendig gelernten Text herunterbeten würde.

»Und wie ist Harald Stetter an die Konstruktionszeichnungen gekommen?«, fragte Enne. Sie bemerkte, dass Claus Stetter bei ihrer Frage zusammenzuckte.

Dielow seufzte. »Ach, die Konstruktionszeichnungen«, sagte sie erschöpft. »Die sind so nebensächlich. Es gab viel Wichtigeres.« Und völlig überraschend sagte Dielow: »Wünsche dir die Augen nicht zu scharf, denn wenn du die Toten in der Erde erst siehst, siehst du die Blumen nicht mehr. Morgen ist auch noch ein Tag. Gehen Sie. Bitte. Du auch, Claus.«

Als Enne die Treppe hinunterstieg, fiel ihr ein, woher sie den letzten Satz der Dielow kannte. »Die Wahlverwandtschaften« von Goethe. Ihr lagen eine Menge Fragen auf der Seele, aber Claus Stetter nickte ihr nur zu, erwähnte etwas wie »dringender Termin« und war schon zu seinem Auto gelaufen. Irgendetwas im Zusammenhang mit Stetter drängte an die Oberfläche ihres Gedächtnisses. Aber sie konnte es nicht fassen.

Sie schob den Gedanken beiseite. Erst wenn die Frage nach den Konstruktionszeichnungen plausibel geklärt war, konnte man beurteilen, ob Dielows Geschichte Wahrheitsgehalt hatte. Aber noch etwas anderes ging ihr durch den Kopf. Warum hatte Lubbien vorhin ihre Tante abgewertet? Sie als nicht mehr ganz richtig im Kopf hingestellt? Irgendetwas zwischen Lubbien und Dielow hatte sich verändert.

Enne fuhr nach Hause. Kurz vor der Ausfahrt Potsdam-Babelsberg entschied sie sich, nicht nach Stahnsdorf zu fahren, sondern bog auf die Nutheschnellstraße Richtung Potsdam ab. Der Tag war anstrengend gewesen. Früh die Beerdigung. Dann das lange Gespräch in Bad Saarow. Sie musste sich entspannen, brauchte eine kleine Belohnung. Der Fall machte sie zunehmend nervös. Spontan entschied sie, in eine Boutique in der Gutenbergstraße zu fahren. Die Jeans, die sie trug, gingen gerade noch so durch, aber der Pullover war mehrere Jahre alt, und so sah er auch aus. Sie brauchte etwas, worin sie sich gut fühlte. Auf Anhieb fand sie ein Kleidungsstück in den Farben des Sonnenunterganges, den dazu passenden Seidenschal band sie sich gleich als Band um den Kopf. Aber das Beste, passend zu ihren hellen blauen Jeans fand sie auch noch ein Paar Schuhe, die sie nicht nur größer erscheinen ließen, sondern auch noch bequem waren.

Beschwingt trat sie hinaus auf die Straße. Nieselregen hatte eingesetzt. Sie beschloss, ins »Café Haider« zu gehen. Das neue Kleidungsstück hatte sie gleich anbehalten. Als sie das altehrwürdige Café am Nauener Tor betrat, wurde hinten in einer Ecke gerade ein Tisch frei. Enne ließ sich aufseufzend auf die Bank fallen und bestellte Espresso, einen Grappa und eine Flasche Mineralwasser. Alles kam umgehend. Sie knabberte an dem

Keks, der dabeilag, schlürfte den mit viel Zucker gemischten Espresso und anschließend genüsslich den Grappa.

Was hatte die Geschichte der Dielow bisher Aufhellendes gebracht? Sie hatte von ihrer Zeit in der Roten Armee erzählt. Von der letzten großen Schlacht vor Berlin. Alte Leute erzählten gern. Häufig auch sehr ausschweifend. War es ein Ablenkungsmanöver gewesen? Nachprüfen konnte man es nicht mehr. Dielow servierte die Geschichte als Erklärung, dass es sich bei der Waffe nicht um Harald Stetters Waffe gehandelt hatte. Nicht schlecht. Sie trank den Rest vom Grappa.

Dass Stetter zu Wilhelm Schönburg gegangen war und um die Hand von Elisabeth angehalten hatte, erschien in der heutigen Zeit kaum nachvollziehbar. Aber vor über siebzig Jahren herrschten andere Anstandsregeln. Hatte Dielow sich mit Claus Stetter abgesprochen? War er gar nicht zufällig im Krankenhaus aufgetaucht? Hatte man ihr eine Farce geboten?

Sie bestellte noch einen Espresso, der wiederum umgehend serviert wurde.

Nachdenklich nippte sie daran. Sie hatte Friedrichs Leiche gefunden. Lubbien die Leiche des Pfarrers. Sie nahm ihr Handy aus der Tasche und rief Maik an.

Ein Schatten fiel auf den Tisch. Vor ihr stand Dr. Richard Körner. In dunkelgrauem Anzug mit Krawatte, einen passenden Wollschal lässig um den Hals geschlungen. Regentropfen glänzten auf dem Stoff. Er verzog den Mund. Sie hatte zwar noch nie Nilpferde grinsen gesehen, aber wenn, dann konnte es nur so aussehen. Sie lachte.

»Wo kommst du denn her, Richard?« Körner quetschte sich in den gegenüberliegenden Sessel.

»Flucht, Ennekin«, sagte er mit seinem sonoren Bass, sodass die Gäste in der Nähe die Köpfe wandten. »Ich verrate dir jetzt ein Geheimnis. Die Welt besteht zum größten Teil aus Grenzdebilen, und der Rest ist auch nicht viel besser.« Er winkte dem Ober und deutete auf Ennes Glas. »Das Gleiche bitte, aber einen doppelten.«

»Ach du armes Lieschen«, schmunzelte Enne, »ich tippe auf vorgelagerte Behörde?«

Körner nickte. »Das LKA hat mal wieder seine Krallen ausgefahren, Ansprüche angemeldet.« Er nahm das Glas mit dem Grappa, das der Ober vor ihn hinstellte, und kippte den Inhalt in einem Zug hinunter.

»Was hast du dir bloß dabei gedacht, diese beiden Leichen im Kloster zu finden?«, brummte er.

»Eine Leiche, Richard, nur eine. Die andere gab es gratis dazu.«

Körner stellte das leere Glas auf den Tisch. »Egal, ob eine oder zwei.« Er beugte sich zu ihr hinüber und flüsterte: »Ich hasse Leichen.«

Sie kicherte. »Eine Leiche mit einem einfachen Schuss im Kopf, der Mörder gleich um die Ecke. Mein Wunschtraum.«

Er stöhnte bühnenreif. »Aber nein, on top haben wir es auch noch mit Neonazis zu tun. Und der Staatsschutz fummelt mit in den Ermittlungen herum.« Körner verdrehte die Augen. »Man hat mir nahegelegt, meinen ermittelnden Kommissar von dem Fall abzuziehen. Der zuständige Staatsanwalt ist auf Tauchstation gegangen, und alle meckern an Papa Körner rum.« Erschöpft lehnte er sich zurück und murrte: »Es steht mir alles, aber auch wirklich alles, bis hier.« Mit der flachen Hand deutete er zwischen Ober- und Unterlippe.

Enne fühlte mit ihm. Körner stand kurz vor der Pensionierung. Im Gegensatz zu ihr, die gern ihre Arbeitszeit verlängert hätte, hatte er schon seit Längerem Pläne für ein Leben nach dem Beruf geschmiedet. Soweit sie wusste, trug er sich mit dem Gedanken an eine kleine Wohnung in der Nähe von Tossa de Mar, an der katalanischen Küste, nicht weit entfernt von Barcelona. Sie wusste, dass sich sein Rheuma verschlimmert hatte, und die kalten brandenburgischen Winter trugen auch nicht zur Besserung bei. Auf einmal bemerkte sie, wie Körner sie musterte. Seine Augen glitzerten. Sein Blick wanderte an ihrer Figur entlang, was sie etwas aus der Fassung brachte.

»Wollen wir nicht mal etwas gemeinsam unternehmen?«

Überrascht schaute sie ihn an. Seit Jahren hatte sich Körner zurückgehalten, seit sie einmal vor langer Zeit auf einer Fortbildung in Wiesbaden eine kurze Liebesnacht zusammen verlebt hatten und sie ihm danach zu verstehen gegeben hatte, dass sie an einer Fortsetzung nicht interessiert war. Leider hatte er sich daran gehalten, wie sie später bedauernd feststellte. Die Voraussetzungen wären nicht schlecht gewesen. Beide kamen aus dem gleichen beruflichen Umfeld. Ihre Vorlieben waren ähnlich, und auch heute noch verspürte sie immer wieder ein Kribbeln, wenn er sie ansah.

Versonnen schaute er auf seine gefalteten Hände. »Was hältst du eigentlich von Rio? Das ganze Jahr scheint dort die Sonne. Der weiße Strand der Copacabana und wir beide in einer Sambaschule«, er zwinkerte ihr zu.

Sie schüttelte den Kopf. »Richard, erst die Arbeit, dann das Vergnügen.«

Er schob die Unterlippe vor.

»Wenn du Ja gesagt hättest, dann wäre ich sofort mit dir nach Tegel gefahren und hätte einen Flug gebucht.« Er blickte an sich herunter. »Na ja, den Schal hätte ich dagelassen.« Plötzlich wurde ihm bewusst, was sie gesagt hatte. Er streckte ihr die Hand entgegen. »Versprochen?«

Überrascht blickte sie ihn an. So hatte sie es nicht gemeint. Sie überlegte für den Bruchteil einer Sekunde, und dann sagte ihre innere Stimme: Warum nicht? Sie hielt ihm ihre Rechte hin.

Körner ergriff sie. »Top«, sagte er, und seine Augen glänzten.

»Der Stetter ist wieder auf freiem Fuß?«, fragte sie.

»Woher weißt du das?«

Sie erzählte von ihrem Besuch bei Stetters Stiefmutter in Bad Saarow.

Körner hörte ihr gespannt zu. Als sie geendet hatte, schaute er auf seine Armbanduhr. »Gleich ist Besprechung. Was dir die Dielow erzählt hat, finde ich wichtig. Das müssen Maik und Riemeister erfahren. Komm mit.«

Enne hob abwehrend die Hand. »Das gibt nur Ärger, Richard. Du kennst doch Maik. Das kann eher nach hinten losgehen.«

Er erhob sich. »Auf Befindlichkeiten kann ich jetzt keine Rücksicht mehr nehmen. Und das, was du von der Dielow erfahren hast, muss mit in die Ermittlungen einfließen. Jetzt ist genau der richtige Zeitpunkt.«

Körner ging bereits vor zur Theke und zahlte. Richard hat recht, dachte sie. Es geht nicht um mich oder um Maik, es geht um ungeklärte Morde. Die müssen aufgeklärt werden. So oder so.

41

25. April – Potsdam, Polizeipräsidium

Kalumet hatte ihm eine SMS geschickt: »Bin auf dem Weg. Habe interessante Neuigkeiten.«

Lilienthal versuchte, Susanne zu erreichen. Besetzt. Er rief auf dem Dienstapparat im Frankfurter Büro an, aber auch da wurde gesprochen. Er simste: »Ruf an. Dringend. 18 Uhr Besprechung, bei Körner in Potsdam«. Er wollte schon auf »Senden« drücken, fügte dann noch schnell hinzu: »freue mich auf später, M.«. Dann versuchte er es noch einmal auf dem Dienstapparat. Immer noch besetzt. Er rief die Zentrale an. Die Leitung von KHK Riemeister wäre jetzt frei, teilte ihm der Kollege mit und verband sofort. Als er Susannes Stimme hörte, umhüllte es ihn wie Sonnenschein. Wie sehr sie ihm gefehlt hatte. Wie er sich nur allein durch den Klang ihrer Stimme entspannte, sich nach ihr sehnte.

»Maik«, stöhnte sie, »die Kollegen vom Staatsschutz stellen hier alles auf den Kopf. Die packen alles ein, Unterlagen, Protokolle und Beweismittel – die wollen alles mitnehmen. Aber ich habe vorher noch schnell von allem Kopien und Fotos gemacht«, flüsterte sie, und er sah förmlich ihr zufriedenes Grinsen.

»Sehr gut. Die sind wie die Geier. Nehmen alles mit und dann verschwinden die Akten auf Nimmerwiedersehen, und wir können zusehen, wie wir weiterkommen.«

»›Geier‹ passt.«

»Ich habe Trebischs Notizbuch durchgesehen. Er hat einen Namen notiert, den du kennst.«

»Und welchen?«

»Kiekebusch.« Einen Augenblick blieb es still in der Leitung.

»Siggi?«, kam es ungläubig zurück.

»Ja, dein Siegfried Kiekebusch. Lass ihn antanzen. Wir müssen mit ihm sprechen. Ich will wissen, was er mit Trebisch zu tun hatte. Ob er der Tippgeber war.«

»Siggi soll denen gesagt haben, dass du Trebischs Adressbuch hattest?«

»Ein anderer kommt nicht mehr in Frage, Susanne.«

»Bis gleich«, erwiderte sie. Wenig später rief sie zurück. »Kiekebusch kam heute nicht zum Dienst, Maik. Dem wachhabenden Kollegen, mit dem er sich hin und wieder unterhalten hat, hat er gestern erzählt, dass er Urlaub nimmt. Wollte irgendwo ins Ausland. Wohin, hat der Kollege leider vergessen. Aber er erinnerte sich, dass Kiekebusch etwas von einem Flug erwähnt hätte.«

»Die Kollegen sollen beide Berliner Flughäfen überprüfen, Tegel und Schönefeld.«

»Ich lass gleich die Passagierlisten überprüfen, Maik. Wir sehen uns nachher bei Körner. Noch was?«, fragte sie, als er zögerte.

»Grüß Max von mir«, sagte er, bevor er die Verbindung beendete.

Der Regen hatte aufgehört. Lilienthal schaute auf die Uhr. Er hatte noch etwas Zeit und fuhr in die Charlottenstraße, fand einen Parkplatz und lief durch die Jäger- zur Brandenburger Straße. Voller Vorfreude kaufte er in einem Feinkostladen jede Menge italienischer Vorspeisen ein, von denen gut und gern eine größere Gesellschaft satt geworden wäre. Zum Schluss packte er noch eine Flasche Champagner ein. Beschwingt lief er zurück zu seinem Auto. Dort warf er alles auf den Rücksitz und fuhr die kurze Strecke zu sich nach Hause. Susanne würde heute Nacht bei ihm sein, klang es wie in einer Endlosschleife in seinem Kopf. Immer zwei Stufen auf einmal nehmend, rannte er die Treppe hinauf. In seiner Wohnung angelangt, pfiff er den Triumphmarsch aus »Aida« und verstaute dabei die Lebensmittel im Kühlschrank.

Oberflächlich betrachtet war die Wohnung in einem passablen Zustand. Nachdenklich betrachtete er seine Schlafcouch, nahm dann lächelnd neues Bettzeug aus dem Schrank und bezog das Bett in aller Eile. Im Geiste sah er bereits Susannes feingliedrigen Körper mit ihren vollen Brüsten sich darin rekeln.

Er fischte ein frisches Hemd aus dem Kleiderschrank, warf das getragene in die Waschmaschine und lief trotz Körners Brandrede beschwingt zum Auto und fuhr zum Präsidium.

Kalumet stand mit Heike im Flur vor seinem Büro. Sie war also wieder zurück von ihrem Lehrgang, registrierte Lilienthal. Er nickte beiden zu. Kalumet winkte und lachte übertrieben. Lilienthal bemerkte Heikes nachdenkliches Gesicht. Der Kleine war ein Filou. Früher oder später würde das zwischen ihnen Ärger geben, und den konnte er jetzt auf keinen Fall gebrauchen. Er rief Heike herein, gab ihr das Adressbuch und bat sie, gleich Kopien für alle Teilnehmer der Besprechung zu machen. Danach holte er Kalumet rein. Der schmiss sich aufgeräumt in den Stuhl vor Lilienthals Schreibtisch. Fummelte an seinem Smartphone herum und hielt ihm das Display hin. Eine junge Frau mit blitzenden Zähnen und langen weizenblonden Haaren lachte dem Betrachter entgegen.

»Carola«, erklärte Kalumet und verdrehte die Augen. »Na, was sagst du jetzt?«

»Löschen«, erwiderte Lilienthal. Als er Kalumets verständnislose Miene sah, fügte er hinzu: »Wir brauchen ihre Aussage, nicht ihr Konterfei. Mensch, Leo? Was ist los mit dir? Willst du Ärger mit Heike?«

Kalumet zog die Hand zurück. Blickte noch einmal versonnen auf das Foto, und mit einem übertriebenen Seufzer löschte er das Bild.

Heike kam mit einem Stapel Fotokopien herein. »Eben habe ich Körner gesehen«, dabei huschte ein Lächeln über ihr Gesicht. »Er ist nicht allein.«

»Okay, Abmarsch. Alles Weitere drüben in Körners Büro. Ich komme gleich nach.« Die beiden verließen den Raum. Lilienthal griff nach seinem iPhone und wählte Riemeisters Nummer.

»Ich bin im Treppenhaus«, rief sie atemlos. Er eilte ihr entgegen. Als sie vor ihm stand, zog er sie in die Arme.

»Endlich«, murmelte er.

Sie wand sich heraus und blickte sich verlegen um. »Doch nicht hier, Maik.«

Zusammen betraten sie den Besprechungsraum. Neben Körner saß seine Mutter am Konferenztisch.

»Herrn Dr. Körner habe ich zufällig im ›Café Haider‹ getroffen«, bemerkte sie aufgesetzt fröhlich.

Lilienthal verschluckte eine bissige Bemerkung. Körners steile Falte über der Nasenwurzel signalisierte deutlich Vorsicht.

Der Alte hielt sich nicht lange mit Geplänkel auf. »Das Landeskriminalamt steht in den Startlöchern. Die sind ganz heiß darauf, unseren Fall an sich zu reißen.« Er musterte alle Anwesenden, beugte sich vor und grollte: »Wir brauchen Ergebnisse! Und zwar hotti, flotti, Kollegen. Frau von Lilienthal hat mir von ihrem Besuch bei Stetters Stiefmutter, Marie Dielow, berichtet. Bitte«, sagte er zu Enne und erteilte ihr das Wort.

Auf das Wesentliche beschränkt, erzählte sie, was Dielow über den Tod von Di Filoni erzählt und welche Rolle Harald Stetter dabei gespielt hatte.

»Aber das ist doch nicht mehr nachprüfbar«, entgegnete Riemeister.

»Und was ist mit den Konstruktionszeichnungen? Wie sind die in Harald Stetters Besitz gekommen? Das hat sie noch nicht erzählt, deine Märchentante, oder?«

»Bitte sachlich bleiben, Maik«, knurrte Körner.

»Zuerst habe ich das auch gedacht. Aber Dielow ist keine alte Frau im herkömmlichen Sinne«, verteidigte sich Enne. »Sie ist geistig völlig klar, redet präzise und kann sich an viele Dinge aus dieser Zeit erinnern. Claus Stetter, der sie heute auch besuchte, verhielt sich sehr liebevoll und auch sehr respektvoll gegenüber seiner Stiefmutter. Ich habe ihn während ihrer Erzählungen beobachtet, er schien überrascht. Er kannte die Geschichte meiner Ansicht nach nicht.«

Lilienthal hatte die Arme verschränkt. »Interessant wird, mit welcher Story die Dielow über die Konstruktionszeichnungen herausrücken wird«, meinte er nachdenklich. »Wir bewegen uns hier auf dünnem Eis, oder?«

»Ja, das sehe ich genauso, Maik.«

»Dann bin ich ja erleichtert. Wann gehst du wieder hin?«

»Morgen.«

Lilienthal wandte sich an Kalumet. »Was hast du von dieser Carola erfahren?« In seinen Satz hinein erklang eine Walzermelodie.

Enne nestelte ihr Smartphone aus der Tasche, murmelte eine Entschuldigung, stand auf, ging zum Fenster und meldete sich. Sie hörte zu. Ließ das Gerät sinken und drehte sich um. »Marie Dielow ist tot«, sagte sie.

42

»Stetter will Strafanzeige gegen mich erstatten. Er macht mich für ihren Tod verantwortlich«, sagte Enne geschockt.

»So viel zu Stetter. Jetzt können wir uns die Geschichte mit den Konstruktionszeichnungen in die Haare schmieren«, ätzte Lilienthal.

»Unsinn«, sagte Körner ruhig und stand auf. Er nahm Enne, die immer noch mit kalkweißem Gesicht am Fenster stand, am Ellbogen und führte sie zurück zu ihrem Platz.

Lilienthal schaute verwundert zu den beiden.

»Bitte, Herr Kalumet, fahren Sie fort«, sagte Körner, nachdem sich gesetzt hatten.

Kalumet fummelte einen zusammengefalteten Zettel aus seiner Jeans. Glättete ihn, schaute kurz auf die krakeligen Notizen, die er sich gemacht hatte, und fing an. »Carola Kohout arbeitet als wissenschaftliche Mitarbeiterin an der Viadrina. Ein Zufall, dass ich gerade mit ihr ins Gespräch kam.« Zufall, dachte Lilienthal amüsiert, hundertpro hast du sie angebaggert. »Früher arbeitete sie mit Kerstin Lubbien zusammen. Laut meiner Informantin hatte Lubbien vor einiger Zeit eine heftige Affäre. Sie nahm an, dass es sich um einen verheirateten Mann handeln müsste, weil Lubbien so ein Geheimnis daraus machte. Nie rief er im Institut an. Holte sie auch nicht ab. Lubbien installierte sich in der Zeit WhatsApp, und sie texteten beinahe stündlich miteinander. Wenn er etwas von ihr wollte, dann ließ Lubbien alles stehen und liegen und war nicht mehr zu halten. Originalton Carola.«

Lilienthal hatte sich zurückgelehnt und die Beine übereinandergeschlagen. »Und, was ist daran so spannend, Leo?«

»Lubbien ist schwanger gewesen.«

»Soll vorkommen.« Als er Riemeisters missbilligenden Blick bemerkte, biss er sich auf die Lippen.

»Sie soll sich unglaublich auf das Kind gefreut haben. Hat nur noch von dem Baby geredet und dass sie demnächst heiraten würden. Eines Tages kam sie nicht mehr zur Arbeit. Als Carola sie anrief, meldete sie sich nicht und war auch nicht zu Hause. Sie lag im Krankenhaus. Nach einer missglückten Abtreibung waren ihr die Gebärmutter und Eierstöcke entfernt worden. Nachdem sie entlassen wurde, versuchte sie, sich das Leben zu nehmen. Kam in die Psychiatrie. Seitdem hat sie zu meiner Informantin den Kontakt abgebrochen.«

»Arbeitet Lubbien noch an ihrem alten Arbeitsplatz?«

»Nein, Maik, sie hat bei der Viadrina gekündigt.«

»Und was macht sie jetzt?«

Kalumet verdrehte die Augen. »Weiß ich noch nicht. Werde ich überprüfen.«

»Als ich nach dem Mord am Pfarrer bei Lubbien zu Hause war, habe ich in der Wohnung ein Kinderzimmer gesehen«, schaltete Riemeister sich ein. »Alles vom Feinsten. Eine weiß lackierte Wiege mit Rüschen, die Zimmerdecke tapeziert wie ein Sternenhimmel mit goldenem Mond. Unmengen von Plüschtieren und in der Diele ein Kinderwagen einer Edelmarke. Natürlich ging ich davon aus, dass sie ein Baby hätte.«

»Und was ist daran so interessant, Leo?« Lilienthal wippte mit verschränkten Armen auf seinem Stuhl hin und her.

»Frau Kohout geht davon aus, dass Professor Schönburg der Vater war, nicht wahr, Herr Kalumet?«

»Ja, Frau von Lilienthal, davon ist Carola überzeugt. Sie hat ihn einmal ertappt, als er sich während Lubbiens Krankenhausaufenthalt an ihrem Schreibtisch zu schaffen machte. Als sie hereinkam, machte er Ausflüchte, hätte sich in der Tür geirrt, so etwas in der Art, und wirkte sehr verlegen.«

Lilienthal kippte nach vorn. »Noch eine in Schönburgs Reigen. Dein Friedrich ließ ja nichts anbrennen, Mutter.«

»Aber da ist noch etwas, Herr Kalumet, oder?«, fragte Enne, ohne auf Maiks Bemerkung einzugehen.

»Ja.«

»Mach es nicht so spannend, Leo«, murrte Lilienthal.

»Frau Kohout hat auch erzählt, dass die Lubbien sehr ängstlich war. Fürchtete sich sogar im Dunkeln. Hatte Angst nachts allein auf der Straße.«

»Und sie hat Karate gelernt«, vollendete Heike spöttisch seinen Satz. Kalumet blickte Heike verblüfft an.

»Gut recherchiert, Leo. Aber reicht das als Motiv?«

»Schönburg hatte sofort nach der Lubbien ein Verhältnis mit Franziska Jörges. Ich wette, der Herr Professor hat sie zur Abtreibung gedrängt. Und dann lässt er sie im Stich. Die Lubbien hat ihn und die Jörges bestimmt gesehen. Für mich ist das ein Motiv.«

»Wenn alle Frauen ihre Liebhaber, die sie sitzen gelassen haben, umbringen würden, dann wären die Männer jetzt am Aussterben«, murmelte Lilienthal.

Riemeisters Handy summte. Sie nahm den Anruf entgegen, hörte zu und schaute die anderen an: »Marie Dielow wurde ermordet«, sagte sie.

43

25. April – Bad Saarow

Der Stationsarzt vom Helios-Klinikum hatte Anzeige bei der Kripo in Frankfurt erstattet, und die Kollegen dort hatten umgehend Riemeister informiert. Körner hatte die Besprechung beendet. Der Mord an Marie Dielow, das war allen klar, musste mit den Klostermorden im Zusammenhang stehen.

Lilienthal hatte sich mit Riemeister, Kalumet und Heike zurückgezogen. Auch wenn es keiner direkt ausgesprochen hatte, aber Ennes Besuche bei Dielow mussten in irgendeinem Zusammenhang stehen. Natürlich nicht so, wie Stetter es vorhin am Telefon Enne vorgeworfen hatte.

Lilienthal ließ sich mit dem Stationsarzt verbinden. Der Leichnam liege bereits in der Pathologie des Krankenhauses, teilte der ihm mit. Nichts anrühren, alles bleibt so, wie es ist, lautete Lilienthals Anweisung. Das Team von Manni Langer sollte ins Krankenhaus nach Bad Saarow, um Spuren zu sichern, ein anderes zur Seniorenresidenz. Die Leitung des Heims war bereits informiert.

Auch Dr. Enderlein hatte Lilienthal informiert. Seine Bemerkung »Massensterben in der Niederlausitz« fand Lilienthal nur geschmacklos. Nachdem alle Routinemaßnahmen angelaufen waren, verteilte Lilienthal die Aufgaben. Er und Kalumet würden in die Klinik nach Bad Saarow fahren und mit dem Arzt und dem Personal sprechen. Riemeister sollte Lubbien noch mal befragen. Wichtig war, wer war der Kindsvater? Von Frau zu Frau würde Lubbien sich besser verstanden fühlen, und Riemeister kannte sie bereits. Heike sollte in Potsdam die Stellung halten und herausfinden, wo und als was Lubbien inzwischen arbeitete.

★★★

Mit leiser Wehmut hatte Enne der normalen Routinehektik bei der Meldung eines ungeklärten Todesfalls zugesehen. Maik, ruhig, souverän, hatte die erforderlichen Stellen informiert und die Marschrichtung festgelegt. Jetzt waren alle auf dem Weg. Wieder einmal fühlte sie sich überflüssig. Die letzten Tage hatten sie voll in Anspruch genommen. Langeweile war in der Zeit ein Fremdwort gewesen. Sie war in einen der spektakulärsten Mordfälle des Landes involviert. Zusammen mit Johannes hatte sie Unterlagen aus lange zurückliegenden Zeiten ausgewertet. Die Ermittlungen, die auch mit ihrer Hilfe vorangekommen waren, hatten sie in ihren Bann gezogen. Und Dielows Erzählungen, von denen sie sich weitere Aufklärung versprach.

Beim letzten Besuch hatte die alte Dame sie noch einmal zu sich herangewunken, bevor sie ging. »Den Eintritt ins Leben und den Abschied haben wir nicht in der Hand, daran sollte man immer denken, Frau von Lilienthal.«

Zuneigung war in ihr hochgestiegen und ein Glücksgefühl, dass sie diesen Menschen getroffen hatte. Ein alter Mensch, der sie teilnehmen ließ an seinen Erinnerungen. Ihr das Gefühl gegeben hatte, dass sie für ihn wichtig war. War sie schuld am Tod der alten Frau? Irgendetwas musste Dielow ihr erzählt haben. Etwas, was niemand sonst wissen sollte. Was gefährlich war für den Mörder.

Wer wusste alles von ihren Besuchen?, überlegte sie. Das Personal im Seniorenstift und im Krankenhaus. Konnte man das vernachlässigen? Oder bestand da bei jemandem eine Verbindung? Das musste überprüft werden. Dann Maik und Riemeister. Hatten sie jemandem von ihren Besuchen erzählt? Lubbien. Die Frau hing in rührender Fürsorge an ihrer Tante. Verhielt sich aber manchmal merkwürdig. Warum? Dann Dielows Stiefsohn. Wusste Stetter bereits von ihrem ersten Besuch im Seniorenstift? Lubbien hatte es ihm bestimmt erzählt. War er deshalb heute gekommen? Vorhin am Telefon war er geradezu feindselig gewesen. Aber das musste man der Situation schulden. Der Mann hatte ein Ventil gebraucht, um mit seiner Trauer fertigzuwerden.

Enne ging in Gedanken noch einmal die Situation im Krankenzimmer durch. Ihr fiel ein, dass Stetter, als es um die Konstruktionszeichnungen ging, unruhig geworden war. Kam ihre Frage für beide unvorbereitet? Dielow hatte geblockt. Sie seufzte. Sie hatte etwas in Gang gesetzt. Und in gewisser Weise fühlte sie sich verantwortlich. Und jetzt sollte sie nur den Zuschauer geben?

Sie nahm ihre Tasche und ging. Der Gang vor dem Besprechungsraum war leer. Stimmen erklangen gedämpft aus den umliegenden Büros. Gegenüber öffnete sich die Tür. Körner kam heraus. Den Schal um den Hals geschlungen und einen schwarzen Regenschirm wie einen Degen unter den Arm geklemmt.

»Ich fahre zum ›Seeschlösschen‹. Wollen doch mal sehen, was der Herr Stetter zu erzählen hat.«

»Du?«, fragte sie überrascht.

»Ja, ich in persona, und du kommst mit. Mit mir bist du in offizieller Begleitung.« Er nahm ihren Arm, neigte den Kopf und flüsterte: »Ich muss hier raus. Mir fällt die Decke auf den Kopf.« Und lauter: »Außerdem leite ich die Ermittlungen.« Als er ihren Blick bemerkte, blies er die Backen auf und stieß Luft aus. Sie lächelte.

»Richard, du bist ein Schlitzohr.« Eine warme Welle der Zuneigung überflutete sie. Er hatte gespürt, dass sie weitermachen wollte, nicht als Zuschauer am Rand danebenstehen. Jetzt setzte er sich über die Regeln hinweg, schaltete sich einfach in die Ermittlungen ein. Nur um sie zu unterstützen und gleichzeitig zu schützen. Dieser große, kräftige Mann. Die Verzagtheit, die sie eben noch gefühlt hatte, fiel von ihr ab. Energie durchströmte sie wie eine Droge.

»*Muchas gracias, Señor,* binde die Pferde los, wir reiten zusammen«, kicherte sie.

★★★

Inzwischen fuhr Lilienthal die Strecke Potsdam – Bad Saarow wie im Schlaf. Er trat aufs Gaspedal. Der alte Jaguar schoss wie eine Rakete auf der Autobahn davon. Kalumet hatte das Blaulicht auf das Wagendach gesetzt. Streckenweise konnten sie nur auf dem Standstreifen vorankommen. Osteuropäische Lkws reihten sich dicht an dicht. Kalumet fummelte an seinem

Smartphone. Aus den Augenwinkeln registrierte Lilienthal, dass er Fotos löschte. Vielleicht war ja noch nicht alles verloren zwischen ihm und Heike, dachte er.

Als sie das Krankenhaus erreichten, wies ihnen ein missmutiger Pförtner den Weg zur Pathologie. Sie stießen die schwere Schwingtür auf und gingen den Gang hinunter zum Sektionsraum.

Mitten im Raum stand Enderlein neben einem anderen Arzt. Hatte der Rechtsmediziner sich hierhergebeamt?, ging es Lilienthal durch den Kopf.

»Wie das Leben so spielt«, sagte Enderlein, der Lilienthals verblüfften Blick registriert hatte, »Dr. Schwante, der leitende Pathologe dieses Hauses, und ich kennen uns schon seit Langem. Ich habe ihm einen Besuch abgestattet, gerade als mich ihr Anruf erreichte.«

Lilienthal vermutete eher, dass Enderlein die Saarow-Therme besucht hatte, das aber keinesfalls zugeben wollte. Dr. Schwante, ein hochgewachsener, hagerer Mann mit millimeterkurzen dunkelblonden Haaren, nickte ergeben. Anscheinend war ihm bekannt, dass Enderleins Rede- und Geltungsbedürfnis nicht zu bremsen war.

»Die Tote verstarb an einer Hypokaliämie«, dozierte Enderlein. »Der Name Kalium leitet sich übrigens vom arabischen ›al kalja‹ ab, was Pflanzenasche bedeutet. Aus Pflanzenasche wird durch Auslaugen und Eindampfen die sogenannte Pottasche gewonnen.«

»Das bedeutet, die Patientin verstarb an einem Kaliumdefizit, das lebensbedrohlich war«, unterbrach ihn Dr. Schwante augenrollend, der sich nicht mehr zurückhalten konnte. Immerhin war das hier sein Revier.

Aber Enderlein ließ sich nicht so leicht ausbremsen. »Hypokaliämie kann eine Vielzahl von Ursachen haben. Für gewöhnlich tritt sie nach übermäßigem Kaliumverlust auf, verbunden mit übermäßigem Wasserverlust, der das Kalium aus dem Körper spült«, schnurrte Enderlein weiter herunter.

Lilienthal kam sich vor wie in einer Screwball-Comedy, nur dass das hier nicht witzig war.

»Die Verstorbene erhielt als Medikation ihrer Herzerkrankung ein Digitalis-Präparat zur Herzstärkung. Die Patienten fühlen sich dabei wohler, und der Puls wird gesenkt«, versuchte Dr. Schwante erneut das Gespräch an sich zu reißen.

»Die berühmte Digitalis-Renaissance hat in diesem Krankenhaus auch ihren Einzug gehalten.«

Dr. Schwante ignorierte Enderleins Einwand.

»Zusätzlich bekam die Patientin ein gering dosiertes Entwässerungsmittel, was bei diesem Krankheitsbild durchaus normal ist.«

»Nur wurde der Patientin eine zu hohe Dosierung verabreicht, und das Ergebnis liegt uns jetzt dahinten vor.« Enderlein deutete hinüber zu einem Stahltisch, auf dem Lilienthal die Tote vermutete.

»Ein ärztlicher Behandlungsfehler?«

»Keinesfalls, Herr Kommissar.« Dr. Schwante schaute Enderlein böse an. »Auch eine Überdosierung durch das Personal konnte ausgeschlossen werden. Das wurde sofort abgeklärt. Nachdem wir den Mageninhalt untersucht haben, stellte sich heraus, dass der Patientin ein starkes Abführmittel zusammen mit einer exorbitant hoch dosierten Menge eines Entwässerungmittels verabreicht wurde.«

»Da die Patientin zusätzlich an einer vorher nicht bekannten«, Enderleins Blicke schossen Blitze in Richtung Dr. Schwante ab, »Niereninsuffizienz litt, sank die glomeruläre Filtrationsrate.«

Dr. Schwantes Kiefermuskeln mahlten, aber mit beinahe heroischer Kraft vermied er, auf Enderleins Formulierung einzugehen.

»Mit hoher Wahrscheinlichkeit wurden die Medikamente durch ein Stück Kuchen zugeführt. Wir fanden Speisereste von Mandeln mit Honig. Diese Zusammensetzung findet man im Bienenstich. Der Mörder hat die Tabletten mineralisiert und in den Teig gedrückt.«

»Gab es denn den Kuchen auf der Station?«

»Nein. Laut Speiseplan erhielten die Privatpatienten heute Tiramisu.«

Lilienthal bedankte sich und bat um einen schnellstmöglichen schriftlichen Bericht. Schwante nickte und rollte wieder mit den Augen. Enderlein war grußlos nach draußen geeilt, eine Zigarette im Mundwinkel.

Die ältere Stationsschwester Edeltraud brachte sie in Dielows Zimmer. »Wir haben das Zimmer ausgeräumt und bereits desinfiziert. Das ist Vorschrift«, sagte sie streng. Die Frau ließ die beiden Kommissare deutlich spüren, dass sie ihrer Meinung nach in diesem Bereich nichts zu sagen hatten. »Die Sachen von Frau Dielow hat Betty, unsere Lernschwester, auf meine Anweisung hin in einen Plastikbeutel getan«, fügte sie hinzu.

»Das sind Beweismittel«, sagte Kalumet streng.

»Herr Stetter hat bereits alles abgeholt.«

»Sie wurden telefonisch angewiesen, nichts anzurühren«, herrschte Lilienthal sie an.

»Ich hatte es bereits veranlasst.« Schwester Edeltraud ließ sich nicht aus der Fassung bringen.

»Haben Sie von den Gegenständen eine Liste angefertigt?«

»Ja natürlich.«

Lilienthal wartete. »Und?« Am liebsten hätte er die ältere Frau geschüttelt. Ihre herablassende Art ging ihm gehörig gegen den Strich. Über ihr Handy forderte Schwester Edeltraud die Aufstellung der Gegenstände der Verstorbenen Frau Dielow an.

Wenig später kam eine junge, schlanke Frau mit dunkelblondem Pferdeschwanz den Gang entlang und reichte der Stationsschwester ein zusammengefaltetes Blatt Papier. Unter dunklen Wimpern lächelte sie Kalumet an. Lilienthal wunderte sich immer wieder, welche Wirkung sein junger Kollege auf Frauen ausübte.

Edeltraud gab ihm die Aufstellung. Lilienthal überflog die Gegenstände, die dort aufgelistet waren: ein Bademantel, drei Nachthemden, Hausschuhe, Unterwäsche, ein Kosmetikbeutel mit Zahnreinigungstabletten, Flüssigseife, ein Deodorant, Körperlotion, eine Packung Einmalwaschlappen und mehrere Päckchen Papiertaschentücher. Drei Bücher, ein Ehering, ein kleiner Wecker sowie eine Handtasche mit Portemonnaie,

Ausweis und Krankenversichertenkarte. Nichts Auffälliges auf den ersten Blick, dachte er.

»Wer hat Frau Dielow heute besucht?«, fragte Kalumet.

»Soweit ich weiß, nur ihr Sohn und eine ältere Frau mit dunklen lockigen Haaren.«

»Frau von Lilienthal?«

»Wie sie heißt, weiß ich nicht. Aber eine sehr kultivierte, höfliche Dame.«

Hossa, dachte Lilienthal. Da hatte die Schwester ein gutes Auge und seine Mutter kurz und knapp beschrieben.

Die Lernschwester wandte sich an Kalumet, aber die Ältere blickte streng. »Medikamentenausgabe, Betty.« Die junge Frau eilte davon.

»Wer hat bei Frau Dielow den Tod festgestellt?«, fragte Lilienthal.

»Frau Dielow war sehr erschöpft, als ihre beiden Besucher gingen. Ich war danach bei ihr, um ihr die Tabletten zu verabreichen. Sie wollte schlafen. Als Betty das Abendbrot servierte, reagierte sie nicht mehr. Die Lernschwester hat mich sofort gerufen, und ich habe den Oberarzt, Dr. Meißner, informiert. Frau Dielow war aber bereits tot. Natürlich dachten wir, dass sie wegen ihrer Vorerkrankung verstorben war.«

»Wo ist Dr. Meißner jetzt?«, fragte Kalumet.

»Im Haus unterwegs.« Sie nahm ihr Handy und reichte Kalumet das Gerät: »Das ist seine Nummer.« Kalumet notierte sie sich.

44

25. April

Riemeisters Handy klingelte. »Silke« stand auf dem Display. Sie setzte den Blinker und fuhr an den Straßenrand. Ihre Schwester rief nie ohne Grund bei ihr an.

»Susi«, erklang die aufgeregte Stimme ihrer Schwester, als sie das Gespräch annahm. »Störe ich?«

»Nein, ich bin gerade unterwegs.«

»Du, der Walter, du weißt doch, unser Fleischer, der hat zu spät geliefert. Ich glaube, seitdem ihm seine Frau weggelaufen ist, trinkt der. Der ist nicht mehr so zuverlässig wie früher. Und Bärbel, meine Aushilfe, hat sich beim Karottenschneiden den halben Finger abgeschnitten. Die musste ich vorhin zum Arzt fahren. Hat die geblutet. Die ganze Küche musste ich anschließend aufwischen. Es gibt überhaupt kein anständiges Personal mehr. Jetzt ist sie krankgeschrieben. Wegen eines verletzten Fingers«, schnaufte Silke empört. »Und dem Klaus ist gestern ein Bierfass über den Fuß gerollt. Der hat vielleicht eine Laune.« Silke stöhnte. »Die Feuerwehr kommt doch gleich.« Als Riemeister nichts darauf erwiderte, ergänzte Silke: »Feuerwehrball!« Wenn ihre sonst so ausgeglichene Schwester sich wie eine Drama-Queen aufführte, dann war ihr etwas unangenehm, dann versuchte sie einen Bogen zu schlagen, bevor sie zum Eigentlichen kam.

»Du schaffst es nicht, Max von der Kita abzuholen, nicht wahr?«, unterbrach Riemeister sie. Den Feuerwehrball hatte sie einfach vergessen. Der Jahreshöhepunkt im »Gasthof Moritz«. Da stand schon ohne eine lädierte Küchenhilfe die ganze Mannschaft kopf. An dem Tag hätte sie für Max selbst etwas organisieren müssen. Das schlechte Gewissen kroch in ihr hoch. Beruf und Mutterpflichten, das war immer wieder ein Balanceakt.

»Ja, ich schaff es einfach nicht, Susi. Es tut mir so leid«, lamentierte Silke. »Max hat sich doch so darauf gefreut. Die ganzen letzten Tage hat er erzählt, dass er Feuerwehrhauptmann werden will.«

Unwillkürlich musste Riemeister lächeln. Max änderte seine Berufswünsche im Tagestakt. Immer gerade das, was ihn in seiner Umgebung faszinierte. Als seine Kitagruppe vor ein paar Tagen im Berliner Zoo war, wollte er unbedingt Tierpfleger bei den Elefanten werden. Jetzt also Feuerwehrhauptmann. »Entschuldige, Silke, ich hätte daran denken müssen. Lass gut sein, ich bin sowieso in der Nähe. Natürlich hole ich Max gleich ab. Ich hatte den Feuerwehrball völlig vergessen.«

»Ach Susi, ich weiß doch, dass du so viel um die Ohren hast. Und ich freu mich, wenn der Junge bei uns ist. Ich heb euch auch was vom Spanferkel auf. Die Tiere sind nicht aus der Schweinemast. Die kommen vom Gut Eichen. Die waren die ganze Zeit draußen auf einer Wiese. Das Fleisch ist so zart, das glaubst du nicht«, sprudelte ihre Schwester vor Erleichterung. »Grüß deinen Maik. Wann kommt ihr denn mal wieder vorbei?«

»Keine Ahnung. Wir stecken mitten in einem Fall.«

Natürlich passte es überhaupt nicht. Aber ohne die Unterstützung ihrer Schwester wäre sie nicht in der Lage, ihren Beruf mit seinen unorthodoxen Arbeitszeiten auszuüben. Silke war ihr Garant und die Zuverlässigkeit in Person. Und vor allem, sie liebte Max wie ihr eigenes Kind. Nach einer Bauchhöhlenschwangerschaft, die eine Entfernung der Gebärmutter nach sich gezogen hatte, konnte ihre Schwester keine Kinder mehr bekommen. Ihre ganze Liebe konzentrierte sich deshalb auf ihren kleinen Neffen. Riemeister fuhr zum Kindergarten. Traurigkeit überkam sie. Bis eben noch war sie voller Vorfreude gewesen. Jedes Mal, wenn sie Maik sah, vibrierte ihr Körper. Alles schien dann leicht. Sie sehnte sich nach ihm. Nach seinen Händen, die so zärtlich sein konnten, nach seinen dunklen Haaren, seinem Mund, der so sanft war und sie so fordernd küsste, dass alles um sie herum versank. Die Freude auf die kommende Nacht hatte sie durchströmt wie eine Droge. Aber jetzt hatte der neue Fall Priorität.

Wo konnte sie auf die Schnelle ihren Sohn unterbringen? Nach Hause und dort allein lassen? Nein, das ging nicht. Maik anrufen und ihm sagen, dass sie die Vernehmung der Lubbien heute nicht schaffen würde? Auf gar keinen Fall. Auch wenn er Verständnis hätte, sie wäre raus aus den Ermittlungen. Sie musste Max mitnehmen zur Lubbien. Vielleicht sogar ein guter Schachzug, das Kind dabeizuhaben. Machte Lubbien leichter zugänglich. Sie musste Max nur vorher erklären, dass er sich ruhig zu verhalten hatte. Wenn es rauskam, würde es Ärger geben. Aber das Risiko musste sie in Kauf nehmen.

Sie erinnerte sich noch gut an ihre erste Befragung bei der Lubbien. Die hatte so verletzlich auf sie gewirkt. War völlig durch den Wind gewesen. Vielleicht hatte Lubbien ein Verhältnis mit dem Professor gehabt. Vielleicht war sie schwanger geworden. Hatte abgetrieben. In Brandenburg war die Abtreibungsrate besonders hoch, hatte sie erst kürzlich gelesen. Das war traurig. Sie selbst hätte so etwas nie gemacht. Aber den Kindsvater dafür verantwortlich machen? Das fand sie ungerecht. Schließlich gab es nicht erst seit gestern Verhütungsmittel. Auch wenn er die Beziehung beendet hatte, es war allein die Entscheidung der Frau, ob sie das Kind behielt oder nicht. Lubbien war gläubig. Wenn, dann hatte sie das nicht ohne guten Grund getan. War sie zu alt für die Schwangerschaft gewesen und die Ärzte hatten ihr abgeraten? Kolleginnen tratschten gern, meist wurde übertrieben. Vielleicht wollte sich diese Carola Kohout bei Kalumet nur wichtigmachen. Sie hatte da so ihre Zweifel an seiner Erzählung. Darum hatte sie auch sofort gesagt, dass sie die Vernehmung der Lubbien übernehmen wollte. Von Frau zu Frau, da würde sich Lubbien eher öffnen als einem Mann gegenüber. Männer waren in dieser Hinsicht oft unsensibel.

Riemeister fuhr in die Dreißigerzone vor dem Kindergarten. Fand eine Parklücke und lief die Stufen zum Eingang hoch.

Als sie die Tür zu der Gruppe der »Bienenkinder« öffnete, lief Max ihr entgegen. Sie nahm ihn hoch und drückte ihn an sich.

»Na, mein Großer«, murmelte sie in sein feines Haar.

»Kommst du mit zum Feuerwehrball?«, rief er aufgeregt.

»Nein, mein Spatz, etwas viel Besseres. Du darfst mit mir

mitkommen. Nur große Jungs dürfen bei einer Befragung dabei sein.«

»Ich bin schon groß«, erwiderte Max im Brustton der Überzeugung. »Bin ich dann auch Polizist?«

»Noch nicht richtig, aber ein bisschen schon. Und wenn du artig bist, gibt es ein Eis.«

»Ein Mini Croc, bitte.«

»Kein Schlumpfeis?«

»Nö, Schlumpfeis ist was für Babys.« Im Mini Croc waren sechzehn kleine Eis am Stiel. Ihr Sohn war ziemlich clever. Sie fuhr rechts ran und ging mit ihm in ein Café. Mini Croc war aus, aber dafür bekam er eine Waffeltüte mit einer Kugel Schokolade und einer Kugel Erdbeere. Als sie weiterfuhren, erklärte sie ihm, dass es wichtig wäre, dass er ganz leise sein müsste, wenn sie mit der Frau Lubbien redete. Max, vollauf mit dem Eis beschäftigt, versprach alles.

Sie bog in die schmale Straße der Fürstenberger Altstadt ein. Kein freier Parkplatz. Im Rückspiegel sah sie, dass ein Lieferwagen eines Tiefkühlherstellers aus einer Parklücke fuhr. Sie setzte zurück und parkte ein. Das zweistöckige Haus mit seinen geschwungenen Fensterbogen sah gepflegt aus. Ein Holztor versperrte den Eingang. An der Säule daneben verriet die Klingelleiste, dass zwei Parteien dort wohnten. Auf dem unteren Namensschild stand »K. Lubbien«. Max hatte sich hingehockt und lockte eine junge schwarze Katze.

»Max«, rief sie.

»Ich möchte eine Katze haben, Mama«, antwortete er und blieb sitzen. Riemeister stöhnte innerlich. Sie war müde, hatte einen langen Tag hinter sich. »Komm jetzt«, sagte sie, und ihr Ton war schärfer als beabsichtigt. Das Kind erhob sich widerwillig. »Tschüs, Mulli«, sagte er leise und trottete auf sie zu. Sie ergriff seine Hand und klingelte. Wartete.

»Da ist niemand, Mama«, quengelte ihr Sohn. »Die Katze war ganz dünn, die hat bestimmt Hunger. Ich auch.« Er trat gegen das Holztor.

»Max, hör auf damit«, sagte sie genervt und drückte noch

einmal länger auf den Klingelknopf. Der Summer ertönte. Riemeister drückte die Tür auf und ging mit Max in den Hof. Altes Kopfsteinpflaster. Links ein langes Gebäude. Wahrscheinlich die ehemalige Scheune. Davor stand ein alter Autoanhänger. Rechts am Haus befand sich eine überdachte Treppe, die zu einer schweren dunkelgrünen Haustür führte. Diese öffnete sich, und Lubbien trat heraus. In Jeans und mit einem weiten karierten Fleecehemd, das ihr über die Hüften reichte, wirkte sie wie eine Frau vom Land. Als sie Max an der Hand seiner Mutter sah, riss sie die Augen auf.

»Ich muss ganz artig sein, dann darf ich mit zu dir«, erklärte ihr Max, bevor Riemeister etwas sagen konnte.

Lubbien lächelte und beugte sich vor. »Wie heißt du denn?«, fragte sie.

Max schaute zu Boden.

»Ich heiße Kerstin«, stellte Lubbien sich vor.

Da ihr Sohn immer noch nicht reagierte, streckte Riemeister ihr die Hand entgegen. »Guten Tag, Frau Lubbien. Mein aufrichtiges Beileid. Es tut mir leid, dass ich Sie gerade jetzt, wo Ihre Tante gestorben ist, stören muss. Ich habe auch nur ein paar Fragen.«

Lubbien richtete sich auf. Sie überragte Riemeister um Haupteslänge. »Wie schön, dass Sie diesmal Ihren Sohn mitgebracht haben. Bitte kommen Sie doch herein«, sagte sie freundlich.

Max hatte seinen Anfall von Schüchternheit überwunden und blickte Lubbien an. »Hast du eine Katze?«, fragte er.

»Ja, die ist aber draußen.«

»Ist sie ganz schwarz?« Und als Lubbien nickte, rief er aufgeregt: »Ich hab sie gesehen. Sie ist auf der Straße.«

»Das ist Mohrchen, Max. Soll ich sie reinrufen?« Sie streckte ihre Hand aus, und Max legte seine vertrauensvoll hinein. »Entschuldigen Sie, aber es ist nicht aufgeräumt. Besuch bekomme ich in letzter Zeit nicht häufig.« Sie ging mit Max voraus. »Möchten Sie einen Kaffee oder vielleicht einen Tee?«

Riemeister registrierte, wie sie mit Max sprach. Sie liebte Kinder offenbar. Eine Tür stand offen.

Max wand sich aus Lubbiens Hand und blieb stehen. »Ein Clown«, rief er aufgeregt. Auf einem Stühlchen saß ein Harlekin. Das schwarz-weiße Gewand schimmerte wie Seide. Der weiße Porzellankopf mit der zweifarbigen langen Kappe hatte sich seitlich geneigt.

Lubbien blieb abrupt stehen. »Nicht«, rief sie schrill. Aber Max war bereits in das Zimmer geschlüpft, nahm die Puppe und schwenkte sie hoch in die Luft.

»Bitte leg die Puppe sofort zurück, Max«, befahl Riemeister. Max ließ den Harlekin auf den Boden fallen. Lubbien hob ihn auf und setzte ihn sanft zurück auf das Kinderstühlchen. Ihre Bewegungen wirkten auf einmal hölzern. Aber als sie sich umdrehte, lächelte sie, ging weiter und öffnete die nächste Tür. Riemeister schob Max vor sich her. Der machte sich steif, schob die Unterlippe vor. Die Arme hatte er demonstrativ vor der Brust verschränkt. Riemeister stöhnte innerlich. Max war gerade in seiner Trotzphase. Irgendwie lief alles verkehrt. Wie sollte sie nur die Kurve bekommen, um Lubbien nach ihrer Liebschaft mit dem Professor zu befragen? Am liebsten hätte sie ihren Sohn raus ins Auto gebracht, aber das ging natürlich nicht.

»Sie haben ein wunderschön eingerichtetes Kinderzimmer«, versuchte Riemeister die Situation zu entspannen und einen Übergang zu ihrer Befragung zu finden. »Glauben Sie mir, es tut mir sehr leid, dass das Zimmer nun keinen Bewohner hat.« Ihr fiel nichts Besseres ein. Max scharrte mit einem Fuß auf dem Boden. Sie merkte, wie sie immer gereizter wurde. Sie hätte ihn nicht mitnehmen dürfen, er hatte sie völlig aus ihrem sonst so routinierten Konzept gebracht, aber jetzt war es zu spät. Dabei merkte sie selbst, wie unbeholfen ihre Sätze klangen. Inständig hoffte sie, dass Lubbien sie nicht einfach rauswarf.

Lubbien kniff die Augen zusammen. Etwas hatte sich in ihrer Haltung verändert. »Ich weiß nicht, was Sie meinen. Meinem Kurtchen geht es gut. Er ist gerade bei der Tagesmutter. Ich habe auch nicht viel Zeit. Ich muss ihn gleich abholen.«

Riemeister blickte Lubbien verblüfft an. Wie jetzt, Lubbien

hatte doch ein Kind? Hatte Carola Kohout etwas Falsches erzählt? Wollte sie sich bei Kalumet nur wichtigmachen? Peinlich. Wie kam sie aus der Situation wieder heraus?

Aber Lubbien lächelte schon wieder fröhlich, schien das nicht besonders tragisch zu nehmen. »Möchtest du einen Kakao? Deine Mama und ich müssen was besprechen. Du darfst dann auch mit dem Clown spielen«, sagte sie gerade zu Max.

Der blickte unsicher seine Mutter an. Riemeister nickte. Was sollte sie Lubbien überhaupt noch fragen? Wenn das Kind lebte, dann waren alle Verdächtigungen gegen Lubbien hinfällig. Dann wäre es mehr als peinlich, sie nach dem Kindsvater zu fragen. Mit welcher Berechtigung? Im Klartext – total daneben. Sie hörte Lubbien in der Küche mit Geschirr klappern.

»Möchtest du Schlagsahne drauf?«, rief Lubbien. Max rutschte von der Couch und lief hinaus.

Trotzdem blickte sich Riemeister rasch um. An einer Seite des Zimmers stand eine dunkle Mahagoni-Schrankwand, hochglanzpoliert. Kein Stäubchen war auf den Griffen zu sehen. Ein Tischläufer mit goldverzierter Borte und gestickten Rosen bedeckte den rechteckigen Glastisch. Darunter ein beigefarbener Teppich, um den sich gleichfalls eine Bordüre mit blassen Rosen rankte. Die Kissen hinter ihr auf der Couch in der gleichen Farbe waren akkurat ausgerichtet, mit einem Knick in der Mitte. Auf dem Tisch stand eine Vase mit bunten Tulpen, daneben lag eine Bibel.

Warum richtete sich Lubbien wie eine ältere Frau ein? Sie war doch höchstens Anfang vierzig. Noch jung. Aus der Küche hörte Riemeister ihren Sohn plappern. Sie zog die Bibel heran. Schwarzes Leder mit Goldschnitt. Sie öffnete den Einband. Eine Lutherbibel aus dem Jahre 1912. Ein rotes Seidenband lugte an einer Stelle heraus. Sie öffnete die Seite und las. Psalm 90, Vers 11 und 12. Ordentlich waren die Worte mit Bleistift unterstrichen.

»Wer glaubt aber, dass du so sehr zürnest, und wer fürchtet sich vor solchem deinem Grimm? Lehre uns bedenken, dass wir sterben müssen, auf dass wir klug werden.«

Riemeister hörte etwas poltern. Max schrie auf. Sie wollte aufspringen. Ein Schmerz durchfuhr sie wie von einer glühenden Speerspitze. Sie riss die Augen auf. Gleißend grelles Licht umhüllte sie. Max, dachte sie, ich muss ihn holen. Der Boden raste auf sie zu. Alles um sie herum versank. Sie fiel. Tiefer, immer tiefer in einen eiskalten, lautlosen schwarzen Schlund.

45

25. April – Bad Saarow

Kalumet wählte die Nummer des Oberarztes.

»Ich bin in der Cafeteria, trinken Sie einen Kaffee mit mir, dabei können wir reden«, schlug Meißner vor.

Als sie hereinkamen, winkte ihnen ein imposanter Mann mit vollem weißen Haar von einem Tisch am Fenster aus zu. Meißners Händedruck war fest. Dunkle Schatten unter seinen Augen zeugten von dem anstrengenden, unregelmäßigen Dienst, aber sein Blick war hellwach und freundlich.

»Wie darf ich Ihnen helfen?«, fragte er gleich, nachdem sich Lilienthal und Kalumet gesetzt hatten.

»Wir waren bereits bei Ihrem Pathologen, Dr. Schwante. Wenn wir das richtig verstanden haben, wurde die Hypokaliämie bei Dielow durch einen Medikamentencocktail aus einem starken Abführmittel und einer hoch dosierten Menge eines Entwässerungsmittels herbeigeführt«, erklärte Lilienthal.

»Korrekt. Beides gehörte nicht zu der verordneten Medikation der Patientin. Frau Dielow litt zusätzlich an einer Niereninsuffizienz, was letztendlich den schnellen Tod herbeiführte.« Aus seiner Kitteltasche zog er ein zusammengefaltetes Stück Papier, öffnete es und legte es vor Lilienthal auf den Tisch. »Hier, sehen Sie, das war die verordnete Medikation.«

»Sind die Medikamente auf der Station vorrätig?«

»Ja, aber alle Arzneien werden unter Verschluss aufbewahrt. Und um gleich Ihre nächste Frage zu beantworten: Die Medikamente werden jeden Morgen nach der Verordnung der behandelnden Ärzte für jeden Patienten in einer Tagesbox abgepackt und anschließend noch einmal kontrolliert.«

»Wer kontrolliert das?«, fragte Kalumet.

»Zum letzten Mal während der Visite der Stationsarzt.«

»Könnte es ein Versehen gewesen sein?«

»Ausgeschlossen. Außerdem ergab sich aus dem Mageninhalt, dass die Medikamente über ein Nahrungsmittel zugeführt wurden. Die Zusammensetzung lässt auf Backwerk schließen.

Wahrscheinlich auf Bienenstich, und der wurde definitiv nicht auf der Privatstation serviert.« Meißners Handy gab Laut, er schaute darauf. »Entschuldigung, aber ich werde dringend auf der Station gebraucht. Haben Sie noch weitere Fragen?«

»Im Augenblick nicht. Danke.«

»Kaffee?«, fragte Kalumet, nachdem Dr. Meißner hinausgeeilt war. Lilienthal nickte. Als Kalumet, in jeder Hand einen Becher Kaffee, zurückkam und die Tassen vorsichtig auf dem Tisch abstellte, telefonierte Lilienthal gerade mit Heike.

Ungeduldig trommelte Lilienthal mit den Fingern auf der Tischplatte. »Hast du es auch in Leipzig probiert?« Er zog einen Becher zu sich heran und hielt den Zuckerspender darüber. »Wie bitte?« Seine Stimme übertönte den Geräuschpegel im Raum.

Kalumet blickte ihn neugierig an. In Lilienthals Tasse musste sich inzwischen mehr Zucker als Kaffee befinden.

Er beendete das Gespräch und ließ das Gerät auf dem Tisch liegen. »Heike hat alle Passagierlisten der heutigen Abflüge von beiden Berliner Flughäfen gecheckt. Kiekebusch ist auf keiner Passagierliste aufgeführt. Jetzt überprüft sie die von Leipzig.« Er rührte mit einem Plastiklöffel in seinem Becher. »Meine Mutter ist zusammen mit Körner zum ›Seeschlösschen‹ gefahren«, sagte er unvermittelt.

»Ach du dicke Neune«, murmelte Kalumet verblüfft.

Lilienthal trank einen Schluck. Verzog angewidert das Gesicht. »Das schmeckt ja wie Zuckerwatte.« Er schob den Becher weg. »Wir klappern gleich mal die Konditoreien hier in der Umgebung ab.«

»Du verdächtigst Stetter?«

Lilienthal zuckte mit den Schultern. »Die Frage ist: Wer konnte sich die Medikamente unbemerkt beschaffen, und wer konnte, ohne dass es auffiel, Dielow das Ganze im Kuchen verabreichen?«

»Das ganze Pflegepersonal einschließlich der Ärzte.«

»Quatsch, Leo! Die Frage ist: Wer hatte einen Vorteil von Dielows Tod?«

Lilienthals iPhone bewegte sich auf der Tischplatte. Er hatte es auf lautlos gestellt. Er meldete sich und hörte konzentriert zu. »Informiere die Flughafenpolizei und gleich auch den Staatsschutz.« Er steckte das Handy weg, lehnte sich zufrieden zurück. »Beim Flug XQ 275 um zweiundzwanzig Uhr ab Leipzig ist Heike fündig geworden. Siggilein Kiekebusch wollte mit Sun Express ab in die Sonne, nach Antalya. Ein zweites Ticket nach Bangkok hatte er schon in der Tasche. One way.«

Als sie zum Parkplatz liefen, kam eine Krankenschwester auf sie zu.

»Das ist ja Betty«, sagte Kalumet verblüfft.

»Deine Chancen möcht ich haben.« Lilienthal musterte wohlwollend die junge Frau.

»Mir ist noch etwas eingefallen.« Die Lernschwester blickte zu Kalumet. »Als ich das Abendessen verteilte, kam jemand aus dem Zimmer.«

»Von Frau Dielow?« Betty nickte.

»Mein Servierwagen stand etwas weiter weg. Erst dachte ich, der käme aus dem Nachbarzimmer, aber das war leer. Als Sie vorhin fragten, fiel es mir wieder ein.«

»Können Sie die Person beschreiben?«

»Ja, es war ein Rettungssanitäter, Herr Kommissar.«

»Und das ist ungewöhnlich?«

»Eigentlich nicht. Manchmal kommen Patienten direkt aus der Notaufnahme auf die Station, und da kommt auch schon mal ein Sani mit. Aber der kam aus dem Zimmer von Frau Dielow. Das machte doch keinen Sinn, Herr Kommissar.«

»Danke, Betty, das war wirklich wichtig.« Kalumet lächelte die junge Frau an.

»In einer Stunde habe ich Dienstschluss.« Zarte Röte überflutete ihr Gesicht. Sie drehte sich um und rannte zurück ins Krankenhaus.

46

25. April – »Seeschlösschen«

Körner ließ seinen alten Fünfer-BMW einfach in der Auffahrt stehen. Aus den Fenstern des »Seeschlösschens« schimmerte Licht nach draußen. Die Fassade wurde von Bodenscheinwerfern angestrahlt. Ein bisschen wie Disneyland, dachte Enne. Körner blieb stehen und nahm einen Anruf entgegen. Enne ging ein paar Schritte zur Seite und zündete sich eine Zigarette an. Sie genoss den würzigen Tabakgeschmack. Und jetzt, wo sie unter Spannung stand, beruhigte sie das Nikotin ungemein. Als Körner das Gespräch beendet hatte, warf sie die halb gerauchte Zigarette auf den Boden, trat sie aus, bückte sich dann schuldbewusst und steckte den Stummel in ein zerknülltes Papiertaschentuch.

Heike hatte Körner über die Festnahme von Kiekebusch am Leipziger Flughafen informiert. Die weiteren Ermittlungen würde der Staatsschutz übernehmen. Körner lächelte zufrieden. Mit dieser braunen Soße wollte er sein Team nicht weiter belasten.

Sie stiegen die Eingangstreppe hinauf. In der Lobby wurde gefeiert. Die Herren in überwiegend dunklen Zweireihern, die Damen meist im kleinen Schwarzen. Körner marschierte in Richtung Direktion. Enne hatte ihre Tasche lässig über der Schulter hängen und versuchte, Schritt zu halten. Die Tür öffnete sich, und Stetter trat heraus. Als er Enne erblickte, presste er die Lippen zusammen.

»Bei Ihnen gehen uns die Fragen nicht aus, Herr Stetter«, dröhnte Körners Stimme wie aus der Flüstertüte. Eine offizielle Begrüßung ersparte er sich, stieg gleich in den Ring. »Frau von Lilienthal begleitet mich in offizieller Funktion.« Eiger-Nordwand bei schlechten Wetterverhältnissen, so baute sich der Kriminalrat vor dem Hotelbesitzer auf.

Aber Stetter war viel zu sehr Geschäftsmann, um es auf eine offene Konfrontation ankommen zu lassen. Er trat beiseite, bot aber keinen Platz an. Mit verschränkten Armen stand er hinter seinem Schreibtisch, hielt Körners massige Gestalt auf Abstand und blickte beide mit ausdrucksloser Miene an.

»Marie Dielow wurde ermordet.« Körner kam ohne Umschweife zur Sache. Stetter starrte ihn an. Langsam ließ er sich in seinen Schreibtischstuhl sinken. »Haben Sie Ihre Stiefmutter umgebracht?«, lud Körner nach. Enne verzog keine Miene. Körner ritt Attacke.

»Sie scherzen«, flüsterte Stetter. Seine Finger umklammerten die Tischplatte.

»Sehe ich so aus?«, grollte Körner. »Sie haben eine ehrenrührige Behauptung gegenüber Frau von Lilienthal aufgestellt. Sie des Todes an Ihrer Stiefmutter beschuldigt. Das ist nach StGB Paragraf 185 Beleidigung, Verleumdung und üble Nachrede und kann mit einer Freiheitsstrafe von bis zu einem Jahr belangt werden. Das ist Ihnen hoffentlich klar?«

Stetters Kiefermuskeln zeichneten sich unter der Haut ab, sodass sein Gesicht etwas Kantiges bekam. »Das ist doch absurd«, zischte er.

»Haben Sie für den Nachmittag ein Alibi?«

Stetter blickte irritiert zu Enne. »Ich war doch mit Ihnen da und bin auch mit Ihnen wieder gegangen.«

»Und danach?«

»Hier.« Stetter schob trotzig das Kinn vor. »Was meinen Sie, was heute hier los ist. Meine Angestellten können das bezeugen.«

»Hatte Ihre Stiefmutter Feinde?«

»Ich wüsste niemanden.«

»Wer profitiert von Marie Dielows Tod? Sie?«

Stetter stemmte sich schwerfällig aus seinem Stuhl, ging zu einem Eckschrank und öffnete ihn. Dahinter befand sich eine kleine Bar. »Möchte jemand von Ihnen auch etwas zur Stärkung?«, fragte er.

Körner schüttelte den Kopf. Enne wollte gerade ablehnen, da sah sie eine kleine Flasche Hennessy XO in der Ecke stehen. Eine Rarität. Sie deutete darauf. Stetter runzelte die Brauen, nahm aber zwei Gläser und schenkte ihr und sich davon ein. Trank einen Schluck.

»Andersherum wird ein Schuh draus, Herr Dr. Körner. Mariechen wurde von mir unterstützt. Ihre Rente hätte für ihren Lebensunterhalt nicht ausgereicht. Das exklusive Heim, die Privatbehandlung im Krankenhaus, alles das habe ich finanziert. Und ich habe es ausgesprochen gern getan.« Er nippte wieder an seinem Glas. »Das Haus, in dem Mariechen vorher wohnte, gehört mir. Es ist mein Elternhaus. Mariechen bekam Wohnrecht auf Lebenszeit. Jetzt wohnt Kerstin darin. Aber auch sie lasse ich nur die Umlagen zahlen.«

»Kerstin Lubbien?«, fragte Enne. Stetter nickte.

»Marie hat Kerstin als Kind aus dem Heim geholt und sie aufgezogen. Mariechen hatte ein großes Herz. Fühlte sich immer verantwortlich, egal ob für Menschen oder Tiere. Wenn sie sah, dass jemand litt, dann setzte sie sich für ihn ein.« Er trank den Rest des Cognacs aus. »Kerstin konnte sich nicht richtig artikulieren, sie sprach nur in Fragmenten. Sie sollte auf eine Sonderschule, doch Mariechen erkannte, dass Kerstin traumatisiert war.«

»Warum war sie denn im Heim?«, fragte Enne.

»Eine schlimme Geschichte«, erwiderte Stetter. Er blickte Körner an: »Was hätte ich für einen Nutzen vom Tod meiner Mutter gehabt? Keinen. Absolut keinen.« Seine Augenlider flatterten. »Ich bin traurig«, flüsterte er. »Verstehen Sie das? Sie war alt. Ja, man musste damit rechnen. Aber jetzt höre ich von Ihnen, das Mariechen ermordet worden ist. Das macht es noch viel schlimmer. Das tut weh. Sie war eine gütige alte Frau. Anständig, ehrlich, aufrichtig.« Er räusperte sich. »Ich weiß nicht, wer ihr das angetan hat. Aber ich möchte es wissen. Und wenn ...« Bei dem letzten Wort presste er die Lippen aufeinander.

Körner erhob sich. »Gut, Herr Stetter. Sie sagen, Sie hatten keinen Vorteil. Zumindest finanziell nicht. Aber vielleicht geht es hier um ganz etwas anderes. Verlassen Sie sich darauf, wir werden es herausfinden. Halten Sie sich zu unserer Verfügung.«

Stetter starrte abwesend in eine Ecke des Raumes, als sie ihn verließen. Er schien kaum noch etwas wahrzunehmen.

»Was hältst du von ihm?«, fragte Körner, als sie zum Auto gingen.

»Er verheimlicht etwas«, antwortete Enne nachdenklich. »Und auf meine Frage, warum Kerstin Lubbien im Heim war, hat er auch nicht geantwortet.«

Auf der Fahrt zurück schwiegen beide. Jeder hing seinen Gedanken nach. Als Körner vor ihrem Haus in Stahnsdorf hielt, blieb Enne einen Moment sitzen.

»Danke, Richard«, sagte sie leise. Er legte seine Hand auf ihren Arm. Sie spürte die Wärme durch ihre Kleidung.

Als sie aussteigen wollte, sagte er auf einmal: »Ist es mit ihm was Ernstes?« Erstaunt blickte sie ihn an. »Mit diesem Johannes Schönburg«, murmelte er.

»Aber Richard!« Sie schüttelte den Kopf.

Ein schiefes Grinsen überzog sein Gesicht.

»Weißt du, Ennekin, manchmal, wenn ich auf die Uhr schaue, denke ich: so spät schon? Wie viel Zeit bleibt noch? Und wenn du da bist, spüre ich, du bringst Farbe in mein Leben. Ich möchte nicht still in einer Ecke sitzen und vor mich hin altern.«

Sie drückte seine Hand und flüchtete aus dem Auto und die Stufen zur Haustür hinauf.

47

25. April – Bad Saarow – Kloster Neuzelle

Lilienthal und Kalumet hatten Bäckereien, Konditoreien und Cafés in der Umgebung abgeklappert. Bienenstich hatte nur einer im Angebot. An die Kunden vom gestrigen Tag konnte sich niemand erinnern. Wie auch, wenn nicht gerade einer einen Handstand im Laden gemacht hätte, dachte Lilienthal boshaft. Kalumet probierte sich durch das Angebot, um die Verkäuferinnen gesprächiger zu stimmen. Kirschstreusel hier, Bienenstich dort und beim Nächsten ein Schweineöhrchen. Danach war ihm übel, und er hatte gestreikt. Und Lilienthal konnte man mit Kuchen sowieso in die Flucht schlagen. Fehlanzeige. Die ganze Fragerei war einfach nur sinnlos. Sie steckten fest, und zwar im Bienenstich.

Im Auto versuchte Lilienthal, Riemeister zu erreichen. Aber nur die Mailbox sprang an. Wie hatte er sich auf ihren gemeinsamen Abend gefreut. Jetzt rannte er herum und fragte nach einer Kuchensorte. Wie tief musste er noch sinken? Die Hände tief in den Hosentaschen vergraben, lief er missmutig neben Kalumet her. Graues Selbstmitleid im Schlepptau.

Kalumet telefonierte und grinste dann breit. Er blickte zu ihm und tippte auf seine Armbanduhr.

»Neuzelle«, beschied ihn Lilienthal barsch. Das vergnügte Funkeln in Kalumets Augen erlosch, als wenn man einen Schalter umgelegt hätte. Lilienthals schlechtes Gewissen folgte auf dem Fuß. Wurde er zum Charakterschwein? Missgönnte er seinem Kollegen die Flirts? Schweigend trabten sie weiter zum Auto. Lilienthal reichte Kalumet den Autoschlüssel. Er wusste, dass der gern mit dem Jaguar fuhr.

»Lass man gut sein, Maik«, erwiderte Kalumet spröde. »Ich brauche keinen Lolly.« Er öffnete die Beifahrertür und stieg ein.

Lilienthal versuchte es mit einem aufmunternden Gesichtsausdruck, aber Kalumet schaute stur geradeaus. Die Situation war irgendwie infantil. Zwei erwachsene Männer schmollten, anstatt sich auf ihre Arbeit zu konzentrieren. Aus der Nummer musste er schnellstens wieder herauskommen. Er stellte das Radio an. Wie immer, sein Klassiksender. Nein, das war nicht das, was Kalumet bevorzugte. Er drückte auf Sendersuchlauf.

Helene Fischer trällerte. Das Lied, das sogar die Fußballer bei der letzten WM für sich übernommen hatten. »Atemlos durch die Nacht«.

Kalumet schaute kurz zu ihm herüber. Seine eben noch zusammengezogenen Augenbrauen entspannten sich. »Sag mal, Kuchen bringen doch meist nur Frauen mit ins Krankenhaus, oder?«

Lilienthal überlegte. Da bemerkte er die Lachfältchen um Kalumets Augen.

Eine Tonlage zu tief, aber mit Inbrunst fiel Kalumet in den Refrain ein.

Lilienthal riss die Hände vom Lenkrad und hielt sich die Ohren zu. Kalumet ignorierte es, beugte sich stattdessen vor und trommelte den Takt vor sich auf der Konsole. Beim nächsten Refrain brummte Lilienthal grinsend mit.

Kalumet schob die Hände hinter den Kopf und rutschte tiefer in den Sitz. »Ruf doch einfach Susanne an. Was war Dielows Lieblingskuchen? Die Lubbien müsste das doch wissen«, nuschelte er.

Auf dem Klostergelände spürten sie Gruber im ehemaligen Kutschstall auf. Er war bestens gelaunt, geradezu euphorisch, und schüttelte ihnen ausgiebig die Hand. Einige Strähnen seiner Haare lagen nicht wie sonst akkurat glatt, sondern in alle Himmelsrichtungen, so als wenn er mit den Händen durchgefahren wäre. Seine Augen glänzten. »Das ist hier etwas ganz Besonderes, wissen Sie.«

Er wartete keine Antwort ab, sondern sprudelte weiter: »Was Sie hier sehen«, und mit ausholender Geste wies er durch das Gewölbe, »wurde rekonstruiert und wiederaufgebaut. Nur die Außenmauern standen noch. An den alten Bildern und Zeichnungen aus dem 18. Jahrhundert konnte man sich zum Glück orientieren. Was meinen Sie, wie das hier vorher aussah? In ein paar Jahren wäre alles zusammengefallen. Zwischenwände hatte man gezogen. Das Kreuzgewölbe war nicht mehr erkennbar.«

Er holte Luft: »Aber jetzt, ich sag Ihnen, unser neues Museum, der Wahnsinn!« Lilienthal war amüsiert über die Wortwahl des sonst so zurückhaltenden Sakristans. »Unser ehemaliger Weinberg wurde zum Teil abgetragen. Über dreitausend Quadratmeter Erdbewegungen!«

Gruber wuchs geradezu bei seinen Erklärungen. »Da hinein wurde das neue Museum gebaut. Natürlich gab es auch Schwierigkeiten. Der Berg kam ins Rutschen. Aber es gibt keine Probleme. Es gibt nur Lösungen, und unsere Mannschaft hat alles gemeistert.« Gruber strahlte, als ob er alles allein bewältigt hätte. »Eine architektonische Meisterleistung. Es ist so ungewöhnlich, wie die Ausstellung es wird«, sagte er mit Pathos. »Wir werden zwei Szenen aus der barocken Passionsdarstellung zeigen. Bis zu sieben Meter hohe Figuren, Figurengruppen und Kulissen. Das ist einmalig in Europa, sage ich Ihnen. Das gibt es nur hier bei uns in Neuzelle.« Er rieb sich begeistert die Hände. »Und das Schönste – wir sind im Kostenrahmen geblieben. Da können sich die Herren beim BER eine Scheibe abschneiden.«

Lilienthal versuchte, ausreichend beeindruckt auszusehen. »Wir haben noch ein paar Fragen«, unterbrach er Grubers Redeschwall.

»Ach ja?« Gruber runzelte die Stirn. »Was wollen Sie denn noch? Ich denke, Sie haben bereits den Täter. Ich hörte, der Besitzer vom ›Seeschlösschen‹ ist festgenommen worden.«

Die Buschtrommeln in der Niederlausitz arbeiteten einwandfrei, registrierte Lilienthal. »Sie waren mit Frau Lubbien auf der Beerdigung von Professor Schönburg?«

»Ja und? Das war unsere Pflicht. Der Professor starb hier. Selbstverständlich sind wir zu seiner Beerdigung gegangen.«

»Frau Lubbien hatte darauf gedrängt, nicht wahr?«, mischte Kalumet sich ein.

»Wieso? Mir war es auch ein Anliegen.«

»Frau Lubbien trug eine Rose. Kannte sie Professor Schönburg näher?«

Gruber blickte irritiert. »Ist mir nicht bekannt. Vielleicht von früher aus der Viadrina.« Genervt schaute er auf seine

Armbanduhr.

»Frau Lubbien hat Pfarrer Michaelis gefunden«, fuhr Kalumet fort, »sie ist eine wichtige Zeugin. Wir brauchen noch einige Angaben zu ihren persönlichen Lebensumständen.«

»Fragen Sie sie doch selbst«, erwiderte Gruber bockig.

»Herr Gruber, hier geht es um Mord. Wir benötigen diese Auskünfte hier und jetzt. Das dürfte doch nicht so schwer sein«, schlug Lilienthal eine härtere Tonart an.

Gruber hob das Kinn. »Die persönlichen Lebensumstände von Frau Lubbien gehen mich nichts an. Und alles, was Kerstin mir im Vertrauen jemals gesagt hat, unterliegt selbstverständlich der Schweigepflicht. Wenn Sie mich jetzt bitte entschuldigen würden, ich habe noch jede Menge zu tun.«

»Wir wollen Sie nicht von Ihren wichtigen Aufgaben abhalten.« Kalumet warf Lilienthal einen warnenden Blick zu. »Als was arbeitet Frau Lubbien denn jetzt, nachdem sie nicht mehr in der Viadrina beschäftigt ist?« Leise hörte man Glockengeläut.

Gruber zog sein Handy heraus und hörte konzentriert zu. »Ich muss los. In unserem himmlischen Theater werden gerade probeweise zwei Szenen der Passionsdarstellung aufgestellt.« Er verstaute das Smartphone in seiner Jacke. »Sein Grab wird herrlich sein«, murmelte er, und ein glückliches Lächeln verschönte sein eben noch so mürrisches Gesicht.

»Sie hatten meine letzte Frage nicht beantwortet«, erinnerte ihn Kalumet.

Gruber wandte sich ihm unwillig zu. »Frau Lubbien arbeitet im sozialen Bereich.«

»Als Altenpflegerin?«, insistierte Kalumet.

»Nein. Sie hat sich umschulen lassen. Arbeitet im Krankenhaus.«

»Als was?«

»Rettungsassistentin, hatte ich das nicht gesagt?«

48

25. April

Sie kniff die Lider zusammen, dann öffnete sie weit die Augen. Versuchte etwas zu erkennen. Wie eine schwere Last umgab sie die Finsternis. In ihrem Kopf vibrierte es, der Schmerz kam wellenförmig. Sie biss die Lippen zusammen. Hob die Hand. Etwas klebte daran. Es stank. Sie schluckte. Sauer stieg ihr der Mageninhalt die Speiseröhre hoch. Sie bewegte die Beine. Schob sich etwas in die Höhe. Keuchte. Ihr Rücken fühlte sich an, als wenn eine Dampfwalze darübergerollt wäre. Sie versuchte es noch einmal. Biss die Zähne zusammen. Aber etwas umschloss sie wie eine zähe Masse. Panik überflutete sie.

Was war geschehen? Sie konnte sich an nichts erinnern. Sie versuchte, sich auf die Seite zu rollen. Der Schmerz raste durch ihren Körper. Sie keuchte. Schweißtropfen rannen ihr in die Augen. Stöhnend sank sie zurück. Ihre Zunge fühlte sich an wie ein fremdes pelziges Stück, das nicht zu ihr gehörte. Unkontrolliert fingen ihre Zähne an, aufeinanderzuschlagen. Ihr ganzer Körper zitterte.

Ruhig, du musst ruhig bleiben, befahl sie sich. Du darfst nicht die Kontrolle verlieren. Denk nach. Nach einer Weile ließ das Zittern nach. Sie tastete ihre Umgebung ab. Fühlte, dass sie in etwas Weichem, Feuchtem, Stinkendem lag. Ihre Hände glitten weiter, stießen an etwas Hartes. Sie tastete, fuhr mit den Fingern weiter nach oben. Eine Wand. Die andere Hand glitt ins Leere. Nur stinkender Modder. Ruhig, ganz ruhig, befahl sie sich. Denk nach. Ihre Augen hatten sich an die Schwärze ringsumher gewöhnt. Eine Täuschung? Halluzination? Sie schloss die Augen, öffnete sie und starrte noch einmal in die Richtung. Ein winzig helles Pünktchen schimmerte in der Schwärze. Erneut versuchte sie, sich aufzurichten. Alles drehte sich. Sie würgte. Gnädig umfing sie die nächste Ohnmacht.

49

Fürstenberg

»Rettungsassistentin?«, wiederholte Kalumet, nachdem sie sich von Gruber verabschiedet hatten.

»Mensch, Leo, deine Betty hat sich geirrt. Das war kein Rettungssanitäter, sondern eine Rettungssanitäterin.« Lilienthal fummelte sein iPhone heraus. Wieder meldete sich nur die Mailbox von Susanne. Unruhe erfasste ihn. »Abmarsch! Sofort nach Fürstenberg«, befahl er.

Alles war ruhig. Lilienthal beobachtete die Fenster, verdeckt hinter einem knorrigen alten Baum. Im Haus, das nur von einer Straßenlaterne spärlich beleuchtet war, rührte sich nichts. Eine kleine schwarze Katze strich um seine Beine, lief zur Eingangspforte, schnellte wie eine Feder hinauf und verschwand auf der anderen Seite. Kalumet suchte in den umliegenden Straßen Riemeisters Auto.

»Nirgendwo ihr Auto, Maik«, flüsterte er, als er zurückkam. Lilienthal hieb mit der Faust gegen den Baumstamm. Eine unbestimmte Angst kroch in ihm hoch.

»Slow down, Maik. Susanne ist ausgebildete Polizistin.«

Lilienthal klingelte Sturm. Über der Haustür ging eine Lampe an. Der Türöffner summte. Lilienthal stürmte die Stufen hoch. Lubbien öffnete einen Spaltbreit die Tür.

»Wo ist Frau Riemeister?«, fragte er mühsam beherrscht.

»Die ist schon lange weg, Herr Hauptkommissar. Sie wollte ihren Sohn von der Kita abholen. Hatte nicht viel Zeit.« Lilienthal war irritiert. Warum hatte Susanne ihn nicht informiert?

»Dürfen wir einen Moment hereinkommen?«, fragte Kalumet, der dicht hinter ihm stand.

Zögernd trat Lubbien zur Seite. »Muss gleich weg, habe nicht viel Zeit«, sagte sie.

»Es dauert nicht lange.« Kalumet zauberte sein schönstes Lächeln hervor. »Wir sind auch den ganzen Tag unterwegs, wissen Sie? Darf ich vielleicht ein Glas Wasser bekommen?«

»Ich habe gerade Tee gemacht, möchten Sie vielleicht eine Tasse?«

Wieder war Lilienthal überrascht, wie schnell es seinem Kollegen gelang, Frauen um den Finger zu wickeln.

»Ein Tee wäre genau das Richtige«, erwiderte Kalumet mit einem Augenaufschlag. Lubbien ging voraus in die Küche. Kalumet zwinkerte Lilienthal zu und folgte ihr.

Lilienthal betrat das Wohnzimmer. Konzentriert blickte er sich um. Couch, Sessel, alles stand akkurat an seinem Platz. Kein Hinweis, dass dort jemand gewesen war. Schnell kniete er sich nieder. Unter der Couch nur ein paar Staubflöckchen. Die Glasplatte auf dem Couchtisch glänzte. Aus der Küche hörte er Kalumet mit Lubbien reden. Verdammt. Wo war Susanne? Warum meldete sie sich nicht? War es ihr unangenehm, dass sie Max bei sich hatte? Hatte sie darum das Telefon abgestellt? Nein, das konnte er sich nicht vorstellen. Dafür war Susanne zu professionell. Lubbien und Kalumet betraten das Zimmer. Beide hielten einen Becher in der Hand, aus dem Dampf emporstieg.

»Um wie viel Uhr hat Sie meine Kollegin verlassen?«, fragte Lilienthal.

Lubbien pustete auf die heiße Flüssigkeit, krauste die Stirn. »Also das weiß ich nicht mehr so genau. Wissen Sie, als Ihre Kollegin weg war, habe ich mich noch einmal hingelegt. Ist denn was passiert?« Sie setzte sich auf den Rand eines Sessels. Hielt den Becher mit beiden Händen umfasst.

»Hatten Sie ein Verhältnis mit Professor Schönburg?«, schoss Lilienthal unvermittelt hervor.

Ihr Lächeln gefror. »Ich verstehe Ihre Frage nicht.« Sie presste die Lippen zusammen.

Lilienthal wartete. Kalumet lehnte am Türrahmen. Es war still. Nur das Ticken einer Wanduhr war zu hören.

»Nein, ich hatte kein Verhältnis mit ihm.« Verächtlich zog sie die Mundwinkel nach unten. »Ich war nicht sein Typ.« Sie nippte an dem Becher, trank einen Schluck. »Die Wahrheit ist: Ich wurde gemobbt.« Sie schniefte. »Von einer Kollegin. Sie wollte meinen Job und hat dieses Gerücht in die Welt gesetzt.«

Sie umklammerte den Becher, sodass die Handknöchel weiß

hervortraten. »Professor Schönburg war es peinlich. Und mir vielleicht. Das können Sie mir glauben. Aber der Professor gab mir die Schuld daran.« Sie stieß einen Ton hervor, der ein Lachen sein sollte, aber ihre Augen blickten starr. »Komisch, nicht?« Sie drehte den Becher. »Mir gab er die Schuld, verstehen Sie? Nicht der anderen. Ich habe gekündigt. Es musste sein«, flüsterte sie.

»Was haben Sie danach gemacht?«

Erstaunt blickte sie Lilienthal an. »Hier in der Region hat man keine große Auswahl. Ich hab mich umschulen lassen.« Ihre Stimme klang weicher. »Anderen Menschen helfen. Das war schon immer mein Traum. Erst habe ich mich zur Rettungsassistentin und dann noch weiter zur Notfallsanitäterin ausbilden lassen.«

»Wo arbeiten Sie?«

»Im Rhön-Klinikum in Frankfurt. Wir sind akademisches Lehrkrankenhaus der Charité-Universitätsmedizin Berlin.«

»Hatten Sie gestern Dienst?«

»Ja, Spätschicht. Es war viel zu tun. Mehrere Notfälle.«

»Das stimmt nicht. Sie waren in Bad Saarow im Helios-Klinikum. Sie wurden gesehen.«

»Das kann nicht sein, Herr Kommissar. Ein Irrtum.« Lubbien stellte ihren Becher ab, ging zum Schrank und nahm eine Kladde heraus. »Hier, mein Einsatzplan.« Sie reichte ihm das Blatt. »Lubbien, Kerstin – Einsatz: Rhön-Klinikum«. Unter dem Datum von gestern las Lilienthal »Dr. Pfeiffer, Patient Werner Hoffmann, Verdacht auf KHK. Der nächste Einsatz: Verkehrsunfall auf der A 12 Abfahrt Müllrose«.

So ging es weiter bis vierundzwanzig Uhr. Hinter jedem Einsatz eine Unterschrift. Lubbien setzte sich wieder, nahm ihre Tasse vom Tisch.

»Frau Dielow wurde gestern Nachmittag ermordet«, sagte Lilienthal kalt. Faltete den Plan und steckte ihn ein. Lubbiens Tasse rutschte zu Boden. Die honigfarbene Flüssigkeit breitete sich auf dem Teppich aus. Mit weit aufgerissenen Augen starrte sie ihn an. »Ermordet«, flüsterte sie. »Jetzt verstehe ich. Sie verdächtigen mich.« Ihre Stimme brach. »Mariechen war wie eine Mutter zu mir. Sie war ein Engel.«

Lubbien schlug die Hände vor das Gesicht. Schluchzte in hohen Tönen, wie ein Kind. Lilienthal und Kalumet beobachteten sie. Als sie die Hände herunternahm, bedeckten rote Flecken ihr Gesicht bis zum Hals. Sie ballte die Fäuste: »Das war der Teufel«, kreischte sie plötzlich los. »Er hat sie umgebracht.« Sie schlang die Arme um die Brust. Wiegte sich, die Augen fest zusammengepresst. »Ja, der Teufel war es«, flüsterte sie.

Lilienthal war irritiert. Die Frau machte einen total verstörten Eindruck. Und ihre Trauer war so offensichtlich. An der Tür drehte er sich um. Lubbien hatte sich nicht verändert, wiegte sich hin und her. Hinter ihm war Kalumet kurz stehen geblieben, dann zog er die Tür zu.

Kalumet telefonierte mit der Ambulanz des Rhön-Klinikums. Der Mann am Telefon war ein Kollege Lubbiens und gab bereitwillig Auskunft. Die Einsätze stimmten mit denen auf dem Plan überein.

»Dass meine Informantin die Lubbien gemobbt haben soll, das glaub ich einfach nicht«, sinnierte Kalumet, während sie zu Riemeisters Wohnung fuhren.

»Lubbien hat nur von einer Kollegin gesprochen. Keinen Namen genannt, Leo.« Lilienthal überholte einen weißen Kastenwagen mit polnischem Kennzeichen. »Vielleicht wollte sich deine Carola auch nur wichtigmachen. Konfrontiere Sie mit dem, was Lubbien gesagt hat.« Lilienthal beschleunigte.

Nach kurzer Zeit hielten sie vor dem Haus, in dem Riemeister eine kleine Wohnung hatte. Lilienthal rannte die Treppen hoch. Klingelte. Die Tür der Nachbarwohnung ging auf. Eine ältere Frau mit Lockenwicklern schaute neugierig zu ihnen herüber.

»Frau Riemeister ist nicht da«, sagte sie. »Soll ich ihr etwas ausrichten?«

Lilienthal schüttelte den Kopf und stieg die Treppe wieder hinunter. Er überlegte, ob er bei ihren Eltern anrufen sollte. Verwarf es wieder. Wenn Susanne nicht mit ihm reden wollte, bitte, dann eben nicht.

Kalumet informierte gerade Heike und entschuldigte sich für den heutigen Abend. Der Schlawiner, dachte Lilienthal. Hatte also doch noch etwas anderes am Laufen.

»Unser Rentnerpaar hat im ›Seeschlösschen‹ auch nichts Wesentliches erfahren«, berichtete ihm Kalumet.

Körners Alleingang mit seiner Mutter war Lilienthal sowieso suspekt gewesen. »Waste of time«, murmelte er. Der Alte hatte einen Narren an seiner Mutter gefressen, das wurde langsam peinlich.

»Und Kiekebusch ist bereits in U-Haft«, berichtete Kalumet weiter. »Die hat uns doch was vorgespielt«, überlegte Kalumet laut, »oder hast du Tränen gesehen?«

»Verdammt, warum sagst du das erst jetzt?«, fauchte Lilienthal, setzte den Blinker und raste zurück nach Fürstenberg.

Lubbien öffnete nicht. Lilienthal zog sich hoch und kletterte über das Hoftor. Kalumet folgte ihm. Er hämmerte an die Tür. Im Nachbarhaus fing ein Hund an zu bellen. Kalumet rannte zum Seitengebäude, versuchte die Tür zu öffnen. Verschlossen. Das Gleiche bei der zurückgesetzten ehemaligen Scheune. Auf der Rückseite des Hauses waren alle Fensterläden zugeklappt.

»Hände hoch, du Arschgeige«, brüllte jemand. Lilienthal drehte sich um. Haarscharf pfiff etwas an ihm vorbei. »Keine Bewegung! Ihr verdammtes Gesocks. Deutschland ist nicht euer Supermarkt.«

Der Mann war mindestens achtzig Jahre alt, trug weißes militärisch kurz geschnittenes Haar und das Gewehr im Anschlag. Ein dunkelblauer Trainingsanzug schlabberte um seine ausgemergelte Gestalt.

»Ich bin von der Polizei«, brüllte Lilienthal und griff in seine Jackentasche. Steine spritzen vor Lilienthals Füßen hoch.

»Pfoten weg«, knurrte der Alte. Nebenan bellte sich ein Hund die Seele aus dem Leib.

Wie eine Raubkatze schoss Kalumet auf den Alten zu. Riss ihm das Gewehr aus der Hand und warf ihn zu Boden.

»Hilfe, Polizei«, krächzte der Mann.

»Mensch Opa, wir sind die Polizei«, keuchte Kalumet.

»Mein Rücken, Du hast mir das Kreuz gebrochen, du Drecks-kerl«, keifte der.

Lilienthal hielt ihm die Hand hin.

Der Mann ignorierte sie und drehte sich mühsam herum auf die Beine. Stöhnend rieb er sich die Seite.

Kalumet begutachtete das Gewehr. Ein Luftdruckgewehr.

»Sind Sie wirklich von der Polizei?«

Lilienthal hielt ihm seinen Ausweis unter die Nase. »Aus Potsdam.«

Der Alte spuckte aus. »Alle nichts wert. Nur Sprüche drauf, sonst nichts. War schon immer so.« Abfällig stieß er Luft aus. »Wir stehen mit dem Rücken zur Wand. Aber davon wollt ihr ja nichts hören. EU-Osterweiterung. Wenn ich das schon höre.« Sein Lachen klang wie das Meckern einer Ziege. »Alles, was nicht niet- und nagelfest ist, wird geklaut. Da kann man noch so große Schlösser anbringen. Was wollen Sie eigentlich hier?«

»Wir suchen Frau Lubbien.«

»Die Kerstin? Die ist weg. Sieht man doch.« Er wies mit dem Kinn auf die verschlossenen Fensterläden.

»Wissen Sie, wo sie ist?«

»Na, wo schon? Auf Arbeit, wo denn sonst?« Er musterte die beiden Kommissare. »Und warum tragt ihr keine Uniform?«

»Wir sind von der Kripo«, erwiderte Kalumet. »Dass Sie sich strafbar gemacht haben, ist Ihnen aber schon klar, oder? Das Gewehr ziehe ich ein. Melden Sie sich morgen in der Direktion in Frankfurt.«

»Ja, ja! Sperrt mich bloß ein, ihr Brüder ihr. Aber die Ver-brecher, die lasst ihr laufen.« Der Alte spuckte aus. Ohne die beiden weiter zu beachten, schlurfte er in seinen ausgetretenen Pantoffeln hinüber zu seinem Grundstück.

Lubbien war weg. Blitzschnell musste sie sich davongemacht haben. Lilienthal kam sich vor wie ein Anfänger. Kalumet legte das Luftdruckgewehr in den Kofferraum. Den Namen des Nachbarn hatte er sich notiert.

Lilienthal überwand sich und rief Susannes Eltern an. Nein, bei ihnen sei Susanne nicht. Sie habe sich erst für das Wochen-ende angemeldet. Sie sei bei Silke. Feuerwehrball. Da sei sie jedes Jahr mit dabei. Helfe mit. Max sei auch schon sehr aufgeregt, erfuhr er.

Na bravo, dachte Lilienthal. Amüsiert sich und ich mache mir Sorgen. Lilienthal, du bist nur blöd. Mürrisch informierte er Kalumet. Der wirkte sichtlich erleichtert.

Am Potsdamer Hauptbahnhof setzte Lilienthal den Kollegen ab. Schlecht gelaunt fuhr er nach Hause, parkte und lief zum »Pfeffer und Salz« in der Brandenburger Straße. Das Restaurant war gerammelt voll. Im Nebenraum war nur noch der Katzentisch frei. Als Erstes bestellte er einen Grappa, danach Pasta mit Steinpilzen, dazu eine Flasche sizilianischen Rotwein. Lustlos verzehrte er alles, spülte mit einem weiteren Grappa nach, bezahlte und schwankte zurück nach Hause.

Die Leckereien, die er heute Nachmittag gekauft hatte, warf er wütend in den Abfalleimer, bis auf den Champagner. Als die Flasche leer war, fiel er wie ein Stein ins Bett. Frauen, dachte er, machen immer nur Ärger.

★★★

Das Rangieren eines Lkws, der Ware für den benachbarten Laden anlieferte, riss Lilienthal aus einem wirren, unruhigen Schlaf. Er schlurfte ins Bad, stellte sich unter die Dusche. Als das kalte Wasser auf ihn herunterprasselte, schnappte er nach Luft, ertrank dabei schier in Selbstmitleid. Seine Eingeweide fühlten sich an wie durch einen Fleischwolf gedreht. Er bewegte den Hebel, das Wasser wurde wärmer, heiß, dann wieder zurück auf eiskalt. Nach ein paar Minuten patschte er rot wie ein gekochter Hummer aus der Dusche. Hemd und Jeans lagen zusammengeknüllt auf dem gekachelten Boden in der Ecke. An einer Stelle bewegte sich etwas. Er fummelte das iPhone heraus, das er gestern Abend auf lautlos gestellt hatte.

»Maik«, erklang schrill Silkes Stimme. »Ist Susi bei dir?«

50

26. April

Das Geräusch riss sie aus ihrem Traum, einer lebhaften Diskussion mit Maik.

Schlaftrunken tastete Enne mit geschlossenen Augen zum Tischchen neben ihrem Bett. Sie hörte einen dumpfen Ton. Ihr iPhone lag jetzt auf dem Fußboden. Bin sowieso nicht da, dachte sie und zog sich die Bettdecke über den Kopf. Nur bei jedem weiteren Klingelton hatte sie das Gefühl, neben einer Kettensäge zu liegen. Endlich verstummte das Gerät. Aufatmend kuschelte sie sich wieder in ihre Decke. Aber es fing erneut an. Sie verfluchte die Technik, allen voran den Erfinder von mobilen Telefonen und insbesondere ihren Sohn, der ihr dieses Gerät geschenkt hatte. Es hörte nicht auf. Genervt tastete sie auf dem Boden herum, fand ihr Handy und hielt es sich vor die Augen. Unbekannt. Die Nummer war unterdrückt. Schlecht gelaunt meldete sie sich.

»Stetter hier«, kam es heiser aus der Leitung. »Sie müssen kommen. Bitte!« Kurze Pause, dann: »Sofort!« Und ohne weitere Erklärung legte er auf.

Sie starrte auf den Wecker auf dem Tischchen. Fünf Uhr. Empört ließ sie sich zurück in die Kissen sinken. War der jetzt völlig durchgedreht? Und wieso rief der Mann ausgerechnet sie an? Um diese Zeit? Sie rollte sich zusammen. »Der kann mich mal«, knurrte sie erbost. Aber der Schlaf kam nicht mehr. Etwas in seiner Stimme hatte sie alarmiert. Sie setzte sich auf. Jetzt war sie wach. Hellwach.

Kurze Zeit später fuhr sie auf der Autobahn Richtung Osten. Sie hatte sparsam geduscht, Zähne geputzt, großzügig Eau de Toilette über ihren Körper gesprüht, Jeans und Pullover übergestreift und war losgefahren. Ohne Kaffee. Churchill hatte nur kurz den Kopf gehoben und sich dann auf die andere Seite in ihrem Bett gerollt.

Sie hoffte auf ein Frühstück im »Seeschlösschen«. Das war ja wohl das Mindeste, wenn sie schon dieser ungewöhnlichen

Einladung nachkam. Wie ein orangeroter Feuerball ging die Sonne auf und tauchte die Landschaft in satte Farben.

Die Rezeptionistin im »Seeschlösschen« verwies Enne zum Kutscherhaus, Stetters Wohnhaus, als sie nach ihm fragte. Langsam wurde sie ungnädig. Wieso Wohnhaus? Kein Kaffee, kein Frühstück? Ja, wie kam sie eigentlich dazu, zu springen, wenn dieser Stetter rief? Erst vor wenigen Stunden hatte er sie noch heruntergeputzt. Sie machte sich auf den kurzen Weg. Sein Ton vorhin am Telefon hatte sie beunruhigt. Klang wie ein Hilfeschrei. Es musste wichtig sein.

Sie klingelte und nahm erst den Finger herunter, als Stetter öffnete. Ein bisschen Strafe muss sein. Aber war das der Stetter, den sie kannte? Der sonst so korrekte Mann blickte ihr mit zerzaustem Haarschopf entgegen. Graue Bartstoppeln bedeckten seine Wangen. Das Hemd hing aus der Hose. Es schien dasselbe wie am Tag zuvor zu sein. Sie wollte schon fragen, was das Ganze hier solle, da bemerkte sie seinen Blick, wie ein waidwundes Tier.

»Kommen Sie«, sagte er statt einer Begrüßung. Eine Entschuldigung für seinen Anruf folgte auch nicht. Eine Alkoholfahne hüllte sie ein, als sie an ihm vorbeiging. Der Raum, in den er sie führte, wurde nur durch eine grüne Leselampe erhellt. Die geschlossenen Jalousien ließen keinen morgendlichen Lichtschimmer herein. Er wies auf einen Sessel. Stetter ließ sich ihr gegenüber hinter dem Schreibtisch in einen Stuhl sinken. Er faltete die Hände und schaute auf die mit grünem Leder bezogene Platte. Enne wartete. Wer zuerst spricht, hat verloren, dachte sie grimmig.

Auf einmal hob er eine Hand und bedeckte die Augen. Seine Schultern bebten. Was war in der Zwischenzeit geschehen? Was hatte diesen Mann so erschüttert, dass er sie, ausgerechnet sie, in aller Herrgottsfrühe zu sich gerufen hatte? Als er die Hand senkte, waren seine Augenlider gerötet. »Entschuldigung«, murmelte er.

Vor ihm stand eine kleine Metallkassette mit geöffnetem Deckel. Er nahm mehrere Blätter heraus und reichte sie ihr. »Lesen Sie«, sagte er rau.

»*Er ist nicht dein Vater.*« Enne las den Satz zweimal, bevor sie begriff. Wie raffiniert. Sie hatte sie abgelenkt mit ihren langatmigen Kriegserzählungen und dabei das Wichtigste verschwiegen, dachte Enne, nicht ohne Hochachtung. Marie Dielow war eine begnadete Taktikerin gewesen.

Lieber Claus,

mir bleibt nicht mehr viel Zeit. Erst jetzt fange ich an zu begreifen, dass mein Leben bald vorbei sein wird. Dass es Zeit wird, sich zu fügen und auf den Abschied vorzubereiten. Mir ist klar geworden, dass ich die Schuld nicht mit ins Grab nehmen kann. Ich weiß nicht, ob du mir verzeihen wirst. Alles, was ich tat, habe ich aus Liebe getan. Aus Liebe zu dir und zu meinem Mann. Ihr beide wart mein Leben.
Du bist nicht Haralds Sohn. Er ist nicht dein Vater.

Enne las den Brief noch einmal von Anfang an.

»Der Brief lag in der Kassette bei den Sachen, die ich aus dem Krankenhaus geholt habe. Sie muss ihn erst vor Kurzem geschrieben haben. Wenn Sie ihn ganz gelesen haben, werden Sie verstehen, warum ich gerade Sie angerufen habe.« Stetter richtete sich auf. Strich mit beiden Händen über sein Haar und erhob sich. »Ich mache uns Frühstück«, murmelte er und verließ das Zimmer.

Jetzt war sie allein. Allein mit diesem Geständnis.

Kurz nach Kriegsende wurde ich von Harald schwanger. Ich liebte ihn und freute mich so sehr auf unser Kind. Zu der Zeit wurde ich der sowjetischen Kommandantur in Alt-Friedrichsfelde im Stadtbezirk Lichtenberg zugeteilt. Es ging vorrangig darum, Sofortmaßnahmen zur Wiederingangsetzung der medizinischen Versorgung vorzunehmen. Durch die Zerstörung der Pumpwerke gelangten die Abwässer nicht mehr auf die Rieselfelder, und in unglaublich kurzer Zeit breitete sich die Ruhr und in ihrem Gefolge Typhus aus. Ich steckte mich an. Man brachte mich in das zentrale Lazarett der Roten Armee, das man in dem städtischen Krankenhaus Wiltbergstraße in Buch eingerichtet hatte. Doch die Behandlung mit Penicillin kam für mich zu spät. Mein Kind kam tot zur Welt. Ein Junge. Ich überlebte nur knapp. Hatte viel Blut verloren, war total entkräftet, und meine Haare fielen mir aus.

Ich hatte furchtbare Angst, Harald zu verlieren. Wegen seiner Mitgliedschaft bei der NSDAP kam er in das Kriegsgefangenenlager nach Oranienburg. Kaum ging es mir etwas besser, setzte ich alle Hebel in Bewegung und erreichte, dass er Anfang 1946 entlassen wurde. Aber er wurde mir gegenüber zurückhaltender. Wir vermieden, über unser tot geborenes Kind zu sprechen.

Irgendwann bemerkte ich, dass er wegen Elisabeth Schönburg Nachforschungen anstellte. Als ich ihn zur Rede stellte, erklärte er, dass er sich nach wie vor für sie und das Kind verantwortlich fühlte. Er hatte es dem Italiener versprochen. Inzwischen musste sie auch das Kind von Di Filoni bekommen haben. Er erzählte mir auch, dass er erfahren hatte, dass Wilhelm Schönburg seine Schwiegertochter Elisabeth nach dem Krieg nicht bei sich aufgenommen und jeden Kontakt zu seiner Familie verboten hatte. Er hatte ihn im Lager Oranienburg getroffen und zur Rede gestellt. Das wäre etwas, was nur ihn und seine Familie anginge, und mit einer Hure wollte er nichts mehr zu tun haben, hatte ihm Schönburg geantwortet. Harald hasste diesen Mann. Er bat mich um Hilfe bei der Suche. Ich war immer noch sehr geschwächt, aber ich wagte es nicht, ihm das abzuschlagen, und hoffte, dass sie nicht überlebt hätten. Diese Frau, das war mir klar, würde mir meinen Harald wegnehmen. »Weißer Tod und schwarzer Hunger« war ein geflügeltes Wort in dieser Zeit. Die Bevölkerung sprach vom »achten Kriegswinter«. Der Winter war bitterkalt, und es gab weder ausreichend Lebensmittel noch genügend Brennmaterialien.

Wir hatten die Suche beinahe aufgegeben, da fanden wir sie. In einem möblierten Zimmer in Kleinmachnow in einem kriegsbeschädigten Haus hatte sie Unterkunft bekommen. Das Haus ihrer Tante in Potsdam war bombardiert worden und nicht mehr bewohnbar. Ihren Schmuck hatte sie nach und nach für das Nötigste eingetauscht, das erfuhren wir später. Das Zimmer *war kalt. Sie lag unter Decken und Mänteln, in jedem Arm ein Kind. Zwei winzig kleine Babys. Sie hatte hohes Fieber und hustete erbärmlich. Auch die beiden Kinder waren krank. Sie hatte nur noch etwas Zwieback. Auf dem Allesbrenner in ihrem Zimmer stand ein Blechtopf mit Wasser. Ich erschrak, als ich das alles sah. Sie hatten keine Chance mehr. Sie würden alle drei sterben.*

Und da kam mir der Gedanke. Wenigstens die Kinder sollten überleben. Aber die Wahrheit war, es war meine Chance. Ich wollte die Kinder. Ich versuchte, Harald davon zu überzeugen, dass nur ich die Kinder würde retten können, ich müsste sie zu mir nehmen, aber er lehnte das rundweg ab. Ich gab nicht auf. Besorgte Trockenmilch und Kartoffeln und steuerte auch ein Stück Speck aus Armeevorräten bei. Harald trieb etwas Brennholz auf, und wir gingen wieder zu ihr.

Elisabeth weinte, als sie uns sah, aber sie hatte kaum noch Kraft, sich aufzusetzen. Harald fütterte sie. Ich wollte ihr die Kinder abnehmen. »Wir würden uns um sie kümmern«, schwor ich. Aber sie lehnte ab. Sie wollte sich nicht von ihren Kindern trennen. Friedrich, ihren Ältesten, hatte sie bei ihrer Schwiegermutter untergebracht. Jetzt hatte sie nur noch die Babys. Sie waren das Einzige und auch das Letzte, was ihr von ihrem Geliebten geblieben war. Unter großer Mühe fand Harald einen alten Arzt und brachte ihn zu Elisabeth. Er untersuchte alle drei. Sie müssten sofort in ein Krankenhaus, er könne für nichts mehr garantieren. Medikamente hatte er keine. Draußen vor dem Haus machte uns der Arzt kaum Hoffnung. Dem einen Säugling gab er nur noch wenige Stunden. Er verabschiedete sich hastig und eilte zu seinem nächsten Patienten.

Harald gab Elisabeth zu trinken. Sie behielt kaum etwas bei sich. Hustete entsetzlich. Aber das Schlimmste war, sie hatte kaum noch Muttermilch. Ich hatte schon alle Hoffnung aufgegeben, da deutete sie mit zitternden Händen auf das kleine Bündelchen, das Schwächere der beiden Babys, und flehte mich an, es zu retten. Ich nahm es, hüllte es in meinen Militärmantel, drückte es an mich und fuhr mit dem winzig kleinen Menschenkind nach Hause in mein Zimmer. Es war warm dort. Ich war glücklich.

Tag und Nacht wachte ich an seinem Bettchen, das ich aus einem Wäschekorb gebastelt hatte. Von einem Militärarzt hatte ich Penicillin und Trockenmilchpulver bekommen. In dem Haus gegenüber wohnte ein russischer Major. Er hatte zwei Ziegen aufgetrieben, und von ihm bekam ich jeden Tag Milch. Das Penicillin senkte das Fieber, und langsam fing mein Baby an, sich zu erholen. Es nahm zu. Meine Freude war unermesslich. Unter großer Mühe hatte Harald Elisabeth in einem provisorisch eingerichteten Krankenhaus untergebracht. Er zog zu mir. Ich war selig. Aber nachdem es meinem Baby besser ging, entschied Harald, dass das Kind zurück zu seiner Mutter müsste. Er fuhr zu dem Krankenhaus. Sie war nicht mehr da. Auch in dem Zimmer, wo wir sie gefunden hatten, war sie nicht mehr. Er suchte sie in der Umgebung. Aber Elisabeth und der Säugling waren wie vom Erdboden verschluckt.

Zuallerletzt fuhr Harald zu Elisabeths Schwiegermutter. Aber auch die suchte sie bereits. Seit Wilhelm, ihr Mann, in Oranienburg verstorben war, wollte sie ihre Schwiegertochter mit den Kindern bei sich haben. Als Harald mir das erzählte, weinte ich und erklärte ihm, dass Elisabeth ihr Baby im Stich gelassen hätte. Auf und davon wäre und keine Nachricht hinterlassen hätte, wo wir sie finden könnten.

Wir hatten diesem Kind das Leben gerettet. Jetzt war es mein Kind. Ich wollte es nicht mehr hergeben. »Wenn du mich zwingst, dann gehe ich zurück in die Sowjetunion, und das Kind nehme ich mit«, sagte ich zu Harald. Doch er beachtete mich nicht mehr. Strafte mich mit Schweigen. Suchte weiter. Aber er fand sie nicht und war ratlos, wie es weitergehen sollte. Ich beschwor ihn, unser Baby als sein eigenes auszugeben. Endlich das Kind bei den Behörden anzumelden. Ich bekam Besuch von einer Frau vom Jugendamt. Erfand eine Geschichte von Haralds Kriegstrauung und dass die leibliche Mutter des Babys verstorben wäre. Alle Papiere wären verloren gegangen. Da meine Vorgesetzten wussten, dass ich keine Kinder mehr nach der Typhuserkrankung bekommen konnte, durfte ich das Kind nicht als mein eigenes ausgeben. Die Frau vom Jugendamt bestand darauf, dass Harald das Kind so schnell wie möglich beim

Amt anmelden müsse, sonst müsste sie veranlassen, dass es in ein
Heim käme. Er tat es. Und von da an waren wir eine Familie.

Ein halbes Jahr später meldete sich plötzlich Elisabeth bei
Harald. Eine Freundin hatte sie kurz nach unserem Besuch
einfach mitgenommen. Auf einem Bauernhof nahe Waren an
der Müritz hatten sie und das Kind überlebt. Und jetzt ging
es ihr endlich besser. Sie wollte ihr zweites Kind wiederhaben.
Meine Welt drohte zusammenzubrechen. Auch Harald liebte
dich, Claus, inzwischen wie sein eigenes Kind. Trotzdem war
er unschlüssig. »Ein Kind gehört zur leiblichen Mutter« war
seine Rede. Ich wurde beinahe wahnsinnig bei dem Gedan-
ken, dich herzugeben. Du warst mein Kind. Ich wollte dich
nie mehr hergeben. Ich drohte Harald, wenn er mir das Kind
nähme, würde ich der russischen Militärverwaltung sagen, dass
er ein amerikanischer Spion wäre. Todesstrafe oder mindestens
lebenslange Haft in Sibirien wären ihm dann sicher gewesen.
Er schrieb Elisabeth, dass ihr Baby nicht überlebt hätte. Ich
habe ihn dazu gezwungen. Ich weiß, dass Harald mir das nie
verziehen hat.
Bitte Claus, verzeih du mir.
Deine leiblichen Eltern sind Elisabeth Schönburg und Giovanni
Di Filoni.

Stetter kam herein. Enne ließ die Bogen sinken. Nun sah sie
ihn mit anderen Augen. Sie versuchte, Ähnlichkeiten zu finden.
Er stellte ein Tablett mit einem kompletten Frühstück für zwei
Personen auf dem Schreibtisch ab. Sogar gekochte Eier in einem
Körbchen fehlten nicht. Er deckte ein, goss Kaffee in die Tassen.
»Bitte«, sagte er, »bedienen Sie sich.« Setzte sich dann eben-
falls. Blickte Enne unsicher an. »Mein Bruder.« Er bewegte
ungläubig den Kopf. »Ich habe mit Professor Schönburg pro-
zessiert und gestritten. Ja, ich gebe es zu, ich habe ihn in der
letzten Zeit gehasst. Alles Schlechte habe ich ihm gewünscht.
Aber umgebracht? Nein. Umgebracht habe ich ihn nicht.«
»Und Johannes ist Ihr Zwillingsbruder«, ergänzte Enne.
»Die Schönburgs sind Ihre Familie.«

»Was soll ich mit dieser Familie?« Seine Hand, in der er die Kaffeetasse hielt, zitterte. »Mariechen war meine Mutter. Egal, was sie gemacht hat. Sie hat mich umsorgt, geliebt, wie man ein Kind nur lieben kann. Was soll ich mit diesem Italiener? Harald war mein Vater. Hier bin ich aufgewachsen. Hier gehöre ich her. Hier!« Aufgebracht schlug er auf die Schreibtischplatte. Kaffee schwappte auf die Tischplatte. Enne nahm eine Serviette und wischte die Flüssigkeit weg.

Er starrte auf ihre Hände, murmelte: »Du gehörst ins ›See-schlösschen‹, hat mein Vater gesagt. Immer wieder. Jetzt begreife ich, was er gemeint hat.« Er presste die Lippen aufeinander. Sein Atem ging schwer. »Und doch war es Unrecht«, flüsterte er.

51

Potsdam

Lilienthal war wie erstarrt. »Nein, Susanne ist nicht hier«, sagte er mühsam beherrscht. »Was ist los, Silke?«

»Sie ist weg, Maik. Mit dem Jungen. Du musst sie suchen. Ihnen ist etwas passiert. Ich fühle es.« Sie fing an zu weinen.

»Silke«, er bemühte sich, ruhig zu klingen. »Was ist passiert?«

»Ich bin schuld«, schluchzte sie.

»Silke«, schrie er. »Was ist passiert?«

»Feuerwehrball, Maik.« Sie war um Fassung bemüht. »Da steht alles bei uns kopf. Die Lieferung vom Fleischer kam zu spät, darum habe ich Susi angerufen. Ich hab es nicht mehr geschafft, den Jungen von der Kita abzuholen.« Im Hintergrund hörte Lilienthal ihren Mann reden. »Nein, ich weiß es, ihr ist etwas passiert, Klaus, das fühle ich«, rief sie aufgebracht. »Bitte Maik, du musst sie suchen. Nachts hab ich Susanne noch mal angerufen. So gegen zwölf Uhr, aber sie ist nicht rangegangen. Vielleicht schläft sie schon, hab ich gedacht. Wollte ihr nur sagen, dass ich Max morgen wieder abholen würde. Dann hab ich es heute Morgen wieder probiert. Aber nur ihr AB ist angesprungen. Dann in der Kita angerufen. Max ist gar nicht da, hat mir die Erzieherin gesagt. Susanne hätte ihn gestern abgeholt, das wussten sie noch.« Wieder fing Silke an zu weinen. Der Hörer wurde ihr aus der Hand genommen.

Klaus meldete sich. »Wir haben bei der Nachbarin angerufen. Sie ist mit dem Kind nicht nach Hause gekommen. Zwei Männer wären abends dort gewesen und hätten nach ihr gefragt.«

»Das waren mein Kollege und ich«, erklärte Lilienthal.

»Vielleicht stellt sich ja alles als ganz harmlos heraus.« Riemeisters Schwager versuchte, ihn und sich selbst zu beruhigen.

»Ich melde mich, sobald ich etwas weiß.« Lilienthals Herzschlag hatte sich verdoppelt.

Nur ein Handtuch um die Hüften gewunden, rief er Körner an. Ringfahndung, da waren sie sich sofort einig. Danach informierte er Kalumet und Heike. Die Kollegen in Frankfurt und die Wach- und Schutzpolizei in Eisenhüttenstadt mussten sofort eingeschaltet werden. Hastig schlüpfte er in eine frische Hose und ein Hemd. Als er nach der Lederjacke griff, klingelte es bereits.

Kalumet stand vor ihm, unrasiert und mit einem Kaffee to go in der einen, dem Smartphone in der anderen Hand, und telefonierte.

»Ringfahndung läuft«, meldete er. »Die Kollegen haben über Funk Susannes Autokennzeichen bekommen.«

»Einsatzbesprechung sofort nach unserem Eintreffen dort. Habe eben noch mal mit der Ambulanz im Rhön-Klinikum gesprochen. Lubbien ist gestern Abend nicht zum Dienst erschienen. Hat sich auch nicht krankgemeldet.«

»Haben wir ein Bild von ihr?«

Kalumet schüttelte den Kopf. »Sie hat kein Auto, das habe ich eben überprüft.«

»Dann gib eine Personenbeschreibung an die Kollegen raus. Die Bahnhöfe und Busstationen müssen überprüft werden.« Lilienthal überlegte. »Kein Auto? Vielleicht hat sie sich Susannes Wagen genommen.«

»Da wäre sie aber schön blöd, oder?«

Lilienthal nickte, nahm Kalumet den Kaffeebecher ab und gab ihm den Autoschlüssel. Gierig trank er von dem heißen Gebräu. In seinem Kopf hämmerte es wie ein Basso continuo. Sein Restalkohol war garantiert noch im Grenzbereich. Kalumet fuhr mit heulender Sirene durch den morgendlichen Berufsverkehr, er hatte das Blaulicht mit dem Magnethalter am Wagendach befestigt.

Lilienthal starrte geradeaus. Wenn Susanne und dem Kind etwas passiert war, so war das ganz allein seine Schuld. Er hätte als Erstes mit Kalumet zur Lubbien fahren müssen. Kalumet hatte bei der Besprechung von der Affäre Schönburgs mit Lubbien erzählt und sie sofort verdächtigt. Und er? Er hatte es ignoriert, Susanne hingeschickt, war gemütlich zum Krankenhaus gefahren und hatte nach dem blöden Bienenstich gesucht. Er stöhnte. Kalumet warf ihm einen mitleidigen Blick zu. Bitte, lass Susanne und dem Kind nichts passiert sein. Lilienthals Gedanken liefen wie in einer Endlosschleife. Sein Telefon gab Laut. »Mutter« stand auf dem Display.

»Susanne ist verschwunden«, meldete er sich ohne Begrüßung. »Sie hat Max bei sich.«

»Ich weiß«, antwortete seine Mutter. »Körner hat mich eben informiert. Ich bin in der Nähe. Er hat mich gebeten, zur Einsatzbesprechung zu kommen. Es gibt Neuigkeiten.«

52

Warum weinte er schon wieder? Hatte sie zu schwach dosiert? Aber sie musste sehr vorsichtig sein. Bei der Analogsedierung mit Propofol konnte es zu schnell zu Komplikationen kommen.

»Mami«, wimmerte das Kind. Sie hatte ihn auf ein dickes Lammfell auf der Rückbank des Autos gelegt und mit einer leichten Baumwolldecke zugedeckt. So schön hatte sie es sich vorgestellt. Hastig hatte sie genügend von dem Medikament mitgenommen und ihm eine ausreichende Menge injiziert. Aber das Kind wachte immer wieder auf und weinte.

»Liebchen«, schnurrte sie nach hinten, »die Mami ist doch hier. Jetzt schlaf ein bisschen. Wir fahren in die Ferien.« Sie hörte, wie das Kind sich erbrach. Auch das noch. Kleidung zum Wechseln hatte sie nicht. Sie fuhr rechts ran.

Der Junge wischte sich mit den Fäustchen über die Augen. »Wo ist meine Mama?«, schluchzte er.

Sie zog ihm den verschmutzten Pullover aus, wiegte ihn im Arm, aber er entzog sich ihr. Sie musste lernen, zu warten. Sie strich ihm über das Haar. »Alles wird gut, mein Schatz. Ich bin doch da. Deine Mama.«

Er murmelte: »Du bist nicht die Mama.« Seine Augen fielen zu.

Sie kramte ein T-Shirt von sich aus ihrer Reisetasche und zog es ihm über. Es schlabberte wie eine Decke um den kleinen Körper. Sie nahm ihn in den Arm. Legte ihren Kopf sanft an seinen. Als sein Atem regelmäßig ging, legte sie ihn vorsichtig zurück auf das Lammfell. Dann nahm sie eine Ampulle aus der Arzttasche, zog die Flüssigkeit auf und führte behutsam die Nadel in die Vene. Sie wartete. Beobachtete sein Gesichtchen. Seine Augenlider flatterten. Aufmerksam lauschte sie auf seinen Atem. Dann deckte sie ihn bis zum Kopf zu, vergewisserte sich, dass er genügend Luft bekam, und strich über das Körperchen. Mein Sohn. Mein Kind, dachte sie. Und für einen Augenblick war alles gut. Sie lächelte. Er war so zart, so zerbrechlich. Sie würde ihn mit Liebe umhüllen. Bald würde er die andere vergessen haben. Und wenn er sich erinnerte, würde sie einfach sagen, das war nur ein Traum. Leise schob sie sich von der Rückbank und setzte sich nach vorn hinter das Lenkrad. Sie mussten weiter.

Die beiden Kommissare hatten sie erschreckt. Gerade als sie dabei war, ihre Sachen zu packen, kamen sie. Zum Glück hatte sie das Auto der anderen gleich in die Scheune gefahren, unter einer Plane abgedeckt und abgeschlossen. Das Kind schlief bereits. Als es klingelte, hatte sie den Jungen in eine Decke gewickelt und in die Abstellkammer gelegt. Sie hatte gebetet, dass er nicht wach werden würde. Während sie mit den beiden sprach, hatte sie voller Bangen hin zur Abstellkammer gelauscht. Als der eine mit in die Küche ging, wäre sie beinahe gestorben vor Angst. Aber aus der Kammer kam kein Mucks. Als die beiden weg waren, war sie zum Hoftor geschlichen, hatte ihnen hinterhergesehen, und erst als sich das Motorengeräusch entfernte, war sie zurück ins Haus, hatte das Kind genommen, den Rucksack gegriffen und sich hinaus zur Scheune geschlichen.

Als sie vom Hof rollte, stand ihr alter Nachbar vor seinem Tor. »Ich bin dann mal weg« hatte sie fröhlich aus dem geöffneten Fenster gerufen. Der Alte, sein Gewehr wie ein Soldat geschultert, hatte salutiert und ihr hinterhergewinkt. Seit seine Frau gestorben war, war der nicht mehr ganz dicht. Das Kind unter der Decke auf der Rückbank hatte er auf keinen Fall sehen können.

Spätestens morgen früh würde die Suche nach der Polizistin losgehen. Aber sie würde weg sein. Sie versuchte, sich zu entspannen.

Michaelis, ihr Beichtvater, hatte sie an ihren Vater erinnert. Seine Stimme war so sanft gewesen, genauso wie die von ihrem Vati. Sie hatte Michaelis vertraut. Ihm gebeichtet, wozu sie der Professor gezwungen hatte. Dass sie das über alles gewünschte gemeinsame Kind abgetrieben hatte.

Aber Michaelis – der hatte ihr, ihr ganz allein, die Schuld dafür gegeben. Dass Schönburg ihr drohte, sie zu verlassen, ließ er nicht gelten. Er ignorierte ihr Flehen, ihre Bitte um

Vergebung. Sie allein hätte die Verantwortung dafür gehabt. Verachtung und Hochmut hatte sie in seinem Gesicht gesehen.

Erst viel später war ihr klar geworden, dass man sie auserwählt hatte. Sie sollte die Welt von solchen Menschen befreien. Von Friedrich, der sie ins Elend gestürzt hatte, und von Michaelis, der hochmütig war. Auch Tante Marie hatte sie nur benutzt. Niemand sollte so etwas mehr mit ihr machen. Sie war nicht mehr das hilflose Kind. Sie ballte die Fäuste. »Ich bin dein gefügiges Werkzeug«, murmelte sie. Die Worte kamen wie von selbst: »Maria, voll der Gnade, der Herr ist mit dir. Muttergottes, bitte für uns Sünder.« Sie atmete tief ein. Natürlich, das war die Lösung. Sie musste zu ihr. Nur sie konnte ihr verzeihen, die Sünde von ihr nehmen. Und vor allem sie und das Kind beschützen.

53

Enne steckte das Handy weg. Körner hatte sie informiert, dass Riemeister mit ihrem Kind seit gestern Abend vermisst wurde. Dass Lubbien dringend tatverdächtig wäre und er sie von zu Hause abholen wollte, um mit ihr zur Einsatzbesprechung nach Frankfurt zu fahren. Sie hatte ihm von dem Abschiedsbrief der Dielow erzählt und dass sie gerade bei Stetter wäre.

Fahre direkt nach Frankfurt, hatte er entschieden.

Stetter hielt immer noch den Brief in den Händen, er schien alles um sich herum ausgeblendet zu haben.

»Herr Stetter!« Er schaute hoch, der Blick leer. »Sie sagten vorhin, Kerstin war als Kind traumatisiert. Ich muss wissen, warum.«

Stetter faltete die Bogen, strich darüber. »Eine schlimme Geschichte«, murmelte er.

»Das haben Sie gestern auch gesagt.« Enne beugte sich vor. »Hauptkommissarin Riemeister wird vermisst. Sie hat ihren vierjährigen Sohn dabei. Wir wissen nicht, wo sie sind. Kerstin Lubbien könnte damit zu tun haben. Ich muss wissen, was damals passiert ist.«

»Was soll Kerstin damit zu tun haben?«

»Der letzte Termin von Frau Riemeister war bei Frau Lubbien.« Enne blickte ihn eindringlich an. »Bei beiden Morden im Kloster war Ihre Kerstin in der Nähe.«

»Sie meinen, sie hat …?« Er ließ den Satz in der Schwebe. Überlegte eine Weile, dann antwortete er ihr. »Als Kind hat Kerstin Entsetzliches erlebt.« Er suchte Ennes Blick. »Ihre Mutter war eine Mörderin.« Enne verspürte den dringenden Wunsch nach einer Zigarette. »Hat ihren Mann umgebracht. Bestialisch.« Stetter räusperte sich. »Meine …«, er korrigierte sich, fuhr dann mit fester Stimme fort, »Stiefmutter hat es mir erst erzählt, als ich bereits erwachsen war. Danach hat sie nie mehr darüber gesprochen. Das Thema war bei uns tabu.«

Er goss Kaffee in seine Tasse, und nachdem er getrunken

hatte, verfiel er in einen Erzählton. »Kerstin war ein stilles, in sich gekehrtes Kind. Sie hing sehr an ihrem Vater. Ein Vaterkind, so sagte man. Peter Lubbien, ein schüchterner, introvertierter Mann, arbeitete als Buchhalter im Eisenhüttenkombinat Ost EKO. Als er heiratete, bekamen er und seine Frau Rosi eine der schönsten Wohnungen in Stalinstadt zugewiesen.«

Als er Ennes verwunderten Blick bemerkte, fügte er hinzu: »Erst ab 1961, lange nach Stalins Tod, erhielt die neu gebaute Stadt neben dem alten historischen Fürstenberg den Namen Eisenhüttenstadt. Erst später habe ich von einer ehemaligen Nachbarin, die als Küchenhilfe bei mir arbeitete, mehr darüber erfahren. Kerstin war ein spätes Kind. Ein Wunschkind, jedenfalls für den Vater. Er war schmächtig, kaum mittelgroß, Rosi, seine Frau, das Gegenteil. Hochgewachsen, füllig, bei Feiern der Mittelpunkt. Sexuell herausfordernd dem anderen Geschlecht gegenüber, so wurde sie beschrieben. Die kleine Kerstin war ein Schreikind und häufig krank. Der Vater wollte nicht, dass seine Tochter in die Kinderkrippe kam. Rosi musste zu Hause bleiben, ihre Anstellung als Kellnerin aufgeben und sich um das Kind kümmern. Ausgehen, feiern war nicht mehr drin. Sie gab dem Kind die Schuld, dass sie versauern musste. Ließ den Haushalt schleifen. Vorher hatte sie schon gern getrunken, allerdings nur in Gesellschaft, jetzt trank sie auch allein zu Hause. Peter machte den Haushalt, kümmerte sich neben seiner Arbeit auch noch um das Kind. Es kam immer häufiger zu handfesten Auseinandersetzungen. Tagsüber hörten die Nachbarn Kerstin stundenlang schreien. Rosi wurde immer aggressiver – und eifersüchtig. Vater und Tochter hingen innig aneinander. Rosi fing an, das Kind zu misshandeln, aber niemand wagte damals, dagegen einzuschreiten. An einem Sonntag wollte Peter mit seiner Familie einen Ausflug machen. Rosi, wahrscheinlich bereits betrunken, wollte nicht, so hat man das später rekonstruiert. Der Streit zwischen den Eheleuten eskalierte. Es kam zu einer der häufigen Schlägereien. Rosi war Peter körperlich überlegen. Als Kerstin sich an den Vater klammerte, versetzte ihr die Mutter einen so brutalen Schlag auf den Kopf, dass dem Kind das Trommelfell zerriss. Peter wollte mit der kleinen

Kerstin aus der Wohnung flüchten, aber Rosi versperrte ihnen den Weg.«

Stetter schwieg. Von draußen hörte man Vogelgezwitscher. »Mehr als dreißig Mal soll sie auf ihn eingestochen haben. Mit einem großen Fleischermesser. Kerstin hat alles mitangesehen.« Stetter trank, setzte die Tasse klirrend auf den Unterteller. »Rosi Lubbien kam in die Psychiatrie. Es stellte sich heraus, dass ihr Hirn bereits schwer durch den Alkohol geschädigt war. Später erkrankte sie an Alzheimer und verstarb.«

»Wie furchtbar. Das arme Kind. Danke, dass Sie mir das erzählt haben.« Sie schloss ihre Jacke und stand auf. »Ich brauche ein Foto von Kerstin Lubbien.« Stetter blickte sich um, stand auf und entnahm einem silbernen Rahmen eine Fotografie, die auf dem Bücherregal stand. Marie Dielow, flankiert von Kerstin und Stetter.

»Das war an ihrem letzten Geburtstag. Genügt das?«

Enne nickte, schob es in ihre Tasche. »Sie kennen Kerstin wie kein anderer. Sie müssen mich zur Polizei begleiten. Kerstin steht im dringenden Verdacht, auch Ihre Stiefmutter ermordet zu haben.«

54

Der Raum war überfüllt. Die Kollegen standen oder saßen dicht an dicht im Besprechungszimmer. Als Enne mit Stetter den Raum betrat, bahnte Körner sich einen Weg zu ihnen, drückte ihr, dann Stetter die Hand. Die Anspannung stand ihm ins Gesicht geschrieben. Wenige Minuten später trafen Lilienthal und Kalumet ein. Enne hatte die Personendaten und die Handynummer Lubbiens während der Fahrt von Stetter notiert und gab ihre Notizen zusammen mit dem Foto an Maik sowie eine kurze Zusammenfassung, was sie inzwischen erfahren hatte. Stetter hatte sich zurückgezogen, als er Lilienthal eintreten sah, und stand mit vor der Brust verschränkten Armen in einer Ecke.

Lilienthal bat um Aufmerksamkeit. Er informierte die neu hinzugekommenen Kollegen über ihre bisherigen Ermittlungsergebnisse. Ennes Notizen hatte er Kalumet übergeben, der bereits die Personenfahndung nach Kerstin Lubbien als Alarmfahndung einleitete. Ihre Daten wurden zeitgleich in die Fahndungsdatenbank aufgenommen. Fahndungsaufrufe wurden über Polizeifunk gestartet. Der Zeitfaktor spielte eine entscheidende Rolle.

Inzwischen waren mehr als zwölf Stunden seit Riemeisters Verschwinden vergangen. Hektische Betriebsamkeit breitete sich im Raum aus. Alle eingehenden Informationen gingen an Lilienthal. Kalumet notierte die Stichpunkte an einer großen Tafel. Ein Kollege reichte Lilienthal die Auswertung der Verbindungsdaten der Telekommunikation.

»Merde«, murmelte Lilienthal, als er die Ergebnisse überflog. Man hatte kein Funksignal von Riemeisters Smartphone orten können. Auch zu Lubbiens Handy bekamen sie keinen Funkkontakt. Sie hatte gezielt alle Spuren verwischt. Das bedeutete … Sofort verbannte er den Gedanken. Susanne lebte, darauf musste er sich konzentrieren. Jeden anderen Gedanken ausblenden.

Wie in einer unsichtbaren Hülle waren alle Kollegen von

steigender Nervosität ergriffen. Hier ging es nicht mehr nur um ein anonymes Opfer, hier ging es um eine von ihnen. Eine Kollegin. Und um ein Kind. Das ließ niemanden kalt. Das setzte bei allen Emotionen frei. Niemand sprach es aus, aber alle befürchteten das Schlimmste.

Körner bat um Aufmerksamkeit. Er stellte Enne vor. Erwähnte, dass sie nicht nur als Zeugin, sondern auch berufsbedingt als ehemalige Fallanalytikerin des LKA Berlin an dem Fall interessiert war. »Es haben sich weitere Erkenntnisse ergeben. Bitte, Frau von Lilienthal.«

Enne formulierte ruhig und sachlich. »Wie in jedem Fall wissen Sie alle, dass zuerst Fakten ermittelt werden. Bisher bin ich in diesen besonderen Mordfällen nicht offiziell hinzugezogen worden, aber als Zeugin und auch als Vertraute der Angehörigen eines der Opfer erhielt ich Einblick in die Vorfälle. Wir Fallanalytiker nehmen die Fakten auf und sortieren zusätzlich noch die Wahrnehmungen der Zeugen. Zum Schluss bilden wir Hypothesen.« Kalumet hörte ihr gespannt zu. »Die meisten Morde sind Beziehungstaten. Ein Drittel der Täter wollte gar nicht töten. Die Situation ist irgendwie aus dem Ruder gelaufen. Eskalierten Handlungsablauf nennen wir das. Das zweite Drittel tötet zur Verdeckung der Straftat. Und das letzte Drittel lässt sich als psychisch abnorm bezeichnen. Hier haben wir es mit drei verschiedenen Morden zu tun. Und ab heute geht es auch um eine vermisste Kollegin mit ihrem Kind.«

Sie schwieg für einen kurzen Augenblick. Als sie weitersprach, hätte man eine Stecknadel auf den Boden fallen hören. »Inzwischen bin ich sicher, dass man alle drei im Zusammenhang sehen muss. Und, was sehr selten vorkommt, wir haben es möglicherweise mit mehr als einer Hypothese zu tun.«

Sie blickte zu Maik. »Der Mord an Professor Friedrich Schönburg und an Pfarrer Michaelis ist eine Beziehungstat. Beide Männer wurden durch die gleiche Handschrift, nämlich durch Schläge auf markante Punkte am Körper, gezielt getötet. Das Zeitfenster spielt dabei eine große Rolle. Beide Tötungsdelikte geschahen kurz nacheinander. Wie gesagt, ein eskalierter Handlungsablauf. Die Ermittlungen konzentrierten sich auf eine oder mehrere männliche Personen. Aber auch eine Frau, ausgebildet in den Techniken des Kampfsports, kann nicht ausgeschlossen werden. Bei Marie Dielow ging der Täter gut vorbereitet und mit Überlegung vor. Warum? Weil er beide vorangegangenen Straftaten verdecken wollte. Das Verschwinden der Kollegin Riemeister mit ihrem Sohn«, jetzt vermied Enne es, Maik anzusehen, »muss ursächlich damit zusammenhängen. Inzwischen wissen wir, dass Kerstin Lubbien sich in der Nähe jedes einzelnen Tatortes aufhielt. Als Hypothese nehme ich einmal an, dass der Mord in der Sakristei mit der Liebesbeziehung zu Professor Schönburg zusammenhing. Es muss zu einer Aussprache zwischen beiden gekommen sein, die sich zuspitzte und letztendlich zum Mord Nummer eins führte.«

Enne räusperte sich und fuhr dann fort. »Als stellvertretende Sakristanin hatte Kerstin Lubbien naturgemäß engen Kontakt zu Pfarrer Michaelis. Möglicherweise hat er Lubbien überrascht, was zum Mord Nummer zwei führte. Komplizierter wird es im Fall Marie Dielow. Lubbiens Pflegemutter kannte Kerstins Vergangenheit. Ich denke, sie ahnte, dass Kerstin etwas mit den Morden zu tun haben könnte. Vielleicht hat sie sie sogar darauf angesprochen.«

Enne blickte über die Anwesenden, suchte Stetter. Er stand verdeckt im Hintergrund, kerzengerade, mit ausdrucksloser Miene. »Heute früh habe ich erfahren, dass Lubbien als kleines Kind den Mord an ihrem leiblichen Vater mitangesehen hat. Die Mörderin war ihre eigene Mutter. Mit mehr als dreißig Messerstichen hatte sie ihren Mann unter Alkoholeinfluss hingerichtet. Heute wissen wir, dass ein Mensch, der eigentlich beste Erbvoraussetzungen für eine ausgeglichene Persönlichkeit mitbringt, durch Gewaltverbrechen schwer traumatisiert wird. Man kann davon ausgehen, dass Lubbien immer noch an diesem Trauma leidet. Das Denken, Fühlen und Handeln wird dadurch bestimmt. Der Hass auf die Mutter kann sich also auf ihre Pflegemutter sublimiert haben, sodass es zu dem dritten Mord kam.«

Ein Raunen ging durch den Raum. Enne wartete, bis sich die Erregung der Kollegen gelegt hatte. Dann fuhr sie fort: »Als psychisch abnorm würde ich Lubbien jedoch nicht bezeichnen. Alle drei Taten führten umgehend zum Tod. Keine Handlungen wie zum Beispiel, dem Opfer vorher Qualen zuzufügen oder Verstümmelungen, gingen dem voraus.«

Enne streckte den Rücken durch: »Jetzt komme ich zu der verschwundenen Kollegin. Susanne Riemeister war zum Zweck einer Zeugenbefragung zu Lubbien gefahren. Dass sie ihren vierjährigen Sohn vorher abholte und dabeihatte, wusste niemand. Die Kollegin verhielt sich unprofessionell. In diesem Fall ein schwerwiegender Fehler. Zu dem Zeitpunkt waren alle im Team, also auch Frau Riemeister, darüber informiert, dass Lubbien einen Schwangerschaftsabbruch hinter sich hatte und deswegen anschließend mit einem Nervenzusammenbruch in der Psychiatrie behandelt worden war. Auch beruflich wirkte sich das als Zäsur bei Lubbien aus. Ein ernst zu nehmender Einschnitt in ihrer Biografie. Nach dem heutigen Erkenntnisstand müssen wir davon ausgehen, dass der ihr versagte Kinderwunsch weiterhin übermächtig vorhanden war. Die Befragung durch KHK Riemeister zusammen mit dem Kind muss zu einer nicht mehr kontrollierbaren Verschlimmerung bei Lubbien geführt haben.«

Aus den Augenwinkeln lugte Enne zu Maik. Sein Gesichtsausdruck wirkte versteinert. »Herr Stetter hat mich begleitet«, fuhr sie fort und nickte in seine Richtung. »Er kennt Lubbien von klein auf und hat uns seine volle Unterstützung bei der Suche zugesagt.« Sie bedankte sich für die Aufmerksamkeit. Mehr wollte sie jetzt nicht sagen.

Stetter, der mit wachsender Bestürzung zugehört hatte, drängte sich durch zu Lilienthal: »Das Auto, das Kerstin fährt, ist auf mich zugelassen«, sagte er nervös. »Ein Firmenwagen vom ›Seeschlösschen‹.«

55

Das Dröhnen in ihren Ohren wollte nicht aufhören. Obwohl sie den Motor ausgemacht und die Scheinwerfer gelöscht hatte. Auf einem Waldparkplatz hatte sie angehalten. Lubbien kniff die Augen zusammen. Versuchte die Geräusche und Bilder, die in ihr hochstiegen, zu verscheuchen. Aber wie ein Standbild sah sie es immer und immer wieder vor sich. Das goldene Haar, wie ein Heiligenschein um den Kopf drapiert. Das Blut, das über die Stirn rann. Schön wie ein Engel. Ein gefallener Engel. Sie versuchte, das aufkommende Zittern zu unterdrücken. Wie Luzifer. Der Hochmütige. Aber sie hatte alles durchschaut. Die Polizistin, wie sie in der Bibel blätterte, die Worte, die sie sprach. Es waren ihre Worte.

»Wer glaubt aber, dass du so sehr zürnest, und wer fürchtet sich vor solchem deinem Grimm? Lehre uns bedenken, dass wir sterben müssen, auf dass wir klug werden«, murmelte sie und drückte fest ihre gefalteten Hände.

Sie dachte an die Anfangszeit mit Schönburg. Damals hatte sie zum ersten Mal in ihrem Leben gespürt, was Liebe ist. Als wenn jeden Tag die Sonne schien und sie umhüllte mit ihrer Wärme. Sie hatte sich so leicht, so beschwingt gefühlt. Nie würde es aufhören, immer so bleiben, hatte sie gedacht. Aber es blieb nicht so. Angefangen hatte es damit, dass er sich über sie lustig machte, sie bei jeder Gelegenheit kritisierte. Sie hatte es hingenommen. Er war ihr Vorbild, und er war doch so klug, ihr Professor. Aber dann rief er immer seltener an und hatte kaum noch Zeit für sie. Er war ja so beschäftigt. Sie hatte Verständnis gehabt, das gehörte sich schließlich für seine angehende Frau.

Dann kam der Anruf. Er beendete ihre Beziehung. Sie solle aufhören, ihn zu kontaktieren. Allein die Wortwahl hatte sie nicht verstanden. Nur dass er sie nicht mehr sehen wollte, das hatte sie begriffen. Aber sie hatte nie aufgehört zu hoffen. Als sie hörte, dass er als Referent die Tagung im Stift leiten würde, war ihr klar gewesen, dass das ihre Chance war. Sie wollte großmütig sein und ihm verzeihen. Das junge Ding, mit dem er sie betrogen hatte, war doch nur ein Versehen gewesen. Er hatte es bestimmt bereits bereut.

Als sie ihm das alles hektisch in der alten Sakristei zuflüsterte, hatte er sie angesehen, mit hochgezogenen Augenbrauen, die Augen so kalt, so herablassend. Du bist ja von Sinnen, Kerstin, hatte er gesagt. Wir hatten eine Beziehung. Na und? Nicht mehr und nicht weniger. Du hattest deinen Spaß. Ich hatte meinen Spaß.

Aber ich liebe dich doch, Friedrich, hatte sie gefleht. Du langweilst mich, Kerstin, dabei hatte er mit der Hand gewedelt, wie man ein lästiges Insekt verscheucht. Geh endlich, ich ertrage dich nicht mehr. Sie war vor ihm auf die Knie gesunken. Bitte, Friedrich, ich liebe dich doch so sehr, hatte sie geflüstert. Aber er hatte sich einfach umgedreht. Da endlich hatte sie begriffen. Er konnte nicht anders. Er musste erlöst werden.

Alles war dann so einfach. Sie kannte den Punkt. Traf präzise. Als er zusammensackte, vor ihr lag war sie voller Frieden gewesen. Sie hatte sich neben ihn gekniet und ihn voller Hingabe in die richtige Position gebracht. Er würde in Demut vor seinen Schöpfer treten. Das war sie ihm schuldig gewesen.

Hinter ihr auf dem Rücksitz bewegte sich das Kind. Mein süßer kleiner Spatz, dachte sie. Ihr Himmelsgeschenk. Dieses heiß ersehnte Kind. Es würde ihr helfen, die Qualen, die sie fortan durchleiden musste, zu ertragen. Sie hatte das fünfte Gebot gebrochen. Sie hatte getötet. Ihr ungeborenes Kind. Die schwerste Sünde von allen.

Sie beugte sich nach hinten. Der Junge hielt den Harlekin fest an sich gedrückt. Sie hatte die Puppe, bevor sie die Wohnung verließ, noch schnell gegriffen und ihm später im Auto in den Arm gelegt. Sein Atem ging wie ein Hauch. Während sie auf das zarte Köpfchen blickte, fühlte sie es auf einmal. Der Gedanke nahm Gestalt an. Ein Lächeln huschte über ihr Gesicht. Sie drehte den Zündschlüssel, startete und fuhr weiter.

Der Parkplatz war gut besetzt. Bestimmt waren die beiden Kommissare inzwischen bei Claus gewesen und wussten jetzt, dass sie ein Auto vom »Seeschlösschen« fuhr, und kannten das Kennzeichen.

Claus hatte ihr den Wagen gegeben. Das war nur recht und billig. Schließlich hatte sie sich aufopfernd um Mariechen gekümmert. Sie und nicht er. Aber sie konnte machen, was sie wollte, Claus stand an erster Stelle. Damals, als sie es endlich gewagt hatte, Tante Marie vom Professor zu erzählen, war Marie so zornig geworden, wie sie ihre Tante noch nie zuvor erlebt hatte. Sie verbot ihr, sich weiter mit ihm zu treffen. Sie gönnte ihr Friedrich nicht, hatte sie gedacht. Was ging sie die Auseinandersetzung um das blöde »Seeschlösschen« an? Nach dem Streit mit Mariechen hatte sie sogar gehofft, dass Friedrich es zurückbekam. Dann hätten sie dort zusammen gewohnt. Zu der Zeit fing sie an, Marie zu verachten. Und dann war sie schwanger geworden. Wenn sie an diese kurze glückliche Zeit dachte, krampfte sich ihr Herz zusammen. Als Marie es herausbekam, hatte sie eisig zu ihr gesagt: »Du bist so dämlich, Kerstin. Der will uns doch nur das ›Seeschlösschen‹ wegnehmen. Dafür ist ihm jedes Mittel recht.« Als sie erwiderte: »Aber ich liebe ihn, alles andere ist mir egal«, da hatte Marie erwidert: »Schau doch mal in den Spiegel. Du bist zu alt für eine Schwangerschaft. Das Kind wird eine Missgeburt.« Die ganze Nacht hindurch hatte sie geweint. War Marie ausgewichen. Und dann hatte Marie es ihr erzählt. Ihre leibliche Mutter war eine Hure, die ihren Verstand versoffen und ihren Vater umgebracht hatte. »Du bist das Kind einer Mörderin. Vergiss das nicht. Dieses Kind wird auch ihre Gene bekommen.« »Aber es ist doch auch Friedrichs Kind«, hatte sie geflüstert. »Treib ab, Kerstin, oder ich erzähle alles deinem Professor. Die Akten habe ich noch.«

Sie beobachtete den Parkplatz. Ein BMW mit Münchener Kennzeichen rangierte nicht weit entfernt in eine Parklücke. Ein Mann stieg aus, schloss umständlich den Knopf seines Jacketts über seinem vollen Leib und strich über sein schütteres Haar. Ging nach hinten und hob einen Koffer heraus. Dann lief er zurück zur Fahrertür und beugte sich in den Innenraum. Als er sich aufrichtete, hielt er ein Smartphone am Ohr. Er warf die Autotür zu und ging zum Hotel, dabei redete er laut und lachte dröhnend, den Koffer hinter sich herziehend. Sie huschte hinüber und blickte durch die vordere Seitenscheibe. Der Autoschlüssel steckte. Sie hatte richtig beobachtet, die Blinker, die das Verschließen des Fahrzeugs anzeigten, wenn die Fernbedienung gedrückt wurde, hatten nicht aufgeleuchtet. Durch die hell erleuchteten Fenster des Hotels sah sie den Mann im Foyer stehen. Er telefonierte immer noch. Sie rannte zurück. Schulterte den Rucksack, nahm das Kind von der Rückbank und war gleich darauf wieder an dem anderen Auto. Vorsichtig legte sie das Kind auf die Polster, warf das Gepäck auf den Beifahrersitz, setzte sich hinter das Steuer, startete und fuhr los. Wenn der BMW-Fahrer das Fehlen seines Autos bemerkte, würde die Polizei davon ausgehen, dass der Wagen der Luxusklasse längst über die polnische Grenze verschoben worden war.

Sie vermied verkehrsreiche Straßen, umfuhr die Ortschaften. Nebelschwaden überzogen das Oderbruch, umhüllten die Dörfer. Die schmale Sichel des zunehmenden Mondes schimmerte matt wie ein helles Fragment durch die Wolkendecke. Sie bog ein, schaltete die Scheinwerfer aus, fuhr langsam auf dem holprigen Feldweg weiter. Die Umrisse des ehemaligen LPG-Stalls tauchten vor ihr auf. Das Gebäude war seit Langem ungenutzt und inzwischen baufällig. Sie stieg aus, ging zum Tor, stemmte sich dagegen. In der Ferne ertönte das Pfeifen einer Lokomotive. Gras war über die Schwelle gewachsen. Sie versuchte, das Tor anzuheben. Als es nicht nachgab, trat sie mit aller Wucht dagegen. Das Tor öffnete sich etwas. Sie schob es auf, fuhr den Wagen hinein. Zog das Tor bis auf einen Spalt zu. Atmete tief ein, lehnte sich für einen Augenblick gegen die Wand. Dann öffnete sie die hintere Wagentür, hob das schlafende Kind heraus und nahm es auf den Arm. Zog ihm die Decke über das Köpfchen, schulterte den Rucksack und lief hinüber in den Schatten der hohen Bäume.

56

Lilienthal war mit seiner Mannschaft nach Fürstenberg aufgebrochen.

Enne hatte sich in einen Nachbarraum zurückgezogen. Mit einem Becher heißen Kaffees saß sie in einer Ecke, versuchte, alles um sich herum auszublenden. Wie tickte diese Frau? Lubbien hatte, wenn ihre Vermutungen zutrafen, drei Morde begangen. Die Frau war nicht dumm. Unterschätze niemals deinen Feind, er könnte klüger sein als du. Eine Binsenweisheit. Lubbien wirkte zwar auf den ersten Augenschein naiv, unbeholfen, aber dahinter verbarg sich eine kühl berechnende Person, die auch in Extremsituationen nicht den Überblick verlor. Alle drei Morde waren gut getarnt.

Hatte sie Riemeister und das Kind als Geiseln genommen? Zu viel Ballast. Zu riskant. Lubbien schien ihr eher pragmatisch. Hoffentlich lebte Riemeister noch, dachte sie fröstelnd. Nahm ihren Becher, wärmte sich die Hände an dem Porzellan. Trank einen Schluck Kaffee. Worum ging es Lubbien? Was war ihr Hauptantrieb? Sie stellte den Becher zurück. Suchte ihre Zigaretten. Wühlte in der Tasche. Zog eine zerdrückte Packung hervor, steckte sich eine zwischen die Lippen. Rauchverbot. Sie warf alles zurück. Schloss die Augen. Versuchte, sich zu entspannen. Churchill hatte heute früh kein Futter bekommen. Liebesentzug mindestens für einen Tag. Sie musste ihm unbedingt etwas Leckeres mitbringen, wenn sie heimfuhr. Sie schob den Ärmel zurück, schaute auf die Armbanduhr.

Auf einmal war alles so klar. Das Kind. Natürlich. Darum drehte sich alles. Nur um das Kind.

Sie griff nach ihrer Tasche. Hastete rüber in den Besprechungsraum. Wo war Körner? Eine junge Streifenpolizistin mit langem dunkelblondem Pferdeschwanz blickte ihr neugierig entgegen. Herr Körner? Der kommt gleich. Ist nur weg, etwas holen, berichtete sie, als Enne nach ihm fragte.

»Richten Sie Dr. Körner und bitte auch Hauptkommissar Lilienthal aus, dass ich nach Neuzelle zum Kloster fahre.« Das Telefon klingelte, die junge Frau nahm den Anruf entgegen. Nickte Enne zu. »Es ist wichtig«, sagte Enne laut. Die Polizistin notierte sich etwas, blickte zu ihr, hob zum Zeichen des Einverständnisses den Daumen. Enne lief nach draußen. Das Wetter war umgeschlagen. Kalter Nieselregen benetzte ihr Gesicht. Sie rannte zu ihrem Auto.

Angeleint, dicht neben dem Fuß des Hundeführers, saß der Rottweiler. Seine Ohren bewegten sich im schnellen Wechsel. Körner hatte sich Lilienthals Mannschaft angeschlossen. Ein spontaner Entschluss. Er zog sein Smartphone heraus. Das Symbol für den Akku leuchtete rot. Er hatte ein schlechtes Gewissen, dass er Enne nicht informiert hatte.

Sie standen vor dem Haus der Lubbien. Auf dem Nachbargrundstück bellte hysterisch ein Hund.

Lilienthal, äußerlich beherrscht, fühlte sich, als wenn er an eine Starkstromleitung angeschlossen wäre. Jede Faser seines Körpers vibrierte. Ein Beamter öffnete mit einem Spezialwerkzeug das Tor, danach die Eingangstür. Mit der Nase auf dem Boden lief das Tier schnüffelnd in die Wohnung. Vor einer Tür blieb es stehen. Kratzte daran mit der Pfote. Eine Vorratskammer. Regale mit Einmachgläsern, Staubsauger, Besen, Eimer. Lilienthal bückte sich. Zog aus der Ecke eine blaue Wollmütze hervor. »Max« stand mit roter Wolle aufgestickt am Rand. Der erste Beweis. Riemeister war mit dem Jungen hier gewesen. Lubbien musste das Kind dort versteckt haben. Er fröstelte. Den Jungen hatte sie in der Kammer versteckt, als er und Kalumet bei ihr waren. Aber wo war Susanne gewesen? »Die angrenzenden Gebäude absuchen«, befahl Lilienthal. Der Beamte wollte den Hund zu dem Nebengebäude dirigieren. Der Vierbeiner stemmte die Pfoten fest auf den Boden.

»Loslassen«, kommandierte Lilienthal. Kaum von der Leine, rannte der muskulöse Rottweiler los und verschwand um die Ecke. Lilienthal hinterher. Eine mannshohe Bretterwand versperrte den weiteren Durchgang. Der Hund knurrte, sprang an der Wand hoch. Das Tor war mit einer zusätzlichen Sicherheitskette gesichert.

»Verdammt, wo ist der Türöffner?«, brüllte Lilienthal. Der Beamte kam mit seinem Werkzeugkoffer hinterher. Nahm einen Bolzenschneider heraus und schnitt die Kette durch. Zog einen Schlüsselbund heraus, blickte kurz darauf und öffnete das Holztor. Der Hund schoss an ihnen vorbei. Ein verwilderter Garten. Alte Johannisbeersträucher. Knorrige Obstbäume. Kniehohe, trockene Grasbüschel. Von irgendwoher winselte der Hund. Kalumet spurtete los. Auf einer Lichtung stand ein alter Autoanhänger.

»Ein Klaufix«, keuchte der Hundeführer hinter ihnen. Der Hund scharrte wild unter dem Hänger. Lilienthal griff die Deichsel und riss den Anhänger zur Seite. Feldsteine. Kalumet schüttelte den Kopf. Der Polizist leinte den Hund wieder an. Das Tier, das Fell gesträubt, winselte. Sie warfen die Steine zur Seite. Kalumet rutschte einer aus den Händen. Als er auf dem Sand aufschlug, klang es hohl.

Lilienthal hockte auf den Knien und schob die Erde zur Seite. Seine Handballen bluteten. Eine rostige Eisenplatte kam zum Vorschein. Lilienthal versuchte, sie anzuheben. Zu schwer. Er fuhr mit den Händen am Rand entlang. Riss sich die Fingerkuppen auf.

»Eine alte Sickergrube«, sagte jemand.

»Werkzeug«, brüllte Lilienthal. Die Eisenplatte lag nicht fest auf dem Betonrahmen. Er schob die Finger darunter, versuchte, sie mit aller Kraft anzuheben. Jemand hielt ihm eine Brechstange hin. Lilienthal robbte um die Platte herum, schaute sich die Ränder an. An einer Seite befand sich in der Mitte eine runde Ausbuchtung. Er schob die Stange hinein. Drückte mit aller Kraft. Schweißtropfen liefen ihm über die Stirn. Die Platte bewegte sich wenige Zentimeter. Er blickte sich um. Auf der anderen Seite lag Reisig. Aufgeschichtet. Wieso hier? Er riss die Äste zur Seite. Von den Zweigen bedeckt, wand sich ein Stahlseil bis zum nächsten Baum. »Bolzenschneider«, brüllte er.

Zusammen mit Kalumet zog er das Stahlseil aus der Verankerung. Sie schoben die Eisenplatte zur Seite. Bäuchlings auf dem

Erdboden starrte Lilienthal in das Innere. »Mein Handy«, fluchte er unterdrückt. Es war ihm aus der Tasche gerutscht und in die Grube gefallen. Kalumet reichte ihm eine Stabtaschenlampe. Lilienthal leuchtete hinunter. Die Grube war mindestens vier Meter tief. Das Gleiche im Quadrat.

»Eine Kleinkläranlage«, erklärte der Beamte hinter ihm. »Nicht mehr in Betrieb. Stillgelegt. Die Häuser sind jetzt ans zentrale Wasser- und Abwassernetz angeschlossen.«

Der Lichtstrahl fuhr über rissige Betonwände. Lilienthal vermutete ein Drei-Kammer-System. Jemand hatte Hausmüll hineingeworfen. Ein Fahrradrahmen, verbogen, ohne Räder. Gießkannen, verrostet. Ein Schatten. Er leuchtete dorthin. Etwas huschte, verschwand. Ratten. Die nächste Kammer. Bauschutt. Wasser hatte sich in einer Senke gesammelt. Der Grundwasserspiegel musste sehr niedrig sein. Er schob sich weiter, hing mit dem halben Oberkörper über der Grube. Leuchtete in den hinteren Teil. Teppichreste waren übereinandergeworfen. Er wollte sich gerade zurückschieben, da blinkte etwas im Schein der Lampe. Er bewegte die Hand zurück. Versuchte den Strahl der Lampe ruhig zu halten. Schob sich weiter. Noch ein Stück. Ließ den Lichtkegel noch einmal über die Teppichreste wandern. Wieder blitzte es auf. Seine Hand krampfte sich fest um das kalte Metall. Er kniff die Augen zusammen, starrte konzentriert. Seine Hand zitterte. Eine feine Strähne von rotblondem Haar. Sein Herzschlag setzte aus.

57

Enne lief über das nasse Kopfsteinpflaster im Stiftshof hinüber zum Fürstenflügel, öffnete die Glastür, den Eingang, der in die erste Etage zu den Büros der Stiftsverwaltung führte, dabei hielt sie ihr iPhone ans Ohr. »Der Teilnehmer ist zurzeit nicht erreichbar« erklang zum wiederholten Male die Computerstimme. Irritiert steckte sie das Gerät zurück in die Jackentasche. Warum hatte Richard das Gerät ausgeschaltet?

Gruber kam ihr auf der breiten Holztreppe entgegen. »Sie haben wohl auch kein Zuhause?«, brummte er gutmütig.

»Ist Frau Lubbien hier?«, fragte Enne ohne Übergang. Er schüttelte den Kopf. »Ich muss mit jemandem von der Stiftsleitung sprechen, Herr Gruber. Dringend.«

»Alle weg. Besprechung in Berlin. Ganz großes Theater. Wegen der bevorstehenden Eröffnung, wissen Sie? Was gibt es denn so Wichtiges?«

Enne entschied, ihn über die letzten Ereignisse in Kenntnis zu setzen. Während sie hinaufstiegen, erzählte sie ihm in knapper Form das Nötigste.

»Und jetzt vermuten Sie, dass Kerstin hier ist?«, fragte er zweifelnd, als sie in dem hohen breiten Gang standen, von dem die Büros der Stiftsverwaltung abgingen.

»Ich bin davon überzeugt, Herr Gruber. Hier ist der Ort, wo sie sich immer wohlgefühlt hat. Hier erhielt sie Mitgefühl, Beistand. Wo sonst als hier sollte sie hin?«

Gruber überlegte. »Das leuchtet ein«, murmelte er. Zögerte aber noch immer.

»Herr Gruber, bitte, Sie sind der Einzige im Augenblick, der sich hier auskennt. Wohin könnte Kerstin sich zurückgezogen haben? Was bietet sich als Versteck an? Sie hat das Kind bei sich, davon bin ich hundertpro überzeugt. Und sie denkt nicht mehr rational.« Enne suchte seinen Blick. »Wir haben nicht mehr viel Zeit, Herr Gruber.«

»Kommen Sie«, sagte er. Lief zum Ende des Ganges, öffnete

eine Tür. Ein großer heller Raum, zwei Schreibtische, ein kleiner Besprechungstisch, alles aufgeräumt. An der Wand ein Kasten. Gruber öffnete das Türchen. Jede Menge Schlüssel waren darin. An jedem hing ein Plastikanhänger mit einem Namen versehen. Gruber griff ohne zu zögern hinein, die Hand blieb auf einmal in der Schwebe. Konzentriert schaute er die Reihen durch, ließ die Hand sinken, dann drehte er sich zu Enne um. »Der Generalschlüssel fehlt.«

Enne hatte es insgeheim befürchtet. Sie zog ihr Handy heraus und wählte Maiks Nummer. »Der Teilnehmer ist zurzeit nicht erreichbar.« Sie versuchte es noch einmal. Dieselbe Ansage. Sie steckte das Gerät weg.

Gruber war zu einem der Schreibtische gegangen und suchte etwas. »Ich muss die Stiftsleitung informieren«, murmelte er.

»So lange können wir nicht warten. Die Konsequenzen nehme ich auf mich, Herr Gruber«, sagte Enne energisch.

Gruber blickte hektisch zum Telefon, dann unsicher zu ihr. »Wegen der Abschlussarbeiten zur bevorstehenden Eröffnung ist heute der gesamte Besucherbetrieb geschlossen.«

»Das bedeutet?«

»Nur ein paar Mitarbeiter sind noch auf dem Gelände, die noch einmal alles überprüfen.«

»Im Klartext, in den beiden Kirchen kann sich niemand verstecken?«

»Würde ich ausschließen. Außerdem kennen die meisten von denen Kerstin.«

»Und im neuen Museum?«

»Ausgeschlossen, die ganzen Räume sind alarmgesichert.«

»Alle?«

»Natürlich alle.« Seine Augen wanderten unruhig durch den Raum. »Außerdem wäre das eine Katastrophe. Die noch nicht restaurierten Kulissenbilder lagern in einem separaten Raum. Da darf niemand außer den Restauratoren hinein. Klima, Feuchtigkeit, Sie verstehen?«

»Der Generalschlüssel ist weg. Wer den genommen hat, der weiß auch, wie man eine Alarmanlage ausschaltet. Gibt es einen zweiten Schlüssel?«, stoppte Enne seinen Redefluss.

»Nein, es gibt nur den einen.«

»Gut, dann nehmen Sie jetzt alle Schlüssel, die dort hängen. Wir suchen das ganze Gelände ab.«

Enne lief zum Kutschstallgebäude, zu dem Eingang zum neuen Museum. Gruber fummelte einen Schlüssel heraus und öffnete. Zu beiden Seiten Türen. Enne deutete auf die rechte Seite. Sie hatte den Finger an die Lippen gelegt. Gruber schloss auf. Ein schmaler Gang, von dem vier Türen abgingen. »Teeküche«, raunte er. Enne öffnete die erste. An einigen Stellen hatte man das Mauerwerk freigelassen. Gekritzelte Zeichnungen und Buchstaben waren zu erkennen.

»Ehemalige Gefängniszellen«, flüsterte Gruber. »Unser Kloster war Gerichtsstandort für die umliegenden Dörfer. Nach dem Krieg haben die Russen die Räume für denselben Zweck genutzt.«

Nacheinander öffnete Enne alle Türen. Leer. Sie lief zur anderen Seite. Der Eingangsbereich zum neuen Museum. Gruber hinterher. In der Mitte des Kreuzgewölbes befand sich ein Durchlass. In den Boden eingelassene Lampen beleuchteten den dunklen Tunnel. Der Boden verschluckte jedes Geräusch. Überrascht blieb Enne stehen. Wie ein Pfeil verlief die indirekte Beleuchtung frontal auf eine haushohe Wand zu. In großen Lettern verkündete diese dem Besucher: »Sein Grab wird herrlich sein.«

Enne machte einen Schritt aus dem Dunkeln hinaus. Überwältigt blieb sie stehen. Leuchtende Farben, überlebensgroße Figuren, mehrdimensional angeordnet und so plastisch, als wenn sie gleich aus ihren Rahmen treten würden. Die zwei berühmtesten Bilder aus den Neuzeller Passionsdarstellungen vom Heiligen Grab. Auf der einen Seite der »Judaskuss« und gegenüber »Der Garten«.

»Hab ich doch gesagt, hier kann man sich nicht verstecken«, keuchte Gruber hinter ihr. Enne antwortete nicht. Trotz der Umstände war sie ergriffen. So viel Schönheit. Wie musste das erst die Menschen in den vergangenen Jahrhunderten beeindruckt haben. Dieses Wunder von Neuzelle würde sie sich später in aller Ruhe noch mal ansehen.

»Kommen Sie, unter dem Gebäude befinden sich Keller, bis zum ehemaligen Kanzleigebäude.« Enne konnte kaum Schritt halten, so schnell lief Gruber hinaus, dann durch eine weitere Tür, ausgetretene Steinstufen hinunter. Kühle umgab sie. »Hier entlang«, raunte Gruber und deutete einen aus rohen Backsteinen gebauten Gang hinunter. Am Ende war eine Tür.

Gruber hielt bereits einen fingergroßen Schlüssel in der Hand, schloss auf. Modriger Geruch schlug ihnen entgegen. Er drehte an einem alten Bakelitlichtschalter neben dem Eingang. Eine einzelne Glühbirne an der hohen Decke flackerte und erlosch. Gruber knurrte etwas, fummelte in seinen Taschen. Zog eine kleine Taschenlampe hervor. Der Lichtstrahl wanderte über Mobiliar aus längst vergangenen Tagen, Umzugskisten stapelten sich an einer Wand. Gartenstühle und -tische lagerten an der anderen Seite. Eine halbhohe Mauer. Ein zugenageltes Kellerfenster mit abgeschrägtem Sims. »Der ehemalige Kohlenkeller«, brummte Gruber. Enne versuchte, im schwachen Schein der Lampe etwas zu erkennen. Auf dem staubigen Boden Abdrücke. Etwas raschelte. Hinter ihr ächzte Gruber.

58

»Ich hasse Ratten«, murmelte Gruber verlegen. Enne nahm die Taschenlampe und leuchtete. Nur Staub, Spinnenweben. Hier war offensichtlich seit längerer Zeit niemand gewesen. Sie verließen den Raum. Wo blieben Körner und Maik mit seinen Leuten?, dachte sie unruhig. Die junge Polizistin musste beide doch inzwischen informiert haben.

»Hier unten haben Sie keinen Empfang«, sagte Gruber, als Enne versuchte zu telefonieren. Sie durchsuchten die anderen Kellergelasse. Die meisten Räume waren ausgeräumt. Enttäuscht folgte sie Gruber nach oben. Auf dem Stiftsplatz schlenderte ein Halbwüchsiger an ihnen vorbei. Er kannte Gruber und kam auf ihn zu.

Ennes Telefon gab Laut. Die Nummer auf dem Display war ihr unbekannt.

»Wir haben Susanne gefunden. Sie lebt. Aber es geht ihr nicht gut. Die Ärzte haben sie ins künstliche Koma versetzt.« Lilienthals Stimme vibrierte vor Angst.

»Und Max?«, fragte sie.

»Ich rufe gleich zurück.« Verdutzt schaute sie auf das Gerät. Maik hatte die Verbindung einfach unterbrochen. Warum rief er von einem fremden Gerät an? Warum hatte er noch niemanden zu ihr nach Neuzelle geschickt? Sie drückte auf Wahlwiederholung. Monoton erklang das Besetztzeichen. Gruber stand vor ihr, redete auf sie ein. Genervt versuchte sie, eine Verbindung mit Maik zu bekommen. Sie verstand überhaupt nicht, was Gruber von ihr wollte.

»Markus hilft mir manchmal. Er ist Internatsschüler, geht auf das Stiftsgymnasium.«

»Bitte, Herr Gruber! Was wollen Sie mir sagen?« Enne verlor die Beherrschung. Konnte der Mann nicht auf den Punkt kommen?

»Sein Zimmer liegt über dem Museum«, sagte Gruber beleidigt. Enne schwirrte der Kopf. Verdammt, sie musste dringend mit Maik sprechen. Was ging sie dieser Internatsschüler an? Erneut versuchte sie, eine Verbindung herzustellen.

»Markus hat jemanden über den Stiftsplatz laufen gesehen.«

»Ja und?« Was wollte Gruber nur?

»Derjenige trug etwas.« Endlich verstand sie, worauf er hinauswollte. »Wann?«

»Heute Nacht, das sagte ich doch schon«, erwiderte der Sakristan gereizt.

Enne spurtete los. Markus war nicht mehr zu sehen. Die unebenen Steine auf dem Stiftsplatz waren feucht vom Regen. Enne knickte um, ruderte mit den Armen, stolperte und stürzte mit vorgestreckten Armen auf das Kopfsteinpflaster. Verdammt, musste sie auch wie ein Marathonläufer losrennen? Das hatte sie nun davon. Frauen in ihrem Alter sollten nicht wie ein aufgescheuchtes Huhn losrasen. Sie versuchte, sich hochzustemmen. Wollte gar nicht daran denken, wie sie aussah. Bella figura jedenfalls nicht mehr. Gruber beugte sich zu ihr. Reichte ihr die Hand. Gereizt wedelte sie ihn weg. So alt war sie doch noch wirklich nicht. Sie stützte sich auf die Knie und probierte es, was kläglich danebenging. Wütend und voller Scham ergriff sie Grubers Hand. Seine Frage, ob alles in Ordnung wäre, konnte er sich wahrlich sparen. Sah sie so aus? Die Jeans voller Flecken, der linke Arm schmerzte heftig. Als sie versuchte zu gehen, kam sie sich vor wie eine Gliederpuppe. Hölzern setzte sie einen Fuß vor den anderen. Auch ihre Jacke war voller Spritzer.

»Besuchertoiletten«, murmelte Gruber. Sie wollte gar nicht wissen, was er jetzt dachte.

»Hat ihr Markus wenigstens gesagt, in welche Richtung Lubbien gegangen ist?«, fragte sie, ihre schlechte Laune kaum verbergend. Denn es konnte nur Lubbien gewesen sein, die der Internatsschüler nachts gesehen hatte. Gruber zeigte Richtung Fürstenflügel.

»Wo auch sonst?«, knurrte Enne und versuchte mit einem Papiertaschentuch den Schmutz abzuwischen. »Da hat sie sich den Generalschlüssel geholt.«

»Wollen wir nicht auf die Polizei warten?«

Enne verschwand wortlos im Waschraum. Gruber hatte recht. Ihr Alleingang war voreilig und unprofessionell gewesen. Und zusätzlich hatte sie ihn noch mit hineingezogen. Wenn er jetzt Ärger bekam, ging das allein auf ihre Kosten. Sie wusch sich die Hände. Bei ihrer Kleidung half nur noch die Waschmaschine.

Sie trat hinaus. Gruber war nicht mehr da. Wahrscheinlich telefonierte er bereits mit den Herren von der Stiftsleitung. Sie zündete sich eine Zigarette an. Sog tief den Rauch ein. Sie würde jetzt erst mal in die Klosterklause gehen. Einen Kaffee trinken. Und sich einen Cognac gönnen. Sie trat die halb aufgerauchte Zigarette aus. Bückte sich, um den Stummel aufzuheben, der Schmerz im Rücken raubte ihr beinahe die Sinne. Halt suchend griff sie nach den Streben der schmiedeeisernen Pforte, die den schmalen Durchlass vom Stiftshof trennte. Das Türchen schwang auf.

Neugierig ging sie hinüber auf den Vorhof des Neuzeller Gymnasiums. Keine Spur von Schülern oder Lehrkräften. Natürlich, es waren ja Osterferien. Gegenüber auf dem Hof der Brauerei sah sie einen Lkw rangieren. Über ihr hatten sich schwere, dunkle Wolken zusammengeballt. Aus der Ferne drang dumpfes Gewittergrollen zu ihr. Wieder versuchte sie, Maik zu erreichen. Er meldete sich sofort.

»Entschuldige, wir fahndeten gerade nach einem Siebener-BMW mit Münchner Kennzeichen. Die Meldung kam rein, als ich dich anrief. Lubbien hat den Wagen auf dem Parkplatz des ›Seeschlösschens‹ gestohlen und ihre Flucht damit fortgesetzt. Mit dem Kind!«

»Hat man dir nicht ausgerichtet, dass ich zum Kloster gefahren bin? Ich warte hier wie auf heißen Kohlen auf euch.«

»Nein.« Dann verblüfft: »Du meinst, sie ist dort?«

»Ja, jemand hat sie nachts gesehen. Und der Generalschlüssel ist weg.«

»Hast du was unternommen?«, kam es drohend vom anderen Ende.

»Verdammt noch mal, Maik«, sagte sie mit kaum gezügelter Empörung. »Deine Befindlichkeiten sind fehl am Platz.« Als er nicht antwortete, knurrte sie: »Falls du mich brauchst, ich bin in der Klosterklause.«

Wütend wischte sie mit dem Finger über das Symbol »Beenden«. Sie versuchte zu helfen. Nichts weiter. Und ihr Herr Sohn behandelte sie, als wenn sie nicht bis drei zählen könnte. Sie konnte Polizeiarbeit. Besser als die meisten. Doch im Moment fühlte sie sich elend. Ihr Ellbogen schmerzte, als wenn jemand mit einem Messer darin bohren würde. Ohne Gruber konnte sie sowieso nichts weiter unternehmen.

Der Wind hatte aufgefrischt. Trockene Blätter wirbelten über den Vorplatz. Fröstelnd zog sie die Jackenaufschläge zusammen. Regentropfen benetzten ihr Gesicht. Sie humpelte zurück zur Pforte. Vielleicht hatten die in der Klosterklause einen steifen Grog. Etwas Weißes schob sich in ihr Blickfeld. Sie blieb stehen. Ein greller Blitz zuckte über das Oderbruch. Ohrenbetäubend entlud sich ganz in der Nähe der Donner. Sie ging näher. Bückte sich. An der Eingangstreppe des Gymnasiums lag etwas.

59

»Herr, erbarme dich, hilf mir, dass es wieder gut wird.« Sie flüsterte die Anfangszeilen des Psalmgebetes, wiegte das Kind im Arm.

Würde die Polizei nach ein oder zwei Tagen die Suche einstellen? War sie hier mit dem Kind in Sicherheit? Immer wieder kreisten ihre Gedanken um diese beiden Fragen. Das Versteck war ideal. Warm und trocken. Gut, dass sie noch schnell aus der Teeküche der Stiftsleitung Zwieback, Kekse und Wasserflaschen mitgenommen hatte. Und die Taschenlampe, die war Gold wert. Mit der freien Hand wühlte sie im Rucksack, zog die Medikamentenpackung hervor. Nur noch eine Ampulle.

Das Kind seufzte im Schlaf. Liebevoll strich sie ihm eine Strähne aus der Stirn. Ein Leben ohne dieses Kind? Unvorstellbar. Es musste ihre Liebe bereits spüren, sonst wäre es in den letzten Stunden nicht so ruhig geblieben. Bald würde ihr kleiner Junge alles Vergangene vergessen haben. Sie war seine Mama. Nur sie. Vorsichtig legte sie ihn neben sich auf die Steine und schob einen ihrer Pullover unter das Köpfchen. Stand auf, horchte. Alles war still.

Sie kroch aus dem Versteck. Lief durch die unbehauenen Gänge, bis sie in das große Gewölbe kam. Der Strahl ihrer Taschenlampe wanderte über das aus Feldsteinen errichtete Ziegelmauerwerk. Davor hatte sich Schutt angesammelt. Sie lehnte sich an die Wand. Legte ihr Gesicht dagegen. Nach und nach wurde ihr Atem regelmäßig. Hier fühlte sie sich geborgen. Hier an der Gründungsmauer des Klosters. Auf der anderen Seite befanden sich die Kellerräume unter dem Refektorium. Nach einer Weile löste sie sich von der Wand und ging zurück.

Wie hatte sie ihn bewundert, verehrt, Michaelis, ihren Pfarrer. Nie hatte sie an seiner Lauterkeit gezweifelt – bis zu dem einen Tag. Michaelis hatte sich angekleidet. Als sie ihm das Messgewand reichte und er es überstreifte, hatte sie pflichtgemäß danach die Sakristeiglocke geläutet, um zur Messe zu laden. Am Füßescharren hörte sie durch das dünne Holz der Tür, wie sich draußen die Gläubigen erhoben. Er öffnete die Tür, schritt voran, sie folgte ihm. So war es immer. Der Einzug vollzog sich in Form einer geordneten Prozession.

Als sie die Tür schließen wollte, hatte sie es bemerkt. Es musste ihm herausgefallen sein, war unter das Schränkchen gerutscht. Nach der Messe, als er gegangen war und sie die Gerätschaften und liturgischen Gewänder gewissenhaft an den dafür vorgesehenen Plätzen verstaute, erinnerte sie sich wieder und hatte es unter dem Schränkchen hervorgezogen. Ein Kontoauszug. Erschrocken hatte sie darauf gestarrt. So viel Geld. Hundertfünfundzwanzigtausend Euro auf der Habenseite. Angewiesen von der Agrargenossenschaft.

In der letzten Zeit hatte Michaelis zum Spenden aufgefordert und für ein Projekt in Afrika gebeten. Es war ein Kinderkrankenhaus. Sie hatte wie viele andere gern dafür gespendet. Wie passte das mit dem Geld auf seinem Konto zusammen? Durfte sie an ihm zweifeln? Nein. Das verbot sich für sie von selbst. Alles war bestimmt mit rechten Dingen zugegangen.

Dann, in der darauffolgenden Woche, war sie zur Beichte gegangen. So lange schon hatte es sie bedrückt. Endlich hatte sie sich dazu durchgerungen, ihm zu erzählen, was ihr als Kind widerfahren war. Es hatte sie unendlich viel Kraft gekostet, darüber zu reden. Dass sie sich schuldig fühlte am Tod des Vaters. Sie hatte ihn für sich allein haben wollen. Damals. Darum hatte die Mutter so viel getrunken. Und wenn sie nicht zu ihm gelaufen wäre, dann hätte ihre Mutter ihn bestimmt nicht getötet.

Sie hatte Michaelis angefleht, sie von der großen Last zu befreien. Sie bereue ja zutiefst. Aber er? Lange Zeit war es still geblieben hinter dem Gitter im Beichtstuhl. Dann hatte sie seine Antwort vernommen. Kalt und erbarmungslos hatte er geantwortet: »Du sollst Vater und Mutter ehren.« Das vierte Gebot zitiert. »Sie haben dich gezeugt. Ihnen verdankst du dein Leben.« Wie ein Schlag ins Gesicht hatten sich seine Worte angefühlt. Sie war hinausgegangen. Konnte sich kaum beherrschen. Was wusste er denn? Wie sollte sie eine Mutter ehren, die den Vater abgeschlachtet hatte? Wie einen Vater, der sie als Kind nicht beschützt hatte?

»Du maßt dir etwas an, Kerstin, was keinem Menschen zusteht. Du darfst nicht richten. Über niemanden, weder über deinen Vater noch über deine Mutter.« Damit hatte er sie entlassen.

Gleichmäßig gab die große Heizung gurgelnde Geräusche von sich. Entfernt hörte sie das Kind husten. Lief zurück zum Versteck. Hob es hoch, wiegte es, bis es wieder regelmäßig atmete. Sie kauerte sich neben das provisorische Nest. Schloss die Augen. Versuchte zu schlafen. Seit über vierundzwanzig Stunden hatte sie kein Auge mehr zugetan. Aber die Bilder drängten sich in ihr Bewusstsein. Sie konnte sie nicht mehr vertreiben.

Michaelis. Wie er in der alten Sakristei auf den Leichnam starrte. Sie wegzerrte. Dabei war sie mit Friedrichs Gestaltung noch nicht recht zufrieden gewesen. Wie er sie packte. Nach vorn zum Altar schob.

»Was hast du gemacht, Kerstin«, hatte er sie angefahren. Wie sie versuchte, es ihm zu erklären, dass sie nur ausgeführt hatte, was ihr aufgetragen worden war. »Schweig, ich verbiete dir, die Worte der Heiligen Schrift in den Mund zu nehmen. Ich werde die Polizei rufen.«

Noch einmal führte sie die Hand. Präzise und sicher. Danach konnte sie sich an nichts mehr erinnern. Sie legte den Kopf auf die Knie, schlang die Hände darum. Verharrte. Wie in einem Kokon.

Schon wieder. Sie hatte sich nicht getäuscht. Ein Geräusch. Sie richtete sich auf. Kroch hinaus. Jemand machte sich an der Außentür zu schaffen. Sie drückte sich in eine Nische. Die Tür öffnete sich langsam. Jemand schob sich hinein. Aus traurigen Augen blickte sie der schwarz-weiße Harlekin an. Sie schrie, stürzte sich auf ihn.

60

Lilienthal hatte zu einer kleinen Lagebesprechung in die Information gerufen. Als ob der Himmel seine Schleusen geöffnet hätte, so prasselten die Regentropfen auf das Dach des Klostermuseums. Durchnässt und in dampfenden Kleidungsstücken umstanden sie ihn. Nach dem Telefonat mit seiner Mutter hatte Lilienthal sofort Körner informiert. Zeitgleich erhielten sie die Information, dass man den vermissten BMW in einem ehemaligen LPG-Offenstall in der Nähe des Klosters Neuzelle gefunden hatte.

Wenige Minuten später waren sie aufgebrochen. Gruber hatte sie unter dem Torbogen erwartet, bewaffnet mit einem schwarzen Regenschirm. Kaum dass er den Motor ausgeschaltet hatte, war Lilienthal durch die sintflutartig vom Himmel herabrauschenden Wassermassen hinüber zur Klosterklause gerannt. Seine Mutter war nicht drinnen und laut Bedienung bisher auch nicht da gewesen.

Fluchend, die Hände über den Kopf haltend, was bei dem Unwetter nicht wirklich half, war er zu den anderen gelaufen, die sich unter den Arkaden zusammendrängten und auf seine Anweisungen warteten. Windböen schleuderten Regenschwaden bis unter die Überdachung. Gruber führte sie in die Information. Berichtete hastig, was er und Frau von Lilienthal bisher unternommen und wo sie gesucht hatten. Auch, dass er zwischenzeitlich in beiden Kirchen und im Kreuzgang gewesen war, mit den Leuten dort gesprochen, aber niemand Kerstin Lubbien gesehen hatte.

»Meine Mutter ist gestürzt?«, fragte Lilienthal scharf. »Und Sie haben sie danach einfach alleingelassen?«

»Ich hatte den Eindruck, dass sie das wollte, und die Klosterklause ist ja auch ein schöner Platz zum Ausruhen«, erwiderte Gruber angriffslustig.

»Eine verletzte Dame allein ihrem Schicksal überlassen und umherrennen wie ein aufgescheuchtes Kaninchen, das finden

Sie in Ordnung?«, donnerte Körner. Gruber duckte sich unwillkürlich.

»Der Wagen Ihrer Mutter steht auf dem Parkplatz«, meldete sich Kalumet.

»Dann muss sie ja hier irgendwo sein. Leo, du suchst die Restaurants in der Nähe ab. Weit kann sie ja nicht sein.« Gruber hatte eilfertig eine Karte des Geländes auf einem Tisch ausgebreitet. Lilienthal wollte das ganze Areal noch einmal absuchen. Teilte die Mannschaft in verschiedene Teams ein.

Körner, in einer Ecke, fummelte an seinem Smartphone. Bekam aber keine Verbindung. Er fühlte ein dringendes Bedürfnis. Verdammte Altmännerblase. Er folgte dem Hinweis zu den Toiletten. Das Unwetter hatte den Klosterberg erreicht. Das Tageslicht war in eine gelblich graue Dämmerung übergegangen, unterbrochen von zuckenden Blitzen, die das Gelände für den Bruchteil einer Sekunde grellweiß erhellten. Aus allen Richtungen krachten die Donnerschläge. Unwillkürlich zog Körner die Schultern hoch. Scheppernd schlug in dem kleinen Durchgang vor den Toiletten die Pforte an den Rahmen. Körner lief hin, wollte sie zuziehen. Hielt inne. Versuchte durch den herabprasselnden Regenschleier etwas zu erkennen. Hatte da drüben eben ein Licht aufgeblitzt? War das etwa Enne?

Er schlug den Mantelkragen hoch, rannte hinüber auf den Vorplatz des Gymnasiums. In wenigen Sekunden war sein Mantel durchnässt. Vor der Eingangstreppe blieb er kurz stehen. Wollte sich gerade wieder umdrehen, um zurück in den schützenden Durchgang zu gelangen, da entdeckte er den Kellerabgang. Ein ohrenbetäubender Donnerschlag entlud sich direkt über ihm. Instinktiv wandte er sich zur Kellertür. Wollte sie öffnen. Etwas blockierte. Mit aller Kraft drückte er dagegen und zwängte seine massige Gestalt hindurch. Im diffusen Licht lag jemand. Er kniete nieder. »Ennekin«, murmelte er hilflos. Hielt seine Finger an ihre Halsschlagader. Kaum wahrnehmbar fühlte er ihren Puls. Aus den Augenwinkeln bemerkte er eine Bewegung.

Er wollte sich umwenden. Dunkelheit.

Zum wiederholten Male studierte Lilienthal die Karte. Gruber neben ihm beantwortete seine Fragen, so gut er konnte. Die Meldungen des Teams kamen in schneller Folge herein. Evangelische Kirche ohne Befund. Stiftskirche negativ. Kreuzgang desgleichen. Orangerie im Klostergarten negativ. Inzwischen waren auch die Räume der Internatsschüler durchsucht worden. Natürlich noch einmal alle Kellergewölbe unter dem Kutschstall und dem Kanzleigebäude.

»Wo ist der Plan für das Gymnasium?«

Gruber suchte in den Unterlagen, die vor ihm aufgestapelt lagen. Er reichte ihm eine neue Karte.

Lilienthal faltete sie auseinander, studierte die Räumlichkeiten. »Das Kellergeschoss fehlt. Was befindet sich unter dem Gymnasium?«

Gruber suchte hektisch. »Da befindet sich nur die Heizung.« Er überlegte. »Ich glaube, die alten Unterlagen sind zeitweise an den Denkmalschutz ausgeliehen worden.«

»Warum?«

»Die Kellergewölbe stoßen an die Grundmauern des ehemaligen Prälatur- und Konventsgebäudes und an die westliche Gründungsmauer des Klosters.«

Kalumet kam herein. Er hatte mit einigen Kollegen die Räume der Stiftsleitung durchsucht.

»Negativ, Maik«, meldete er enttäuscht.

»Nicht schlappmachen, mein Gutester. Wir haben hier noch weitere sehr schöne Keller, die wollen wir uns doch jetzt sofort ansehen.«

»Wo ist eigentlich der Alte?«, fragte Kalumet, als sie hinausliefen.

Lilienthal zuckte mit den Schultern. Um jeden Einzelnen konnte er sich jetzt nicht auch noch kümmern. Und der Alte ging ihm sowieso ziemlich auf die Nerven mit seiner übertriebenen Fürsorge für seine Mutter.

Als sie nach draußen traten, zuckten grell hintereinander Blitze quer über den Himmel. Donnerschläge folgten unmittelbar. In der Nähe musste ein Einschlag erfolgt sein. Sie rannten durch das Klostertor, um das Restaurant und in den Eingangsbereich des Gymnasiums. Spurteten zum Kellereingang. Die Tür stand einen Spaltweit offen.

Lilienthal fühlte ein Kribbeln. Ein aus alten Ziegelsteinen gemauerter Gang verlief schräg nach unten. Die Taschenlampe abgedeckt, eine Hand an der Wand zur Orientierung, schlichen sie vorwärts. Lilienthal fühlte sich wie in eine andere Welt versetzt. Er fuhr zurück, sackte in die Knie. Schmerz durchflutete ihn. Er fluchte unterdrückt. Mit dem Kopf war er gegen einen niedrigen Durchlass gestoßen. Der unebene Gang verlief nicht gradlinig, wand sich wie eine Schlange in Bogen dahin. Gebückt lief er weiter. Rutschte und konnte sich gerade noch an der Wand abstützen. Kalumet stieß gegen ihn. Zwischen den Durchlässen befanden sich Absätze, ausgetretene Stufen. Er lauschte. Entfernt hörte man jemanden husten.

»Ein Kind«, wisperte ihm Kalumet ins Ohr. Lilienthal tastete sich weiter. Stolperte. Er umschloss die Taschenlampe mit der Hand, sodass nur ein schwacher Lichtschein durch die Finger drang. Vor ihm lag ein Rucksack. Lilienthal öffnete ihn. Leer. Von dem Gang, auf dem sie sich befanden, ging ein schmaler Durchgang ab. Schutt und Geröll versperrten den Weg. Sie stiegen hinüber. Eine grob behauene Mauer. Ein weiterer Durchlass.

Lilienthal lauschte. Ließ die Taschenlampe kurz aufleuchten. Eine in die dicken Außenmauern gebrochene Höhle. Kleidungsstücke, aufgerissene Kekspackungen, leere Plastikwasserflaschen auf dem Boden.

Kalumet bückte sich, hielt eine leere Medikamentenpackung in der Hand. »Propofol, ein Medikament zur Sedierung für Kinder«, murmelte er.

Vorsichtig stiegen sie über den Geröllhaufen zurück, tasteten sich zum Hauptgang. Abrupt blieb Lilienthal stehen.

Jemand sang. Kaum zu verstehen. Aber die Melodie war ihm so vertraut.

»Guten Abend, gute Nacht, mit Rosen bedacht, mit Näglein besteckt, schlupf unter die Deck: Morgen früh, wenn Gott will, wirst du wieder geweckt, morgen früh, wenn Gott will, wirst du wieder geweckt.«

Das Wiegenlied von Johannes Brahms. Wie oft hatte es ihm seine Mutter vorgesungen. Der Gesang verstummte. Er wartete einen Augenblick, dann schlichen sie weiter. Er hatte das Gefühl, als sei es wärmer geworden. Schwacher Lichtschein drang zu ihnen. Behutsam bewegten sie sich weiter. Der Gang erweiterte sich. Vor ihnen lag ein Gewölbe. Der Raum war schwach erleuchtet. Und in der Mitte summte etwas. Silberglänzende Rohre. Die Heizungsanlage, von der Gruber erzählt hatte, fiel es Lilienthal ein. Im Halbdunkeln auf dem Boden neben dem Heizkraftwerk bewegte sich etwas. Er traute seinen Augen nicht.

Dicht nebeneinander lagen seine Mutter und Körner. Gefesselt. Lilienthal wollte losstürzen. Kalumet hielt ihn fest.

»Dort«, murmelte er. Im Schatten der Anlage stand sie. Das Kind auf dem Arm.

Lilienthal zog seine Waffe, versuchte Lubbien einzuschätzen. Sie hatte das Kind, seine Mutter und Körner als Geiseln. Er konnte nicht erkennen, wie es ihnen ging, aber Körner hatte sich bewegt.

»Bleiben Sie, wo Sie sind«, erklang schneidend Lubbiens Stimme. »Sonst lasse ich hier alles hochgehen.«

Heizungen waren doch heutzutage vor Manipulationen weitgehend gesichert. Trotzdem ereigneten sich immer wieder Gasexplosionen, überlegte er in Sekundenschnelle. Lubbien musste sich damit auskennen. Als Sakristanin war sie auch für die technische Wartung verantwortlich.

»Bitte geben Sie mir Max. Er muss dringend ins Krankenhaus.«

»Für wie blöd halten Sie mich?«, kreischte Lubbien. »Sparen Sie sich Ihre Beruhigungsszenarien. Es geht ihm gut, nicht wahr, mein Liebchen?«

Lilienthal bemerkte, wie seine Mutter kurz den Kopf hob. Sie lebte und war bei Bewusstsein. Er schickte ein Stoßgebet zum Himmel.

»Mama«, wimmerte Max.

»Ich verspreche Ihnen, dass Sie hier unbehelligt herauskommen, aber Sie müssen mir das Kind und die alten Menschen herausgeben. Ich bleibe als Pfand. Laden Sie sich doch nicht noch mehr Unglück auf.«

»Unglück! Du bringst da etwas durcheinander, du arroganter Idiot. Was weißt denn du vom Unglück? Kennst nur die Sonnenseite des Lebens.« Sie riss das Kind hoch. Hielt es wie eine Standarte. »Ich bin auserkoren. Vertraut mir.« Wie eine schrille Fanfare klang ihre Stimme durch das Gewölbe.

Max versuchte, sich aus ihren Händen zu winden. Stieß mit den Füßen gegen ihren Leib. Sie presste ihn wieder an sich. Hielt ihn fest umklammert. Er weinte. »Pst, schön ruhig, mein Liebchen. Mami macht doch alles für dich. Bald sind wir im Paradies.«

»Du bist nicht meine Mami«, schrie Max mit überschlagender Stimme. Sein Schreien ging in hilfloses Weinen über.

Lilienthal sprang nach vorn. Lubbien schleuderte das Kind hinter sich. Mit einem Satz war sie an der Heizanlage. Hielt plötzlich eine Axt in der Hand.

»Einen Meter weiter und du schmorst in der Hölle«, kreischte sie. Schlug mit Wucht auf das Auslassventil. Zischend entwich das Gas. Triumphierend zog sie eine Packung Streichhölzer aus ihrer Jackentasche.

»Betet, ihr Sünder«, höhnte sie. »Bereut.«

Lilienthals Gedanken rasten. Konnte er noch schießen, oder würde der Schuss bereits eine Explosion auslösen? Hinter der Heizung hörte man Max wimmern. Für einen Augenblick blickte Lubbien zu dem Kind. Kalumet hechtete an Lilienthal vorbei.

»Nein, nicht schießen«, brüllte Lilienthal.

Doch Lubbien presste plötzlich ihre Hand auf die Brust. Verwundert schaute sie auf das Blut, das darunter hervorquoll. Ein Lächeln überzog ihr Gesicht. Die Axt rutschte ihr aus den Fingern. Sie nahm ein Streichholz. Wankte zu dem Rohr, aus dem das Gas strömte. Versuchte es anzuzünden. Lilienthal stürzte sich auf sie. Riss ihr die Streichholzschachtel aus der Hand. Sie sackte zu Boden. Ihre Lippen formten Worte, aber er konnte nichts verstehen. Dann brach ihr Blick.

Kalumet raste um die Heizungsanlage. Mit aller Kraft drehte er den Haupthahn zu. Das Zischen verebbte. Lilienthal, Max im Arm, kniete neben seiner Mutter. Lubbien hatte sie und Körner an die Heizungsanlage gefesselt.

»Wurde aber auch Zeit«, krächzte sie. »Und von wegen die beiden alten Menschen. Das ist ja wohl das Allerletzte.«

»Ach Mama«, sagte er, und ein dicker Kloß saß ihm im Hals. »Konntest du nicht warten, bis wir gekommen wären?«

»Warten war noch nie meine Stärke, das weißt du doch«, murmelte sie und schloss die Augen. Kalumet hatte sich neben Körner hingekniet. Klopfte dem Alten auf die Wangen. »Lassen Sie das«, fauchte der und versuchte sich aufzusetzen.

»Wo ist meine Mama?«, flüsterte Max an Lilienthals Ohr.

»Mama musste gerade Verbrecher festnehmen. Sie hat mich geschickt, weißt du?« Lilienthal strich ihm über das Haar.

»Hab ich mir schon gedacht«, flüsterte das Kind und legte seinen Kopf auf Lilienthals Schulter. Vom Gang her hörten sie Stimmen.

61

Blassrote Flammen leckten an den Holzscheiten, hin und wieder knisterte es im großen Kamin. An einem mit weißem Damast, feinem Porzellan und kostbaren Kristallgläsern gedeckten großen, runden Tisch saß an einem kühlen Maiabend eine noch bis vor Kurzem nicht vorstellbare Gesellschaft.

Enne, elegant den Arm in einer dunkelblauen Seidenschlinge, aber der Blick wie eh und je lebhaft neben Körner im Zweireiher, der sie wie ein Primaner anstrahlte. Lilienthal neben Riemeister hielt ihre Hand. Immer noch blass um die Nase, die Haare hochgesteckt, schaute sie unsicher in die Runde. Daneben Kalumet in Jeans, mit einem aus feinem dunklem Zwirn geschneiderten Jackett, wirkte sehr erwachsen, was sein breites Grinsen sofort zunichtemachte. Heike musterte mit wachen Augen interessiert die anderen. Johannes ruhig und entspannt mit Carlotta, der die hellen Haare wie ein Schleier über die Schultern fielen. Der Stuhl neben Gruber war noch frei.

Der Gastgeber hatte es sich nicht nehmen lassen, jeden einzelnen Gast zu begrüßen und zu seinem Platz zu geleiten.

Als alle saßen, trat Stetter an seinen Platz, hob sein Glas, in dem Champagner perlte, und mit rauer Stimme, der man die Ergriffenheit anmerkte, sagte er: »Auf das Leben.«

»Auf das Leben«, erklang es mehrstimmig zurück.

Auf Stetters Zeichen hin öffnete sich die Schwingtür, und der Reihe nach trat seine Mannschaft dem Chef zu Ehren an und servierte Köstlichkeiten.

»Und was ist mit den Konstruktionszeichnungen passiert?«, wandte sich Heike zwischen zwei Happen an Stetter.

»Typisch Polizistin, muss allem auf den Grund gehen«, bemerkte Kalumet ironisch.

»Die Konstruktionszeichnungen hatte mein Vater, Harald Stetter, damals an sich genommen, als unser Vater«, er zwinkerte

Johannes zu, »Giovanni Di Filoni, von der SS verhaftet wurde. Ob er sie zurückgeben wollte? Ich weiß es nicht.«

»Man wird es nie erfahren«, sagte Enne und winkte einem Ober zu, damit er ihr Glas nachfüllte.

»Lubbien war zwar unglaublich kräftig, aber wie hat sie es nur geschafft, dich und den Chef durch den verzweigten Gang zu ziehen, ohne dass ihr größere Verletzungen am Kopf bekommen habt?«, wollte Lilienthal wissen.

»Zum Heizungskeller führt ein separater Gang. Ein Stück weit zurückgesetzt nach der Eingangstür. Wir mussten manchmal mit dem Wartungstechniker dort entlang«, erklärte Gruber. »Den hat Kerstin genommen.« Enne fand Gruber heute richtig zugänglich, mit seinen geröteten Wangen, was sicherlich vom Champagner herrührte.

»Mutter, das war wieder einmal ganz knapp. Lubbien hätte euch beinahe alle in die Luft gejagt. Warum bist du nur allein in den Keller gegangen?«

Enne verdrehte die Augen. »Hätte, hätte«, murmelte sie. Dann bemerkte sie Körners amüsierten Blick. »Der Harlekin lag zusammengeknüllt an den Treppenstufen. Und dann habe ich eigentlich nur probehalber die Klinke der Kellertür heruntergedrückt. Die war offen. Mit der Puppe in der Hand habe ich hineingeschaut.«

»Und Lubbien hat dich niedergeschlagen. Genau wie mich«, ergänzte Körner. »Zum Glück hat der Harlekin den Schlag bei dir abgemildert.«

»Versprich mir, dass du dich in Zukunft aus meinen Ermittlungen heraushältst«, sagte Lilienthal beinahe beschwörend.

Enne blickte ihn mit Dackelaugen an. »Versprochen, Maik.« Ihre gekreuzten Finger hinter ihrem Rücken konnte er nicht sehen.

Körner beugte sich zu Enne. »Du Schlitzöhrli«, raunte er und kreuzte gleichfalls seine Finger unter dem Tisch. Sie kicherte.

Literatur- und Quellenverzeichnis

Alexijewitsch, Swetlana: *Der Krieg hat kein weibliches Gesicht.* Hanser Berlin, München 2013

Bürgervereinigung Fürstenberg (Oder) e.V. (Hrsg.): *Fürstenberger Blätter. Beiträge zur Geschichte von Fürstenberg (Oder) und Umgebung.* Fürstenberg (Oder) 2011

Doernberg, Stefan: *Moskau–Seelow–Berlin.* Seelower Hefte 3. Kultur GmbH Märkisch-Oderland 2001

Driescher, Axel und Schulz, Barbara: *Rüstungswirtschaft und Zwangsarbeit in Fürstenberg (Oder).* Gedenkstättenrundbrief 144 (S. 32–38), Sonderausstellung im Städtischen Museum Eisenhüttenstadt, 2008

Ederer, Walter und Schumann, Dirk: *Kloster Neuzelle.* DKV-Edition, Deutscher Kunstverlag Berlin, München 2012

Fest, Joachim C.: *Hitler. Eine Biographie.* Propyläen, Ullstein Buchverlage GmbH, Berlin 1973

Godoj, Veit: *Das größte Bauernlegen des 20. Jahrhunderts.* In: Blog der Friedrich-Naumann-Stiftung, 19. Januar 2010, http://liberalesinstitut.wordpress.com

Horn, Alexander: *Die Logik der Tat. Erkenntnisse eines Profilers.* Droemer Knaur, München 2014

Kaminsky, Anne (Hrsg.): *Orte des Erinnerns. Gedenkzeichen, Gedenkstätten und Museen zur Diktatur in SBZ und DDR.* Ch. Links Verlag, Berlin 2007

Markus, Uwe: *Waffenschmiede DDR.* Militärverlag 2010

PNN – Potsdamer Neueste Nachrichten: *Das Land macht die Bodenreform rückgängig.* 28. Januar 2013

PNN – Potsdamer Neueste Nachrichten: *Bodenreform: Hunderte Fälle noch unbearbeitet.* 4. April 2013

Spieker, Ira: *Neubauern.* In: Online-Lexikon zur Kultur und Geschichte der Deutschen im östlichen Europa, 2012. ome-lexikon.uni-oldenburg.de

Stich, Karl: *Der Kampf um die Seelower Höhen*. Seelower Hefte 5. Frankfurt Oder-E., Frankfurt (Oder), 2010

Töpler, Winfried: *Zisterzienser-Abtei Neuzelle*. Die blauen Bücher, Verlag Langewiesche, Königstein 2010

Wikipedia: *Landwirtschaft in der DDR – Kollektivierung*

Wikipedia: *Ministerium für Nationale Verteidigung*

Wikipedia: *Speziallager Nr. 7 Sachsenhausen*

Was ich gern noch sagen wollte

Das Kloster Neuzelle – das Barockwunder von Brandenburg – besuchte ich zum ersten Mal mit meiner Mutter Anfang 2000. Stolz zeigte sie mir die Stiftskirche und führte mich in die Klosterbrauerei. Ich musste den »Schwarzen Abt«, das Neuzeller Klosterbier, probieren und bin ihm bis heute verfallen. Wir fuhren durch die Niederlausitzer Dörfer Möbiskruge und Wellmitz. Dort haben wir Familienwurzeln. Wir speisten im »Forsthaus Siehdichum«.

Inzwischen ist meine Mutter verstorben, aber ihre Freude, dass sie nach der Wende wieder in die Niederlausitz fahren konnte, wirkt bei mir noch immer nach.

Giovannis und Elisabeths Geschichte ging mir schon lange durch den Kopf.

Aber dann kam Enne ins Spiel und bestand darauf, unbedingt dabei zu sein. Sie ist manchmal wirklich nervig, die Frau. Und so wurde daraus ein Kriminalroman.

Gleich zum Anfang und nicht erst am Schluss: danke, Bodo. Du hast mir während des Schreibens den Rücken freigehalten, warst mein kritischer Erstleser, hast mich mit Essen und Trinken versorgt, meine Launen, wenn ich kaum noch aus meiner Geschichte in die Gegenwart fand, heldenhaft ertragen. Ohne dich wäre ich verhungert, gell?

Der Draht zwischen Zürich und Berlin kam manchmal zum Glühen. Ihr habt an mich und an den Roman geglaubt und mich dabei unterstützt. Merci und liabi Grüass an euch beide, Cordula Pozimowski und Magnus Sambo.

Liebe Heidi von Plato, geduldig hast du mich während des Schreibprozesses begleitet, mir Mut zugesprochen und diplomatisch, aber konsequent auf Ungereimtheiten im Manuskript hingewiesen, und dabei hatten wir immer auch noch viel Spaß. Danke! Auch an dich, Jürgen Buss, du warst die wertvolle männliche Komponente mit deiner Sicht auf den Text.

Lieber Walter Ederer, Direktor für Kultur und Marketing beim Stift Neuzelle, Sie gaben mir hilfreiche Tipps bei meiner Recherche. Es war mir eine Freude.

Besonders möchte ich mich auch bei Frau Thater bedanken. Allein durfte ich mit Ihnen durch den Kreuzgang mit seinen wunderschönen Räumen schreiten und dabei Ihren fachkundigen Erzählungen lauschen. Aber was wäre aus dem Showdown in der Geschichte geworden, wenn mir Jan Battmer, verantwortlich für die Bauleitung des neuen Museums, nicht die schönen, gruseligen Kellergewölbe gezeigt hätte. Ihre Führung an einem herbstlich kalten Nachmittag war ungemein informativ und hat richtig Spaß gemacht.

Einen Recherchetag zusammen mit Freunden als Ausflug zu nutzen, das hat was. Mit Marlies und Rolf Kühl waren wir im Kloster und in der Brauerei, und das anschließende Essen auf der Terrasse des Restaurants »Prinz Albrecht« mit dem Blick über den Seerosenteich zum Neuzeller Kloster wird mir gern in Erinnerung bleiben.

Das Oderbruch erlebten wir an einem sonnigen Julitag zusammen mit Elfriede und Albrecht Jung. Fuhren über die Grenze nach Polen. Kostrzyn nad Odra, das alte Küstrin, erstand vor unseren Augen durch den anschaulichen Bericht von Herrn Ahrendt. Und der Blick über die Festungsmauern, an der Stelle, wo Katte, der Freund Friedrichs des Großen, erschossen wurde (wir haben das einfach mal geglaubt), über die Oder war jede Minute wert.

An einem kalten Januartag besuchten mein Mann und ich Seelow. Schnee glitzerte auf den Wiesen des Oderbruchs. Immer noch bedrohlich wirkten die russischen Panzer vor der

Gedenkstätte. Und auf der Kuppe, dort, wo 1945 der russische Gefechtsstand lag, standen wir vor den Grabsteinen der russischen Soldaten. Siebzig Jahre sind seither vergangen, aber die Trauer über die vielen verlorenen Leben auf deutscher und russischer Seite fühlten wir noch immer. Danke, liebe Mitarbeiter der Gedenkstätte Seelower Höhen. Sie haben mich auf unterschiedliche Literatur und Filme hingewiesen, die mir während des Schreibprozesses wertvolle Hilfe leisteten.

Bedanken möchte ich mich auch sehr herzlich bei Dr. Petra Gierloff, die sich trotz ihres immensen Arbeitspensums die Textstellen im Manuskript angesehen hat, die den medizinischen Aspekt betrafen. Falls doch Fehler auftauchen, so ist das meiner Schludrigkeit zu schulden. Auch Dr. Nikolaus Loch ein Dankeschön, Sie haben mich mit interessanten pharmazeutischen Tipps versorgt.

Ganz besonders möchte ich mich bei Dr. Christel Steinmetz vom Emons Verlag bedanken. Liebe Frau Steinmetz, Sie haben dem Manuskript sofort vertraut, das war für mich eine große Freude. Und natürlich ganz herzlich bedanken möchte ich mich bei Jutta Schneider; es war eine Freude, mit Ihnen zusammenzuarbeiten, und dem Manuskript hat es den letzten Schliff gegeben.

Was wäre eine Autorin ohne ihren Verlag? – Eben. Nichts. Darum allen Mitarbeitern bei Emons ein großes Dankeschön. Ohne eure Unterstützung würde der Roman immer noch in der Schublade schmoren.

Carla Maria Heinze
Juli 2015

Carla Maria Heinze
POTSDAMER MORDE
Broschur, 240 Seiten
ISBN 978-3-95451-265-2

»Ein spannender Krimi, der so nah an der Zeit ist.« Potsdam TV

www.emons-verlag.de